패션 비즈니스 아이콘

스트릿 컬처 브랜드

패션 비즈니스 아이콘 스트릿 컬처 브랜드

발행일	2024년 1월 3일		
지은이	남윤수		
펴낸이	손형국		
펴낸곳	(주)북랩		
편집인	선일영	편집	김은수, 배진용, 김부경, 김다빈
디자인	이현수, 김민하, 임진형, 안유경	제작	박기성, 구성우, 이창영, 배상진
마케팅	김회란, 박진관		
출판등록	2004. 12. 1(제2012-000051호)		
주소	서울특별시 금천구 가산디지털 1로 168, 우림라이온스밸리 B동 B113~114호, C동 B101호		
홈페이지	www.book.co.kr		
전화번호	(02)2026-5777	팩스	(02)3159-9637

ISBN   979-11-93716-14-4 03810 (종이책)   979-11-93716-15-1 05810 (전자책)

(주)북랩 성공출판의 파트너

북랩 홈페이지와 패밀리 사이트에서 다양한 출판 솔루션을 만나 보세요!

홈페이지 book.co.kr   •   **블로그** blog.naver.com/essaybook   •   **출판문의** book@book.co.kr

작가 연락처 문의 ▸ ask.book.co.kr

작가 연락처는 개인정보이므로 북랩에서 알려드릴 수 없습니다.

패션 비즈니스 아이콘
스트릿 컬처 브랜드

Fashion Business Icon Street Culture Brand

스케이트보드와 티셔츠 그리고 스니커즈

남윤수 지음

북랩

한국에서
abcmulti와 함께한
팽영선
서대문
박인홍

그리고
abcmulti를 도와주신
김지훈
안재풍

모든 분들께 감사드립니다.

: 스트릿 컬처와 서브컬처의 연관성

사람의 생존을 위한 필수 3대 요소는 의식주(衣食住)다. 옷, 음식, 주택은 인간이 소중히 여기는 욕구의 대상이다. 특별히 사람들은 자신을 꾸미는 일을 원초적, 본능적으로 중요시 여긴다. 나이와 인종에 관계없이 누구나 옷, 모자, 가방, 신발을 활용해서 어떻게 코디할지 고민한다. 멋지게 꾸미는 일은 자기만족과 자기 과시에 그치지 않는다. 타인의 차림새를 보면서 인간의 감정은 미묘하게 영향을 주고받는다.

거리를 걷다가 낯선 사람의 옷과 신발이 그 사람에게 잘 어울리면 멋지다고 느낀다. 친구들이 자신의 스타일을 인정해 주면 기분이 좋아진다. 차림새(getup)는 의식적이든 무의식적이든 서로에게 영향을 미친다. 그리고 마음에 드는 스타일을 발견하면 서로 따라 하기 시작한다. 점점 자신의 스타일과 타인의 코디 패턴이 융합된다.

사회 전체적으로 여러 사람이 인정하고 공유하는 유행이 존재하면 패션(fashion)이 만들어진다. 인간의 코디 욕망과 공유 본능으로 패션은 사회 공동체에서 필연적으로 발생한다. 사람은 패션을 통해서 자존감과 소속감을 충족하므로 패션에 돈을 소비한다. 돈의 흐름은 결국 비즈니스와 연결된다. 패션이 존재하기 때문에 패션을 이용한 사업(business)이 발달한다.

패션과 비즈니스는 서로 영향을 주고받으면서 공존한다. 나아가 패션은 비즈니스 자체라고 할 수 있을 정도로 둘의 관계는 친밀하다. 이 둘을 맺어 주는 연결 고리가 바로 브랜드(brand)다. 지금은 브랜드를 통해서 패션과 비즈니스를 이해하는 시대가 되었다. 브랜드 없이는 패션도 비즈니스도 이해하기 힘들어졌다. 브랜드는 패션·사업·돈·경제 흐름을 풀어 나가는 해독기(디코더)와 같다.

시대마다 시대를 대표하는 패션이 존재한다. 주도적 패션이 되기 위해서는 사회 지배층이 인정하고 애용하는 패션이어야 한다. 상위 계층으로부터 인정받지 못한 패션은 서브컬처(subculture, 하위문화)로 취급된다. 서브컬처는 공개적이고, 적극적으로 활동하는 데 제약이 크다. 자연스럽게 서브컬처는 지하에서 활동하는 언더그라운드(underground) 문화를 형성한다.

서브컬처는 협소한 고객층과 낮은 대중적 인지도로 인해서 상업성과는 거리가 멀었다. 주류 계층의 오버컬처(overculture, 상위문화)와는 대조적으로, 서브컬처는 비즈니스화되기 힘든 태생적 한계를 가지고 출발했다. 결국 서브컬처는 적은 무리의 공동체 중심으로 움직인다. 패션 비즈니스 업계 입장에서 서브컬처는 이윤 추구에 큰 도움이 되지 않았다. 오랫동안 서브컬처는 패션 비즈니스의 관심 영역 밖에 머물고 있었다.

대표적인 서브컬처로는 '펑크', '비보이', '그라피티', '타투', '스케이트보딩' 등이 있다. 지금은 친숙한 문화이지만, 1990년대까지만 해도 이들은 주류 문화가 아닌 지하문화였다. 당시 언론은 서브컬처를 사회 부적응·반항·범죄와 관련이 깊다고 보도했다. 경찰도 이들을 단속 대상으로 취급했다. 일반 시민들도 서브컬처를 언더그라운드의 저급한 수준의 문화로 인식했다. 보편적인 대중문화 패션과 서브컬처 패션은 서로 섞일 수 없는, 이질적이고 이원적 관계를 유지했다.

서브컬처는 주류 문화와 관계없이 개인과 특정 커뮤니티만의 가치와 자유를 추구한다. 서브컬처의 기본 정신은 자유주의, 개인주의, 자기 집단 우선주의, 기성 질서에 대한 도전 정신이다. 서브컬처는 오버컬처와 대립 각을 세우면서 평행선을 그어 왔다. 서브컬처는 주류 문화에 굴복하지 않는다. 또한 서브컬처는 단일 문화가 아닌 다양한 하위 문화를 포함하고 있다.

스트릿 컬처는 여러 서브컬처 중의 하나의 부류다. 모든 서브컬처가 스트릿 컬처는 아니다. 스트릿 컬처는 서브컬처 이데올로기를 기본 바탕으로 하지만, 다른 서브컬처와는 구별되는 자신만의 독특한 특징을 만들어 왔다. 서브컬처와 스트릿 컬처는 공통분모가 있으면서 다른 점도 함께 가지고 있다.

이 책에서 다루는 스트릿 컬처는 대부분 보드(board)와 힙합(hip hop)에 뿌리를 두고 출발한다. 바다에서 타는 서프보드, 땅에서 타는 스케이트보드, 눈에서 타는 스노보드 문화와 힙합 뮤직이 스트릿 컬처의 기본 구성 원자다. 이 중에서도 스케이트보드 그룹이 스트릿웨어 패션을 주도하면서 스트릿 컬처의 주춧돌 역할을 하고 있다. 원래 서브 컬처 패션은 소규모 위주의 한정된 범위에서만 영향력을 행사한다. 그런데 스트릿 컬처는 세상의 주목을 받기 시작했다. 이유는 문화 차원의 변화가 주요 원인이다.

1970년대 이후 미국에서는 개인주의, 자기표현주의, 청소년 문화가 확산되었다. 일부 청년들의 라이프 스타일인 스케이트보딩과 힙합은 지하에 숨어 있지 않고 길거리로 과감히 나와서 자신의 문화를 표현하기 시작했다. 또한 경제 안정기여서 청소년이 소비의 주력 계층으로 떠올랐다. 언론과 패션 기업은 청소년 라이프 스타일을 상업적 시각으로 접근하였다. 스트릿 컬처에 반감을 가지고 있던 일반 모범적 청소년들도 점점 호기심을 나타냈다.

틴에이저와 청년층이 소비 시대의 주인공이 되자 스케이트보드와 힙합은 미국 청년 문화(youth culture)의 주류로 자리 잡았다. 자기표현의 수단으로 만든 티셔츠가 스트릿웨어로 발전하면서 스트릿 컬처는 브랜드로 구체화되었다. 학교에 스트릿웨어 브랜드를 입고 오는 학생은 멋짐(cool)의 상징이 되었다. 스트릿 컬처의 심미성을 인정한 아티스트들은 스트릿 컬처 제품에 자신들의 디자인을 제공하며 참여했다.

미국 청소년의 상징이 된 스트릿웨어 패션은 영화와 힙합 래퍼를 통해서 미국 전역으로 영향력을 키웠다. 인터넷과 소셜미디어는 스트릿 컬처 브랜드를 세계적인 아이콘으로 자라게 했다. 오랫동안 서브컬처를 무시해 오던 주류 패션계는 드디어 스트릿웨어 열풍을 인정하고 있다. 스트릿웨어 패션의 위상은 점점 높아지고 있다. 개인이건 기업이건 패션 비즈니스를 창업하면 스트릿 컬처를 콘셉트로 이용할 정도다.

스트릿 컬처는 패션 비즈니스에서 성공할 수 있는 핵심 플랫폼(core platform)이 되었다. 하지만 문화와 정신을 정확히 이해하지 않고 상품만 만들어 판매하는 전략은 스트릿 컬처 분야에서는 성공하기 힘들다. 서브컬처를 순수하게 공감하고 소화할 때 스트릿 컬처 브랜드다운 모습을 가질 수 있다. 왜냐하면 스트릿 컬처는 단순히 제품이 아니라 라이프 스타일(생활 양식)이기 때문이다.

스트릿웨어 브랜드는 스트릿 컬처에서 영양분을 받아서 성장한다. 문화적, 철학적 배경을 알고 접근해야만 스트릿웨어 브랜드로 성장할 수 있다. 서브컬처 정신이 사라진 브랜드는 패션 브랜드는 될 수 있지만, 스트릿 컬처 브랜드는 아니다. 스트릿 컬처의 아이덴티티(정체성)를 품지 않으면 스트릿웨어 브랜드는 생명력을 잃게 된다. 패션 브랜드와 스트릿웨어 브랜드는 구별해야 한다.

패션은 시대정신(Zeitgeist)을 반영하는 산물이다. 스트릿 컬처 패션도 지역적·시간적 이데올로기와 철학을 반영한다. 미국 서부 캘리포니아에서 출발한 스트릿 컬처 브랜드는 미국 스트릿 컬처 정신에 뿌리를 두고 있다. 스트릿 문화는 서브컬처 안에서 자라고, 스트릿 컬처는 스트릿웨어 브랜드의 배경이 된다. 스트릿 컬처 브랜드를 정확히 이해하려면 스트릿 컬처 고유의 배경과 정신적 특징을 파악해야 한다. 단순히 스트릿웨어 브랜드의 제품을 구매하고 수집하는 물질적, 외형적 소비로는 스트릿 컬처를 바르게 해석하기 힘들다.

한국은 스트릿 문화 기반 없이 외국 스트릿 브랜드와 제품이 먼저 들어왔다. 스케이트보드 문화가 없는 상태에서 스케이트보드 브랜드의 아이템을 수입했다. 아쉽게도 스트릿 컬처와 브랜드 철학으로 상품과 브랜드를 이해하는 순서가 생략되었다. 다양한 스트릿웨어 브랜드가 있음에도 불구하고 몇 개 브랜드만 편애한다. 특정 브랜드 제품이 유행하면 나머지 브랜드는 소외된다. 재판매(리세일) 가격으로 스트릿 컬처 브랜드의 순위와 등급을 매기는 상업주의 가치관마저 자리 잡았다.

한국에서도 스트릿웨어 브랜드가 탄생하고 있다. 청년창업의 사례가 많다. 한국 토종 브랜드가 성장하기 위해서는 눈에 보이는 상품 뒤편의 보이지 않는 면을 읽어야 한다. 브랜드의 배경과 추구하는 정신을 천천히 짚어야 한다. 모든 스트릿 컬처 브랜드는 자신만의 소중한 이야기를 품고 있다. 판매량과 인기 여부를 떠나서 모든 브랜드는 창업자의 고뇌와 노력이 베어 있다. 새로운 제품의 발매 정보도 중요하지만, 브랜드마다 가지고 있는 역사와 철학을 이해하면 스트릿웨어 브랜드를 보다 정확하고 순수하게 접근할 수 있다.

저자가 한국에서 멀티숍(편집숍)을 운영할 때, 판매하는 제품의 브랜드 배경과 창업자는 전혀 관심이 없었다. 부끄럽지만 판매가 잘 되는 상품의 브랜드만 최고로 여겼다. 아디다스 불꽃 트랙탑이 인기가 높으면 아디다스 오리지널스 제품만 원했다. 타미 진스 브랜드가 뜨자 타미 국기 로고 제품에 집중했다. 이윤 추구가 최고의 기준이었다. 그러던 중 미국에서 살면서 맨해튼과 LA의 브랜드 매장을 자주 방문했다. 매장마다 너무나 다른 분위기, 음악, 향기, 인테리어, 디스플레이, 직원 태도가 궁금증을 일으켰다.

스트릿 컬처 브랜드가 어떤 토대에서 자라났는지 알고 싶어졌다. 스트릿웨어 브랜드는 일반 패션 브랜드와 어떻게 다른 분위기(바이브)를 만들어 내는지 요인이 궁금해졌다. 스트릿 컬처 브랜드를 만든 창업자는 디자이너일까? 창업 동기는 무엇일까? 서브컬처 중에서 어떤 브랜드가 스트릿웨어 브랜드로 인정받을까? 이런 일반적인 궁금증 이외에 브랜드별로 구체적인 호기심도 생겼다.

스투시는 어떻게 해서 40년이 넘도록 장수할 수 있을까? 슈프림 매장은 왜 항상 줄 서서 들어가야 하나? 한국보다 일본에 스트릿 컬처 브랜드가 많은 이유는 무엇일까? 일본의 베이프는 왜 세계적인 브랜드가 되었을까? 조던은 농구화인데 왜 스트릿 컬처 아이템이라고 부를까? 챔피언의 스포츠 라인과 스트릿웨어 라인의 구별 기준은 뭘까? 못생긴 신발 이지는 왜 인기가 높을까? 칼하트는 브랜드 이름에 왜 WIP를 붙였을까? 타미 진스와 타미 힐피거는 다른 브랜드일까?

하트 모양에 커다란 눈을 그린 꼼데가르송 플레이의 인기 비결은 무엇일까? 유럽에는 어떤 스트릿웨어 브랜드가 있을까? 아디다스와 나이키의 대형 스포츠 브랜드가 왜 스케이트보드팀을 운영할까? 오프-화이트 로고는 왜 횡단보도 디자인과 비슷할까? 슈프림 수석 디자이너는 왜 슈프림을 그만두고 자신만의 브랜드를 창업했나? 동양인이 만든 스트릿웨어 브랜드는 없을까? 스트릿 컬처 브랜드가 대형 패션 브랜드와 다르다면, 구별되는 성공 노하우와 방법이 있을까? 스트릿웨어 브랜드에 생명을 불어넣는 에너지는 과연 무엇일까?

스트릿웨어 브랜드를 런칭하는 창업자는 자신의 브랜드가 꾸준히 성장하면서 유명해지기를 바란다. 창업자는 대형 패션 브랜드의 마케팅 전략을 적용하기도 한다. 기업의 경영 기법을 응용한 브랜딩 성공 방법을 벤치마킹하기도 한다. 그런데 이상하게도 스트릿웨어 브랜드의 경우에는 기존의 경영 전략이 완벽하게 맞아떨어지지 않는다. 일반적인 경제 이론의 법칙과는 다른 방향에서 성공 전략을 발견할 수 있다.

스트릿 컬처 브랜드는 자신만의 독특한 방법으로 생명력을 키워 나간다. 여타의 패션 브랜드와 구별되는 운영 방식을 따른다. 스트릿웨어 브랜드가 매출을 늘리기 위해서 저렴한 가격으로 제품을 출시하면 판매가 늘어날까? 오히려 수요가 줄어들어서 판매량도 낮아진다. 그렇다면 가격은 유지하면서 공급량을 늘리면 판매량이 증가할까? 납득이 되지 않을 수 있지만 고객은 제품을 구매하지 않는다. 제품을 편하게 구입할 수 있도록 백화점과 아울렛에 공급하면 고객들이 좋아할까? 누구나 쉽게 구입할 수 있으면 스트릿 컬처 마니아는 구매를 망설인다.

스트릿 컬처 브랜드 창업은 최종적으로 사업이다. 비즈니스는 취미와 다르며, 구분해서 접근해야 성공한다. 그런데 스트릿 컬처 브랜드는 취미(재미)와 상업성(비즈니스)을 함께 가지고 있어야 한다. 어느 한쪽으로 치우치면 브랜드의 생명은 끊어진다. 스트릿웨어 브랜드 런칭은 쉬운 듯하지만 패션 의류 분야에서 제일 어렵다.

이번 수정 증보판에서는 초판에서 빠졌던 FUCT(펵트), Slam Jam(슬램 잼), Golf Wang(골프 왕), Patta(파타)를 추가했다. 스트릿 컬처 브랜드가 일반 패션 브랜드와 무엇이 다른지를 찾아 나간다. 과연 어떤 면이 스트릿웨어 브랜드다운지 밝혀 본다. 스트릿 컬처가 스트릿웨어 브랜드를 어떻게 만들어 가는지 과정을 짚어 본다. 브랜드 창업자의 아이디어·동기·흥분·열정을 함께 느껴 보자.

:용어와 읽는 방법

보드 기반의 스트릿 컬처 브랜드는 미국에서부터 시작되었다. 따라서 영어로 표현되고, 다른 나라에 소개될 때도 영어로 전파된다. 스케이트보드 명칭부터 패션 용어도 영어다. 저자는 한글 표현으로 바꿔서 글을 쓰고자 노력했다. 그러나 번역하면 의미가 애매모호해지거나 뉘앙스가 달라지는 문제가 생기도 한다. 따라서 영어로 표현해야 오히려 의미 전달이 자연스러운 경우가 있다. 몇몇 용어는 영어를 읽는 발음으로 그대로 사용한다.

스트릿 컬처(street culture)를 단순히 '거리 문화'라고 번역하면 의미 전달에 한계가 커진다. 스트릿(거리)이 나타내고자 하는 진정한 의미는 '자유로움'이다. 정해진 틀(frame)에 갇히지 않고 자신이 원하는 감성을 자유롭게 표현할 수 있는 상징을 '스트릿'이라고 한다. 이런 스트릿에서 태어나고 자란 문화가 스트릿 컬처다. 따라서 '거리 문화'로 쓰지 않고 '스트릿 컬처'로 표시한다. 외래어 표기법에 따르면 '스트리트'가 맞지만 현실적 발음을 존중해서 '스트릿'으로 표시한다.

스트릿웨어(streetwear)는 '거리에서 입는 옷'이라는 직설적 의미가 있지만, '형식에 구애되지 않고 자유롭게 입을 수 있는 옷'이라는 의미가 함축되어 있다. 유니폼·양복·캐주얼 복장과는 대조적인 뜻을 내포하지만, 특정한 디자인과 스타일을 고집하지도 않는다. 스트릿웨어를 입는 주된 연령층은 10대에서 30대이지만, 중장년층도 점점 늘고 있다.

스트릿웨어 브랜드(streetwear brand)는 일차적으로 스트릿웨어 의류를 디자인하고 제작하는 브랜드를 가리킨다. 하지만 옷에서 출발한 대부분의 브랜드가 가방, 모자, 액세서리, 신발 등도 제작하고 있다. 오늘날 스트릿웨어 브랜드라고 하면 넓은 의미로 통한다. 의류부터 소품에 이르기까지 모두 포함한다.

스트릿 컬처 브랜드와 스트릿웨어 브랜드는 같은 의미일까? 스트릿 컬처 브랜드가 보다 넓은 의미다. 브랜드 출발이 티셔츠부터면 스트릿웨어 브랜드면서 스트릿 컬처 브랜드라고 부른다. 의류보다는 액세서리 위주의 브랜드는 스트릿웨어 브랜드라고 하지는 않는다. 그런데 패션 현장에서는 특별한 구분 없이 두 용어를 함께 사용하고 있다.

스케이트(skate)와 스케이터(skater)라고 하면 일반적으로 얼음 위에서 타는 아이스 스케이트를 생각한다. 하지만 스트릿 컬처에서는 스케이트보드(skateboard)와 보드를 타는 사람을 지칭한다. 스케이터는 라이더(rider)라고도 한다. 프로 스케이터(pro skater)는 스케이트보드를 전문 직업으로 하는 사람을 가리킨다.

웨스트 코스트(West Coast)와 이스트 코스트(East Coast)는 힙합 문화를 구분하는 유래에서 시작되었지만, 스트릿 컬처 브랜드를 구분할 때도 그대로 사용한다. 한글로 서부 해안과 동부 해안으로 번역하면 의미 전달이 애매해진다. 특정 지역의 해안을 가리키는 목적보다는 미국 서부와 동부의 문화와 감성 차이를 나타내는 표현으로 받아들이면 된다.

서브컬처(subculture)는 하위문화로 번역된다. 상위문화와 대칭적 개념으로 사용된다. 상위문화는 사회 주류층의 우월적 문화인 반면에 하위문화는 저급하고 일탈적인 문화라는 개념 정의가 일반적이다. 하지만 서브컬처의 중요한 요소는 수평적 다양성이다. 서로 틀리고 (unlikely) 다른(different) 개념의 상이한 문화를 뜻한다.

이 밖에도 언더그라운드(underground, 지하문화), 컬래버레이션 (collaboration, 협업, 컬래버), 안티컬처(anticulture, 반문화), 팝업 스토어 (pop-up store, 임시 매장), 래퍼(rapper, 힙합 가수), 팬덤(fandom), 커뮤니티 (community, 공동체) 등의 용어도 영어 발음 그대로 사용한다.

저자는 47개 스트릿 컬처 브랜드를 뽑아서 이야기를 풀어 나간다. 개별 브랜드의 이해를 돕기 위해서 홈페이지를 실었다. 각각의 브랜드 내용을 읽기 전에 인터넷으로 먼저 확인하면 큰 도움이 된다. 홈페이지는 브랜드 특징을 가장 잘 보여 준다. 판매하는 제품과 룩 북(look book)이 소개되어 있어서 브랜드의 이미지와 분위기를 생생하게 느낄 수 있다. 오프라인 매장 정보도 홈페이지를 통해 정확히 파악할 수 있다.

다음 사항을 염두에 두면 책을 흥미롭게 읽을 수 있다.

❶ 창업자의 브랜드 런칭 동기는 무엇인가?

❷ 창업자의 개인적 배경은 브랜드 성향에 어떤 영향을 주는가?

❸ 브랜드 이름과 로고에 얽힌 비하인드 스토리는 무엇일까?

❹ 브랜드마다 어떤 철학, 미션, 이데올로기를 품고 있을까?

❺ 스트릿 컬처의 정체성을 느낄 수 있는 부분은 어디인가?

❻ 브랜드를 성장시키기 위해서 어떤 전략을 취했을까?

❼ 어떤 아이템에 초점을 두고 제품을 만들었을까?

❽ 상품 판매를 위해서 취한 특별한 방법이 있을까?

❾ 오프라인 매장을 운영하는가? 있다면 어느 지역에 있을까?

❿ 스트릿 컬처 브랜드끼리 공통점과 차이점은 무엇일까?

이 책은 총 8장으로 구성되어 있다. 1장에서는 스트릿 컬처 브랜드를 이해하기 위한 배경 지식을 먼저 쌓는다. 스케이트보드가 어떻게 스트릿웨어 브랜드 창업의 원동력이 되는지 살펴본다. 또한 스트릿 컬처 브랜드가 패션 비즈니스에서 차지하는 위상을 확인한다.

2장에서는 본격적으로 미국 스트릿 컬처 브랜드의 탄생을 살펴본다. 웨스트 코스트와 이스트 코스트를 각각 대표하는 스트릿웨어 브랜드를 알아본다. 스트릿 컬처를 개척한 선구자 브랜드가 비즈니스적으로 어떻게 흥망성쇠 하는지 보여 준다.

3장에서는 2000년을 전후한 시기에 등장한 정통 스트릿웨어 브랜드를 본다. 미국 캘리포니아 지역을 기반으로 한 스트릿 컬처 브랜드의 부흥기이다. LA 페어팩스 스트릿웨어 브랜드 골목의 형성기다.

4장에서는 스니커즈(신발)를 콘셉트로 해서 출발한 브랜드를 다룬다. 신발은 스트릿 컬처에서 특별한 위치를 차지하는 아이템이다. 스케이트보다는 안전을 위해서, 힙합 래퍼는 표현 수단으로서 신발을 중요시한다.

5장에서는 대형 패션 브랜드 기업 중에서 적극적으로 스트릿 컬처를 받아들인 사례를 본다. 반(anti)기성주의 정서를 품은 스트릿 문화와 대기업의 만남이 어떻게 성공하는지 알아본다.

6장에서는 일본과 유럽에서 탄생한 스트릿 컬처 브랜드를 살펴본다. 이번 수정판에는 슬램 잼과 파타를 볼 수 있다. 이들의 브랜딩 전략이 미국 브랜드와 어떻게 다른지 확인할 수 있다.

7장에서는 1990년대와 다른 분위기를 가지면서 등장한 스트릿 컬처 브랜드를 살펴본다. 예전과는 다른 독특한 콘셉트를 확인할 수 있다.

8장에서는 스트릿 컬처 브랜드를 성공시키는 모델링 방법을 찾아본다. 다른 패션 브랜드와 구별되는 특징에 초점을 맞추어서 살펴본다. 8장 내용은 1장과 연결되어 있다.

C O N T E N T S

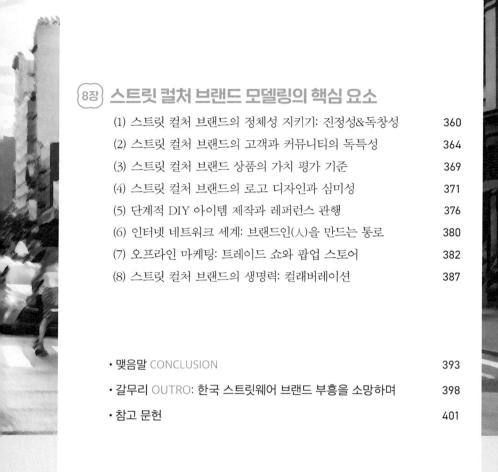

1장

문화가 만들고, 문화가 된,
스트릿 컬처 브랜드

문화는 패션과 브랜드의 프레임(틀)을 형성하는 보이지 않는 규범 (rule)이다. 개인이 어느 문화에 속해 있느냐에 따라서 옷을 입는 스타 일·즐기는 방식·모이는 커뮤니티·좋아하는 브랜드가 달라진다. 문화 는 사회 구성원에 끼치는 영향력을 기준으로 주류와 비주류(변두리)로 구분한다. 사회 지배층은 상위문화(오버컬처)를 형성하면서 주류 문화 를 표준화하여 사회 전체가 따르도록 요구한다. 반면 지배층의 환영을 받지 못하는 변두리 영역은 하위문화(서브컬처)를 형성한다. 스트릿 컬 처는 비주류의 하위문화에 속한다.

　하위문화는 다양한 그룹 활동을 포함한다. 힙합·히피·오토바이족· 그라피티·스케이트보딩·펑크·오타쿠·비보이를 예로 들 수 있다. 서브 컬처는 주류 언론과 지배 질서에 환영받지 못하므로 조용히 숨어서 활 동한다. 언더그라운드 컬처(지하문화)를 형성한다. 서브컬처는 주류 문 화와는 다른 자신만의 이데올로기와 철학을 가지고 있다. 서브컬처와 오버컬처는 성향이 다르고 이질적인 개성으로 인해서 서로 어울리지 못한다. 상위문화는 상위문화끼리, 서브컬처는 서브컬처끼리 공감대와 유대감을 형성한다. 스케이터들은 같은 서브컬처 영역에 있는 펑크, 힙합과는 동질감을 느낀다.

보이지 않는 문화와 사상은 보이는 패션을 만든다. 패션은 브랜드로 구체화되면서 소비자의 마음을 사로잡는다. 스트릿 컬처는 스트릿 패션을 만들고, 스트릿 패션은 스트릿 컬처 브랜드로 전개된다. 즉, 스트릿웨어 브랜드는 스트릿 컬처를 통해서 태어난다. 소비자는 티셔츠, 바지, 모자, 신발 등 상품을 구매하지만, 결국 제품의 뒷면에 있는 문화의 영향을 받고 문화를 소비한다. 따라서 먼저 문화를 알고 제품과 브랜드에 접근하면 상품의 유래와 특징 그리고 브랜드 철학을 좀 더 생생하게 이해할 수 있다.

브랜드가 문화를 통해서 만들어지듯이, 스트릿 컬처 브랜드도 특정한 시간과 공간의 하위문화 요소가 만들어 낸 열매다. 서브컬처의 여러 가지 요소가 복합 작용을 하면서 나온 결과물이 스트릿 컬처 브랜드다. 예를 들면 스투시는 어느 날 갑자기 등장한 브랜드가 아니다. 캘리포니아 지역의 서핑 문화·스케이트보딩 문화·DIY(Do It Yourself, 스스로)문화·펑크·자유주의·개인주의 서브컬처가 어우러져서 태어난 문화의 결실이다. 한 장의 스투시 티셔츠에는 다양한 하위문화가 종합적으로 스며들어 있다.

스트릿 컬처는 지배적인 사회 평균 문화와는 이질적인 성격을 가지고 있다. 겉모습뿐만 아니라 정신적인 면도 다르다. 주류 사회에 환영받지 못하고 충돌하고 부딪힌다. 반기성주의 요소는 반항적인 모습을 띠기도 한다. 일반 패션 브랜드와는 반대쪽에 위치한 스트릿웨어 브랜드는 일부 청소년과 청년층(youth group)을 중심으로 자신만의 문화를 만든다. 스트릿 컬처를 따르는 청년층은 자연스럽게 스트릿 컬처 브랜드의 옷(상품)과 활동의 팬덤(fandom)이 된다. 추종하는 브랜드를 중심으로 자신들만의 공동체(커뮤니티)를 형성한다.

2000년 이전까지만 해도 서브컬처와 오버컬처는 서로 관심 영역 밖에 있었다. 그런데 주류 사회로부터 미움받았던 스트릿 컬처가 점점 주류 언론의 주목을 받기 시작했다. 청년층의 정치·사회적 목소리가 힘을 얻으면서 청년층의 문화와 패션도 영향력이 생겼다. 더불어 스트릿 컬처가 하나의 독립한 문화 카테고리로 인정받게 되었다. 10대 청소년이 강력한 경제 소비 주체로 떠오르면서 구매력(buying power)이 커졌다. 청소년의 구매 대상인 스트릿 컬처 아이템은 패션 기업의 중요한 디자인 소스(자료)가 되었다.

과거의 천덕꾸러기였던 스트릿 컬처가 현재는 패션 비즈니스의 아이콘(상징)이 되었다. 스트릿 컬처 브랜드는 브랜드 자체가 문화가 되었다. 문화가 된 스트릿웨어 브랜드는 문화의 영향을 받던 수동적 입장에서 패션 문화를 만들고 이끄는 주체적 패션 리더가 되었다. 덕분에 대접도 달라졌다. 스트릿웨어 브랜드의 영향력이 강해지면서 스트릿 컬처에 관심이 없던 주류 언론이 호감을 보이고 있다. 럭셔리 브랜드는 스트릿 컬처의 디자인 기법을 응용한 시즌 제품을 출시한다. 스트릿 컬처 브랜드는 컬래버 1순위 대접을 받는 위치까지 올라와 있다.

이번 장은 스트릿 컬처 브랜드의 과거, 현재, 미래를 살펴본다. 특히 배경적인 면에 중심을 둔다. 스케이트보드를 누가, 왜, 어떻게 만들었는지부터 시작한다. 스케이트보드가 어떤 이유로 저항과 반항의 상징이 되었는지 궁금증을 푼다. 스케이트보드 문화와 다른 서브컬처와의 관계를 확인한다. 스트릿 컬처 브랜드를 대표하는 핵심 아이템은 반팔 티셔츠다. 미국에서 태어난 티셔츠가 서브컬처의 메신저가 된 과정을 살펴본다. 티셔츠의 상징성이 스트릿 컬처 비즈니스에 어떤 영향을 끼쳤는지 알아본다.

(1) 스케이트보드로 시작한 언더그라운드 복합 문화

스케이트보드 중심의 스트릿 컬처는 미국에서 시작되었다. 태평양을 바라보는 서부 캘리포니아에서 보드 문화는 싹텄다. 캘리포니아 해변은 파도타기(서핑)를 즐기는 젊은이들로 언제나 북적거렸다. 파도타기가 정점에 오르는 서핑 시즌은 서퍼들의 천국으로 변했다. 해변을 따라 밀집해있는 서프보드 가게는 서퍼들의 사랑방 구실을 했다. 스투시 브랜드의 창업자인 숀 스투시도 고등학생 때부터 동네 서프 보드숍의 단골 방문객이었다가 서프보드 제작을 시작했다.

서핑도 스트릿 컬처지만, 본격적인 스트릿 문화는 1950년대의 스케이트보드에서부터 출발했다. 서핑보드는 크기·가격·운반 문제 때문에 청소년이 이용하는 데 한계가 있다. 서핑은 파도가 있는 계절에만 탈 수 있는 문제도 있다. 서퍼들은 파도가 없는 비수기에도 즐길 수 있는 놀이를 생각했다. 고민 끝에 서프보드의 축소판인 스케이트보드를 만들었다. 나무판(deck)에 바퀴를 달고 도로 위에서 서핑을 했다. 이때는 스케이드보딩을 땅에서 타는 서핑으로 생각했다. 서핑은 프로다운 스포츠이지만 스케이트보딩은 재미로 즐기는 취미 정도로만 간주했다. 즉, 서핑은 전문적이지만 스케이트보딩은 단순한 놀이로 취급했다.

스케이트보드는 누구나 만들 수 있는 간단한 구조 덕분에 캘리포니아 청소년들의 필수 아이템이 되었다. 학교와 쇼핑몰에 가거나 친구를 만날 때 언제나 타고 다니는 애장품이 되었다. 스케이트보딩 인구가 늘어나자 문제가 생겼다. 스케이드보드는 도로에서 주로 타므로 자동차 운전자들의 불만이 커졌다. 도로를 피해서 인도에서 타면 행인들이 스케이터를 야유하고 막았다.

초기의 스케이트보드 바퀴(휠)는 금속(metal)과 점토(clay)로 만들었기 때문에 도로 마찰음이 굉장히 컸다. 스케이트보드의 도로를 긁는 소리는 말할 것도 없고, 점프할 때는 엄청난 굉음이 발생했다. 시민들은 점점 스케이트보드를 타는 청소년과 청년을 골칫덩어리로 생각했다. 또한 사회 질서에 반하는 일탈 행위를 일삼는 문제아 집단으로 취급했다.

스케이트보딩이 환영받지 못하자 스케이터들은 주민을 피해서 새로운 장소를 찾아 나섰다. 한적한 주차장과 공터로 자리를 옮겨서 타기 시작했다. 행인이 없는 저녁 시간대를 활용했다. 간혹 도로포장이 잘된 도시 상가와 주택가 공원에서 보드를 타면 경찰과 경비원에게 쫓기는 신세가 되었다. 그래도 스케이터들은 계속해서 거리로 나왔다. 합법적으로 탈 수 있는 스케이트 파크가 적기 때문이기도 하지만, 스케이트보딩의 참맛은 스트릿(거리)에 있기 때문이다.

스케이트보드 바퀴가 쿠션이 좋은 우레탄(urethane) 소재로 바뀌면서 스케이트보드 인구는 폭발적으로 확산되었다. 스케이터들은 더욱더 거리로 나와서 스피드와 퍼포먼스를 즐겼다. 반면 스케이트보딩 인구가 늘수록 스케이터들은 거리의 불한당 패거리로 비난받았다. 경찰과 학교는 학생들이 스케이트보드를 가지고 다니지 못하게 통제했다. 보드 가게의 스케이트보드 판매도 제재를 받았다. 사회 지배층 주류 문화는 스케이트보딩을 받아들이지 못했다. 주류 언론도 라이더를 무질서하게 도로를 휘젓고 다니는 저급한 사회 부적응자 집단으로 보도했다.

스케이트보드 마니아들은 시민들의 눈을 피하면서 자신들만의 문화를 만들기 시작했다. 주류 문화와 구별되는 지하문화가 생겨났다. 스케이트보드 문화는 미술·음악·패션의 서브컬처와 끈끈한 공감대를 쌓아 갔다. 특히 음악은 중요한 역할을 한다. 스케이트 파크에서 스케이팅할 때 언제나 힙합·펑크·록 뮤직이 함께한다. 심지어 도로·공공장소에서도 음악을 틀고 스케이팅을 즐긴다. 여름 방학 기간에 열리는 청소년 스케이트보드 캠프에서도 음악은 분위기를 돋워 주는 역할을 한다.

스케이트보드 데크(deck)의 뒷면은 도화지 역할을 하므로 그림을 도안하기 좋다. 스케이트보드 컬처가 미술과 친해진 이유는 이 때문이다. 스케이트보딩 행사에는 뮤직 밴드가 필수이면서 아티스트가 모이는 장소도 된다. 스케이트보드 데크 그림 작품을 전시하는 아티스트들의 인기는 높다. 스케이트보드 이벤트는 뮤직·아트·그라피티가 복합적으로 어우러진 종합 아트센터 역할을 한다.

주류 사회로부터 견제를 받던 스케이트 라이더들은 기존 질서에 반감과 저항 의식을 갖게 되었다. 서브컬처의 반기성주의는 스트릿 컬처와 스케이트보드 커뮤니티의 기본 이데올로기로 자리 잡기 시작했다. 미국에서 스케이트보딩은 단순히 보드만 타는 운동이 아니다. 스트릿 컬처의 정신적(철학), 예술적(음악·미술) 측면이 서로 융합되어 상호작용하는 스포츠다.

스케이트보드는 여러 성향의 서브컬처를 연결하는 고리(link) 역할을 한다. 스케이트보딩은 자유와 도전의 영혼(soul)이며, 언더그라운드의 다양성이 공존하는 복합 문화다. 스케이트보드 중심의 스트릿웨어 브랜드가 이질적인 여러 서브컬처와 호흡을 맞출 수 있는 이유다. 언더그라운드 정신과 철학을 공유하면 다양한 서브컬처를 공유할 수 있다.

(2) 티셔츠로 표출하는 DIY 서브컬처 정신

스트릿웨어 브랜드의 대표 아이템은 반팔 라운드 티셔츠다. 개인이건 기업이건 스트릿 컬처 브랜드를 런칭할 때, 가장 먼저 출시하는 필수 제품은 반팔 티셔츠다. 스투시·슈프림·베이프·팔라스 등 대부분의 스트릿웨어 브랜드는 티셔츠를 발매하면서 브랜드의 탄생을 알렸다. 스트릿 컬처 마니아와 팬덤도 구매 목록 1순위로 티셔츠를 꼽는다. 스트릿웨어에 처음 입문하는 초보 고객도 코디 실패의 위험 부담이 적은 티셔츠를 우선 구입한다. 스트릿웨어 비즈니스에 뛰어든 기업도 티셔츠를 주력 상품으로 출시한다.

모든 스트릿웨어 브랜드와 커뮤니티가 공통적으로 최우선순위를 두는 아이템은 티셔츠다. 티셔츠는 스트릿 컬처를 대표하는 상징이다. 무지 티에 브랜드 로고(logo)를 프린팅한 티셔츠는 브랜드 정체성을 고객에게 심어 주는 역할을 한다. 티셔츠는 스트릿웨어 브랜드가 성장할 수 있는 방아쇠 기능을 한다. 스투시는 운명적 아이템인 스투시 손글씨(script) 로고 티셔츠를, 슈프림은 빨간색 박스(box) 로고 티셔츠를, 베이프는 원숭이 얼굴(ape face) 로고 티셔츠를 출시하면서 고객의 호기심을 자극했다. 스트릿 컬처 고객은 자신이 지지하는 브랜드의 티셔츠를 입으면서 동류의식과 팬덤 연대를 형성한다.

최근에 런칭하는 스트릿웨어 브랜드 회사와 개인도 티셔츠부터 출시한다. 다양한 제품 카테고리가 있지만 현재도 스트릿웨어 브랜드 정체성의 상징 역할은 티셔츠가 하고 있다. 티셔츠를 빼고는 스트릿웨어 브랜드의 역사와 미래를 설명하기 불가능하다. 스트릿웨어 브랜드는 티셔츠를 전략적인 아이템과 마케팅 수단으로 중요시한다. 티셔츠는 자체 브랜드 제품뿐만 아니라 컬래버레이션 작품에서도 없어서는 안 되는 감초 역할을 하고 있다.

다른 아이템도 많은데 스트릿웨어 브랜드가 굳이 반팔 티셔츠를 우선시하는 이유는 뭘까? 티셔츠는 어떻게 서브컬처 정신을 표현하는 강력한 메신저가 되었을까? 지금 스트릿웨어 브랜드를 창업해도 티셔츠가 필수 아이템일까? 스트릿웨어 브랜드가 티셔츠와 관련을 맺게 된 역사적 필연성이 있을까? 왜 티셔츠가 스트릿웨어 브랜드의 근본 원리(keystone)가 되었을까? 티셔츠와 DIY 제작 방법은 어떤 관계가 있을까?

답을 풀 수 있는 실마리는 스케이트보드에 있다. 스케이트보드의 교과서적인 옷은 티셔츠다. 스케이터들은 보드를 탈 때 편한 옷이 필요하다. 스케이트보딩 시 편리한 스타일은 목에 깃(collar)이 없는 라운드 티(round tee)다. 스케이터들은 활동을 자유롭게 하는 티셔츠를 입고 보드를 즐겼다. 처음에는 단색의 반팔 티만 입다가 프린팅과 다양한 색의 디자인이 추가되었다. 1960~70년대에는 의류 기업들도 티셔츠 수요 증가에 힘입어 스케이터를 타깃 고객으로 티셔츠를 제작했다. 하지만 기성 의류 기업이 만든 티셔츠는 스케이트보드 커뮤니티의 감성(emotion)을 만족시키기에는 한계가 컸다.

스케이터들은 패션 기업의 디자이너가 만든 티셔츠 대신, 자신들이 원하는 디자인을 직접 프린팅해서 티셔츠를 만들었다. 스스로 티셔츠를 제작하는 DIY(do it yourself) 제작 방법을 통해서 표현의 자유를 누렸다. 디자인 능력과 전문 인쇄 기술이 부족한 한계는 있었다. 그러나 자신이 원하고 전달하고 싶은 메시지를 거칠지만 솔직한 표현이 살아나도록 티셔츠를 만들었다. 질(quality)은 떨어지지만 내용(contents)에 초점을 두었다.

DIY 방법의 티셔츠 프린팅 제작은 장점이 많다. 디자인과 제작을 직접 하므로 초기 창업 자금이 부족한 청년들의 비용 문제를 해결할 수 있다. 자신이 생각하고 있는 주제를 외부 간섭 없이 표현할 수 있는 자립성과 독립성 추구가 가능하다. 또한 초보 단계에 사용하는 기계로 티셔츠 제작을 쉽게 할 수 있다. 단, 퀄리티(질)에 관한 문제는 예외로 할 수밖에 없는 한계는 있다.

단색 무지 티(blank tee) 시장이 발달한 미국에서 티셔츠 제작은 쉬운 편이어서 청소년도 간단히 만들 수 있다. 티셔츠 제작이 용이한 이유는 자금이 적게 들고 제작 공정이 단순하기 때문이다. 간단한 프린트 기계·무지 티·물감(잉크)만 있으면 티셔츠를 만들 수 있다. 특별히 공장과 사무실도 필요 없다. 부모님 집의 차고와 자신의 방에서 제작하면 된다. 수량이 많아져서 공장을 이용한다 해도 다른 제품에 비해 티셔츠 제작 단가는 저렴한 편이다. 망설일 필요 없이 아이디어만 있으면 바로 제작할 수 있는 아이템이 티셔츠다.

스케이터가 '스케이터를 위해서' 티셔츠를 만들다 보니, 프린팅에 자연스럽게 스케이트보드 문화가 스며들었다. 자신이 입고 커뮤니티와 친구들이 입는 티셔츠이기 때문에 스케이트보드 공동체의 평가를 염두에 두고 제작한다. 의류 기업에서 제작한 상업적 판매용 티셔츠보다는 스케이터들이 자체 제작한 티셔츠가 스트릿 컬처 정신을 뚜렷하게 보여 준다. 티셔츠 퀄리티가 떨어지고 나염 기법이 서툴러도 스케이트보드 커뮤니티는 자신들의 친구가 만든 티셔츠를 좋아했다. 제작자의 솔선수범의 DIY 정신을 존중하기 때문이다.

주류 사회로부터 환영받지 못한 언더그라운드 정신이 티셔츠에 표현되었다. 스케이터들은 티셔츠를 입고 스케이트보드를 탄다. 도로를 질주하는 바퀴 소리가 들리면 어김없이 반팔 티를 입은 청년들의 라이딩하는 모습이 포착되었다. 주류 사회는 스케이터들이 공통적으로 입은 반팔 티셔츠를 '반항의 상징'으로 인식했다. 언론도 정갈한 카라 티(collar t-shirt)의 캐주얼 복장과 대조해서 라운드 티를 입은 스케이터들을 저항적 이미지로 소개했다.

티셔츠는 스트릿 컬처의 심벌이자 자유와 개인주의의 표상이 되었다. 티셔츠와 DIY 정신은 스트릿 컬처 브랜드의 정체성을 대표하는 상징이다. 스트릿웨어 브랜드의 반팔 티는 단순히 판매용 제품이 아니다. 티셔츠는 서브컬처 정신을 이어 오는 흔적이며 증표다. DIY 정신이 살아 있어야 스트릿 컬처 감성의 티셔츠 디자인이 가능하다. 스트릿웨어 브랜드 중에서 티셔츠 발매를 소홀히 하고 이익이 높은 품목으로 변경하자, 브랜드 정체성이 사라지고 단순히 의류 브랜드로 인식돼서 실패한 경우가 흔하다.

스트릿웨어 브랜드에서 티셔츠는 마케팅과 밀접한 관련이 있다. 창업자 중 대다수는 창업 초기에 자체 제작한 티셔츠를 친구와 지인들에게 선물용으로 나누어 주었다. 스투시, 베이프, 허프도 마찬가지였다. 고객과 공감대 형성을 위해서 티셔츠 무료 배포 관행은 빈번히 이루어진다. 지금도 티셔츠는 브랜드 홍보와 연대감을 위한 중요한 요소다.

(3) 특유의 심미적 감성을 표현하는 브랜드 정체성

스트릿 컬처 브랜드 제품에서 '멋짐'의 기준은 서브컬처 정신과 느낌이 얼마나 잘 녹아서 디자인되고 표현되었는지다. 그럼 어떤 디자인일까? 스트릿 컬처 브랜드는 심미적(aesthetic, 審美的) 감성을 디자인 기준으로 삼는다. 그런데 심미적이란 단어가 쉽게 마음에 와닿지 않는다. 심미적이란 '아름다움'을 추구하는 예술적 특성을 의미한다. 모든 예술이 멋지고 인상적인 창작 활동을 추구하지만, 아름다움의 기준은 예술 장르(분야)마다 다르다.

의류 디자인만 봐도 심미적 기준은 다양하다. 화려하고 알록달록한 옷을 아름답다고 보는 사람도 있지만, 원색의 단순한 스타일을 아름답다고 표현하는 경우도 많다. 맥시멀리즘과 미니멀리즘의 대립을 봐도 심미적 기준이 다름을 알 수 있다. 즉, 패션마다 심미성은 다르다. 한 분야의 심미성으로 다른 분야의 심미성을 평가하는 잣대로 이용하면 안 된다. 스트릿웨어의 심미성이 어떻게 다른지 살펴보면 다음과 같다.

해변 스타일로 유명한 하와이안(Hawaiian) 셔츠는 화려한 무늬와 현란한 색감을 자랑한다. 하지만 스트릿웨어 분야에서는 자주 사용하지 않는 스타일이다. 야자수 잎으로 뒤덮인 티셔츠와 마리화나 잎의 도안이 있는 티셔츠 중에서 스케이트보더는 어떤 디자인을 선택할까?

스케이터들은 당연히 마리화나 잎 디자인의 티셔츠를 입는다. 이유는 심미적 기준이 다르기 때문이다. 반항성(反抗性)이 하나의 기준이 될 수 있다.

산악용 신발은 튼튼함을 중시하여 기능적으로 우수하고 날렵한 아름다움이 있지만, 스트릿 컬처 마니아들은 등산용 신발로 자신을 꾸미지 않는다. 오히려 어글리 슈즈(ugly shoes)인 아디다스 이지 부스트와 투박한 팀버랜드 6인치 부츠로 코디한다. 스트릿 컬처에서는 기능성보다는 심미성을 더 중요하게 취급한다.

힙합은 음악적인 면에서는 스트릿 컬처의 중요한 자리를 차지하고 있지만, 의류 관점에서는 스트릿웨어와 다른 심미적 감성을 갖고 있다. 힙합이 최고의 인기를 누리던 1980~1990년대에 등장한 스투시와 슈프림은 힙합과는 다른 스타일의 디자인으로 출발했다. 화려하고 강렬한 색을 사용하는 힙합 의류와는 달리, 스투시와 슈프림은 흰색 바탕에 자신의 로고를 간결하게 프린트했다. 스케이트보더들과 청소년은 기존에 입던 힙합 스타일 대신 스트릿웨어 디자인을 선택했다.

스트릿웨어의 심미적 아름다움은 간결함(brevity), 연대감(kinship), 일체감(solidarity), 상징성(symbolism), 반항(defiance), 풍자성(sarcasm)을 특징으로 한다. 다른 패션의 심미성과는 구별된다. 스트릿 컬처 마니아는 이해하기 힘든 복잡한 디자인보다는 깔끔한 디자인을 선호한다. 디자인을 통해서 브랜드 공동체 의식을 느낀다. 디자인은 고객과 브랜드를 연결해서 일체감을 갖게 하는 매개체다. 디자인은 브랜드를 상징하는 심벌 기능을 한다.

　서브컬처 콘셉트의 심미성을 잘 활용해서 런칭과 동시에 인기를 얻은 스트릿웨어 브랜드가 많다. 럽앤딥의 손가락 욕 하는 고양이, 허프의 마리화나 잎, 오베이의 앙드레 자이언트 얼굴, 에프티피의 총 프린팅, 텐디프의 쇠사슬, 더헌드레즈의 아담 밤, 스투시의 권총을 가지고 노는 어린이 사진, 슈프림의 명품 로고 도용 등이 있다. 위의 스타일과 디자인을 보고 감탄이 나오면 스트릿웨어 심미성을 마음으로 느끼는 경우다.

　스트릿웨어 브랜드가 가지고 있는 심미성은 디자인 자체만 가리키지 않는다. 브랜드 창업자, 브랜드 헤리티지(유산), 브랜드 철학, 브랜드 커뮤니티가 복합적으로 어우러져서 심미성이 만들어진다. 예를 들면 슈프림의 단순한 박스로고는 심미성의 클라이맥스(절정)에 있다. 하지만 다른 브랜드가 슈프림을 따라서 박스 로고를 사용한다고 해서 멋지다고 느껴지진 않는다. 왜냐하면 스트릿웨어 브랜드의 심미성은 브랜드의 스토리를 함께 공유하고 감성적으로 인정될 때 생기는 작용이기 때문이다.

　스트릿 컬처 브랜드의 심미성은 혼합적 특성을 내포하고 있다. 이런 이해 없이 스트릿웨어 브랜드를 창업하면 대부분 몇 년 후에 사라지는 운명을 맞이한다. 스트릿웨어의 심미성은 스트릿웨어 브랜드의 아이덴티티를 표현하는 방법이다. 또한 브랜드가 나아갈 방향을 알려 주는 기능까지 한다. 스트릿웨어 브랜드가 스트릿웨어 심미성을 놓치면 스트릿웨어 커뮤니티의 관심은 실망으로 변하고 브랜드도 운명을 다하게 된다. 심미성은 스트릿웨어 브랜드 존립의 생명줄이다.

디자인을 스트릿 컬처스럽게 한다고 해서 심미성을 완전히 확보할 수는 없다. 1990년대 스트릿웨어 브랜드 창업 붐이 미국을 휩쓸자 심미성을 오해한 브랜드들이 우후죽순으로 생겨났다. 선정적(섹슈얼)이고 자극적이며 컬트스러운 디자인이 스트릿 컬처의 심미성을 대표한다고 착각한 경우였다. 이들은 소비자의 흥미를 끌기 위해서 여성 누드와 해골을 프린팅에 주로 이용했다. 잠깐 동안 관심을 얻었지만 오래 생존하지는 못했다.

스트릿웨어의 심미성은 같은 스트릿 컬처인 힙합·펑크·팝아트·그라피티·타투와 영향을 주고받으면서 새로운 패션 트렌드를 만들고 있다. 또한 의류 패션 이외의 영역에까지 영향을 미치고 있다. 가구·건축 디자인·이벤트 분야에 영감을 주고 있다. 이제는 스트릿 컬처 브랜드의 심미성은 주류 패션계에서도 무시할 수 없는 존재감을 가지게 되었다. 심미성을 디자인으로 표현하기 위해서는 개인주의에 뿌리를 둔 스트릿 컬처의 순수 정신을 먼저 이해해야 한다.

스트릿웨어 브랜드의 심미성이 젊은 소비층에 어필하는 힘이 커지면서 기업과 브랜드는 스트릿 컬처의 심미성을 얻기 위해서 다양한 방법을 이용하고 있다. 스트릿 컬처 브랜드와 컬래버레이션을 하고, 스트릿 컬처에 특화한 독립적 서브 브랜드를 만들고, 스트릿웨어 브랜드 디자이너를 수석 디자이너로 채용한다. 스트릿 컬처의 심미성은 패션계 전체로 퍼지고 있다. 심미성을 알맞게 표현하는 스트릿 컬처 브랜드의 파워는 더욱더 커지고 있다.

(4) 안티컬처 아웃사이더에서 패션 트렌드 다크호스가 되다

안티컬처는 기성 지배 집단의 문화를 거부하고 자신만의 고유한 문화를 추구하는 저항과 대항 문화(counter culture)를 의미한다. 안티컬처의 예로는 히피·펑크 문화가 있다. 넓은 의미로는 자유·독립·저항 정신을 가지고 있는 반문화(反文化)를 포괄한다. 질서주의 문화가 지배적인 곳에서는 자연스럽게 표현과 사상의 자유를 추구하는 집단이 생겨난다. 정치 이외에 미술·음악·취미·문화 등 모든 영역에서 안티컬처가 발생한다. 기존과 다른 삶을 추구하는 라이프 스타일과 문화를 의미한다.

스트릿 컬처를 구성하는 분야도 처음에는 일반 사회 질서와 대조되는 안티컬처였다. 펑크 음악·록 뮤직·힙합·비보이는 음악계의 안티컬처로 출발했다. 스케이트보드는 소음 공해와 떠들썩한 모임(행아웃) 때문에 환영받지 못한 안티컬처의 표본이다. 벽마다 울긋불긋 그리는 그라피티는 환경 오염으로 취급받았다. 2000년 이전까지도 스트릿 컬처 지지층은 소수의 청소년과 청년층에 국한되어 있었다. 스트릿웨어 스타일을 추구하면 같은 또래 집단에서까지도 이상한 별종 취급을 받던 시기도 있었다. 주류 언론도 스트릿웨어를 히피 저항 문화의 아류로 분류하기도 했다.

주류 문화에서 소외되어 안티컬처를 따르는 무리는 사회의 기성 틀에서 벗어난 아웃사이더(outsider)가 되었다. 스케이트보드가 미국 서부 청소년의 사랑받는 스포츠로 인기를 누리던 1980~90년대 전후에도 스케이터는 아웃사이더의 전형이었다. 스케이트보드 마니아들이 술·마리화나·펑크·록 뮤직·그라피티 문화와 어울리면서 주류 사회와는 더욱 멀어졌다. 스케이트보더는 도로를 휘젓고 다니는 일탈자들로만 바라봤다.

스케이트보드를 탈 수 있는 공간은 두 곳이다. 전용 스케이트 공원과 거리의 도로가 있다. 스케이트 파크에서 중요한 요소는 스케이트보드와 음악이다. 펑크와 록 뮤직이 분위기를 떠받쳐 준다. 도로에서 탈때는 역동적인 재미가 크지만 언제나 안전사고 위험이 따르는 익스트림 스포츠가 된다. 경찰·경비원·행인·운전자들과 마찰이 끊이질 않는다. 어디에서 건 스케이트보더는 환영받지 못하는 아웃사이더다. 그럼에도 불구하고 스트릿 컬처 추종자는 열정과 자부심이 강하다. 도전과 자유를 추구하는 투지가 불탔다.

안티컬처는 자기집단주의가 강하므로 자기 커뮤니티의 테두리 범위안에서만 활동한다. 따라서 주류 사회와 일반 대중문화와 교류할 기회가 적다. 주류 문화는 비주류 안티컬처를 인정하지 않고 하찮은 수준으로 여기기까지 했다. 안티컬처 중에서 대중적 인기를 얻게 된 서브컬처는 소수였다. 일본의 오타쿠(オタク) 문화가 대표적이다. 그러나 이제는 스케이트보드 중심의 스트릿 컬처는 위로 올라와(overground) 일반 대중과 주류 패션 브랜드의 관심을 받고 있다.

시대 상황이 변하면서 스트릿 컬처는 콧대 높은 주류 패션계로부터 대접받는 위치로 올라갔다. 개인주의와 다양성 존중 문화가 보편적 생활 양식이 되면서 안티컬처도 하나의 라이프 스타일로 인정받게 되었다. 패션 소비의 주도층이 청소년·청년층으로 옮겨 가면서 패션 트렌드도 함께 변했다. 청소년들이 안티컬처에 호기심과 동경심을 가지면서 스트릿웨어 브랜드 제품을 찾기 시작했다.

스케이트보더와 힙합 래퍼가 입은 옷과 신발 브랜드를 찾는 틴에이저가 늘어났다. 청소년의 소비 결정권이 커지면서 스트릿웨어 패션이 주요 구매 품목이 되었다. 또한 스트릿웨어 브랜드의 고객층이 점점 넓어졌다. 예전에는 스케이터들과 스트릿 컬처 마니아가 주된 소비자였다. 지금은 스케이트보드를 전혀 타지 않는 청소년, 회사원, 주부도 스트릿 컬처 브랜드 제품을 구입한다.

패션 비즈니스 영역에서도 변화가 생겼다. 패션계의 충격적인 사건 중 하나는 명품 브랜드 루이 비통(Louis Vuitton)과 스트릿 컬처 브랜드 슈프림의 컬래버레이션이었다. 맨해튼 소호의 작은 골목 가게로 출발한 슈프림과 자존심 강한 럭셔리 브랜드가 협업을 했다. 오프-화이트 창업자인 버질 아블로가 루이 비통 남성복 수석 디자이너로 임명되었다. 일본 스트릿 브랜드인 언더커버와 발렌티노(Valentino)의 협업, 조던과 디올(Dior)의 협업도 스트릿 컬처 브랜드의 높아진 위상을 보여 준다.

유명 브랜드 디자이너들이 스트릿 컬처 스타일을 적극적으로 활용하고 있다. 킴 존스(Kim Jones), 뎀나 즈바살리아(Demna Gvasalia), 매튜 윌리암스(Matthew Williams), 사무엘 로스(Samuel Ross), 헤론 프레스톤(Heron Preston), 제리 로렌조(Jerry Lorenzo) 등 수많은 디자이너들이 스트릿 감성을 자신의 브랜드와 디자인에 녹여 내고 있다. 스트릿웨어 브랜드가 주류 문화로부터 인정을 받을 뿐만 아니라 스트릿 컬처 감성이 패션 전체의 흐름(trend)이 되고 있다.

스트릿웨어와 전혀 관련이 없던 브랜드가 자신들의 디자인에 스트릿 컬처 심미성을 접목시키고 있다. 대형 스포츠 브랜드는 스케이트보드팀을 창단해서 적극적으로 스트릿 컬처를 흡수하고 있다. 개인주의와 자아 발견 시대 흐름과 맞물려서 안티컬처는 문화 호소력을 갖게 되었다. 현재 스트릿웨어 브랜드는 패션 트렌드에 영향을 주는 패션 다크호스가 되었다. 더 이상 스트릿웨어 브랜드는 패션 변방에 머무르지 않고 패션 경쟁력을 갖춘 작은 거인이 되었다.

(5) 기묘한 글로벌 패션 슈퍼 히어로의 출현과 책임

스트릿 컬처 브랜드를 바라보는 패션업계 종사자들의 견해는 극과 극으로 갈라져 있다. 먼저 우호적인 입장은 스트릿웨어 브랜드를 패션 시장을 관통하는 새로운 콘셉트로 본다. 대중의 라이프 스타일까지 변화시키는 패션의 다크호스로 여긴다. 또한 패션 비즈니스에 활력을 불어넣고 패션 트렌드 방향을 제시하는 역할까지 하고 있다며 스트릿 컬처 브랜드의 가치를 높이 평가한다.

반면 부정적인 입장은, 스트릿웨어 패션도 유행에 불과하기 때문에 잠시 인기를 끌다가 사라질 운명으로 취급한다. 스트릿웨어 브랜드 창업자 대부분을 전문 패션 교육을 받지 않고, 예술적 가치를 제대로 배우지 못한 패션 세계의 자격 미달자로 평가한다. 스트릿웨어 브랜드 제품의 심미성을 디자인 완성도가 떨어지는 저급의 3류로 낮춰 본다.

어느 쪽 의견이 맞을까? 스트릿웨어 브랜드 창업자 중에는 일류 대학 출신이 없다. 이들은 스트릿 컬처의 자유와 도전 정신이 좋아서 경찰에 쫓기면서도 스케이트보드를 탄 스케이터들이다. 직접 인쇄한 티셔츠를 공공장소에서 판매하다가 공무원에게 무허가 상거래 행위로 단속을 받기도 했다. 자금이 적어서 티셔츠는 DIY로 제작해서 패션 시장에 첫발을 내디딘 영세업자였다.

스트릿 컬처 브랜드 창업 과정을 보면, 처음에는 소외되고 나약한 존재였지만 특별한 능력을 갖추어 가는 슈퍼 히어로와 비슷하다. 스트릿웨어 브랜드는 슈퍼 히어로처럼 특정 지역을 중심으로 활동한다. LA의 스투시, 맨해튼의 슈프림, 도쿄의 베이프, 런던의 팔라스, 암스테르담의 파타는 고담시의 배트맨, 맨해튼의 스파이더맨, 메트로폴리스의 슈퍼맨처럼 자신의 도시에서 활동했다.

시간이 지나면서 슈퍼 히어로들은 지구를 무대로 활동하는 글로벌 슈퍼 히어로가 된다. 이와 마찬가지로 스트릿 컬처 브랜드는 지역별 도시 히어로에서 지구적 히어로로 변하고 있다. 슈프림을 예로 보면 처음에는 미국 맨해튼 칙칙한 골목에서 태어났다. 점점 성장하면서 LA를 비롯한 미국 주요 도시로 활동을 넓혔다. 그리고 미국을 넘어 일본, 영국, 프랑스, 이탈리아, 한국에도 매장을 오픈한다. 스트릿웨어 브랜드는 전 세계 사람들을 열광케 만드는 글로벌 슈퍼 히어로가 되었다.

글로벌 슈퍼 영웅이 된 스트릿웨어 브랜드는 패션 비즈니스에서 차지하는 비중도 높아졌다. 패션 시장 매출에서 차지하는 비율도 급속히 증가하고 있다. 대형 패션 기업 입장에서는 스트릿웨어 스타일을 무시할 수 없게 되었다. 역사가 오래된 기성 브랜드는 스트릿웨어 바이브(분위기)를 이용해서 자신의 브랜드에 새로운 활력소를 주입하고 있다. 컨버스·아디다스·챔피언·휠라가 청소년 고객에게 새롭게 어필할 수 있는 힘은 스트릿 컬처를 적극적으로 수혈받아서 디자인에 활용했기 때문이다.

스트릿웨어 브랜드가 패션 슈퍼 파워를 가진 히어로가 된 배경은 패션 환경 변화에서 찾을 수 있다. 패션은 필연적으로 사회상을 반영한다. 현재는 개인 존중·자유주의·소수 의견·독립성이 보다 강조되는 흐름이 자리 잡았다. 청소년·청년층의 목소리가 영향력을 발휘하는 시대가 되었다. 패션 영역에서 틴에이저의 의사 결정이 소비를 좌우하고 있다. 젊은 층의 구매력이 패션 시장의 성패를 가르고 있다.

젊은 마니아들은 인터넷·유튜브·소셜미디어(SNS)로 세계적인 패션 정보를 공유한다. 패션 디자인과 이미지에 즉시 반응하여 자신들의 평가와 의견을 업로드하고 패션 방향을 제시한다. 조던과 나이키 에스비 마니아들이 인터넷 블로그에서 정보를 공유하면서, 스니커헤드(신발 수

집가)와 리세일(재판매) 시장도 함께 성장했다. 패션 덕후(오타쿠)들이 인터넷에 자신의 소장품과 스트릿웨어 코디를 올리면서 스트릿 컬처는 호기심과 관심의 대상이 되었다. 스트릿 컬처 팬들도 온라인 활동을 왕성히 하면서 스트릿웨어 브랜드 정보는 지역 차원에서 세계로 확산되고 있다.

스트릿 컬처 브랜드의 가치는 팬덤뿐만 아니라 연령·세대·국가의 장벽을 뛰어넘어 지구적으로 영향력을 행사하고 있다. 명품 브랜드가 스트릿웨어 디자이너를 채용하며, 파리와 뉴욕 패션쇼 런웨이에 스트릿웨어 브랜드가 자주 등장한다. 죽어 가던 대형 스포츠 브랜드가 스트릿웨어 브랜드와 컬래버하여 브랜드 생명을 연장하기도 한다. 스트릿 컬처 브랜드는 하수(nerd)에서 고수(dope)로, 약자(underdog)에서 강자(top dog)의 대접을 받게 되었다.

스트릿웨어 스타일은 세계적인 유행 코드로 자리 잡고 있다. 스트릿 컬처는 패션 브랜드의 성공을 가능케 하는 플랫폼 기능을 하고 있다. 스트릿웨어 시장이 확대되면서 스트릿웨어 브랜드는 무시할 수 없는 슈퍼 히어로가 되었다. 특히 청소년의 마음과 라이프 스타일에 끼치는 영향은 강하다. 슈퍼 히어로가 된 스트릿 컬처 브랜드는 큰 힘을 가지고 있으므로 큰 책임도 따른다.

스트릿 컬처 브랜드는 이윤 추구에 집중하는 브랜드에서 사회적 책임(social responsibility)을 감당하는 사회적 브랜드(social brand)로 거듭나야 할 숙제를 안고 있다. 스파이더맨의 큰아버지의 명언을 숙고할 필요가 있다. "With great power comes great responsibility!" 큰 영향력은 큰 책임을 수반한다. 또한 지역 주민의 삶과 문화에 도움이 되는 친절한 이웃(Friendly Neighborhood)의 역할도 필요하다.

지금까지 미국의 스케이트보드를 출발점으로 한 스트릿 컬처 브랜드의 배경을 알아보았다. 한국과 다른 지역적·사회적·문화적 배경으로 인해서 약간 추상적일 수 있다. 한국에서는 도로에서 스케이트보드를 타는 광경을 거의 볼 수 없어서 그 느낌이 제대로 전달되기에는 한계가 있다. 하지만 2장부터 개별 브랜드를 접하면 배경을 점점 구체적으로 알 수 있다.

수많은 스트릿 컬처 브랜드 중에서 47개를 중심으로 이야기를 풀어간다. 2~7장의 47개 브랜드를 만난 후, 다시 1장을 보면 보다 이해가 쉬워진다. 또한 1장은 8장(스트릿 컬처 브랜드 모델링의 핵심 요소)과 짝을 이루는 내용이다. 즉, 1장의 배경을 알면 바람직한 브랜드 모델 구축 방법을 자연스럽게 발견할 수 있다.

다음 2장부터는 스트릿 컬처 브랜드를 본격적으로 하나씩 본다. 시대별로 중요한 역할을 한 브랜드 중심으로 뽑았다. 스트릿 컬처의 본산지인 미국에서 태어난 스트릿 컬처 브랜드를 중심으로 출발한다. 출발은 스케이트보딩이 활발한 도시 지역이다. 캘리포니아와 뉴욕이 핵심이다. 두 지역을 기반으로 꽃을 피운 스트릿 컬처 브랜드의 발자취를 따라가 본다.

2장

미국 스트릿 컬처
파이어니어 브랜드

스케이트보드를 중심으로 한 스트릿 컬처 브랜드는 어디에서부터 시작했을까? 스트릿 컬처 브랜드가 미국·유럽·아시아 국가에 동시에 존재하다 보니 스트릿 컬처의 발원지(springhead)에 관해서 혼동하기도 한다. 팬덤은 자신이 좋아하는 스트릿웨어 브랜드를 스트릿 컬처 브랜드의 파이어니어(개척자)로 생각하기도 한다.

일본에 크고 작은 스트릿웨어 브랜드가 발달해서 일본을 빈티지 패션과 스트릿 컬처 패션이 처음 시작된 곳으로 오해하기도 한다. 영국이 패션의 본거지이고 다양한 컬트 문화와 팔라스 브랜드가 있어서 영국에서 출발점을 찾는 팬들도 있다. 그러나 우리가 다루는 스트릿 컬처의 첫걸음은 스투시와 슈프림이 태어난 미국이다.

2차 대전 이후 미국이 경제적 풍요시대로 접어들면서 권위 우선 질서주의와 반기성주의의 긴장감 속에서 서브컬처가 퍼지기 시작했다. 서브컬처 중에서 스케이트보드를 중심으로 한 스트릿 컬처는 미국 서부 캘리포니아에서 출발했다. 미국의 웨스트 코스트에서 발원해서 이스트 코스트의 두 지역에 선구자 브랜드들이 탄생한다.

스케이트보드는 웨스트 코스트의 서퍼들이 개발했다. 서핑 비수기의 놀이 대용품으로 나무(데크)와 흙(바퀴)으로 보드를 제작했다. 스케이트보딩은 1960년대부터는 취미 겸 스포츠로 자리 잡았다. 미국 전역에서 스케이트보드팀과 클럽이 만들어지고 지역별 경기도 열렸다. 지역 경기는 토너먼트 스타일로 치러졌다.

서핑의 하류 놀이로 취급받던 스케이트보딩은 1970년대부터 서핑과 완전히 독립된 스포츠로 인정받기 시작했다. 스케이트보드는 누구나 가지고 있어야 하는 필수 아이템이 되었다. 스케이트보딩은 처음에는 중산층 백인 청소년 위주로 퍼졌다. 1970년대 중반을 넘어서면서 계층과 인종 구분 없이 즐기는 매력적인 라이프 스타일을 형성했다.

스케이트보드 이벤트에는 언제나 록과 펑크, 술과 마리화나가 따라다녔다. 스케이터와 소규모 의류업자들은 반기성주의 취향에 어울리는 티셔츠와 보드 용품을 제작·판매했다. 반기성주의·반체제 성향의 사회운동이 확산되면서 스케이트보딩은 반항과 도전의 상징이 되었다. 스트릿웨어 스타일의 티셔츠는 청소년·청년층 사이에 반드시 소장해야하는 머스트해브(must-haves) 아이템이 되었다.

1970년대의 스케이트보드 열풍은 1980년대의 스트릿웨어 브랜드 창업으로 열매를 맺는다. 물론 1980년 이전에도 여러 브랜드가 있었지만, 실험적 성격에 머물면서 '지속성'이 약했다. 스트릿웨어를 패션 사업의 관점으로 인식해서 브랜드화하는 역량과 끈기가 부족했다. 기업은 스트릿웨어를 의류 사업의 일종으로만 취급했다. 티셔츠는 의류이지만, 이런 접근에 어떤 문제가 있었다.

1970년대 기업이 제작해서 판매했던 티셔츠와 바지는 스트릿 컬처의 진정성(authenticity)이 약했다. 지역별 스케이트팀의 획일적인 유니폼 수준의 옷이 대부분이었다. 클럽과 학원에 가입하지 않은 일반 스케이터들은 단체 팀복 스타일을 입고 싶어 하지 않았다. 결국 기업이 만든 스트릿웨어 의류는 스케이터들과 커뮤니티의 꾸준한 관심의 대상에서 멀어졌다.

1980년은 스트릿웨어 역사에서 특별한 이정표를 찍은 해다. 스투시가 태어난 해이기 때문이다. 스투시는 스케이트보드 문화를 미국 서부지역의 상징으로 끌어올렸다. 문화로 존재하던 스트릿 컬처를 브랜드로 구체화시켰다. 스투시 출현 이후, 영화와 뮤직비디오도 스케이트보딩을 캘리포니아의 젊음과 멋짐의 대명사 표현했다. 1980년대 웨스트 코스트의 스케이트보드 열풍은 LA와 샌프란시스코의 문화 상징이 되었다. 그리고 1990년대에는 이스트 코스트의 뉴욕까지 전파되었다.

스케이트보드 패션을 중심으로 의류부터 해서 보드·액세서리·잡지·신발 아이템들도 브랜드화되었다. 힙합도 미국을 서부와 동부로 나누어서 발전했듯이, 스트릿웨어도 캘리포니아와 뉴욕을 양대 산맥으로 하는 브랜드가 출현했다. 웨스트 코스트에서는 스투시, 이스트 코스트에서는 주욕과 슈프림이 초창기 개척자다. 스트릿 컬처 패션은 LA, 맨해튼, 브루클린뿐만 아니라 미국 도시 구석구석으로 뻗어 나갔다. 스케이트보드와 스트릿웨어는 청소년들 사이에서 가장 열정적이고 매력적인 화젯거리였다.

초기 스트릿 컬처 브랜드는 스케이트보드 문화와 밀접하게 연결되어 있다. '순수' 스케이트보드 컬처를 바탕으로 했다. 여기서 순수의 의미는 '타인의 눈치를 보지 않고 무례하고 거침없다'는 의미다. 스케이트 공원에서 얌전히 느릿느릿 보드를 타는 모습이 아니다. 도로 위를 질주하고 난간을 점프하고 자동차와 부딪히기도 하는 야생마와 가깝다. 즉, 야성적(터프, tough)이고 거친(와일드, wild) 스케이트보딩 감성이 포인트다.

파이어니어 브랜드에 1966년 창업한 반스(VANS)를 포함해야 하지만 반스는 신발 부분에서 따로 다룬다. 2장에서는 스투시, 쓰래셔, 스핏파이어, 펙트, 볼컴, 엑스라지, 주욕, 슈프림, 텐디프의 9개 브랜드를 선택했다. 지금은 잊혀진 브랜드도 있지만 모두 스트릿컬처 브랜드 비즈니스의 선구자다. 초창기 미국 스트릿웨어 브랜드의 역사를 이해하는 데 가장 적합한 모델이다.

9개 브랜드 모두가 창업 아이템을 의류부터 시작하지는 않았다. 스케이트보드와 연관된 사업 범위가 넓기 때문이다. 스트릿 컬처 브랜드를 탐구할 때 주의할 점은 경계를 미리 정해 놓고 좁힐 필요는 없다. 스트릿 컬처 브랜드는 제품 카테고리가 넓고 브랜드마다 집중하는 분야가 다르기 때문이다. 스케이트보드와 관련해서 파생된 제품들이 포함된다. 스트릿웨어는 의류(티셔츠·후드티)뿐만 아니라 신발·모자·가방·액세서리까지 모두 관련 있다.

스트릿 컬처 브랜드는 생명을 가지고 있다. 브랜드는 사람과 함께 호흡하고 운명을 함께한다. 브랜드에 생명을 불어넣고 자라게 하는 창업자·구성원·커뮤니티의 역할을 놓치지 말고 확인해야 한다. 브랜드 나열 순서는 창업 연도에 따라서 정했다. 스투시를 출발로 파이어니어 브랜드의 탄생 배경을 차례로 본다. 스트릿웨어 브랜드의 탄생지인 미국으로 가 보겠다.

(1) STUSSY [스투시]

홈페이지: stussy.com
창업자: Shawn Stussy, Frank Sinatra

스투시를 알면 스트릿 컬처 브랜드 변천 과정의 70%는 감(感) 잡을 수 있다. 40년 넘는 역사를 품은 스투시는 스트릿웨어 브랜드의 교과서다. 스투시의 성공·실패·재도전·부활의 궤적을 따라가 보면 스트릿웨어 패션 브랜드가 일반 패션 브랜드와 어떻게 다른지 파악할 수 있다. 스투시가 미국·일본·유럽의 청년 문화(youth culture)에 끼친 영향을 확인하면 스트릿 컬처 브랜드가 패션 다크호스가 된 이유도 발견하게 된다.

스투시는 스트릿웨어 브랜드의 자랑이며 자존심이다. 스투시의 역사를 정확히 파악하지 못하면 종종 이런 의문이 생기곤 한다.

❶ 스투시는 서핑 제품만 취급하는 서프보드 브랜드가 맞죠?
❷ 창업자 숀이 스투시를 그만두고 떠난 이유는 자금난 때문이죠?
❸ 스투시는 슈프림·팔라스·베이프보다 인기가 떨어지죠?
❹ 슈프림의 제임스 제비아와 숀 스투시 사이에 다툼이 있었죠?

스투시의 창업자 숀 스투시는 미국 스트릿 컬처를 '브랜드'로 꽃피운 선구자이며 스트릿웨어 패션계의 대부다. 스트릿웨어 브랜드는 스투시 이전에도 있었지만, 젊은 층을 사로잡으면서 미국과 전 세계에 영향력을 발휘한 브랜드는 스투시가 최초다. 스투시의 상업적 성공을 기점으로 미국은 DIY 스트릿웨어 브랜드 창업 붐이 일어났다. 숀의 열정적인 월드 투어를 통해서 일본과 유럽은 미국 스트릿 컬처를 공유하게 되었다.

스투시의 출발은 서핑 문화가 만들어 낸 스트릿 컬처의 열매다. 해변의 파도타기는 미국 캘리포니아 젊은이들의 일상이다. 서핑은 도전과 자유를 추구하는 청년 서퍼들의 스포츠이며 삶의 방식이다. 어릴 때부터 서핑을 즐기면서 자란 숀은 서프보드숍에 놀러 가기를 좋아했다. 고등학생 때부터 서프보드숍에서 아르바이트를 시작하면서 보드 제작에 재능을 보였다. 취미로 시작한 서프보드 만드는 일이 숀의 직업이 되었다.

숀은 1979년부터 서핑보드를 만든 후 자신의 성(姓)인 'Stussy'를 매직으로 사인했다. 숀이 쓴 필기체 글씨는 길거리 그림인 그라피티 스타일이었다. 삼촌의 사인을 빌려 온 숀의 아이디어는 브랜드의 3대 구성요소인 이름(name), 로고(logo), 폰트(font)가 되었다. 가게 손님과 서퍼들은 숀이 만든 서핑보드뿐만 아니라 스투시 글씨체(calligraphy)에 매료되었다.

숀은 자신이 만든 서핑보드를 홍보하기 위해서 1981년 무역 쇼(trade show)에 참가했다. 미국의 패션 트레이드 쇼는 대부분 3일 동안 열린다. 무역 쇼의 방문자들은 숀이 만든 서핑보드에도 호기심을 가졌지만, 정작 사람들의 눈길을 사로잡은 물건은 따로 있었다. 바로 흰색 잉크로 'Stussy'를 휘갈겨 쓴 손글씨의 검은색 반팔 티셔츠였다. 특별한 이유는 없었지만 사람들의 심장을 뛰게 하고 흥분하게 만들었다.

숀이 무역 쇼 참가 기념으로 만든 저렴한 Stussy 나염 반팔 티는 신비로움이었다. 숀 자신도 입고 도와주는 친구들에게 나눠 줄 목적으로 스크린 프린트로 제작한 티셔츠였다. 그런데 무역 쇼 3일 동안 숀의 서핑보드는 24개가 판매됐지만, 티셔츠는 1,000장이나 판매됐다. 스투시 폰트의 가시성과 스트릿 컬처의 심미성이 입증되었고 상업적으로도 성공 가능성을 보여 줬다.

숀은 1982년에도 무역 쇼에 참가했다. 이때 유명해진 제품은 반바지(short pants)였다. 숀은 얇은 군복 바지를 구입했는데, 움직임에 불편함을 느껴 무릎 위로 10cm 정도 바지 기장을 줄여 입었다. 무역 쇼에 참여한 방문객들은 숀의 반바지 스타일에 열광했다. 숀은 급하게 100벌 정도 더 만들어서 무역 쇼 동안에 모두 판매했다. 숀은 서핑보드 홍보를 위해 참가한 무역 쇼에서 오히려 티셔츠와 반바지의 성공을 확인했다. 숀은 의류 사업을 염두에 두기 시작했다.

숀은 서핑하면서 만난 친구 프랭크와 함께 1984년 정식으로 스투시 브랜드를 런칭했다. 트레이드마크인 스투시 로고는 1986년에 상표를 등록했다. 두 공동 창업자는 외부 자금의 도움을 받지 않고 브랜드를 운영하기 위해서 본인의 직업과 스투시 브랜딩을 병행했다. 이 전통은 지금까지 스투시에 내려오고 있다. 스투시가 브랜드 정체성을 계속 유지하고 있는 비결 중 하나는 외부 자본의 유혹으로부터의 독립성 덕분이다. 자금 유입은 이익과 손실이 모두 있는 양날의 칼과 같다. 외부 자금은 브랜드의 독립성과 자율성에 심각한 영향을 주기도 한다.

숀은 타고난 스트릿 감성과 노력으로 스투시의 다양한 로고를 만들었다. 스투시를 정식으로 브랜드로 공동 창업 하면서 도안한 로고는 '더블 S' 디자인이다. 알파벳 S 두 개를 겹친 모양이다. Shawn Stussy의 첫 알파벳 SS를 상징한다. 숀은 더블 S 디자인 아이디어를 샤넬의 C 로고에서 가져왔다. 샤넬의 역방향 겹친 C 로고를 스투시의 S로 바꿔서 디자인했다. '더블 S'는 스트릿웨어 로고 디자인 중에서 불후의 명작으로 손꼽힌다.

다음으로 만든 로고는 샤넬 No.5 향수 이름을 본 딴 No.4 디자인이다. 숀은 샤넬 디자인을 레퍼런스(참조)하여 창작 아이디어로 삼았다.

그리고 단순한 대문자 S만 사용하는 로고도 만들었다. 숀이 만든 로고들은 스트릿 컬처 마니아에게 강한 호소력을 발휘했다. 또한 스트릿웨어 패션의 핵심인 심미성 관점에서도 멋지게 보였다. 숀은 로고의 중요성을 일찍 발견하고 로고 디자인에 집중했다. 숀의 로고 응용 감각 덕분에 스투시는 런칭과 동시에 마니아층이 폭발적으로 증가했고, 사업도 대성공을 이어 나갔다.

캘리포니아에서 출발한 스투시는 미국 대륙을 관통해서 이스트 코스트인 뉴욕까지 명성을 쌓았다. 힙합 가수들이 더블 S 로고 버킷햇(벙거지 모자)을 쓰고 공연과 뮤직비디오에 등장했다. 스투시의 브랜드 인지도는 미국 스케이트보드 커뮤니티와 청소년들에게 급상승했다. 미국 내 높은 인기와 동업자 프랭크의 안정적인 경영 덕분에 스투시는 최초이면서 최고의 성공한 스트릿웨어 브랜드로 우뚝 섰다.

숀은 해외로 눈을 돌렸다. 미국 밖으로 스투시 전도 여행을 시작했다. 관광성 여행이 아니었다. 미국 서브컬처를 전파하고 스투시 네트워크(인맥)를 만드는 전략적 월드 투어였다. 이 여행으로 스투시와 미국 스트릿 컬처의 영토를 넓히는 소중한 기회를 만들었다. 스투시는 강한 문화 힘(culture power)으로 일본과 유럽 마니아를 사로잡았다.

숀은 월드 투어와 함께 국제 스투시 부족(IST: International Stussy Tribe)을 조직했다. 도쿄·파리·런던에서 개더링(모임)을 개최하면서 스투시의 라이프 스타일을 세계적 범위로 넓혔다. 상업성을 초월한 문화 공유였다. 숀과 친분을 쌓은 IST 회원들은 일본과 유럽에 스투시를 전파하는 홍보 대사(앰배서더) 역할을 담당했다.

특히 일본의 후지와라 히로시(藤原ヒロシ)는 일본 스트릿 컬처의 멘토 역할을 하면서 일본 스트릿웨어 브랜드가 태어날 수 있도록 길을 열어 주었다. 숀의 영향은 서핑·스케이트보드에 국한되지 않고 힙합·패션·문화 전반에 걸쳐 이루어졌고, 포괄적인 스트릿 컬처의 기초가 되었다. 또한 월드 투어로 인해서 스투시의 해외 진출이 쉬워졌다. 해외의 충성 팬덤이 급격히 증가했다.

숀의 월드 투어 이후 1991년은 스투시 브랜드가 스트릿웨어 브랜드 역사에 획을 그은 해였다. 미국 서부 브랜드 스투시가 동부 맨해튼에 플래그쉽 스토어(flagship store)를 오픈했다. 웨스트 코스트 스트릿 패션이 이스트 코스트에 깃발을 꽂았다. 지금도 서부와 동부에 동시에 매장을 운영하는 스트릿웨어 브랜드는 손꼽을 정도로 적다.

맨해튼의 스투시 매장 운영은 제임스 제비아가 맡았다. 3년 후 제비아는 슈프림을 창업했다. 1992년에는 LA에 제비아와 컬래버한 스투시 유니온(Stussy Union) 매장을 열었다. 이곳의 운영은 에디 크루즈가 담당했다. 에디는 10년 후에 언디피티드를 런칭했다. 스투시 매장은 새로운 스트릿웨어 브랜드 창업의 인큐베이터 역할까지 담당했다.

스투시의 성공 이후 많은 스트릿 컬처 브랜드가 탄생했다. 모시모(Mosimo) 같은 강력한 경쟁 브랜드도 출현했다. 스트릿웨어 브랜드가 다양해지면서 브랜드 선택 폭도 넓어졌다. 스투시에 문제가 발생했다.

스투시가 몇 개의 로고만 반복해서 제품을 출시하니 마니아층은 지루함을 느끼고 관심도 줄어들었다. 스투시는 브랜드 권태기의 위험에 부딪혔다. 1996년에는 창업자 손마저 스투시를 떠나자 스투시는 망할 거라는 언론 보도와 루머가 돌았다.

스투시에서 손 스투시가 사라진 일은 충격적이었다. 브랜드 자체가 위기에 빠졌지만, 공동 창업자인 프랭크가 스투시를 더욱더 스트릿 컬처답게 만들었다. 프랭크의 리브랜딩(rebranding) 전략은 스투시의 존재 이유를 확인하고 스트릿웨어 브랜드의 독특한(unique) 접근 방법을 추구했다. 먼저 디자인 팀을 새롭게 바꾸고 스투시 철학을 세웠다. '이익보다 브랜드가 먼저다(Brand First, Revenue Second)' 모토를 정했다.

프랭크는 세계에 방만하게 널려 있던 스투시 라이선스를 회수하고 매장 수도 축소했다. 1999년 스케이트보드팀을 설립하고 스케이트보드의 위상을 높인 월드 투어를 시작했다. 나이키 스케이트보드팀과 함께 세계 주요 도시를 돌면서 스투시의 라이프 스타일과 바이브를 전파했다. 나이키와의 월드 투어로 2000년부터 나이키와 컬래버 제품이 출시되고, '나투시(Natussy)'라는 신조어가 생기면서 스투시는 완전히 부활에 성공했다.

스투시는 가족 경영과 규모 축소로 스투시 헤리티지를 다시 세워나갔다. 프랭크는 스투시를 대형 패션 기업에 매각하지 않고 가족 사업(family business)으로 운영하고 있다. 지금은 프랭크의 아들 데이빗(David)이 스투시를 이끌고 있다. 디렉터 경험을 쌓은 데이빗은 스투시의 정체성과 진정성을 확고히 다지면서 스트릿 컬처의 생명을 불어넣고 있다.

스투시의 스케이트보드팀 운영과 스케이트 투어 후원은 스케이터들의 인정과 충성심을 불러일으켰다. 스투시 보드팀의 멤버인 키스 허프나겔은 2002년에 허프 브랜드를 런칭했다. 매장 숫자를 축소한 스투시는 판매망 확대보다는 스투시 가치를 전파하는 마케팅으로 초점을 변경했다. 마케팅 매니저인 닉 럭은 2015년에 안티 소셜 소셜 클럽을 런칭했다.

스트릿웨어 브랜드와 스트릿 컬처는 스투시를 근본 뿌리로 해서 가지가 뻗어 나갔다. 스투시는 시금석과 표준의 역할을 했다. 스투시는 문화적으로 힙합·펑크와 서프·스케이트보드 컬처를 연결시켰다. 청년들이 스트릿웨어 브랜드를 창업하도록 동기를 부여했다. 앞으로 소개되는 브랜드들은 스투시와 직간접적으로 연결되어 있다.

숀 스투시는 스트릿웨어 브랜딩에 나침반 역할을 하며, 청년 창업자들에게 영감을 준 선구자다. 지금도 스트릿 스타일 하면 숀 스투시 스타일을 떠올린다. 숀과 시나트라 가족이 40년 넘게 보여 준 자취는 지금까지도 스트릿웨어 브랜딩의 바이블이다. 스투시가 보여 준 스트릿웨어 브랜드 모델링 방법을 정리하면 다음과 같다.

❶ 브랜드 로고와 폰트는 눈길을 끌 수 있는 가시성(visibility)이 있어야 한다. 감성 차원이기 때문에 로고와 폰트 제작 시 주변 사람들의 첫 느낌과 의견을 들으면서 수정도 필요하다.

❷ 기본 로고 이외에 부수적 로고를 추가로 개발한다. 브랜드의 일관성은 유지하되 로고의 다양성은 도움이 된다. 숀 스투시는 손글씨 로고 이외에 많은 서브 로고를 개발했다. 더블 S 로고, Stussy No.4, 굵은 S 로고, 8 ball 로고, 왕관 로고, 원시 부족 로고 등.

❸ 스투시는 무역 쇼에 참가해서 비즈니스 가능성을 확인했다. 무역 쇼 무용론 주장도 있지만, 오프라인의 만남의 역할을 하는 무역 쇼는 스트릿 컬처 브랜드 홍보와 인지도 확장에 도움이 된다.

❹ 스투시는 클럽 모임을 스투시 컬처의 소개와 충성 고객 만남의 창구로 활용했다. 클럽 디제이의 앰배서더(대사) 역할을 중요시했다. 나라마다 다르지만 일본·유럽은 디제이가 인플루언서 기능을 한다.

❺ 스투시는 스트릿웨어 제품 제작 순서를 보여 줬다. 티셔츠부터 만들고, 반바지, 모자 그리고 후드티로 진행하는 아이템 전개 과정은 지금도 신규 스트릿웨어 브랜드의 매뉴얼(지침서)이다.

❻ 스투시는 외부 자금 유치 없이 자기 자본으로 투자·운영한다. 외부 간섭이 없으므로 스트릿 컬처다운 독립적인 운영 방식을 지킬 수 있다.

❼ 브랜드 자율성을 보존하기 위해서 가족 사업 가치를 포기하지 않고 지키고 있다. 스투시의 부족 개념을 고수하고 있다. 시나트라 가족 경영으로 스투시는 지속 가능한 브랜드의 모범이 되었다.

2010년 숀 스투시는 에스더블(S/Double) 브랜드를 런칭했지만 조용히 운영하고 있다. 에스더블은 일본 디자이너와 협업 스타일로 진행 중이다. 에스더블 제품은 일본 편집숍과 LA 유니온 매장에 입점하고 있다. 최근에는 명품 브랜드 디오르(Dior)와 컬래버를 진행해서 숀을 다시 볼 수 있었다. 숀 스투시는 스트릿 컬처의 영원한 영웅이다. 스투시는 스트릿웨어 브랜드의 원형(元型)의 권좌에 있다.

(2) THRASHER [쓰래셔]

홈페이지: thrashermagazine.com
창업자: Kevin Thatcher, Eric Swenson, Fausto Vitello
공헌자: Jake Phelps

아이러니하게도 쓰래셔를 스트릿 의류 브랜드로만 알고 있는 사람들이 의외로 많다. 아마도 쓰래셔 로고 티셔츠와 후드티의 인기 때문이다. 유명 연예인(셀럽)의 착용 사진과 합리적 가격 덕분에 쓰래셔 제품은 스케이트보드를 타지 않는 사람도 하나쯤은 소장하고 있을 정도다. 하지만 쓰래셔의 본래 정체는 매거진(잡지)이다.

쓰래셔의 별명은 '스케이트보딩의 바이블'이다. 많은 스케이트보드 잡지 중에서 스케이터들 사이에 최고의 명성을 얻었기 때문이다. 티셔츠, 후드티의 의류 라인은 잡지 출간 후 한참 지난 후 나왔다. 쓰래셔는 의류 출시 이전에는 스케이터들과 일부 마니아들만 알던 언더그라운드 스타일의 브랜드였다.

쓰래셔는 1981년 케빈 대처와 에릭 스웬슨 등이 미국 캘리포니아 샌프란시스코에서 발간한 잡지다. 한 달에 한 번씩 출판하는 페이지 수는 적고 얇은 월간 잡지다. 처음 출간 목적은 자신들이 런칭한 스케이트보드 인디펜던트 트럭스(Independent Trucks) 브랜드 홍보용이었다. 즉, 초기에는 상업적 용도의 광고용 브로슈어로 출발했다. 그런데 쓰래서는 어떻게 해서 까다로운 스케이터들과 청소년의 사랑을 받아 스케이트보드 컬처의 교과서가 되었을까?

쓰래서는 여타 잡지와 마찬가지로 스케이트보드 관련 제품을 주요 내용으로 다룬다. 하지만 다른 점이 있다. 쓰래서는 스케이트보드 이외의 주제를 다양하게 포함한다. 음악, 스케이터 사진, 프로 스케이터 인터뷰, 스케이트 파크 소개 등. 쓰래서는 스케이터들을 위한 알찬 내용으로 가득 차 있다. 그런데 자사 제품 홍보용으로 출간한 잡지에 기대하지도 않은 새로운 생명이 붙었다. 쓰래서에 등장한 코디와 스타일이 스케이터와 청소년들 사이에 입소문을 타게 되었다. '쓰래서 스타일'이 스케이트보드 패션의 인플루언서 기능을 했다.

쓰래서 매거진은 1년 단위로 신청할 수 있다. 쓰래서 홈페이지에서 간단히 접수하면 된다. 필자도 1년 단위로 신청하고 있다. 신청하면 쓰래서 기본 로고 티셔츠와 스티커를 선물로 받는다. 미국 이외의 해외 배송도 하므로 외국 독자들도 설렘의 기쁨을 맛볼 수 있다. 스케이트보드 초보 입문자와 스트릿 컬처 탐구자는 반드시 구독해야 한다. 잡지와 웹사이트를 연결해서 보면 스케이트보드 문화를 이해하는 데 실질적인 지식과 감성을 얻을 수 있다.

쓰래셔의 기본 철학은 펑크 무브먼트(funk movement)와 관련이 깊다. 쓰래셔는 사건을 단순히 보도하는 잡지가 아니다. 쓰래셔가 표현하는 내용은 스케이트보딩 차원을 넘는다. 스트릿 컬처 철학과 이데올로기를 강하게 뿜어내고 있다. 기성 질서에 대항하는 개인주의 존중, 전통적인 방식을 탈피한 자신만의 스타일 추구, 기존 틀에 반항하는 자세가 기본 정신이다. 자유주의와 도전 정신을 적극적으로 표현한다. 쓰래셔 스타일은 거칠고 직설적이다.

쓰래셔 이데올로기는 서브컬처를 적극적으로 반영하면서 스트릿 문화를 변호하는 총알받이 역할도 기꺼이 담당하고 있다. 스케이트보드 역사의 히어로인 제이크 펠프스(R.I.P.)가 편집장(editor)을 맡으면서 쓰래셔는 철학·운동·잡지 모든 분야에서 시대를 이끄는 공격수 역할을 했다. 쓰래셔를 통해 서브컬처 커뮤니티는 미국을 넘어 국제적 유대감을 형성하게 되었다. 펠프스는 스케이트보딩의 정석이 무엇인지 제시한 리더이며, 멘토다.

펠프스는 스케이트보딩을 '격렬하고 속도감 있는 운동'으로 정의했다. 라이딩의 동선을 미리 짜놓고 규칙에 순응해서 타는 스케이트보딩은 싫어했다. 펠프스는 스케이트보딩을 위해서 태어난 사람처럼 보드를 즐겼다. 편집장이라고 해서 책상에 앉아서 글을 다듬기만 하지 않았다. 캘리포니아 스케이터들의 반항적이고 비타협적인 자세를 지지했다. 펠프스는 서부뿐만 아니라 동부까지 스케이트보더 전체 커뮤니티의 전폭적인 지지를 받았다.

27년 동안 쓰래서를 이끈 펠프스의 슬로건에는 스케이트보드 사랑과 확고한 철학이 담겨 있다.

❶ Born to Skate(스케이트보드를 탈 운명으로 태어났다).
❷ Skate or Die(스케이트보드가 아니면 죽음을).
❸ Skate and Destroy(스케이트보드를 타고 모든 난관을 넘자).

쓰래서 발음과 관련해서 재미있는 점이 있다. 한국에서는 인터넷에 쓰래서를 '트래서'라고 설명하는 내용을 많이 볼 수 있다. 왜 '쓰'를 '트'로 적었는지 궁금했다. 원인은 가품(짝퉁) 업자에게 있었다. 가품 업자들이 스펠링을 빠뜨리고 프린팅했기 때문이다. 즉, 'Thrasher'가 아니라 'Trasher'를 만들었다. 알파벳 'h'를 빼고 가품을 만들었다. 가품이 정품보다 많이 돌아다니면서 발음도 'T'만 남아 트래서가 되었다. '쓰' 발음은 힘들지만 '트' 발음은 쉬운 영향도 컸다.

쓰래서는 '경기에서 완파하다'라는 뜻의 영어 단어 'Thrash'에서 나왔다. 스케이트보드 경기에서 적수가 없이 이기는 사람을 인칭형 어미 '-er'을 붙여서 'Thrasher'라고 한다. 브랜드 이름 자체에 스케이트보드 사랑이 담겨 있다. 글씨체는 방코(Banco) 폰트를 이용했다. 스케이트보드를 탈 때 '포물선'을 그리면서 착지하는 모습을 가장 잘 표현하는 폰트다. 미국 청소년 드라마와 영화를 보면 방 벽에 무지개처럼 둥그스름하게 적혀 있는 THRASHER 로고 사인을 발견할 수 있다. 쓰래서 폰트가 유명해지자 다른 브랜드도 방코 폰트를 참조해서 디자인으로 활용하고 있다.

쓰래셔는 매년 중요한 스케이트보드 경기(콘테스트)를 개최하고 있다. 킹 오브 더 로드(King of the Road)와 스케이트 오브 더 이어(Skate of the Year)는 모든 스케이터들을 흥분하게 만드는 시합이다. 킹 오브 더 로드는 2003년부터 시작했으며, 1년에 한 번씩 열린다. 프로 스케이터들이 미국 전역을 여행하면서 특정 도전 과제를 완수하는 여행 보딩 콘테스트다. 스케이트 오브 더 이어는 1990년부터 시작한 30년이 넘는 전통을 가진 명예로운 상이다. 1년에 한 명을 뽑아서 쓰래셔 편집장이 직접 상을 수여하는 만큼 전통과 권위를 가지고 있다.

콘테스트와 스케이팅 영상은 쓰래셔 홈페이지와 유튜브를 통해 볼 수 있다. 쓰래셔가 주최하는 경기에서 승자가 되는 방법은 일반적인 경기와 다르다. 부드럽고 안정적으로 스케이트보딩을 완수해서 코스를 달성하면 이기지 못한다. 남들이 모방할 수 없는 어려운 코스에 도전해 넘어지고 다치지만, 결국 목표를 이루어 내는 모습을 보여 주는 스케이터가 우승자가 된다.

쓰래셔는 비타협적이고 반항적인 이미지 덕분에 다른 브랜드의 컬래버 제안을 많이 받는다. 허프·반스·슈프림 등과 컬래버를 진행하면서 쓰래셔를 몰랐던 일반인도 관심을 갖게 되었고, 쓰래셔 스타일에 호감이 생겼다. 베트멍(Vetements)이 쓰래셔 불꽃 로고를 적극적으로 이용한 컬래버 제품을 출시하자 쓰래셔는 더욱더 대중화되었다. 서브컬처 마니아와 스케이터들 위주로 입던 쓰래셔 로고 티셔츠를 스케이트보드와 관련 없는 학생·연예인·주부·아기들까지 입게 되었다.

쓰래셔 불꽃 로고(Flaming Logo) 티셔츠와 후드티가 스케이터는 물론 일반 대중의 사랑을 동시에 받으면서 쓰래셔는 스트릿웨어 패션 브랜드로 인정받게 되었다. 쓰래셔는 잡지·스타일·패션·철학이 되었다. 쓰래셔는 다양한 로고를 디자인하면서 스트릿웨어 브랜드의 모습을 갖추고 있다. 기본 포물선 로고와 불꽃 로고 이외에 스케이트 염소(Skategoat) 로고, 스케이트 앤드 디스트로이(Game) 로고, 물고기(Fish) 로고 등이 대표적이다.

쓰래셔와 어울리지 않는 듯하지만 아동용 옷을 만들고 있다. 쓰래셔 직원들이 자신의 자녀들에게 쓰래셔 로고 옷을 입히자 반응이 좋아서 만들게 되었다. 또한 남성의 전유물이었던 스케이트보드가 여성에게도 확대되는 현상을 반영해서 여성 옷도 만든다. 그리고 스케이터들이 좋아하는 스티커·배너·패치·액세서리도 꾸준히 제작하고 있다. 하지만 쓰래셔는 자신의 정체성을 의류 패션 브랜드가 아닌 스케이트보드 문화로 인정받기를 원한다.

진정한 스케이트보더이자 쓰래셔 편집장인 펠프스의 갑작스러운 죽음은 스케이트보드 커뮤니티와 스트릿 컬처 팬덤에게 슬픔과 충격을 안겨 주었다. 펠프스는 스케이트보드 문화는 서브컬처여야 한다고 강력히 주장했다. 서브컬처가 일반 대중문화로 변하면서 서브컬처 정신이 희미해져 가는 실태를 안타까워했다. 스케이트보드 문화가 멋져 보여서 몰그랩(mall-grab)이 늘어나는 현상을 비판했다. 몰그랩은 스케이트보드를 타지도 않고 스트릿 철학도 모르지만 폼 나 보이기 위해서 스케이트보드를 들고 다니는 사람을 재미있게 비꼬아서 붙인 이름이다.

펠프스의 공헌으로 쓰래셔는 제품홍보 목적을 탈피하여 새로운 개념의 잡지가 되었다. 종이 잡지뿐만 아니라 스케이트보드 브랜드와 스트릿컬처 리더가 되었다. 쓰래셔는 스케이터들의 이익과 의견을 적극적으로 대표하는 역할을 담당하고 있다. 스케이터들이 어떻게 살아가야 하는지 길을 제시하는 멘토이기도 하다. 스케이트보딩을 육체와 정신의 융합 과정으로 설명한다. 즉, 스케이팅은 단순히 몸을 움직여서 열심히 타는 행동을 넘어 정신적 측면의 도전과 철학까지 함축하고 있음을 강조한다.

펠프스의 진지한 라이딩과 호탕한 웃음이 떠오른다. 펠프스의 명언은 순수한 스케이터보더의 진심 어린 스케이트 사랑을 표현했다.

You skate.

I skate.

That's great!

당신이 스케이트보드 타는군.

나도 스케이트보드 타는데.

그거면 최고야!

(3) SPITFIRE [스핏파이어]

홈페이지: spitfirewheels.com
창업자: Jim Thiebaud

1980년 스투시와 1981년 쓰래셔의 등장으로 1980년대 미국은 스케이트보드와 스트릿 컬처의 부흥기를 맞이한다. 이런 분위기 가운데 스핏파이어가 1987년 미국 샌프란시스코에서 태어났다. 스케이트보드를 웬만큼 타도 스핏파이어 브랜드가 낯설 수 있다. 의류 브랜드가 아니므로 대중적으로 알려지지는 않았다. 스핏파이어는 영국 전투기 이름이기도 하다. 티셔츠 중에서 불꽃 모양의 머리 외곽선 테두리를 본 적이 있을 것이다. 이 빅헤드(Big Head) 디자인이 스핏파이어 브랜드의 로고다.

스핏파이어 마스코트는 활활 타오르는 불꽃(빅헤드)이다. 스핏파이어는 불을 뿜는 성질의 사람을 의미하는데, 브랜드 이름과 잘 어울린다. 빅헤드 로고를 입고 스케이트를 타는 리이더를 보면 마치 큰 불꽃이 움직이는 느낌을 준다. 빅헤드 로고는 가시성이 높아서 스트릿웨어 베스트 로고로 손꼽히는 디자인이다. 스케이트보드를 타도 부품의 이름과 기능에 관해서 친숙하지 않을 수 있지만, 스케이트보드의 바퀴(wheel)·데크(deck)·베어링(bearing) 등의 부품을 만드는 브랜드가 스핏파이어다.

스케이트보드 파트(부품) 중에서 중요한 부분은 어디일까? 데크·그립테이프·트럭·하드웨어 모두 소중하지만, 바퀴가 차지하는 비중이 제일 크다. 바퀴는 단순히 스케이트보드를 굴러가게 하는 기능만 있지 않다. 스케이팅을 할 때 보드의 속도감을 향상시키고, 방향 전환을 부드럽게 해 주면서 충격 완화를 가능하게 해 주는 부분이 바퀴다. 스핏파이어는 스케이트보더의 안전과 퍼포먼스(표현 행위)를 증진하기 위해서 바퀴 개선에 집중했다. 즉, 스케이트보드의 기능적 측면을 중요시했다.

스케이팅에서 바퀴가 중요한 또다른 이유는 안정성 문제와 직결되어 있기 때문이다. 스케이팅을 하면 속도가 시속 60㎞ 이상 올라가기도 한다. 내리막길에서는 가속도까지 생기므로 바퀴의 역할이 특별히 중요하다. 바퀴를 제작·판매하는 브랜드는 책임감을 가져야 한다. 스핏파이어에서 출시한 포뮬러 포(Formula Four) 바퀴 시리즈는 격렬한 퍼포먼스도 소화 가능하면서 튼튼함·유연성·안정성까지 모두 갖춘 휠로 인정받고 있다. 스핏파이어의 인간 중심 개발 노력은 스케이터들에게 감동을 주고 있다. 안전과 기능에 집중하는 스핏파이어의 브랜드 철학을 알 수 있다.

대부분의 유명 스케이터들은 스핏파이어 바퀴를 사용하고 있다. 미국 스케이트보드의 전설을 만들어 가는 한국인 스케이터 송대원도 스핏파이어 제품을 사용한다. 스핏파이어는 제품 홍보를 위해서 스케이터보더들의 스케이팅 비디오를 제작한다. 독특하고 과감한 스케이팅 연기를 보여 주는 비디오는 보드 테크닉을 배우고 싶어 하는 청소년들에게 강한 인상을 주고 있다. 송대원을 핵심 모델로 기용해서 제작한 비디오 '엔터 더 대원(Enter the Daewon)'은 스핏파이어 정신을 가장 잘 보여 주고 있다.

스케이트보더들은 스핏파이어의 끊임없는 제품 개발에 존경의 마음을 가지고 있다. 스케이트보드가 처음 만들어진 1950년대의 바퀴는 나무와 시멘트였다. 지금으로써는 상상할 수도 없는 소재로 바퀴를 만들었다. 이후에는 딱딱한 플라스틱으로 바퀴를 만들었다. 물론 시멘트보다는 개선되었지만 착지감은 좋지 않았고, 소음도 여전히 컸다. 도로의 충격이 몸에 강하게 전달되어 무릎 관절 건강에도 해로웠다. 우레탄 소재의 바퀴가 개발되고 나서야 스케이트보딩에 안정감과 속도감이 붙었다. 바퀴가 개선될수록 스케이트보드는 대중화되었고, 낮은 연령층으로 확대되었다.

스핏파이어의 창업자는 짐 티보다. 티보는 스케이트보드 세계에서 독특한 위치를 차지하고 있는 스케이터다. 샌프란시스코에서 자란 티보는 캘리포니아의 전형적인 스케이트 문화를 흡수했다. 당시 스케이트보드를 즐기는 마니아들은 동호회(커뮤니티) 중심의 폐쇄적이고, 자기 집단 주의적 성향이 강했다. 그런데 티보는 젊은 세대와 스케이트보드 문화를 폭넓게 공감하기 위해서 지도자·멘토 역할을 한다. 고등학교를 방문해서 학생들에게 스케이트보딩의 다양한 기술과 정신을 가르친다. 티보에게 배운 학생 중 프로 스케이터가 된 사람도 많다. 티보는 청소년 문화와 브랜드의 책임을 연결했다.

티보는 스케이트보드를 단순히 개인의 만족을 위한 여가 활동으로 생각하지 않았다. 스케이트보드가 지역과 사회에 연결되어 있다고 본다. 스핏파이어 브랜드를 통해서 사회개선과 자선을 실천하고 있다. 스케이트를 즐기는 젊은 세대에게 꿈을 전파하고 청년 파워(youth power)의 중요성을 강조한다. 티보는 사회를 변화시킬 수 있는 희망으로 청소년과 청년층을 주목했다. 또한 티보는 사회 문제뿐만 아니라 인권과 정치적 신념도 표현하고 있다. 티보의 정치문제 쟁점화는 스케이터보더들의 반감을 불러일으키기도 했다.

티보는 백인우월주의·나치즘·KKK를 적극적으로 반대한다. 클랜즈맨 교수형(Hanging Klansman)은 스트릿 컬처에서 손꼽히는 작품으로 티보가 디자인했다. KKK 회원을 '클랜즈맨'이라고 한다. 티보는 클랜즈맨의 목을 맨 교수형 디자인으로 스케이트보드 커뮤니티에 정치적 찬반 논란을 일으켰다. 스케이트보드나 타면 되지 군이 정치적 신조를 표현할 필요가 없다는 부정적 견해가 많았다. 그러나 티보는 자신의 신념을 굽히지 않고 KKK 반대 집회에 자신의 디자인을 기꺼이 제공하고 있다.

스케이트보드는 백인 청년 문화로 출발했다. 지금은 인종과 관계없이 마음껏 즐기지만, 스케이트 역사 초기에는 흑인·남미인·동양인은 거리에서 편하게 탈 수 없었다. 백인이 스케이팅을 해도 나쁜 시각으로 봤기 때문에 특히 흑인은 도로에서 탈 생각은 할 수 없었다. 스케이트보드는 노골적으로 백인 서브컬처 색깔이 은근히 강했다. 스케이트보드 커뮤니티 내부에서도 미국의 인종 차별은 잠재되어 있다. 스케이트보드가 백인 위주 문화로 출발했기 때문이다. 백인 스케이터들은 같은 백인인 티보가 인종 문제를 건드리는 걸 곱게 보지만은 않았다.

티보의 클랜즈맨 교수형 보드 데크와 티셔츠는 세월이 지난 지금도 계속 이슈로 등장하고 있다. 스케이트보드 커뮤니티는 사회적 이슈와 공공 문제에 거리를 두고 있었지만, 티보는 민감한 정치적 의견과 인종 문제를 무시하지 않고 표면으로 끌어올렸다. 티보는 자신의 브랜드 스핏파이어를 통해서 사회를 개선하고 어려운 사람을 돕는 목표를 용기 있게 표현했다. 티보의 사회 문제 이슈화는 청소년 스케이터들에게 영향을 끼쳤다. 세월이 지난 후 LRG, NOAH, Patta가 뒤를 이어 다민족·다인종·환경·인권·지구 보호를 쟁점화한다.

1990년 티보는 스핏파이어에 이어 리얼 스케이트보드(Real Skateboards)를 런칭했다. 스핏파이어가 휠과 부품 브랜드라면 리얼 스케이트보드는 보드 전문 브랜드다. 티보는 리얼 스케이트보드의 보드 팀을 운영하고 있다. 또한 어린이를 위한 스케이트보드 행사를 적극적으로 후원하고 있다. 티보의 두 브랜드는 스케이터가 스케이터를 위해 만든 부품과 보드이기 때문에 커뮤니티(realskateboards.com)로부터 진정성을 인정받고 있다.

사회 문제에 관심이 많은 티보는 자선 사업도 꾸준히 하고 있다. 티보가 자선 사업에 참여하게 된 계기는 네이트 비안즈(Nate Viands)와의 만남이었다. 네이트는 백혈병 진단을 받은 어린이다. 네이트 집안 형편이 좋지 않았다. 네이트의 아버지는 프로 스케이터였지만 병원비를 감당할 수 없었다. 티보는 스케이트보드 데크에 네이트의 이름을 새기는 행사를 기획해 네이트를 도왔다. 네이트는 완쾌되었고, 이후 티보는 본격적으로 가난한 스케이터 가정을 후원하고 있다.

스케이트보드 바퀴와 액세서리를 만드는 브랜드가 사회적 기업으로서의 역할을 함께 추구하는 모습은 스트릿 컬처 브랜드를 시작하고자 하는 창업자에게 깊은 여운을 준다. 겉모습만 가꾸는 스트릿 컬처 브랜드가 아닌 사회적 책임감과 가치를 갖춘 브랜드가 되는 길이 무엇인지 생각하게 만든다. 2020년대는 사회적 기업과 착한 브랜드(good brand)가 익숙한 콘셉트이지만, 30년 전 티보의 시대에는 용기와 도전이 필요한 결정이었다.

(4) FUCT [펵트]

홈페이지: fuct.com
창업자: Erik Brunetti, Natas Kaupas

펵트는 이름 때문에 가치가 낮게 평가된 브랜드 중 하나다. 영어의 'FUCK' 욕과 발음이 비슷해서 미국 정부(특허청)는 오랫동안 FUCT의 상표 등록을 거부했다. 스트릿웨어 티셔츠 중에서 가품(짝퉁)이 제일 많이 나온 브랜드도 펵트다. 펵트의 그래픽 디자인의 독창성과 위트 덕분에 가품 티셔츠가 난무했다. 상표 등록이 되지 않아서 펵트는 법적 대응을 전혀 할 수 없었다. 픽트는 스트릿 컬처 브랜드 중에서 고난을 가장 심하게 겪었다.

픽트는 1990년 LA에서 에릭 브루네티와 나타샤 카우파스가 런칭했다. 에릭은 그래픽 디자이너이고, 나타스는 프로 스케이터다. 두 사람이 만난 곳은 월드 인더스트리즈(World Industries)다. 월드 인더스트리즈는 1987년 스티브 로코(Steve Rocco) 등이 런칭한 스케이트보드 브랜드다. 월드 인더스트리즈는 100% 순수 스케이트보드 기반의 스트릿웨어 브랜드로 출발했다. 스투시가 서프보드와 스케이트보드 문화가 혼합되어 있는 데 비해서 월드 인더스트리즈는 프로 스케이터들이 만든 스케이트 브랜드 정체성이 강했다.

나타스는 월드 인더스트리즈에서 101 브랜드들 런칭해서 운영 중이었다. 에릭과 나타스는 그래픽 디자인 회사를 공동 설립 하기로 의견을 모으고, 브랜드 이름과 로고를 만들었다. 먼저 이름을 FUCT로 정해서 바이럴 마케팅을 유도했다. 욕과 동음이의여서 보는 사람들로 하여금 혼동을 유발하고자 했다. 폰트는 잡지책을 보면서 연구해서 회사 느낌이 나도록 만들었다. 브랜드 이름·로고·폰트를 레퍼런스와 DIY로 만든 전형적인 스트릿 컬처 스타일이다.

그래픽 디자인 회사를 꿈꾸고 창업했던 에릭은 타원형(oval FUCT) 디자인을 만든 후 티셔츠에 프린팅하면서 스트릿웨어 브랜드로 탈바꿈했다. 에릭의 아티스트 재능으로 재미있으면서도 상상을 초월하는 스트릿웨어 그래픽 티셔츠가 출시되었다. 공동 창업자인 나타스가 그만

두면서 퍽트는 에릭이 지금까지 혼자서 이끌고 있다. 퍽트는 스트릿웨어 역사에서 치명적인 공헌을 하고 있다.

에릭이 디자인한 퍽트의 유명한 티셔츠를 보면 다음과 같다.

❶ 자동차 FORD 회사의 타원형 로고에 FUCT 글씨를 바꾼 디자인
❷ 영화 <좋은 친구들(GoodFellas)> 필름 사진을 그대로 이용한 도안
❸ 영화 <죠스(Jaws)>를 패러디한 디자인

에릭의 브랜드 전개는 우여곡절이 많았다. LA의 새로운 스트릿 컬처 브랜드인 엑스라지(X-Large)와 공동 브랜드를 전개해서 X-FUCT를 진행했다. 한동안 협력이 잘되었지만 의견 충돌로 두 브랜드는 갈라져서 각자의 길을 걷고 있다. 에릭과 슈프림의 창업자인 제임스 제비아의 만남은 퍽트 브랜드에게 새로운 기회를 가져왔다. 제비아가 유니온(Union) 뉴욕 매장을 운영할 때 에릭은 뉴욕에서 제비아를 만났다. 퍽트의 입점이 성사되어 유니온 매장에서 퍽트를 판매하였다.

제비아는 에릭을 영국의 스케이트보드 숍인 슬램 시티 스케이트(Slam City Skates)와 연결시켜 주었다. 퍽트의 펑크 록 분위기가 영국 스케이트 컬처와 어울리면서 퍽트는 영국에서 높은 인기를 얻었다. 또한 에릭은 일본에서 퍽트의 일본 라인인 S.S.D.D.를 미국과 구분해서 운영하고 있다. 영국(유럽)과 일본에서의 탄탄한 지지층에 비해서 미국에서는 상표권 문제로 고통의 시간이 길었다.

특허청은 브랜드 이름이 비도적이고 반항적이기 때문에 상표 등록을 허가할 수 없다고 거절 이유를 밝혔다. 오히려 정부가 픽트를 가장 스트릿 컬처 브랜드답다고 인정한 셈이다. 1990년 브랜드 런칭 이후 약 30년 만인 2019년에 상표 등록이 가능하다는 대법원 판결을 받았다. 자신의 브랜드의 이름을 인정받기 위한 정부와의 싸움을 포기하지 않은 에릭은 스트릿 컬처의 진정한 영웅이다.

스트릿웨어 브랜드 가운데 스트릿 컬처의 기본 이데올로기인 반기성주의와 저항 정신을 숨김없이 제대로 표현하는 브랜드는 픽트가 넘버 원이다. 에릭은 스트릿웨어 브랜드들이 기본 정신을 잃고 폐업하는 현상을 안타까워한다. 스트릿웨어 브랜드가 판매량과 영향력에 몰두해서 일반 패션 의류의 성공 방식을 모방하는 자세를 비판한다. 겉모습만 스트릿 컬처 바이브로 포장하고 진정성이 없이 퇴색하는 젊은 창업자의 허영을 꼬집는다.

그 누구도 하지 못하는 말을 에릭은 했다.

❶ 오프-화이트의 버질 아블로에 대한 의견은 솔직하고 담대했다. "버질이 칸예 웨스트의 친구가 아니었다면, 작은 성공이라도 할 수 있었을까?"
❷ "베이프의 고릴라 디자인은 전혀 창작성이 없다."
❸ 스트릿 컬처 브랜드가 창업하면서 큰 패션 브랜드와 컬래버하기 위해서 애쓰는 행태를 비판했다. "큰 기업에 비위를 맞추느라 스트릿 컬처 정신을 해치지 말라!"

에릭의 스트릿 컬처 내부를 향한 비판에 대해서 사람마다 평가는 다르다. 에릭은 과연 스트릿 컬처인(人)답다. 컬래버에 대한 에릭의 의견은 컬래버 자체를 무시하는 게 아니다. 신생 브랜드가 유명세를 얻기 위해서 자기계발을 소홀히 하고, 대형 패션 기업의 덕을 볼려는 반(反)스트릿 컬처적인 컬래버를 염려한다.

스트릿웨어 브랜드 런칭을 준비하는 예비 창업자는 반드시 FUCT의 티셔츠 그래픽을 공부해야 한다. 에릭이 대중문화·기업 로고·영화에서 어떻게 아이디어를 얻어서 풍자적인 그래픽을 만드는지 배울 수 있다. 에릭의 마케팅 방법도 도움이 된다. 에릭도 다른 브랜드처럼 무역 쇼에 참가해서 FUCT를 알리고 싶었다. 그런데 무역 쇼에서 주목을 받지 못했다. 대신 에릭은 잡지에 전면 광고를 올렸다. 광고 자체가 예술이며 충격적이었고, 성공했다.

나타스가 떠난 펑트는 에릭이 1인 기업으로 지금까지 운영하고 있다. 혼자서 상표권 등록을 위해서 법원과 오랜 투쟁을 했다. 오프라인 매장이 없어도 출시하는 제품은 언제나 완판되고 있다. 에릭의 스트릿 컬처 열정이 브랜드를 이끄는 가장 중요한 원동력이지만, 현실적인 힘은 어디에 있을까? 에릭의 그래픽 실력이 펑트 브랜드에 생명을 불어넣고 있다. 창업자가 1인 기업인이라면 자신의 머릿속 아이디어를 그래픽으로 표현할 수 있는 능력은 갖추어야 유리하다.

(5) VOLCOM [볼컴]

홈페이지: volcom.com
창업자: Richard Woolcott, Trucker Hall

스키장에 가면 볼컴 스노보드복과 보드 데크를 많이 볼 수 있다. 스케이트보드 파크에서도 볼컴 로고의 티셔츠와 스티커를 제법 만날 수 있다. 그래서 볼컴을 스노보드 브랜드라고 주장하는 사람과 스케이트보드 브랜드라고 주장하는 사람이 나뉘기도 한다. 모두 맞는 말이다. 볼컴은 모든 보드 스포츠를 함께 취급하는 종합 보드 브랜드다. 스노보드·스케이트보드·서핑보드 등 아웃도어 액션 스포츠 전문 브랜드다.

볼컴은 다른 스트릿 컬처 브랜드와 달리 스노보드 부문에 강점을 가지고 있다. 미국은 볼컴을 2022 베이징 동계올림픽의 미국 스노보드 팀의 공식 의류 공급 업체로 선정했다. 대형 스포츠 브랜드를 제치고 스트릿웨어 브랜드의 올림픽 파트너 선정은 스트릿 컬처 커뮤니티의 자랑이다. 스노보드가 스트릿웨어 브랜드와 연결되는 이유는 스케이트보드의 겨울철 스포츠로 선택되기 때문이다.

볼컴이 스노보드 부문에서 특별히 인정받는 이유는 창업 과정과 관련이 깊다. 볼컴 브랜드의 탄생은 두 창업자의 스노보딩 여행으로부터 시작했다. 어릴 때부터 서퍼와 스노보더로 살아온 리차드와 트러커는 캘리포니아 타호(Tahoe) 스키장으로 스노보드를 타러 갔다. 풍부한 눈과 기후 조건 덕분에 두 사람은 타호에서 인생 최고의 스노보딩을 경험했다. 감격한 두 사람은 스트릿웨어 브랜드를 런칭하기로 결심했다. 1991년 캘리포니아 오렌지 카운티에서 청년 창업을 했다. 창업 동기는 기성 패션의 고정 관념을 탈피하고 보더를 위한 좋은 제품을 만드는 순수함이었다. 자신이 입고 싶은 옷을 공유하는 마음이 동기였다.

스케이트보드와 서핑이 활발한 오렌지 카운티에 사무실을 열면서 두 사람은 자연스럽게 스케이트보드 문화와 서핑 문화를 동시에 습득했다. 스트릿웨어 창업 공식에 따라 처음 상품은 티셔츠부터 시작했다. 브랜드 이름은 Volcome Stone으로 정했다. 'Stone'은 '다이아몬드'를 의미하며, 스케이터를 위한 순수함을 상징한다. 'Volcome'은 'Value of Life Committee'의 줄임말이다. 자유와 청년 정신을 지지하는 의미로 만들었다. 두 창업자는 브랜드 이름을 짓는 데 많은 공을 들였다.

볼컴 로고도 창업자 두 사람이 만들었을까? 로고의 중요성을 인식한 두 창업자는 전문 디자인 회사에 로고 제작을 의뢰했다. 스톤을 상징하는 다이아몬드에 착안해서 로고가 탄생했다. 볼컴 브랜드의 상징은 빼죽한 다이아몬드 로고다. 로고가 주는 느낌처럼 볼컴은 스케이트보딩·서핑·스노보딩 분야에서 단단하면서도 반짝이는 자리를 차지하고 있다. 볼컴은 마니아층에게 신뢰와 정직을 심어 주고 있다. 볼컴은 스케이트보드 분야에서도 인기가 있지만 스노보드와 서핑 부분에서는 다른 브랜드보다 충성 팬덤을 훨씬 많이 확보하고 있다.

전략적인 계획으로 탄생한 볼컴의 다이아몬드 스톤 로고는 스트릿웨어 브랜드의 대표적인 아이콘이 되었다. 젊은 층 마니아가 대부분인 스트릿웨어 브랜드는 브랜드 얼굴인 로고가 더욱더 특별하다. DIY에 충실한 리차드와 트러커가 직접 로고를 만들지 않고 맥엘로이(McElroy) 디자인 회사에 용역을 맡긴 일은 특이했다. 창업자가 앱 프로그램을 이용해서 로고를 만들어도 되지만, 세련되고 인상적이며 감성에 호소하는 로고를 얻기 위해서는 자금이 들더라도 전문적인 디자인 회사의 도움을 받아도 좋다.

30년 넘는 역사를 가진 볼컴도 초기 브랜딩 과정은 다른 스트릿웨어 브랜드가 겪는 일반적인 모습과 비슷했다. 볼컴 창업자도 적은 자본과 전문적인 패션 디자인 지식이 부족한 상태로 시작했다. 이를 극복하기 위해서 DIY 과정을 따랐다. 초창기의 스트릿 브랜드는 빈약한 자본으로 출발했기 때문에 창업자는 모든 작업을 직접 했다. 첫 단계는 쉬운 스크린 프린트 티셔츠를 만들고 다음은 반바지를 추가하는 순서를 따랐다. 리차드와 트러커 역시 자금이 부족해서 자신의 방을 참고 겸 사무실로 활용하면서 꿈을 키웠다.

걸음마를 시작하는 스트릿 컬처 브랜드는 언제나 판로를 고민한다. 지금은 국제적인 액션 스포츠 브랜드인 볼컴도 처음에는 판매를 위해서 창업자 두 사람이 직접 해변을 돌아다니면서 티셔츠를 판매했다. 이동식 임시 매장을 설치하고 게릴라 마케팅을 했다. 매장을 오픈할 수 없는 상황에서 자신이 만든 티셔츠 판매를 위해서는 최선의 유통 방법이었다. 지금도 차에 제품을 싣고 고객이 모여 있는 장소를 직접 방문하는 판매 방식은 인기가 있다.

볼컴은 젊은 고객층에게 빠른 인기를 얻었다. 창업자가 직접 보드 여행을 다니면서 판매를 같이 했기 때문이다. 고객들은 함께 서핑과 스노보딩을 즐기는 리차드와 트러커에 호감을 갖게 되었다. 고객과 창업자 사이에 공동체 유대감이 생기면서 판매자가 제작한 의류도 좋아하게 되었다. 청년들은 볼컴 스톤 스티커를 가는 곳마다 붙이는 스티커 놀이(sticker play)를 했고, 볼컴은 입소문을 타면서 스트릿 커뮤니티에서 브랜드 인지도가 올라갔다.

스노보딩은 안전성이 중요하기 때문에 제품 신뢰도가 브랜드 성공의 핵심이다. 볼컴이 팬들의 뜨거운 신뢰를 받는 이유는 창업자인 리차드와 트러커의 삶이 자연스럽게 브랜드에 스며들었기 때문이다. 스노보더인 창업자가 직접 보더를 위한 제품을 만들므로 브랜드의 진정성을 인정받고 있다. 스트릿 컬처 브랜드의 진정성을 말할 때는 창업자가 서브컬처 공동체에 참여해서 활동했는지가 중요한 평가 요소로 작용한다. 창업자의 참된 경험이 중요하다.

볼컴은 쓰래셔와 비슷한 홍보 방법을 따랐다. 서핑·스노보딩·스케이트보딩을 촬영해 비디오로 만들어서 배포했다. 액션 스포츠는 사진·룩북과 함께 필름의 영향이 크므로 지금도 비디오를 홈페이지와 유튜브에 올리는 방법이 효과적이다. 또한 문화 접근도 함께하고 있다. 볼컴은 자체 레코드 라벨을 가지고 음반을 발매하고 있다. 볼컴 엔터테인먼트(Volcom Entertainment)는 음악 CD를 만들며 각종 이벤트에서 뮤직 밴드를 운영하고 있다.

볼컴은 재미있는 브랜드로 출발했다. 타고 듣고 즐기는 브랜드가 콘셉트다. 매장 오픈 기준도 서핑으로 활기 넘치는 핫 스폿 지역을 위주로 시작했다. 판매망 확장을 위해서 스트릿웨어 전문 체인점인 팍선(PacSun)을 이용했다. 스트릿웨어 브랜드가 안정적인 유통망을 갖추기 위해서는 전국적인 판로 개척이 필요하다. 그런데 너무 많은 곳에서 판매하면 핵심 고객을 잃게 되면서 브랜드 자체가 죽는 문제가 생긴다. 스트릿 컬처 브랜드는 희소성(scarcity)을 지켜야 한다. 매출과 희소성을 동시에 지키기 위해서는 스트릿웨어 브랜드를 취급하는 전문 유통망이 지혜로운 방법이다.

볼컴은 기능성과 심미성을 동시에 가지고 있다. 스트릿 컬처 브랜드는 일반적으로 기능성이 취약하지만, 볼컴은 스노보드의 안정성에 집중한 결과로 브랜드 이미지에 기능성이 추가되었다. 스케이트보드 브랜드와 꾸준히 컬래버를 하면서 스케이트보드 커뮤니티와 관계를 넓혀 나가고 있다. 2011년 프랑스 패션 기업 커링(Kering)이 볼컴을 인수했다. 대기업이 인수했음에도 불구하고 서브컬처 정신을 유지하면서 젊은 층과 호흡이 맞는 영리한 브랜드 포지셔닝을 하고 있다. 볼컴의 모토대로 고정 관념에서 벗어나 젊게 생각하고 행동하는 브랜드다(Youth against Establishment).

(6) X-LARGE [엑스라지]

홈페이지: xlarge.com

창업자: Eli Bonerz, Adam Silverman

스투시의 영향으로 캘리포니아는 스트릿웨어 브랜드의 창업 무대가 되었다. 1989년을 전후해서 다양한 브랜드가 등장했다. 대표적으로 비전 스트릿웨어(Vision Street Wear, 1984년), 월드 인더스트리즈(World Industries, 1989년), 프레쉬자이브(Freshjive, 1989년), 블라인드(Blind, 1989년), 퍽트(Fuct, 1990년), 플랜비(Plan B, 1991년), 볼컴(Volcome, 1991년)이 있다. 현재도 활동하고 있는 브랜드들이다.

당시 스트릿웨어 브랜드를 창업하는 스타일은 두 가지다. 첫 번째는 스투시와 볼컴처럼 자체 브랜드부터 시작하는 방법과 두 번째는 편집숍을 오픈해서 여러 브랜드 제품을 판매하다가 자신의 브랜드 상품을 키워 나가는 방법이다. 어떤 방식이 자신의 브랜드 런칭에 맞는지는 자금력·운영 노하우·커뮤니티 존재 여부·창업자의 계획 등 다양한 변수를 고려해야 한다.

1991년 캘리포니아 LA의 작은 멀티숍(셀렉트숍)으로 출발한 엑스라지는 소박한 편집숍이었다. 창업자 엘리와 아담은 스트릿 컬처 감성(vibe)이 충만한 아이템으로 매장을 꾸몄다. 자신들이 직접 아울렛·창고 매장·중고 시장·군복 판매점 심지어 주류 매장을 돌아다니면서 아이템을 구입해 진열장을 채웠다. 티셔츠·모자·재킷·신발 등 다양한 브랜드와 카테고리 제품을 캘리포니아 스트릿 컬처에 어울리게 재편성했다. 자신들이 원하는 콘셉트로 실속 있게 매장을 꾸몄다.

편집숍 엑스라지는 새 제품뿐만 아니라 중고 빈티지 제품도 판매했다. 엑스라지는 스트릿 컬처를 이야기하는 큐레이터 매장이 되었다. 동네 청소년·스케이터·패션 마니아들이 모이는 사랑방(클럽하우스) 역할을 하면서 엑스라지 커뮤니티가 형성되었다. 엘리와 아담은 편집숍 운영을 하면서 자신들의 브랜드를 런칭했다. 이렇게 태어난 브랜드가 엑스라지다. 브랜드 이름을 엑스라지라고 지은 이유는 클럽 친구들이 좋아하는 사이즈였기 때문이다. 당시는 힙합 전성시대여서 옷을 크게 입었다. 브랜드 이름이 의외로 재미있게 만들어졌다.

엑스라지 브랜드를 생각하면 지금도 웃음이 나온다. 필자가 일본에 출장을 가면 항상 멀티숍과 스트릿 패션 매장을 찾았다. 이때만 해도 일본에 엑스라지 독립 매장이 없었다. 그런데 유명 편집숍에는 반드시 엑스라지 티셔츠와 후드티가 진열대에 있었다. 옷을 보면서 추측했다. 엑스라지 로고 때문에 사이즈는 엑스라지만 출시한다고 착각했다. 일본에서 쉽게 발견할 수 있어서 일본에서 태어난 브랜드라고 여겼다. 로고의 동물을 오랑우탄이라고 생각했고, 베이프 원숭이 로고를 참조했다고 오해했다.

엑스라지는 미국 서부에서 탄생한 초기 스트릿 컬처 브랜드의 선구자다. 고릴라 로고가 인상적인 엑스라지는 베이프보다 먼저 유인원을 로고로 사용한 브랜드다. 고릴라만큼 스트릿 컬처 느낌을 완벽히 표현하는 동물도 드물다. 창업자인 엘리와 아담이 고릴라를 로고로 생각하게 된 계기는 워크웨어 브랜드인 벤 데이비스(Ben Davis)의 원숭이 로고 때문이다. 네모 칸 안에 고릴라가 들어간 디자인도 벤 데이비스 로고를 참조했다(bendavis.com).

엘리와 아담은 로드 아일랜드 디자인 학교 출신이다. 스트릿웨어 브랜드 창업자 중에서는 드문 디자인 전공자다. 하지만 로고는 디자인하지 않았다. 대신 아티스트 작품을 이용했다. 스티브 지아나코스(Steve Gianakos)가 그린 '수많은 고릴라' 그림의 고릴라를 스티브의 허락을 받고 엑스라지의 정식 로고로 채택했다. 폰트 X-LARGE는 고릴라 느낌을 주기 위해서 푸튜라(Futura)의 가장 굵은 글자체를 이용했다. 이렇게 탄생한 로고가 OG Logo라고 불리는 'Original Gorilla(오리지널 고릴라)'다. 굵은 폰트는 후배 스트릿웨어 창업자에게 영감을 주었다.

엘리와 아담의 엑스라지 브랜드 모델링 과정을 보면 스트릿웨어 비즈니스의 레퍼런스 성향을 알 수 있다. 브랜딩을 할 때 다른 브랜드와 제품을 참조해서 자신의 브랜드에 사용하는 방법이다. 나쁘게 말하면 베끼기(카피)라고도 볼 수 있지만, 스트릿웨어 패션계에서는 자주 사용하는 관행처럼 되어 있다. 간혹 저작권·상표권에 관한 법적 문제가 생기기도 한다. 이를 방지하기 위해 원저작자로부터 허락을 받으면 좋다. 한 개보다는 여러 개를 참조해서 복합적이고 조합적으로 만들면 새로운 느낌을 주므로 꾸준히 아이디어 공부를 해야 한다.

고릴라 로고로 처음 만든 제품은 티셔츠다. 스트릿웨어 브랜딩 모델 공식에 따라 엘리도 티셔츠부터 만들었다. 티셔츠 색상도 무난한 흰색과 검정색으로 출발했다. 엑스라지 매장 가판대 위에 진열한 OG 로고 프린팅 티셔츠는 내놓자마자 품절되는 인기 아이템이 되었다. 엑스라지의 OG 로고는 스트릿웨어 패션의 심미성을 잘 보여 준다. 반팔 티에 이어 제작한 후드티도 즉시 모두 판매되었다. 두 창업자는 엑스라지 브랜드의 성공을 직감했다. 편집숍 콘셉트의 다른 브랜드 제품은 점점 줄이고 모든 아이템을 엑스라지 브랜드로 채워 나갔다. 고릴라 로고 제품은 매장의 주력 상품이 되었다.

편집숍으로 출발한 경우, 매장과 브랜드 운영 방향은 두 가지로 나누어진다. 첫째는 점차적으로 자체 브랜드 제품만을 취급하는 방법이다. 매장 오픈 초기에는 구색을 갖추기 위해서 여러 브랜드 상품을 함께 판매했지만, 자체 브랜드의 인지도가 올라감에 따라 다른 브랜드는 배제하고 자신의 브랜드로만 꾸민다. 엑스라지·슈프림·다이아몬드 서플라이 코·언디피티드·허프 브랜드가 대표적인 예다.

두 번째는 자신의 브랜드가 유명세를 얻어도 처음처럼 여러 브랜드를 복합한 멀티숍 콘셉트를 유지하는 방법이다. 키스·빌리어네어 보이즈 클럽·언더커버·더블탭스·네이버후드·파타·슬램 잼의 오프라인 매장은 다른 브랜드를 함께 소개하고 있다. 어느 방법이 좋은지는 창업자의 운영 철학과 경영 마인드와 관련이 깊다. 최근에는 점점 복합 브랜드 개념을 선택하는 추세다.

엘리와 아담은 고릴라 로고 이외에 다른 로고를 개발하지 않았다. 고릴라 로고 프린팅만으로는 브랜드가 권태기에 빠지므로 대신 다른 방법으로 심미성을 추구했다. 프린팅에 유머·위트·자조적인 표현을 추가했다. 진지한 인상의 고릴라와는 정반대 분위기의 위트 문구는 고객들의 탄성을 자아내 꾸준한 관심과 사랑을 받았다. 엑스라지는 브랜드 런칭을 하자마자 빠르게 인기를 얻은 경우인데, 이유는 힙합 그룹과 관련이 있다.

비스티 보이즈(Beastie Boys) 멤버인 마이클 디(Michael D)의 역할이 컸다. 비스티 보이즈는 멤버들이 백인들로 구성되어 있어서 여타의 흑인 힙합 그룹과는 다른 느낌을 주었다. 힙합과 백인스러운 펑크가 혼합되어 있다. 엑스라지 런칭 때부터 매장을 자주 방문한 마이클 디는 뮤직비디오에 항상 엑스라지 옷을 입고 나왔다. 자연스럽게 비스티 보이즈 팬들이 엑스라지 팬이 되었다. 지금의 셀럽과 인플루언서 역할과 같다.

엑스라지는 스트릿 컬처 브랜드 중에서 클럽 문화 비중이 유난히 높았다. 1990년대부터 불붙은 웨스트 코스트 힙합 붐을 반영했다. 엑스라지가 보여 준 브랜드 운영 방식은 이후에 등장하는 스트릿웨어 브랜드 창업에 직접적인 영향을 끼쳤다. 스투시의 초기 브랜딩 방법 위에 엑스라지 모델링 스타일이 더해지면서 후발 브랜드의 가이드 역할을 했다.

❶ 멀티숍 운영 모델: 편집숍 vs 독립 브랜드 매장

자체 브랜드 제품만 취급할지, 다른 브랜드도 입점해서 여러 브랜드 상품을 함께 판매할지 결정해야 한다. 미리 획일적으로 정하기보다는 상황에 맞게 유동적으로 운영하는 작전도 필요하다.

❷ 힙합 그룹과의 친분: 인플루언서

팬덤은 브랜드 성장의 에너지다. 힙합 그룹과 가수는 팬덤을 형성하고 지속적인 관심을 유지하는 촉진 역할을 한다. 하지만 브랜드 인지도를 높이기 위해서 아무런 관련 없는 가수에게 옷을 제공하는 전략은 스트릿 컬처에서는 지속적인 성공 가능성은 희박하다.

❸ 로고 제작 방법: 창업자 본인 vs 아티스트 작품 참조

로고를 만들 때 창업자 본인이 디자인하거나 전문 업체에 의뢰한다. 또는 아티스트의 작품을 이용해서 새롭게 꾸미면 오히려 눈길을 끄는 로고를 만들 수 있다.

엑스라지는 미국 이외에 일본과 홍콩에서 인기가 높았다. 특히 일본 팬덤이 미국보다 많았고, 충성도가 높았다. 일본의 뜨거운 인기를 반영하듯, 2008년, 일본 기업(B's International)이 엑스라지를 매입했다. 2013년, 미국 LA 매장은 문을 닫았다. 현재 엑스라지는 미국에 오프라인 매장은 없다. 홈페이지도 미국과 일본 2개로 분리해서 운영하고 있다.

미국 감성의 엑스라지를 일본은 더욱더 스트릿 컬처 스럽게 재해석하면서 오프라인 매장을 대만·중국으로 확장했다. 홍콩·필리핀에는 편집숍에 입점하여 판매망을 넓히고 있다. 일본 엑스라지는 적극적인 컬래버를 통해 재미와 신선함을 더하고 있다. 일본 여행 시 엑스라지

매장은 추천 방문 코스다. 일본 홈페이지 링크는 'xlarge.jp'다.

(7)ZooYork [주목]

홈페이지: zooyork.com
창업자: Rodney Smith, Eli Gesner, Adam Schatz

스투시·쓰래셔·스핏파이어·펑크·볼컴·엑스라지의 공통점은 무엇일까? 이들은 모두 캘리포니아의 웨스트 코스트 스타일의 서브컬처 브랜드다. 그렇다면 미국 동부는 어떤 스트릿웨어 브랜드가 활동하고 있었을까? 슈프림 이전에 스케이트보드 의류 브랜드는 없었을까? 스투시와 쓰래셔의 영향으로 동부 뉴욕에서도 스케이트보드는 청소년 문화의 상징으로 자리 잡았다.

차이점이 있다면 동부는 스케이보드 문화를 꽃피우기에 척박한 환경이었다. 서부보다 훨씬 보수적인 사회 문화의 동부 시민들은 스케이트보딩을 훨씬 부정적으로 봤다. 또한 동부 뉴욕시의 도로 사정은 좋지 않았다. 좁은 도로에 차가 많아서 서부보다 위험한 곡예를 하면서 스케이팅을 해야 했다. 덕분에 경찰과 운전자와 마찰이 빈번했다. 동부는 스케이트보딩이 모험을 수반한 액티비티 수준이다.

서부 캘리포니아는 스투시를 선두로 많은 스트릿웨어 브랜드가 런칭했지만, 동부는 대표할 만한 브랜드가 없었다. 서부 브랜드는 동부 편집숍을 근거로 영향력을 확장하고 있었다. 스투시는 1989년 뉴욕에 유니온 매장을 중심으로 동부 스케이트보드 마니아의 마음을 사로잡았다. 이스트 코스트 힙합 래퍼들이 서부 스트릿웨어를 입으면서 서부 브랜드는 동부에서도 튼튼한 기반을 마련했다.

이에 로드니, 엘리, 아담 세 명은 동부의 스트릿웨어 브랜드 창업에 뜻을 모았다. 1993년, 주욕을 런칭한다. 슈프림보다 1년 먼저 주욕이 탄생했다. 주욕은 맨해튼과 브루클린을 근거지로 출발했다. 투지와 힘이 넘치는 뉴욕 스타일의 스케이트보딩 패션을 모티프로 했다. 10대 청소년부터 20대 중반까지의 스케이터를 대상으로 브랜드를 기획했다.

1980년대의 스트릿웨어 유통업체들은 캘리포니아에 초점을 맞추어 비즈니스를 기획했다. 서부 지역은 브랜드 런칭도 자주 있고 소비자들도 많기 때문에 당연한 결과다. 반면 동부는 브랜드 발전이 느려서 스트릿웨어 패션은 별 볼 일 없는 지역으로 취급받았다. 그런데 주욕이 브랜드를 런칭하자 변화가 생겼다. 드디어 스트릿웨어 패션의 변방에 있던 동부에 활력이 치솟았다.

주욕은 서부 스트릿웨어 브랜드와의 차별화를 통해서 브랜드 정체성을 만들었다. 이스트 코스트만의 자존심 강한 스타일을 세웠다. 주요 특징을 살펴보면 다음과 같다.

❶ 주욕은 스투시의 서핑 컬처를 완전히 배제했다. 뉴욕은 서핑 문화와 관련

이 적었고, 라이더들이 서핑을 할 만한 자금이 없었던 이유도 있었다. 주욕은 오로지 스케이트보드에 집중했다. 순수한 스케이트보드 브랜드로 콘셉트를 정했다.

❷ 같은 스케이트보딩이라고 해도 주욕은 서부보다 훨씬 강렬하고 거친 스트릿 스케이팅을 핵심으로 했다. 또한 서부의 백인 중심의 스케이트보드 문화를 흑인의 스케이트 문화로 넓혔다.

❸ 캘리포니아 스트릿 컬처 브랜드는 영국 펑크 음악과 관련이 깊다. 반면 주욕은 펑크보다는 힙합을 우선시했다. 주욕 비디오 배경 음악도 힙합 위주다. 주욕 멤버가 흑인 위주여서 힙합과 친했다. 이스트 코스트의 흑인 힙합을 스케이트 문화와 결합시켰다.

❹ 그라피티를 본격적으로 스트릿웨어 패션으로 가져왔다. 그라피티는 LA 보다는 뉴욕이 상징성이 크다. 맨해튼에서는 골목·전철·전봇대·기차 등 어디서든지 그라피티를 볼 수 있다.

브랜드 이름, 주욕은 창업자 로드니가 만들었을까? 아니다. 뉴욕 스케이트보드 크루였던 'Soul Artists of Zoo York'에서 가져왔다. 뉴욕 도시를 동물원에 비유한 재미있고 냉소적인 의미다. 로드니는 'Zoo'와 'York'이라는 단어를 붙여서 ZooYork으로 만들었다. 로고는 뉴욕 양키즈 로고의 'N'과 'Y' 배열을 참조해서 'Z'와 'Y'를 조합해서 만들었다. 주욕은 브랜드 이름과 로고를 레퍼런스하는 방법을 이용했다. 주욕 ZY 로고는 1990년대 후반까지 슈프림과 대등한 인지도와 인기를 누릴 정도로 스케이트보드 커뮤니티의 전폭적인 지지를 받았다.

주욕의 전성기인 1990년 중반을 넘어서 출시된 비디오는 주욕을 미국 전역과 세계로 알리는 계기가 되었다. 한 시간 정도 분량의 주욕 믹스테이프(ZooYork Mixtape)는 뉴욕 스타일의 거칠고 자신감 넘치는 파워풀한 스트릿 스케이팅과 현란한 퍼포먼스를 보여 준다. 주욕 믹스테이프는 주욕의 브랜드 정체성과 철학을 숨김없이 보여 준다. 현재까지도 스케이트보드 비디오 부문에서 불후의 명작으로 꼽힌다. 주욕 믹스테이프 비디오는 뉴욕 언더그라운드 필름 페스티벌(NYUFF)에서 최우수상을 받았다.

1990년대는 스트릿웨어 브랜드 번영기였다. 스투시(LA), 주욕(뉴욕시), 슈프림(맨해튼), 퍼버트(Pervert, 마이애미)의 4대 천황 브랜드가 미국의 서부부터 동부 그리고 남부까지 스케이트보드 라이프 스타일을 이끌었다. 주욕 창업자 세 명은 주욕을 런칭하기 훨씬 전인 1986년에 셔트(SHUT) 브랜드를 런칭했었다. 셔트는 미국 동부 최초의 스케이트보드 브랜드였으나 상표권 등 법적 문제로 문을 닫았다. 셔트 폐업 이후에 런칭한 브랜드가 주욕이다.

지금 청소년 중에서 주욕을 아는 사람은 소수다. 비슷한 시기(1990년대 초반)와 같은 장소(뉴욕시)에서 태어난 슈프림은 스트릿웨어의 최고 브랜드가 되었지만, 주욕은 잊혀진 추억의 전설이 되었다. 이 문제는 스트릿 컬처 브랜드의 특징과 한계를 보여 준다. 주욕은 2001년 마크 에코(Mark Ecko)에 매각된다. 다행히 로드니 등이 디자인과 마케팅을 운영하게 되어서 주욕의 이미지를 지켰다. 그런데 2009년, 아이코닉스(Iconix) 패션 그룹이 재인수하면서 상황이 바뀌었다. 로드니 등은 주욕에서 완전히 배제되었다.

아이코닉스는 대부분의 스케이트보드 프로그램을 없앴다. 스케이트보드팀을 후원하지 않고 스케이트보드 행사도 폐지했다. 디자인에서도 주욕의 위풍당당한 기풍이 사라지고 영어 로고 디자인만 반복해서 제작했다. 아이코닉스는 스트릿 컬처 브랜드가 일반 의류 브랜드와 다르다는 점을 놓쳤다. 주욕 마니아들은 실망했다. 주욕은 빠르게 스케이트보드 커뮤니티의 외면을 받았다. 브랜드 정체성이 흔들리는 위기였다. 주욕 스타일의 야성과 남자다운 힘은 사라졌다.

주욕의 몰락은 대기업이 스트릿 컬처 브랜드를 인수할 경우 생기는 제일 큰 문제를 보여 준다. 스트릿 컬처는 반(反)기성주의가 강하다. 성향 자체가 다르기 때문에 철학·디자인·마케팅 모든 면에서 차이가 난다. 대기업이 이윤 추구 목적만으로 스트릿웨어 브랜드를 매입해서 옷을 생산하면 그냥 천 조각에 불과할 수 있다. 대기업이 스트릿웨어 브랜드를 소유하더라도 디자인과 마케팅은 독립된 팀이 운영하도록 자율성을 부여해야 한다.

아이코닉스는 2019년 주욕을 다시 살리기 위해서 창업자 세 명을 디자인 디렉터로 영입했다. 주욕은 다시 추억을 짚어 가면서 스트릿웨어 레전드 브랜드의 명성을 되찾고자 한다. 과연 성공할 수 있을까? 성공 여부는 독립성과 자율성의 발휘 정도에 달려 있다. 주욕이 있기 위해서 존재했던 스트릿 컬처 문화를 회복해야 한다.

주욕의 세 창업자는 2006년, 셔트 스케이트보드(SHUT skateboards)를 다시 런칭했다. 마니아들의 폭발적인 반응에 힘입어 2007년, 맨해튼에 셔트 오프라인 매장도 열었다. 셔트는 스케이트보드팀을 운영하며 브랜드의 정체성을 지키고 있다(shutnyc.com). 현재 주욕과 셔트의 디자인팀이 동일해지면서 뉴욕 기반의 스케이트보드 커뮤니티는 큰 기대감을 품고 있다.

주욕은 한국과도 직접적인 관련이 생겼다. 주욕은 한국 휠라와 라이선스 계약을 맺었다. 휠라는 디자인·마케팅·유통까지 독립적이고 자유롭게 진행할 수 있다. 한국은 스케이트보드 전통과 스트릿 컬처 기반이 약하기 때문에 휠라가 어떻게 접근할지 궁금하다. 휠라 코리아가 휠라를 다시 살렸듯이 주욕의 스트릿 컬처의 야성도 부흥시키길 기대한다(zooyork.net).

(8) SUPREME [슈프림]

홈페이지: supreme.com
창업자: James Jebbia

슈프림은 언제나 호기심을 준다. 도대체 어떤 요소가 슈프림을 현존 최고의 스트릿웨어 브랜드로 만들었을까? 왜 슈프림은 2호 매장을 미국이 아닌 일본에서 오픈했을까? 일본에만 슈프림 매장이 유난히 많은 이유는 뭘까? 맨해튼에 매장이 있어서 자동적으로 슈프림이 유명해졌을까? 슈프림은 언제부터 로고에 상표 등록 표시 'Ⓡ'을 붙였을까? 스케이트보드 브랜드인 슈프림이 액세서리를 많이 출시하는 이유는 뭘까? 창업자는 스케이터도 아닌데 슈프림은 어떻게 스케이트보더를 위한 브랜드가 되었을까?

1994년 뉴욕 맨해튼의 스산한 거리에서 슈프림은 태어났다. 후미진 골목의 작은 가게로 시작했지만 지금은 현존 최고의 스트릿웨어 브랜드가 되었다. 2017년 루이 비통과의 컬래버는 스트릿 컬처와 럭셔리 브랜드의 경계를 한순간에 무너뜨렸다. 슈프림은 패션계 전체의 충격·놀라움·부러움의 대상이 되었다.

매주 목요일은 신제품이 입고되는 드랍 데이(drop day)다. 슈프림 매장은 언제나 기다린 줄로 북새통이다. 목요일의 기쁨을 누리기 위해서 마니아와 팬들은 매장으로 모여든다. 필자도 집에서 가까운 맨해튼 매장에서 줄을 서는 사람 중 하나다. 기다림은 호기심과 즐거움의 순간이 되며, 하나의 스트릿 컬처 문화가 되었다. 슈프림은 뉴욕 맨해튼의 명소다. 또한 전 세계 관광객의 필수 코스인 랜드마크(상징물)가 되었다.

슈프림이 오픈한 1990년대의 소호 분위기는 지금과 사뭇 달랐다. 현재의 소호는 맨해튼을 대표하는 패션 거리지만, 1990년대 슈프림이 위치한 라파에테(Lafayette) 골목은 골동품점·미술품 가게·빈 가게들이 있는 회색 느낌의 분위기였다. 슈프림 매장에는 다양한 청년층이 모여들었다. 스케이트보더뿐만 아니라 컬트(cult) 아티스트의 사랑방이 되었다. 소매점이라기보다는 클럽하우스 같았다. 매장 앞에는 스케이터들이 모여 떠들썩하게 대화하고, 술과 담배 냄새는 거리를 채웠다. 슈프림은 기꺼이 이들과 매장을 공유했다. 사회로부터 무뢰한 취급을 받던 보더들은 슈프림의 배려에 감사하며 충성심을 쌓아 나갔다.

런칭 시부터 슈프림의 운영 스타일은 파격적이었다. 창업자인 제임스 제비아의 경영 철학이 슈프림만의 독특한 틀을 만들었다. 제비아 이데올로기의 핵심은 변동성(variability)과 개방성(openness)이다.

❶ 슈프림은 음악과 같다. 슈프림은 음악처럼 변화에 친숙하다. 기존 틀에서 벗어난 변동을 추구한다.

❷ 슈프림의 고객(청년층)은 사고방식이 자유롭고 열려 있다. 슈프림 브랜딩의 핵심은 사람(커뮤니티) 존중이다.

간단하게 보이는 제비아의 철학은 30년 넘는 역사 동안 슈프림의 변함없는 행동 원칙으로 자리 잡았다. 제비아의 정신은 맨해튼 소호에서 잔뼈가 굵어지면서 만들어졌다. 20살부터 소호 매장(Parachute) 점원으로 맨해튼 생활을 시작했다. 틈틈이 벼룩시장에 참여해 자신의 물건도 판매했다. 이후 유니온(Union) 편집숍을 오픈해서 영국 스트릿웨어 아이템을 취급했다. 1992년부터 숀 스투시의 제안으로 맨해튼 스투시 매장 매니저로 일했다. 숀이 1994년 스투시를 은퇴하자 제비아도 스투시를 그만두고 몇 개월 후 자신의 비즈니스 철학을 담은 슈프림을 오픈했다.

제비아는 스투시 NYC 매장의 매니저로 일하면서 소중한 경험을 쌓았다. 스케이트보더 고객을 직접 만나면서 스케이트보드 문화의 영향력을 체험했다. 스트릿웨어 브랜드가 성공할 수 있는 사업 운영 노하우를 배웠다. 젊은 스케이터들의 진취적이고 개방적인 사고방식을 공유하는 기회였다. 숀의 은퇴 이후 자신만의 사업 아이템을 찾던 제비아는 무역 쇼와 스케이터 고객들과의 만남으로 스케이트보드를 중심으로 한 사업을 구상했다.

슈프림은 스투시의 헤리티지를 새롭게 창작하는 무대가 되었다. 스투시는 캘리포니아 서핑 문화가 강했지만 맨해튼은 서핑이 불가능한 지역이어서 오직 스케이트보드만 가능했다. 제비아는 서핑은 제거하고 스케이트보드로 브랜딩 가닥을 잡았다. 매장 디자인부터 젊은 스케이터들이 좋아할 수 있게 꾸몄다. 매장 배치(레이아웃)도 스투시와는 다르게 가운데를 텅 비웠다. 스케이터들이 보드를 타면서도 매장을 편하게 다닐 수 있게 했다. 제품은 벽면을 따라서 진열했다. 매장 안쪽에는 스케이트보드를 탈 수 있는 커다란 볼(bowl)을 만들었다. 제품 디스플레이를 고려하면 완전히 비효율적인 인테리어였지만, 제비아는 스케이터 고객을 존중하는 자신만의 철학을 실천했다. 슈프림의 출발은 의류 매장이라기보다는 스케이트보드 매장이었다.

스케이터들이 슈프림으로 모이기 시작하면서 이들의 사랑방이 되었다. 제비아는 젊은 층 고객을 위해 같은 또래의 스케이터를 직원으로 채용하고 자신은 매장에 거의 나타나지 않았다. 1990년대의 스케이트보더에 대한 부정적인 시각을 고려했을 때, 청년층 스케이터에 대한 개방성과 신뢰가 없었다면 불가능한 운영 방식이다. 제비아의 후원에 청소년과 스케이터들은 브랜드 충성으로 보답했다. 슈프림의 열광적 지지자인 슈프림 키즈(Supreme Kids)는 컬트 차원의 커뮤니티를 형성하면서 슈프림의 홍보 대사가 되었다. 슈프림 키즈는 슈프림 신드롬을 일으키는 촉매제 역할을 했다.

슈프림의 처음 출발은 멀티숍이었다. 여러 브랜드의 스케이트보드와 의류를 도매 받아서 판매했다. 제비아도 스트릿웨어 브랜드 모델 공식을 따라 처음 슈프림 제품은 티셔츠부터 만들었다. 슈프림 박스 로고·스케이터 아프로·영화 택시 드라이버의 3종 티셔츠를 출시했다. 티셔츠는 반응이 좋아 금방 품절되었다. 티셔츠 인기를 확인 후 박스 로고 후드티를 만들었다. 후드티도 순식간에 소진되었다. 제비아는 다른 브랜드의 의류를 줄이고 슈프림 브랜드 제품을 확대했다. 초기에 슈프림 티셔츠와 후드티는 질이 좋지 않았지만, 전혀 문제가 되지 않았다. 고객은 슈프림과 동질성·유대감을 형성하기 원했기 때문에 높은 퀄리티를 원하진 않았다.

프로 스케이터도 아니고 스케이팅 마니아도 아닌 제비아가 슈프림을 런칭하자마자 뉴욕 스케이터들의 주목을 받은 이유와 비결은 뭘까? 스케이트보드 문화를 존중하고 보더들의 성향·놀이 방법을 인정한 제비아의 마음이 전달되었기 때문이다. 스케이터들은 고객이라기보다는 서포터(지지자)이자 열성 팬이었다. 제비아는 스케이터를 매장 직원으로 고용했다. 자연스럽게 스케이트를 타는 친구들이 매장에 놀러 왔다. 슈프림 매장과 골목은 제한 없이 편하게 보낼 수 있는 놀이터였다. 스케이터들을 중심으로 팬덤이 형성되면서 매장 홍보는 입소문을 탔다.

제비아는 스케이터들을 후원해 스케이트보드팀을 만들었다. 당시 팀원들은 가장 거칠고 격렬하게 스트릿 스케이팅을 하는 그룹이었다. 1990년대는 주욕과 슈프림 스케이터들이 함께 맨해튼과 브루클린 도로와 다리 아래서 멋지고 놀라운 퍼포먼스를 보여 줬다. 두 스케이트보드팀이 입은 옷과 스케이팅 스타일은 청소년들의 선망의 대상이었다. 창업자가 스케이터가 아닐지라도 직원과 고객을 어떤 방법으로 대하느냐에 따라서 스트릿웨어 브랜드의 성패가 갈린다.

슈프림은 광고를 통해서 마케팅을 하지 않았다. 대신 게릴라 홍보 (Guerrilla Marketing)가 슈프림을 맨해튼에 순식간에 알렸다. 스케이트 보더들이 슈프림 스티커를 가지고 다니면서 소호를 중심으로 맨해튼의 벽과 기둥을 도배했다. 직사각형의 빨간색 바탕에 'Supreme' 흰색 로고 스티커가 맨해튼 거리에 붙으면서 폭발적인 홍보 효과를 가져왔다. 이때부터 스트릿 컬처 브랜드는 스티커를 중요한 광고 수단 겸 커뮤니티의 단결 수단으로 활용하고 있다.

슈프림 로고는 빨간색 직사각형에 브랜드 이름만 간단히 적혀 있다. 바바라 크루거(Barbara Kruger)의 글자체를 허락 없이 참조해서 만들었다. 빨간색을 대표 색으로 정한 이유는 기성 권력에 대한 저항 의식을 표현하기 위해서였다. 빨간 색상과 굵은 폰트 덕분에 멀리서도 눈에 금방 띄어 가시성이 높다. 바바라는 슈프림의 불법 레퍼런스에 법적 대응은 하지 않았다. 슈프림도 상표 등록을 게을리하게 되어 가품 업체들로 고통을 받게 된다.

슈프림이 초반부터 관심을 받게 된 또 다른 이유는 유명한 아티스트들과의 협업(컬래버레이션) 덕분이다. 스케이트보드 데크 아랫면을 아티스트의 그림으로 채우면서 슈프림은 다른 보드 브랜드와 격차가 벌어졌다. 아티스트들은 아무런 제한 없이 자신의 작품을 표현할 수 있었기에 슈프림을 인정하고 컬래버는 활발히 진행되었다. 데크에서 시작한 컬래버는 티셔츠와 모든 제품으로 확대되었다. 제비아의 개방성 철학이 컬래버와 상업적 성공을 가능하게 했다. 슈프림은 컬래버를 스트릿웨어 패션의 트렌드로 정착시켰다.

슈프림은 컬래버 상품뿐만 아니라 모든 제품을 소량 발매한다. 제비아가 스투시 매니저를 하면서 얻은 교훈이 컸다. 수요가 늘어서 공급을 늘리면 오히려 순이익은 떨어지는 법칙을 발견했다. 오히려 리미티드 에디션(한정판)은 슈프림의 가치를 높이고, 한번 품절되면 구하기 힘든 브랜드라는 이미지를 만들었다. 대신 소량의 한정판이지만 다양한 디자인을 매주 발매하는 정책을 정했다. 목요일은 신상 입고의 날로 정한 드랍 데이(drop day)이며, 고객들이 기다리는 슈프림 데이(Supreme day)다. 매장 밖의 기다란 줄이 가끔 소란과 싸움으로 이어져 경찰이 출동하는 일이 흔하다.

경제학의 수요·공급의 법칙과 거꾸로 가는 슈프림은 공급을 대폭 늘리지 않는다. 매장도 미국 5개(뉴욕·브루클린·샌프란시스코·웨스트 헐리우드·시카고), 일본 6개(시부야·오사카·후쿠오카·하라주쿠·다이칸야마·

나고야), 유럽 4개(런던·파리·밀란·베를린) 그리고 대한민국 서울에 1개 (2023년 8월 오픈)가 있을 뿐이다. 수요에 비해 적은 매장과 소량 발매로 마니아들이 원하는 제품을 편리하게 구매할 수 없다. 대신 새로운 시장이 생겼다. 슈프림 신상을 구매한 사람이 다시 판매하는 재판매 시장(리세일 마켓)이 형성되었다. 슈프림 제품은 출시 가격보다 훨씬 비싸게 거래되고 있다. 스트릿 컬처 마니아들 사이에서 슈프림 제품은 금보다 안전한 유통 수단으로 인정받고 있을 정도다.

현재 슈프림은 로고에 '®' 표시를 붙여서 제품을 출시하고 있다. '®'은 등록된 상표를 나타내는 심볼이다. 예전에는 상표 등록을 하지 않아서 '®' 없이 Supreme 단어만 사용했다. 슈프림의 명성에 걸맞게 가품 업체들의 대담하고 노골적인 짝퉁 문제가 커졌다. 슈프림은 상표권을 보호하기 위해서 적극적으로 대응하고 있다. 최근 미국과 유럽에서는 상표권 등록이 되어서 '®' 표시를 라벨과 탭에서 볼 수 있다.

일본 여행 시 슈프림 매장 방문은 필수 코스다. 그런데 왜 일본에는 매장이 6개나 있을까? 미국 스트릿 컬처 전문가들이 보는 시각에 해답이 있다. 일본 청소년·청년들은 미국 스트릿 컬처를 정확히 이해하고 라이프 스타일도 흉내가 아닌 참 스트릿 문화를 누린다고 평가한다. 일본의 오타쿠 문화와 장인 정신이 패션에도 영향을 주면서 일본은 스트릿 패션을 추종하는 마니아층이 깊다. 미국 스트릿웨어 브랜드 가운데 일본에 매장을 오픈하는 경우가 많다. 제비아도 브랜드 충성도와 지속성을 고려해서 일본을 선택했다.

미국 스트릿웨어 브랜드와 비즈니스는 스투시로 시작해서 슈프림을 통해서 완성됐다. 서부와 동부의 두 S 브랜드는 미국의 스케이트보드·팝 컬처·힙합을 토양으로 스트릿 컬처를 주도하고 있다. 슈프림은 스트릿웨어 비즈니스의 표준과 브랜드 모델링의 지침을 제공하고 있다. 제비아는 스트릿 컬처를 만드는 사람(핵심 고객)을 상품보다 우선시했다. 제비아의 통찰력은 사람 중심의 슈프림 이데올로기를 만들었다. 최초 고객인 스케이트보더·아티스트·팬덤과의 약속을 매출 증대와 바꾸지 않았다. 아이러니하게도 슈프림의 가치는 제품이 아닌 사람에서 나온다.

슈프림은 외형 확장을 추구하지 않지만 영향력만큼은 엄청나다. 이질적인 패션 문화 카테고리까지 선도하는 수준에 이르렀다. 과거 루이 비통의 모노그램 로고를 허락 없이 사용해 고소를 당했던 슈프림이 루이 비통과 컬래버를 하면서 패션 비즈니스의 최정상의 아이콘이 됐다. 하이엔드 패션계에서 천시받던 스트릿 컬처를 명품 수준의 반열로 올려놓았다. 명품 기업은 스트릿웨어 브랜드의 아이디어와 디자인을 눈여겨보고 있다.

그런데 2020년 VF 코퍼레이션이 슈프림을 100% 전액 인수했다. 루이 비통 컬래버보다 강력한 충격이다. 스트릿 컬처 마니아들은 대기업이 스트릿웨어 브랜드를 인수하면 생기는 문제점을 걱정하고 있다. 슈프림과 쌍벽을 이루었던 주욕이 대기업으로 팔린 후 스트릿 감성의 브랜드 정체성을 잃어버린 경험이 데자뷔 되고 있다. 당분간 제비아와 기존의 디자인팀이 유지되는 조건이므로 슈프림다움은 지킬 수 있을 듯하다. 하지만 VF 코퍼레이션은 매출을 2배로 올리겠다고 발표했으므로 슈프림의 생명인 희소성이 줄어들 수도 있다.

한국에 슈프림 제품이 가득한 재미있는 공간이 있다.
★알포인트 커피[R.Point Coffee] 제주시
★덤덤 커피 바[DUM-DUM Coffee Bar] 대구시
★제주 슈프림[Jeju Supreme] 제주시

(9) 10.DEEP [텐디프]

홈페이지: 10deep.com
창업자: Scottt Sasso

주욕과 슈프림이 맨해튼에 매장을 오픈하면서 미국 동부에서도 스트릿 컬처 바이브가 급상승했다. 서부처럼 제대로 된 스케이트 파크는 없었지만, 스트릿 스타일의 스케이트보딩은 서부보다 격렬하고 도전적이었다. 슈프림이 소호에 매장을 연 이듬해인 1995년 브루클린(Brooklyn)에서 텐디프가 태어났다. 주욕·슈프림과 더불어 텐디프는 1990년대 이스트 코스트 스트릿 문화를 이끄는 삼총사였다.

30년 역사의 굴곡을 거친 텐디프는 스트릿 컬처 브랜드에서는 독특하게 1인 창업 브랜드다. 대부분의 스트릿웨어 브랜드는 친구와 공동

창업 하거나 또는 창업자가 디자이너를 고용해서 브랜딩을 진행한다. 텐디프는 창업자 스캇이 직접 로고 제작·디자인 작업·마케팅을 한다. 혼자서 모든 일을 담당하는 멀티 플레이어 창업자다. 그런데 스트릿웨어를 좋아해도 텐디프를 들어 본 적이 없는 사람이 많다. 텐디프의 성공과 문제를 함께 알아본다.

스캇은 브루클린 태생의 흑인 디자이너다. 1990년대의 스트릿웨어 브랜드 창업자는 대부분 백인이기 때문에 흑인 창업자는 독특한 존재다. 텐디프는 브루클린의 흑인 문화와 스트릿 컬처가 결합한 브랜드다. 스캇의 창업은 독특했다. 대학생 시절 기숙사에서 텐디프 브랜드를 런칭했다. 브랜드 이름인 '10.Deep'는 슬랭에서 가져왔다. 'Ten people together in a show of force.' 즉, 사람마다의 개성과 성향을 존중하는 정신을 담고 있다.

텐디프의 디자인은 그라피티와 힙합에서 영감을 얻고 흑인의 소울 넘치는 비주얼 아트 표현을 추구했다. 스캇은 로고도 직접 디자인했다. 처음 로고는 Deep의 D를 너무 강조해서 사람들이 챔피언의 C 로고와 혼동을 하기도 했다. 스캇은 계속해서 로고를 바꾸면서 브랜드의 정체성을 확립하기 위해 노력했다. 로고 리뉴얼 작업은 6번 있었다. 로고가 자주 바뀌면 고객은 당혹하게 된다. 기본 로고 변경 대신 스투시처럼 로고를 추가했으면 오히려 브랜드의 지속성에 도움이 되었을 텐데 하는 아쉬움이 크다.

스캇도 스트릿웨어 브랜딩 공식을 따라 처음에는 티셔츠부터 제작했다. 판매를 위해서 의류 매장을 직접 찾아다니면서 영업을 했다. 1980-90년대의 스트릿 컬처 브랜드의 공통점은 창업자가 오프라인을 돌아다니면서 하는 대면(對面) 마케팅이었다. 인터넷이 아직 활성화되지 않았기 때문이다. 스캇은 스트릿 컬처와 관련된 커뮤니티에 가입해서 활동을 하지 않았기 때문에 다른 브랜드처럼 팬덤을 빨리 형성할 수 없었다. 스캇이 내성적이어서 커뮤니티에는 소극적이었다. 텐디프가 초반에 브랜드로 성장할 수 있는 속도를 늦추게 만든 요인이기도 했다.

텐디프가 스트릿 컬처 커뮤니티에서 인지도를 얻기 시작한 브랜드가 된 계기는 역시 인플루언서 덕분이다. 프로 스케이터인 자말 스미스(Jamal Smith)가 텐디프를 입으면서부터 갑자기 스케이보더의 관심을 받는다. 음악 밴드인 A$AP Rockey가 텐디프를 입고 공연을 하면서 스트릿 컬처 커뮤니티의 인정을 받는다. 텐디프도 인플루언서의 입소문(바이럴 마케팅) 효과를 본다. 영향력 높은 셀럽 덕분에 인지도를 쌓은 후 브루클린에 매장을 오픈한다.

스캇은 브랜드 홍보를 위해서 트레이드 쇼에 꾸준히 참여했다. 무역 쇼에서 가장 인기 있던 모델은 체인 디자인의 후드티(Chain Gang Hoodie)였다. 수많은 바이어의 관심을 받은 체인 후드티는 트레이드 쇼 3일 동안에 4,000장의 주문을 받을 정도로 인기가 높았다. 단일 디자인으로는 최고 수량 주문을 기록했다. 스트릿웨어 무역 쇼가 열리는 LA·라스베가스·맨해튼에 꾸준히 참여한 결과다.

텐디프는 무역 쇼가 효과적이었다. 미국 스트릿웨어 무역 쇼에는 일본 바이어들이 많이 참여하는데, 텐디프도 일본 유통 업체와 계약이 성사되었다. 텐디프는 일본에서도 영향력 있는 브랜드로 자리 잡았다. 텐디프 의류를 보면 일본어 글씨 디자인이 많은데, 일본 고객을 위한 전략이다. 일본어 프린팅의 판매량이 올라가자 스캇은 일본어 디자인을 많이 사용했다. 미국 판매망은 스트릿 컬처 유통 편집숍인 주미즈 (zumiez.com)를 적극적으로 활용했다.

스캇은 브루클린 매장 이외에 오프라인 전략으로 팝업 스토어를 이용했다. 주요 도시마다 정규 매장을 세우면 좋지만, 텐디프는 고정적인 오프라인 매장을 운영하기에는 자금 압박이 심했다. 대신 팝업 매장은 비용 문제 해결과 고객의 관심을 끌 수 있으므로 보다 효과적이다. 스캇은 이벤트성 팝업 스토어를 LA와 맨해튼에 열어 브랜드 인지도를 높이면서 팬덤 고객과의 만남으로 브랜드 지속성을 유지했다. 또한 스트릿 컬처 브랜드의 정석인 컬래버를 꾸준히 진행하면서 고객과의 관계를 쌓았다. 2019년에는 맨해튼 팝업 스토어에서 일본 포켓몬(Pokemon)과 컬래버를 진행했다.

스캇은 스트릿웨어의 얼굴인 티셔츠에서 재단과 봉제(cut-and sew) 스타일의 의류 제작으로 방향을 돌렸다. 스트릿웨어 브랜드의 진화 단계를 보면, 티셔츠로 기반을 쌓은 후 판매가 증가하면 품목을 확대한다. 스캇은 재단 의류에 집중했다. 그런데 문제가 발생했다. 브랜드 포지셔닝을 스트릿웨어 카테고리로 했으므로 티셔츠의 비중은 매우 중요하다. 그런데 티셔츠 비율을 갑자기 줄이고 다른 스타일의 의류 품목으로 확대하면 기존 팬은 허탈감과 상실감에 빠진다.

반팔 티셔츠는 스트릿웨어 패션의 가장 중요한 상징이다. 티셔츠는 가볍게 생각할 존재가 아니다. 텐디프의 티셔츠 비중 약화 전략은 스트릿웨어 커뮤니티를 실망시켰고, 브랜드 인지도의 하락으로 이어졌다. 스투시와 슈프림도 티셔츠가 중심 아이템이다. 티셔츠 제작은 꾸준한 프린팅 개발이 있어야 가능하므로 디자인 팀이 없는 1인 운영 시스템으로는 한계에 직면하는 위험이 있다.

텐디프의 전성기는 2009년 이전까지여서 지금은 대부분 텐디프를 알지 못한다. 전성기의 텐디프 디자인은 슈프림과 대등할 정도로 인기 높았다. 현재 재판매 시장에서 텐디프의 아이템은 꾸준히 거래되고 있다. 텐디프는 스트릿 컬처 감성을 충분히 가지고 있다. 창업자 스캇이 다시 티셔츠부터 시작한다면 추억의 팬덤과 새로운 청소년 고객이 관심을 가질 잠재력이 있다. 예전처럼 활발한 활동으로 미국 동부지역의 스트릿웨어 브랜드 명성을 회복하길 기대한다.

2장에서는 스트릿 컬처 브랜드의 탄생 배경을 살펴보았다. 브랜드를 만드는 창업자와 라이프 스타일을 보았다. 스케이트보드와 티셔츠를 특징으로 하는 스트릿웨어 브랜드가 미국에서 어떻게 출현하게 되는지 확인했다. 다음 3장에서는 시간이 흘러서 2000년 전후 기간에 나타난 스트릿웨어 브랜드를 알아본다. 지역적으로는 모두 캘리포니아를 백그라운드로 하고 있다.

1980년 스투시, 1993년 주욱, 1994년 슈프림의 탄생으로 스케이트 보드 문화를 기반으로 한 스트릿 컬처는 미국 전체에 붐을 일으켰다. 서브컬처의 부산물에 불과했던 스트릿웨어가 하나의 독립된 패션 카테고리로 탈바꿈했다. 스투시와 슈프림의 성공은 젊은 스케이터와 청년들에게 자극과 희망을 주었다. 10대·20대는 자신의 라이프 스타일이 브랜드와 비즈니스가 될 수 있음을 발견했다.

손 스투시, 제임스 제비아, 에릭 브루네티 등 80-90년대에 스트릿 컬처 브랜드를 런칭한 창업자들의 출신은 평범했다. 예비 청년 창업자들은 자신과 비슷한 환경과 성장 과정을 겪은 선배 창업자들을 보면서 꿈을 키웠다. 쓰래서 잡지에 등장하는 프로 스케이터들이 입은 티셔츠를 보면서 새로운 브랜드 런칭을 계획했다. 힙합 래퍼들이 스트릿웨어 브랜드 로고 착용이 많아지면서 창업 열기는 뜨거워졌다.

얼리 밀레니엄(Early Millennium)은 2000년 전후 기간을 의미한다.

1990년대 후반부터 2000년대 초반까지다. 이 시기는 스트릿 컬처 브랜드의 전파기다. 인터넷의 등장은 스트릿 컬처의 확산을 촉진시켰다. 가상 공간의 패션 포럼(forum)이 활발해졌다. 수많은 스트릿 컬처 브랜드가 캘리포니아를 중심으로 우후죽순처럼 생겨났다. 아쉽게도 대부분 몇 년 정도 반짝 인기를 끌다가 사라졌지만, 스트릿웨어 브랜드 런칭붐은 10대·20대의 패션 트렌드가 스트릿웨어로 빠르게 이동했음을 나타낸다. 스트릿 컬처가 라이프 스타일이 되었음을 보여 준다.

3장에서 다루는 스트릿 컬처 브랜드는 1998년부터 2004년 동안에 런칭되었다. 미국 서부에서 부흥기를 맞이했다. 출발은 작은 편집숍, 낡은 창고, 차고였지만 현재는 플래그쉽 스토어와 커다란 웨어하우스(물류 창고)를 운영하면서 고객의 사랑을 받고 있는 브랜드다. 브랜드마다 스트릿 컬처를 브랜딩하는 방법은 다양하다. 브랜드마다 강조하는 핵심 아이템도 다르다. 고객층이 스케이트보더에서 일반 청소년으로 확대되면서 브랜드 특성도 초기 스트릿웨어 브랜드와는 차별화되었다.

(1) Diamond Supply Co [다이아몬드 서플라이 코]

홈페이지: diamondsupplyco.com
창업자: Nick Tershay

다이아몬드 서플라이 코는 2005년도에 발매한 티파니 덩크(Tiffany

Dunk)로 유명한 스트릿웨어 브랜드다. 나이키 SB 덩크인 티파니 덩크는 보석회사 티파니의 대표 색상인 아쿠아(aqua)와 쿨 그레이(cool gray)를 조합한 신발이다. 티파니 덩크의 색상 배열(컬러웨이)은 지금까지 신발에 적용된 적이 없어서 신선한 충격을 주었다. 티파니 덩크는 스트릿 컬처의 심미성을 가장 잘 보여 주는 상징으로 평가된다. 덩크와 함께 티파니 티셔츠도 함께 발매되어 다이아몬드 서플라이 코를 스트릿웨어 브랜드로 널리 알리는 계기가 되었다. (아래부터는 브랜드 이름을 다이아몬드로 줄여서 부른다.)

놀랍게도 티파니 덩크가 출시될 때, 다이아몬드는 플래그쉽 스토어가 없는 상태였다. 대형 스포츠 브랜드 나이키가 오프라인 매장도 없는 다이어몬드와 컬래버를 진행하는 시도는 당시로서는 신선한 충격이었다. 컬래버는 창업자 닉이 쌓아 온 스트릿 컬처 활동의 보답이었다. 다이아몬드는 매장이 없어서, 티파니 덩크 발매 장소로 LA의 브루클린 프로젝트 매장(brooklynprojects)을 이용했다. 발매 당일 전부터 청소년과 스케이터들이 매장 앞에서 밤새도록 기다리는 흥분의 순간이었다.

티파니 덩크 발매를 기준으로 다이아몬드는 브랜드의 성격이 바뀌었다. 다이아몬드는 원래 스케이트보드 부품 브랜드였는데, 티파니 덩크 발매 이후 스트릿웨어 브랜드로 확실한 자리매김을 했다. 티파니 덩크 발매는 2000년 이후 급속히 퍼진 인터넷 시대를 반영하는 컬래버였다. 다이아몬드 창업자 닉의 경력을 보면 스트릿 컬처와 인터넷 세대의 밀접한 친밀감을 알 수 있다. 사이버 공간 덕분에 다이아몬드는 스트릿웨어 브랜드가 될 수 있었다.

닉은 전문 디자이너 출신은 아니지만 스케치 실력과 독창적인 아이디어 덕분에 탁월한 디자인 소질을 발휘했다. 스케이트보드 마니아인 닉은 1998년 샌프란시스코에서 다이아몬드를 런칭했다. 창업 아이템은 스케이트보드 하드웨어와 볼트가 주력이었다. 2002년 LA로 이주하면서 사업은 본궤도에 올랐다. 이때 이주한 장소가 걸 스케이트보드(girlskateboard.com)의 웨어하우스였다. 닉은 걸 브랜드와 인연을 맺으면서 공장 정보·스트릿웨어 유통망·인맥 등 전반적인 스트릿 컬처 비즈니스의 노하우를 배운다.

티셔츠 프린팅 디자인을 즐겨한 닉은 사이버 공간에 자신이 만든 티셔츠 도안을 꾸준히 올렸다. 하이프비스트(Hypebeast)에서 주로 활동하면서 나이키토크(Niketalk), 솔 컬렉터(Sole Collector) 포럼에도 참여했다. 예전에는 오프라인 공간에서 직접 만나야만 의견을 공유하고 판매가 가능했지만, 인터넷이 활성화되면서 가상 공간에서의 토론과 상업 행위가 쉬워졌다. 사이버 스페이스라는 제2의 만남의 장소가 생기자 스트릿 컬처 커뮤니티 활동은 순식간에 확산되었고, 활력을 띄웠다.

닉은 꾸준히 자신이 디자인한 티셔츠를 업데이트하며 포럼 멤버들의 평가를 받았다. 멤버들은 닉의 열정과 디자인을 좋아했고, 자연스럽게 닉의 커뮤니티가 만들어졌다. 닉의 다이아몬드 팬덤은 오프라인 이전에 가상 공간에서 먼저 존재했다. 닉은 인터넷 포럼에서 공부하며 자기 제품에 대한 피드백을 통해 디자인을 향상시켜 나갔다. 디자인한 티셔츠를 포럼에 올린 후, 반응이 좋은 디자인은 발매하고 판매까지 연결했다. 닉은 사이버 공간을 최대한 효과적으로 활용하면서 비즈니스토대를 쌓았다.

인터넷 공간에서 성실히 활동한 덕분에 닉은 다이아몬드 티셔츠를 오프라인 매장에 입점했다. 동부에서는 뉴욕 맨해튼의 슈프림 매장에 입점했다. 서부에서는 샌프란시스코의 스케이트보드 전문점인 FTC 매장(ftcsf.com)에 입점했다. 웨스트 코스트와 이스트 코스트 모든 지역에서 다이아몬드 브랜드를 노출시켰다. 닉 자신이 온라인에서 활발히 활동하여 인플루언서가 되었고, 다이아몬드 커뮤니티를 형성할 수 있었기 때문에 인지도 높은 매장에 판로를 개척할 수 있었다.

다이아몬드는 한 사람(창업자)의 아이디어와 노력으로 시작한 스트릿 컬처 브랜드가 지속적으로 성장하고 다음 단계로 진보하는 과정을 보여 주는 대표적인 브랜드다. 다이아몬드의 대표적인 티셔츠 모델은 커다란 다이아몬드 프린팅 티셔츠다. 다이아몬드 로고는 닉이 직접 손으로 그린 그림이다. 다이아몬드를 로고로 이용하는 브랜드는 이전에도 있었다. 볼컴의 스톤 로고가 다이아몬드 로고다. 볼컴은 전문 디자인 회사에 의뢰해 로고를 만들었지만, 닉은 스스로 그린 그림을 로고로 사용했다. 처음 다이아몬드 로고는 통통하고 어색한 모양이었는데, 다듬으면서 지금의 로고가 되었다.

2005년 티파니 덩크의 대성공으로 2006년 닉은 LA 페어팩스 거리(Fairfax Ave)에 매장을 오픈했다. 매장 오픈 결정도 인터넷 포럼 회원들에게 의견을 구했다. 커뮤니티의 적극적인 지지를 받으면서 오프라인 스토어를 열었다. 매장 오픈은 성공적이었고, 감격스러웠다. 페어팩스

애비뉴는 서부 스트릿 컬처의 집합소다. 이 거리에는 슈프림, 더헌드레즈, 허프, 도프, 립앤딥이 함께 있다. 동부 맨해튼의 소호와 비슷하게 몰려 있다. 페어팩스는 스케이터·힙합 가수·아티스트·연예인들이 모이는 거리로, 스트릿 컬처 마니아의 필수 방문 지역이다.

다이아몬드 매장에는 유난히 힙합 래퍼들의 방문이 많았다. 특히 힙합 그룹 오드 퓨처(Odd Future)는 다이아몬드의 열렬한 팬이 되었다. 인플루언서 래퍼들의 자발적인 브랜드 사랑으로 힙합계에서도 다이아몬드 브랜드 인지도가 높아졌다. 다이아몬드 로고의 티셔츠와 금목걸이가 래퍼들의 기본 코디가 될 정도로 유행했다. 오드 퓨처의 멤버인 타일러는 2011년에 골프왕(Golf Wang)을 런칭한다.

닉의 초기 다이아몬드 홍보 방법은 티셔츠 무료 배포였다. 제작한 티셔츠를 선물(프리 기프트) 개념으로 친구와 거래처 사람들에게 나누어 주었다. 또한 친분이 있는 래퍼·디제이에게 선물해서 브랜드 인지도를 높였다. 스트릿웨 브랜드의 초기 정착 과정에서 무료 배포는 큰 도움이 된다. 미국은 공짜가 거의 없는 문화이기 때문에 무료 선물은 잠재적 충성 고객을 확보하는 좋은 방법이다. 무료 배포 전통은 다른 DIY 브랜드에서도 종종 볼 수 있다.

닉의 이름에는 재미있는 점이 있다. 닉의 성은 털쉐이(Tershay)다. 그런데 대부분 '닉 다이아몬드'라고 부른다. 자신의 성을 브랜드 이름으로 바꿔서 이용하고 있다. 모든 브랜드 창업자들이 자신의 브랜드를 성으로 사용하지는 않는다. 커뮤니티와 팬들이 브랜드 공헌도와 친밀성을 인정한 창업자에게만 붙여 주는 명예로운 이름이다. 현재 브랜드를 성으로 사용할 수 있는 사람은 더헌드레즈 정도다.

브랜드의 구성 요소 중에서 로고 색상이 있다. 스트릿웨어 브랜드는 대부분 검정색 바탕에 흰색을 사용한다. 그런데 브랜드만의 색이 있으면 브랜딩, 마케팅, 팬덤 형성에 유리하다. 슈프림의 빨간색 바탕의 흰색 로고는 최고의 상징이다. 다이아몬드는 티파니 아쿠아색을 자신의 브랜드 색상으로 이용한다. 스트릿웨어 브랜드는 유명한 아티스트 또는 다른 브랜드의 대표 색상을 레퍼런스해서 사용하는 방법을 취하곤 한다.

닉의 브랜드 운영 방식도 모범이 되고 있다. 무리하게 매장 숫자를 늘리지 않고 있다. 많은 스트릿웨어 브랜드가 욕심을 부려서 재정적 어려움을 겪기도 하는데, 다이아몬드는 안정성을 갖고 있다. 그리고 다이아몬드 크립토 덩크(DCD: Diamond Crypto Dunks) 프로그램을 운영하고 있다. 덩크 신발을 원하는 색상으로 디자인할 수 있다. 또한 DCD 회원인 경우에는 다이아몬드 신제품 정보를 먼저 받아 볼 수 있다.

(2)LRG [엘알지]

홈페이지: l-r-g.com

창업자: Jonas Bevacqua, Robert Wright

1999년에 출발한 LRG는 순식간에 스트릿웨어 시장을 평정했다. 슈프림을 포함한 기존의 스트릿웨어 브랜드는 창업 후 시간이 흐르고 입소문이 퍼지면서 천천히 궤도에 오른 후 매출이 올랐다. 그런데 LRG는 창업 후 몇 개월이 지난 2000년에 100만 달러 매출을 올렸다. 2007년에는 가장 빨리 성장하는 기업 랭킹 5위에 올랐을 정도로 LRG의 인기는 폭발적이었다. LRG의 성장으로 인해서 스트릿 컬처 커뮤니티와 의류 업체는 스트릿웨어 브랜드의 상업적 존재감을 뚜렷이 인식하는 계기가 되었다. 현재까지 어떤 스트릿웨어 브랜드도 LRG의 최단 기간 폭풍 성장 기록를 깨지 못했다.

LRG의 공동 창업자인 조나스와 로버트는 브랜드 런칭과 동시에 트레이드 쇼에 참가했다. 두 사람은 비즈니스를 처음부터 계획적으로 진행했다. 무역 쇼 기간 동안 출시한 모든 제품은 품절되었고, 추가 주문(백오더)도 넘치도록 받았다. LRG의 인기는 어디에서 나왔을까? LRG 로고는 다른 스트릿웨어 브랜드의 로고와는 다르다. 복잡해 보이는 로고는 매력적이지도 않다. 그런데 힙합 래퍼와 연예인들이 자발적으로 LRG 옷을 착용하는 이유는 뭘까? 그리고 지금은 왜 LRG를 아는 사람이 별로 없을까? LRG는 짧은 기간에 희로애락을 모두 경험한 브랜드다. LRG는 예비 창업자에게 여러 생각과 도움을 주는 브랜드다.

LRG는 미국 서부 캘리포니아 오렌지 카운티에서 출발했다. 아티스트·힙합 래퍼·영화 배우 등 폭넓은 고객층의 사랑을 순식간에 받으면서 가장 빨리 성장한 스트릿 컬처 브랜드다. 겉모습으로는 이해가 되지 않는 부분이다. LRG는 단순한 의류 판매 목적의 브랜드가 아니라, 삶의 방식을 새롭게 추구하고자 하는 비전을 품었다. LRG가 추구하는 목표가 추상적이어서 브랜드 이미지 또한 난해하다. 처음에는 LRG의 로고가 이해하기 힘들다는 평가가 많았다. 브랜드 이름 자체도 명확한 의미 전달이 어려웠다.

창업자 조나스와 로버트는 남부 캘리포니아 클럽에서 디제이를 하면서 만났다. 로버트는 이미 퀵실버(Quicksilver)와 오닐(O'Neill)에서 일한 경력이 있다. 조나스는 DIY 티셔츠를 개인적으로 하고 있었다. LRG 브랜드를 런칭하게 된 동기는 클럽에서부터 시작되었다. 클럽에 오는 사람들이 입는 옷 때문이었다. 당시 클럽 교복이라고 불리우는 타미 힐피거와 폴로 랄프로렌이 대부분의 코디였다.

폴로와 타미 브랜드를 획일적으로 추종하는 코디 모습에 조나스와 로버트는 식상했다. 대형 패션 기업은 서브컬처의 가치와 정신을 진심으로 공유하지도 않고 고객을 상업적으로만 이용한다고 생각했다. 두 사람은 새로운 의류 브랜드를 런칭해서 청년층의 고뇌를 함께하며 하위문화가 존중받는 사회를 꿈꿨다. 두 창업자는 LRG의 기본 철학을 다양성 존중과 서브컬처 인정에 가치를 두면서 브랜드를 런칭했다.

창업자가 디제이라는 점은 LRG만의 강점이었다. 미국에서 클럽 디제이는 패션의 선도자이며, 음악의 멘토다. 조나스는 베트남 출신의 입양아로, 여러 명의 입양 형제와 함께 자랐다. 가족 구성원의 피부와 사고방식은 무지개색과 같이 여러 가지였다. 조나스의 생활 환경이 LRG를 이질감과 다양성이라는 자신의 비전을 제시하는 철학적 브랜드로 이끌었다. 다양성을 넘어서 통합으로(Unity Through Diversity)를 LRG 슬로건으로 정했다. 남부 캘리포니아의 다양한 인종 갈등을 스트릿 컬처 브랜드를 통해서 화해와 회복을 가져오고자 했다.

스트릿웨어 브랜드의 성공 법칙을 보면, 로고는 단순하고 가시성이 좋아야 한다. 그런데 LRG는 정반대로 복잡하고 복합적인 로고를 사용한다. LRG 로고는 나무·기린·재활용 유사 마크·숫자가 등장한다. 간혹 자연보호단체로 오해하기도 한다. LRG 로고의 핵심은 나무다. 땅에 씨앗을 심으면 나무가 자라나듯 LRG 브랜드가 자라서 자신의 이념을 펼친다는 의미를 담고 있다. 기린 로고는 키 큰 기린처럼 높이 멀리 보자는 의미를 가지고 있다. 순환 화살 표시의 싸이클 로고는 브랜드의 지속적인 성장과 변화를 상징한다. 숫자 47은 조나스 어머니의 출생 연도인 1947년을 뜻한다. LRG를 브랜드로 자랄 수 있게 끊임없이 후원한 조나스 어머니에 대한 감사의 표시다. LRG 로고는 복잡하지만 의미심장한 메시지가 풍부하다.

조나스는 LRG의 사명을 'Underground Incentive, Overground Effective'로 정의했다. 언더그라운드 세계를 후원하고 지지해서 오버그라운드에서 유능하게 되자는 미션이다. 이를 실천하기 위해 언더그라운드 아티스트와 지역 스케이트보드팀을 꾸준히 지원했다. 스트릿웨어 브랜드인 LRG가 특이하게 철학·비전·미션이 많이 등장하는 이유는 조나스의 개인 배경 때문이다. 동양인 입양아의 외로움과 몸부림이 긍정적으로 변화하는 모습이다. 반항과 갈등을 포용과 사랑의 메시지로 발전시켰다. 청년 창업자 조나스가 존경받는 이유다.

조나스는 LRG를 의류 회사가 아닌 라이프 스타일로 규정했다. 브랜드 이름에 나타난다. LRG는 'Lifted Research Group'의 약자다. 연구 기관 같아 보이지만 깊은 뜻이 있다. 리프티드(Lifted)는 젊은 층에게 희망을 주는 동기 부여를, 리서치(Research)는 LRG가 추구하는 문화를 연구하고 디자인 업무를, 그룹(Group)은 LRG 브랜드를 지지하는 개인 모임을 뜻한다. 즉, 서브컬처를 누리는 청년층의 생각·느낌을 인정하고 디자인으로 표현해서 LRG 비전을 추구한다는 의미다.

LRG의 브랜딩 전략은 조나스의 언더그라운드 컬처 존중 정신에 뿌리를 두었다. LRG는 나무처럼 자랐고 기린처럼 높은 곳을 향해 전진했다. LRG 이데올로기에 여러 힙합 그룹들이 호응했다. 남부 캘리포니아는 LRG의 나무와 기린 로고 티셔츠로 뒤덮였다. 힙합 가수부터 10대 청소년에 이르기까지 LRG는 시대의 아이콘이 되었다. 브랜드가 성장하면 초심이 변질되기도 하지만, 조나스는 출발점을 항상 염두에 두면서 언더그라운드를 존중했다. LRG의 모토에서 알 수 있다.

Feeding The Streets(거리의 하위그룹을 보호하자).
Respect All Cultures(모든 문화를 존중하자).

여타의 스트릿웨어 브랜드와는 달리 LRG는 건전한 철학과 이데올로기를 제시하였고, 자선 행사도 적극적으로 참여했다. 또한 시대를 앞서가는 컬래버도 진행했다. 스즈키 오토바이·티모빌 핸드폰과의 협업이 인상적이었다. LRG는 로고가 많아서 풍부한 아이디어로 티셔츠를 디자인했다. 여성 라인의 스트릿웨어도 런칭했다. 2005년도에 출시한 해골 후드티 'Dead Serious'는 최고의 히트 상품 기록을 세웠다.

LRG는 젊음·다양성·창조성·지성을 대표하는 스트릿웨어 브랜드를 목표로 한다. 단순한 의류 브랜드가 아닌, 삶의 목적을 제시하는 라이프 스타일의 멘토를 지향한다. 캘리포니아의 다양한 인종이 진심으로 좋아하는 브랜드가 되었다. 조나스는 LRG의 메시지를 신아메리카(New America)라고 이름 지었다. 조나스는 스트릿웨어 패션의 마틴 루터 킹이다. LRG는 철학·디자인·인기·커뮤니티·팬덤·유통·상업성 모든 면에서 완벽했다.

LRG는 동양인이 창업한 스트릿웨어 브랜드가 백인·흑인·남미인 모두의 아이돌 브랜드가 될 수 있음을 보여 줬다. LRG는 청년층과 하위문화의 분노·울분을 포용과 융합의 길로 제시한 철학적 브랜드다. 1999년 창업 후 10년 동안 LRG는 캘리포니아의 독보적 스트릿웨어 브랜드였다. 숀 스투시는 1994년 은퇴했고, 슈프림의 제비아는 외부 활동을 하지 않는 성격이었지만, 조나스는 언제나 고객과 같이 대화하고 춤추고 식사하고 자원봉사 하는, 존경받는 청년이었다.

반기성주의 스트릿웨어 브랜드임에도 불구하고 기성주의와의 화합을 꿈꾼 LRG에 사건이 발생했다. 2011년 조나스가 33세의 젊은 나이로 갑작스럽게 죽었다. 브랜드 리더이며 멘토였던 조나스의 죽음으로 LRG의 활발한 활동도 시들어 갔다. 스트릿웨어 브랜드는 공동 창업이 많다. 그런데 한 사람이 사라지면 브랜드의 정체성과 진정성도 같이 약해진다. 스투시를 제외하고 대부분의 스트릿웨어 브랜드가 겪는 아픈 경험이다.

공동 창업자인 로버트도 친구이자 정신적 멘토였던 조나스의 죽음으로 브랜드 열정을 잃어버렸다. 2017년 의류 기업 매드 엔진(Mad Engine)이 LRG를 인수했다. 매드 엔진은 네프(Neff) 브랜드도 함께 운영하고 있다. 현재 LRG는 스트릿 컬처 프랜차이즈인 주미즈, 닥터제이스(drjays.com), 틸리스(tillys.com)에 입점해 있다. 팬덤은 조나스(R.I.P.)가 생전에 디자인한 프린팅을 그리워한다.

(3)OBEY [오베이]

홈페이지: obeyclothing.com
창업자: Shepard Fairey

스케이트파크에 가면 스케이터들의 퍼포먼스뿐만 아니라 라이더들이 입고 있는 복장을 보는 재미가 있다. 특히 판화로 찍은 듯한 얼굴과 굵은 OBEY 글자가 적힌 티셔츠가 눈길을 끈다. 최근에는 눈만 강조한 티셔츠도 출시하고 있다. 슈프림 폰트보다 훨씬 굵게 만든 OBEY 글씨체는 눈에 잘 띄는 로고다. 오베이 티셔츠는 재질이 도톰하고 바느질도 튼튼해서 스케이터들에게 인기가 많다. 위압적인 얼굴을 한 남자가 '복종하라(obey)'라고 말하는 디자인은 호기심을 자극한다.

오베이 브랜드의 창업자는 쉐퍼드 페어리다. 쉐퍼드는 오베이를 런칭하기 전에 다양한 경력을 쌓았다. 스케이터·스트릿 아티스트(거리 예술가)·일러스트·그래픽 디자이너로 10년 넘게 활동하고 있었다. 10년간의 아티스트 경험과 스트릿웨어 브랜드 운영의 꿈이 복합적으로 작용해서 OBEY를 런칭했다. 정식 명칭은 오베이 클로딩(Obey Clothing)이다. 2001년 캘리포니아 얼바인 사무실에서 시작했다. 창업자 쉐퍼드의 특성으로 인해서 여타의 스트릿웨어 브랜드와는 다른 철학과 색깔을 띠면서 출발했다.

스트릿웨어 브랜드의 반기성주의 목소리는 당연하다. 그런데 오베이는 한걸음 나아가 정치적 입장과 사회적 비평을 강하게 표현하는 브랜드다. 오베이는 2001년 런칭되었지만 훨씬 오래전부터 브랜드 이념이 확립되어 있었다. 오베이는 쉐퍼드가 노력한 꿈의 열매다. 쉐퍼드는 스트릿 아티스트로 알려져 있지만, 진정한 모습은 인권 운동가에 가깝다. 대부분의 스트릿웨어 브랜드는 정치적 성향을 숨기지만, 오베이는 창업자의 정치·사회적 주장을 디자인에 고스란히 담아서 출시한다.

쉐퍼드의 정치 성향은 좌파·급진주의·공산주의(코뮤니스트)를 반영하고, 사회성은 인권·동성애·여성 권리를 자신의 작품으로 표현한다.

미국 서브컬처가 반체제적·반기성질서의 성격을 띠긴 하지만 스케이터 개인이 좌파·우파, 민주당·공화당을 선택하는 행위는 완전히 별개의 문제다. 스케이트보더가 주민 신고를 받고 경찰에 단속을 받는다고 해서 모두 좌파는 아니다. 안전한 스케이트 파크에서만 보드를 탄다고 해서 모두 우파도 아니다.

쉐퍼드가 보수주의 체제에 반항적이고 권위주의에 저항하는 성향을 가지게 된 이유는 초등학교 4학년 때의 사건 때문이다. 학급 전체가 박물관으로 소풍을 가기 위해서 학교 버스를 탔다. 한 학생이 오토바이를 탄 사람에게 새를 집어던졌다. 버스에 탄 모든 학생들은 쉐퍼드가 범인이라고 선생님에게 거짓말했다. 누명을 쓴 쉐퍼드는 학교로 돌아와 혼자서 쓰레기를 줍는 벌을 받았다. 어린 나이에 받은 충격과 마음의 상처로 쉐퍼드는 기성주의에 대한 저항과 반권위주의 성격이 커졌다.

오베이의 상징인 얼굴 심벌은 대학생 시절 이미 만들었다. 쉐퍼드는 안드레 자이언트(Andre Giant)를 이용해 현상학 실험을 시도했다. 안드레 자이언트는 실제로 존재한 레슬링 선수다. 쉐퍼드는 신문 사진을 이용해서 작은 스티커를 만들었다. 스티커에 'Andre the Giant Has a Posse(안드레 자이언트는 무리를 거느리고 있다)'라는 문구를 적었다. 스티커의 그림과 문장이 사람들의 호기심을 자극했다. 담장·광고판·길거리 여기저기에 붙어 있는 스티커가 사람의 시선을 끌었다.

쉐퍼드는 안드레 스티커의 잠재력을 깨닫고 더욱더 커다란 포스터를 만들어 건물 벽에 붙이는 퍼포먼스를 추진했다. 본격적으로 스트릿 아티스트의 길을 걸으며 반체제적이며 환경 보호 슬로건으로 자신의 이념을 표현했다. 스케이트보드 마니아인 쉐퍼드는 자신의 주장을 스티커·포스터뿐만 아니라, 스트릿웨어 브랜드를 전파 도구로 이용하고자 오베이를 런칭했다. 오베이는 쉐퍼드 정신을 실천하기 위한 아바타(분신)와 같다.

이미 유명세를 치른 안드레 얼굴을 오베이 로고로 결정했다. 얼굴 전체를 로고로 사용하지 못하고 부분만 이용하는 이유는 저작권 문제 때문이다. 브랜드 이름은 공상 영화 '화성인 지구 정복(They Live)'에 등장하는 단어 'OBEY'를 사용했다. 스티커에 적힌 단어 중 'Posse'는 힙합 그룹 비스트 보이즈의 가사에서 영감을 받았다. 쉐퍼드는 이미 존재하고 있던 이미지를 재치 있게 활용하는 참조 능력으로 오베이 브랜드의 이름·로고를 완성했다. 스트릿 컬처에서 레퍼런스는 모방적 창조 과정이며 적극적으로 활용할 필요가 있다.

오베이 브랜드를 스케이터들에게 홍보하기 위해서 쉐퍼드는 직접 스케이트 파크를 돌아다니면서 무료로 스티커를 나누어 주었다. 안드레 얼굴과 굵고 빨간색 글씨로 적힌 OBEY 스티커였다. 보드 데크와 스케이트 파크의 기둥·벽에 붙기 시작한 오베이 스티커는 스케이터들의 호기심을 자극했다. 스케이터 커뮤니티는 쉐퍼드와 함께 보드를 타면서 쉐퍼드의 생각과 오베이 로고에 관심을 보였다. 점점 안드레 얼굴 티셔츠와 오베이 글씨 로고 티셔츠를 입는 스케이터들이 늘어났다. 쉐퍼드의 노력과 열정으로 오베이의 스트릿웨어 브랜딩 초기 진입은 성공적이었다.

스트릿웨어 브랜드의 마케팅 방식 중에서 전통적이고 일반적인 스타일은 스티커 붙이기(sticker tagging)다. 스티커는 단순하게 브랜드 로고와 상징으로 디자인한다. 스티커로 악명 높은 브랜드는 단연코 슈프림이다. 슈프림은 1994년 런칭과 함께 맨해튼 구석구석을 빨간색 박스 로고 스티커로 도배했다. 당시 주민들은 슈프림 스티커를 혐오하여 쓰레기로 고발할 정도였다. 이후에는 스티커 붙이는 행위(sticker bombing)가 경범죄가 되었다. 쉐퍼드는 오베이를 스케이트보드 기반의 브랜드로 홍보하고 싶어서 스티커 전략을 거리가 아닌 스케이트 파크에 집중했다.

오베이는 안드레 자이언트 기본 디자인 이외에 쉐퍼드의 작품을 다양하게 활용해 프린팅한다. 간혹 반체제 이미지가 강한 내용은 스트릿웨어와는 이질감도 주지만 다른 브랜드와의 차별화에 도움이 된다. 오베이 프린팅이 체 게바라(Che Guevara) 그림과 비슷한 이유는 쉐퍼드의 예술적 영감이 옛 소련 시대의 공산주의 작품에서 왔기 때문이다. 쿠바풍(Cuban Look)의 느낌은 오베이의 반체제 성향과도 관계가 깊다. 음악적으로는 펑크록의 반기성주의와 연결된다.

오베이의 최대 장점은 풍부한 디자인 영감이다. 창업자 쉐퍼드가 스트릿 아티스트이기 때문에 끊임없이 작품이 나오고 있다. 로고만 찍어내는 디자인이 아닌 스트릿 컬처 감성과 예술성이 흠뻑 묻어 있는 프린팅이다. 또한 스트릿웨어 브랜드의 기본 아이템인 티셔츠와 후드티를 경시하지 않고 계속 출시하므로 스케이트 커뮤니티의 호기심을 계속 이끌어 내고 있다. 쉐퍼드는 스케이터 감성과 스트릿 아트를 적절히

활용하는 브랜딩 전략으로 오베이를 묵직한 스트릿웨어 브랜드로 키워
나가고 있다.

쉐퍼드는 정치·사회 문제에 관한 의견을 대외적으로 주장하므로 오
베이도 자연스럽게 정치 이슈와 연결되어 있다. 스트릿웨어 브랜드는
창업자의 정신을 반영하므로 당연한 결과다. 하지만 스케이트보드 문
화와 정치·사회성을 연결시키는 의도가 옳은가에 대해서 찬반 의견이
분분하다. 스케이트보드 컬처의 순수성을 헤친다는 의견이 지배적이
다. 스핏파이어·LRG·오베이·노아·HUF는 사회성을 표현하는 브랜드
다. 창업자가 브랜드 런칭 시 입장을 분명히 해야 브랜드 정체성이 훼
손되지 않는다.

여성 스케이트보더가 증가하는 추세를 반영해서 오베이는 여성 의
류 라인에 정성을 쏟고 있다. 10년 전까지만 해도 스케이트보드는 남
자만 타는 전유물로 여겨졌다. 스케이트 시합이 열리면 남자는 스케이
트를 타고 여자는 구경하는 풍경이었다. 최근에는 여성 스케이트 인구
가 증가하고 있다. 그런데 여성 스케이터를 대상으로 여성 의류를 추가
하는 브랜드가 많지만 구색용이거나 스트릿 컬처 성격이 없는 경우가
흔하다. 오베이는 여성 스케이터의 라이프 스타일을 공감하고 의류를
제작해서 신뢰를 얻고 있다.

아쉽지만 오베이는 미국에 플래그쉽 오프라인이 없다. 왜 미국에는
정매장이 없는지 궁금하다. 대신 미국 밖에 3곳이 있다. 1호점은 프랑
스 파리, 2호점은 네덜란드 암스테르담, 3호점은 대한민국 서울에 있

다. 서울 오베이는 스트릿웨어 패션을 선도하는 웍스아웃(worksout. co.kr)이 운영하고 있다.

(4)UNDEFEATED [언디피티드]

홈페이지: undefeated.com
창업자: Eddie Cruz, Jamse Bond

울타리(펜스) 모양의 로고를 사용하는 언디피티드는 2002년 LA에 첫 매장을 오픈했다. 처음에는 여러 브랜드 신발을 모아서 판매하는 편집 숍(셀렉트숍) 개념으로 출발했다. 현재의 언디피트 매장과 같은 깔끔한 분위기는 전혀 아니었다. 오히려 빈티지 벼룩시장 같았다. 하지만 진열한 신발은 모두가 탐내는 희귀한 보물이었다. 매장 분위기는 끌어당기는 매력이 넘쳤다. 다른 매장에서는 쉽게 볼 수 없고 구하기 힘든 프리미엄 수준의 신발로 디스플레이를 했다. 언디피티드는 입소문을 타면서 LA 슈즈 컬처의 성지가 되었다. 먼 거리의 스니커즈 마니아들도 찾아오는 방문지가 되었다. 신발 사냥꾼(sneaker hunter)의 새로운 순례지 1순위에 올랐다.

언디피티드의 브랜드 정체성은 창업자 에디 크루즈로부터 나온다. 에디는 제비아(슈프림 창업자)를 맨해튼에서 만났고, 유니온(Union) 편집 숍에서 함께 일했다. 1991년 맨해튼에 스투시 소호 매장이 오픈하면서 에디는 제비아 밑에서 부매니저로 일했다. 1992년 LA에 유니온 스투시 매장이 오픈하자, 에디는 LA 매니저로 왔다. 유니온·스투시·슈프림에서 제비아와 함께 일하고 배운 경험이 언디피티드 런칭의 밑거름이 되었다. 그리고 에디는 LA에 언디피티드를 창업했다. 창업 미션은 '멋진 신발을 멋지게 진열해서 우리만의 분위기를 가진 매장을 만들자'였다. 소매점이라기보다는 부티크 콘셉트로 접근했다. 미국의 일반 신발 매장과는 다른 독특한 바이브를 풍기도록 꾸몄다.

언디피티드는 다양한 스포츠, 패션 브랜드와 컬래버를 통해 스니커 컬처 수준을 높이고 있다. 협업 브랜드로는 아디다스·아식스·컨버스·챔피언·반스·베이프가 있다. 언디피티드의 꾸준한 컬래버는 한정판 신발을 지속적으로 소개함으로써 스니커 커뮤니티의 주목을 받고 있다. 실패한 협업이 없을 정도로 언디피티드의 리미티드 에디션은 스니커즈 팬덤을 흥분시킨다. 대표적으로 나이키와의 협업은 조던·포스 등 다양했지만, 그중에서도 2017년과 2020년의 에어 맥스 97 컬래버는 슈즈 역사의 중요한 이정표를 세웠다.

언디피티드가 나이키와 밀접한 협업 시스템을 갖추게 된 계기는 2002년 창업 당시의 우연한 사건 덕분이다. 언디피티드가 브랜드를 완벽히 갖추기도 전에 나이키의 대표급 인물들이 매장을 방문했다. 에디의 사려 깊은 디스플레이와 독특한 분위기에 반한 이들은 나이키 신발 공급을 제안했다. 대형 매장도 아니고 프렌차이즈 매장도 아닌 작은 가게에 나이키 한정판 모델이 입고되기 시작했다. 희소한 신발이 계속 입고되자, 스니커즈 마니아들은 언디피티드를 나이키 신발의 보물 창고로 인정했다. 언디피티드 매장은 LA의 새로운 랜드마크로 급부상했다.

언디피티드 오픈 당시, 브랜드 이름은 없는 상태였다. 매장 인기가 확인된 후 멀티숍을 자체 브랜드로 진행하고자 브랜드 이름을 언디피티드로 정했다. 브랜드 이름 'Undefeated'에는 단어 뜻 그대로 '패배당하지 않고 승리한다'는 단호한 의지를 반영했다. 브랜드 로고는 5개의 선으로 이루어졌다. 나무 울타리와 비슷한 모양이지만 브랜드 이름을 표현한다. Undefeated를 간단히 UNDFTD라고 하는 데서 영감을 얻었다. UNDFTD를 극도로 간단히 줄이면 막대기(||||) 모양이 나오는데, 그 위에 사선(/)을 그어 로고를 디자인했다. 로고가 단순해서 본인들이 만들었을 것 같지만, 로고는 전문 디자인 회사가 제작했다.

언디피티드는 오프라인 매장을 미국·일본·중국에서 운영 중이다. 매장은 멀티숍 스타일이며, 언디피티드 브랜드뿐만 아니라 다른 브랜드를 함께 취급한다. 혼합 브랜드 형태의 매장이다. 일본에 매장에서 있어서 일본 스트릿 브랜드와 협업을 자주 진행한다. 나이키 에어 맥스 97 컬래버가 스니커즈 커뮤니티에 놀라운 감동을 주었다면, 일본에서는 베이프와의 컬래버로 스트릿 컬처 의류 분야에서도 팬덤을 확보했다. 또한 일본 토종 스트릿웨어 브랜드인 네이버후드·더블탭스와 협업하면서 미국뿐만 아니라 아시아 시장에서도 주목받게 되었다.

에디 크루즈는 컬래버를 스트릿 컬처 브랜드가 성장하기 위한 전략으로 생각해서 적극적으로 추진한다. 창업 초반기의 나이키와의 행운적 만남이 기폭제가 되기도 했지만, 에디는 컬래버가 스트릿웨어 브랜드가 빠지는 권태기를 극복한다고 봤다. 컬래버는 지루할 수 있는 브랜드 침체기에 재미를 주는 에너지다. 언디피티드가 컬래버에 강한 이유는 타 매장과의 차별화에 집중했기 때문이다. 어디서나 구할 수 있는 신발을 똑같은 스타일로 전시하면 편집숍의 존재 가치가 없다고 봤다. 매장의 독특함(unique)과 큐레이터(curator) 성격을 강조했다.

언디피티드는 신발은 타 브랜드(나이키·조던·아식스·푸마·리복·반스 등) 제품을 판매하면서, 의류와 액세서리는 자체 브랜드로 진행하고 있다. 이런 방식은 자금 부담을 줄이면서 다양한 카테고리 제품을 확보할 수 있는 경영 방법이다. 일본 매장의 경우, 청년층이 모이는 핫 스폿(hot spot)에 오픈해서 SNS에 자주 노출되고 있다. 그래서 언디피티드를 일본 브랜드로 오해하기도 한다. 일본 언디피티드는 미국 본사와 라이선스 계약을 통해서 자체적으로 운영하고 있다. 따라서 미국 라인(usa line)과 일본 라인(japan line)은 사이즈·디자인·재질에 차이가 있다. 저팬 언디피티드(undefeated.jp)는 미국과는 개별적으로 스트릿웨어 브랜드들과 활발하게 컬래버를 하고 있다.

언디피티드는 독립 자금과 라이선스의 균형 있는 운영으로 브랜드 생명력을 유지하고 브랜드의 건강미를 튼튼하게 유지하고 있다. 라이선스 계약은 스트릿웨어 브랜드가 해외로 진출하는 방법 중 하나다. 라이선스를 획득한 기업은 본사와 다른 독립성·자율성을 가진다. 디자인과 컬래버를 본사의 간섭없이 진행할 수 있다. 본사 입장에서는 수익을 얻으면서 특별히 신경을 쓰지 않아도 되는 편리함이 있다. 하지만 자율성이 너무 커지면 브랜드의 통일성·일관성이 무너진다. 심한 경우에는 예전의 스투시처럼 국가별로 전혀 다른 느낌의 브랜드 분화가 발생해서 브랜드가 변질된다. 언디피티드는 직영 매장과 라이선스 관리의 최적화 조화를 보여 주는 브랜드다.

에디는 언디피티드의 브랜드 정체성을 스트릿웨어에서 라이프 스타일로 확장하고 있다. 라이프 스타일 브랜딩은 트렌드이기도 하다. 패션을 기본으로 하면서 음악·예술·스포츠로 관심 분야를 넓히고 있다. 매장을 재미있게 운영하자는 철학과 라이프 스타일에 대한 관심은 체육관 오픈으로 이어졌다. 스트릿웨어 브랜드가 보드팀·음반발매·아티스트 후원으로 라이프 스타일을 추구하지만, 체육관을 오픈한 브랜드는 언디피티드가 처음이다.

UACTP(Undefeated Action Capabilities Training Program)는 언디피티드에서 운영하는 서브 브랜드이며, 체육관(gym)이다. 개인 트레이닝 짐이다. 고급 맞춤형 트레이닝을 받을 수 있어서 일반 체육관보다는 회원비가 높다. UACTP 브랜드로 의류도 출시하고 있다. 밀리터리 느낌과 고급스러운 이미지가 호소력이 있는 디자인이다. UACTP 커뮤니티도 만들어지면서 언디피티드의 시도가 빛을 보고 있다(uactp.com).

(5) HUF [허프]

홈페이지: hufworldwide.com
창업자: Keith Hufnagel

허프 미국 플래그쉽 매장은 LA 페어팩스에 있다. 처음 허프 매장을 방문하는 사람은 자신도 모르게 비명을 지르곤 한다. 매장 문을 열고 들어가자마자 만나는 조형물 때문이다. 가운뎃손가락 욕 조각이 있다. 엄청난 크기의 욕 조형물이 매장 안에 당당히 서 있는 모습에 놀란다. 이 조각상은 허프 브랜드의 정체성을 상징적으로 표현한다. 또한 창업자 허프나겔의 반기성주의 정신을 적나라하게 보여 준다. 허프의 브랜드 색상은 부드러운 연두색이지만 허프는 도전적·저항적 콘셉트의 정통 스트릿웨어 브랜드다.

LA 매장은 길쭉하다. 안쪽으로 들어가면 오른편 진열 벽 끝에 허프의 재미있는 베스트 아이템이 있다. 세상을 떠들썩하게 했던 마리화나 잎 프린팅 양말이 걸려 있다. 건너편 진열대에는 허프가 진행한 Fuck It 브랜드도 있다. 허프가 새롭게 진행한 서브 브랜드다. 허프는 재미있고 장난기 심한 브랜드다. 거칠고 직설적인 허프의 바이브는 창업자 허프나겔의 경험과 철학에서 우러나왔다.

뉴욕 맨해튼에서 태어난 허프나겔은 청소년 시절 내내 스케이트보드만 타고 다닐 정도로 스케이트보드 마니아였다. 맨해튼은 스케이트보딩이 힘든 환경이었지만, 허프나겔과 친구들은 욕을 먹으면서도 과감히 라이딩을 탐닉했다. 스케이터들과 친구들은 10대 소년 허프나겔을 허프(HUF)로 줄여서 불렀다. 허프나겔은 스케이트보드 커뮤니티의 리더 역할을 했다. 스케이트 크루와 친구들은 허프원(Huf One) 스티커를 만들어 맨해튼 곳곳에 붙이고 다녔다. 스케이트보드 컬처의 상징인 스티커 놀이는 허프나겔의 인지도를 높였다.

허프나겔과 뉴욕시 스케이트 크루가 모이는 은밀한 장소로 브루클린 뱅크(Brooklyn Banks)가 있다. 이름 그대로 브루클린 다리 아래에 있다. 붉은 벽돌과 경사진 구조로 인해서 맨해튼과 뉴욕 스케이터들이 최고의 라이딩 장소로 꼽는 아지트다. 청소년과 청년 스케이터들은 브루클린 뱅크에서 스케이팅을 즐기고 다치고 배우면서 커뮤니티를 형성했다. 스케이트보딩의 역사적인 기록과 사진 작품이 브루클린 뱅크에서 많이 나온 이유도 우연이 아니다. 주욕과 슈프림의 스케이트보드팀도 이곳에서 경쟁하며 우정을 쌓았다. 허프나겔과 친구들의 주된 무대였으며, 허프 커뮤니티가 자연스럽게 형성되었다.

미국 동북부는 규모가 크고 완벽한 스케이트 파크가 없기 때문에 뉴욕·뉴저지 스케이터들은 브루클린 뱅크를 자주 이용한다. 안타깝게도 현재 뉴욕시는 스케이트보드 역사의 중요한 장소임에도 불구하고 철거 공사를 진행하고 있다. 이에 대항해서 스케이트보드 커뮤니티는 뉴욕시에 공사 반대 청원(Save The Brooklyn Banks)을 하고 있다. 스케이트보드를 사랑하는 아티스트·뮤지션·패션 종사자들도 청원에 적극적으로 참여하고 있다.

맨해튼에서 샌프란시스코로 이주한 허프나겔은 프로 스케이터가 되었다. 스핏파이어의 창업자인 짐 티보의 후원으로 스케이트보드 월드 투어에 참여했다. 여행에서 스트렛웨어 브랜드 창업의 꿈을 안고 돌아온 허프나겔은 2002년 샌프란시스코에서 작은 편집숍을 오픈했다. 매장 이름은 친구들이 부르던 HUF로 정했다. 허프 매장은 인기 높은 브랜드의 구하기 힘든 희귀한 아이템으로 꾸몄다. 허프는 순식간에 샌프란시스코와 캘리포니아의 스트릿 컬처 허브가 되었다. 스케이트보더들 사이에는 '허프는 중심이다(Huf is hub)'로 통했다.

셀렉트숍으로 출발한 허프는 곧 자체 독립 브랜드를 런칭했다. 스트릿웨어 브랜딩 공식에 따라서, 티셔츠부터 만들고 후드티·모자로 허프 라인을 점점 확장했다. 허프나겔은 매장을 운영하면서도 계속해서 프로 스케이터로 활동했다. 허프 스케이트보드팀을 직접 이끌면서 다른 브랜드 팀에도 가입해서 활동했다. 허프는 스트릿 컬처의 집합소인 LA 페어팩스에 플래그쉽 매장을 오픈했다. 스케이트보딩은 샌프란시스코의 경사진 도로와 잘 어울린다. 그러나 샌프란시스코는 매장 월세와 운영비가 높아서 LA로 이전하는 추세다.

허프나겔은 브랜드 이름을 고민하지 않고 자신의 별명인 HUF를 사용했다. 브랜드 로고도 HUF로 정했다. 스투시처럼 성(姓)을 브랜드 이름으로 정했다. 스케이트보드를 중심으로 한 반기성주의를 핵심 철학으로 한다. 디자인은 빈티지풍과 미국 클래식 복고풍을 더한 느낌이다. 허프나겔은 제품을 직접 착용하고 라이딩을 하면서, 질(퀄리티)과 마감(디테일)을 향상시키면서 브랜드 신뢰성을 높여 나갔다. 허프의 이미지는 이질적인 조화를 추구한다. 느낌은 거칠지만 퀄리티는 최고를 고집한다.

허프가 스트릿웨어 세계에서 기복 없이 꾸준한 사랑을 받는 이유는 창업자 허프나겔 덕분이다. 스케이트보더가 스트릿웨어 브랜드를 창업하는 경우는 많지만, 허프나겔만큼 스케이트보딩을 삶 자체로 받아들인 창업자는 드물다. 허프나겔은 허프 브랜드 창업 이후에도 고집스러울 정도로 자신의 스케이트보드팀을 직접 이끌었다. 뜨거운 열정이 허프의 브랜드 이미지를 만들었다. 스트릿 컬처를 취미와 스포츠가 아닌 라이프 스타일로 실천한 정직한 노력으로 허프는 스트릿웨어 브랜드의 진정성을 100% 인정받는 브랜드가 되었다.

허프는 다른 브랜드와의 컬래버를 통해 브랜드 피로감을 해결하고 노출을 극대화하고 있다. 자체 브랜드가 히트 아이템을 지속적으로 출시하면 가장 좋지만 한계가 있다. 컬래버를 이용해서 히트 제품을 만들면 브랜드 가시성과 팬덤 충성도가 높아진다. 허프는 대부분의 스트릿웨어 브랜드와 컬래버를 폭넓게 진행하고 있다. 특히 나이키와의 협업은 허프의 존재감을 높이고 있다. 허프 퀘이크(HUF Quake) 이름으로 진행하는 컬래버는 덩크·맥스 1·맥스 90·포스 1 등 스트릿 스니커즈의 전설을 만들고 있다. 디자인도 허프나겔이 직접 참여해서 진행했다.

허프는 마리화나 잎을 디자인으로 사용한 최초의 스트릿웨어 브랜드다. 디자인 발상은 허프나겔이 마리화나를 피우다가 나온 엉뚱한 아이디어였다. 마리화나 잎 디자인으로 만든 양말은 재미를 위해 만들었다. 장난기 섞인 마리화나 잎 양말은 허프에게 폭발적인 인기를 안겨다 줬다. 청소년과 일반인에게까지 양말 소문이 퍼지자, 허프를 양말 브랜드로 착각하는 해프닝도 발생했다. 마리화나 양말은 학교에 착용이 금지되었지만, 허프나겔의 실험 정신은 허프 브랜드를 널리 알리는 역할을 했다. 마스코트와 상징적 로고가 따로 없는 허프 입장에서는 마리화나 잎이 대신 그 역할을 하게 되었다. 저항적 이미지의 마리화나 잎 디자인은 허프 브랜드를 떠올리게 하는 아이콘이 되었다.

청소년 때부터 스케이트 크루(crew)·스케이트보드팀과 동고동락한 허프나겔은 언제나 팀을 중요시했다. 허프는 스트릿 컬처 브랜드 중에서 보드팀을 이끄는 몇 안 되는 브랜드다. 허프나겔은 보더의 입장에서 보더를 위한 디자인을 한다. 허프나겔은 스케이터인 동시에 디자인·브랜드 경영 모든 면에서 리더 역할을 했다. 또한 스트릿웨어 브랜드 런칭을 꿈꾸는 예비 청년 창업자들을 후원하고 실질적인 도움을 줬다. 쓰래셔의 제이크 펠프스 이후로 스케이터들로부터 존경과 사랑을 동시에 받고 있다.

허프는 유통 구조가 이원화되어 있다. 자체 매장 판매와 스트릿웨어 체인점 판매를 겸하고 있다. 체인점인 주미즈와 팍선을 이용하지만 공급량을 제한해서 희소성을 잘 지키고 있다. 2017년 일본 패션 기업 TSI Holdings가 허프를 90% 인수했다. 다행히 미국 허프 운영팀의 자율성을 인정함으로써 허프 바이브를 유지하고 있다. 허프 매장은 원래 LA와 뉴욕 브루클린에 있었고, 이후 일본에 5개 매장을 오픈했다. 일본은 스케이트보드 문화가 탄탄해서 허프 브랜드 인기가 높다.

스케이터보더의 권익을 옹호하고 스케이터의 주장을 대변했던 허프나겔은 2020년 운명했다(R.I.P.). 허프나겔은 존경받는 프로 스케이터이면서 브랜드 창업자·매장 운영자·디자이너·사업가였다. 그리고 스트릿 컬처 패션을 이끌었던 진정한 리더였다. 허프나겔은 죽었지만 허프 브랜드가 스트릿 컬처 정신을 잇기를 바란다. 허프나겔을 추모하는 'Keith Hufnagel Forever' 문구가 인터넷과 벽을 적시고 있다.

허프나겔의 죽음 이후, 대주주 TSI Holdings은 일본에 매장을 30개로 확장했다. 그리고 미국의 브루클린 매장은 폐쇄했다. LA 매장의 손가락 욕 조각상을 가운뎃손가락을 내려서 주먹 모양으로 바꿨다. 다행히 허프의 스케이트보드팀은 계속 유지하고 있다. 일본의 스트릿컬처와 허프의 만남이 본격화되면서 허프가 어떤 모습으로 변할지 우려와 기대가 크다.

(6)The Hundreds [더헌드레즈]

홈페이지: thehundreds.com
창업자: Bobby Kim, Ben Shenassafar

더헌드레즈는 2003년 바비 킴과 벤 쉐나사파르가 LA에서 런칭한 스트릿웨어 브랜드다. 스트릿웨어 브랜드 창업자 중에 흑인(ZooYork, 10.Deep)과 동양인(LRG)도 있었지만, 2000년도까지도 백인들이 주류였다. 더헌드레즈는 한인이 창업한 스트릿웨어 브랜드여서 자랑스럽다. 미국에서 한인 출신의 패션·의류업 종사자는 많지만 브랜드 창업자는 적은 편이다. 바비 킴(김도균)의 브랜드 런칭은 미국 한인 청년에게 스트릿웨어 브랜딩의 모델 겸 창업 길잡이가 될 수 있다.

바비 킴은 어릴 때 미국으로 이민 온 한인이며, 공동 창업자 벤은 유대인이다. 미국에서 소수 민족인 한인과 유대인이 만나서 더헌드레즈가 태어났다. 바비와 벤은 로스쿨(법학전문대학원)에서 만났다. 스트릿 컬처와 관련된 특별한 전문 경력은 전혀 없었다. 오로지 스케이트보드 타기를 즐기고, 스트릿 컬처가 라이프 스타일인 독특한 청년 법대생들이었다. 스트릿웨어 브랜드 창업자 중에서 법대생 출신은 가장 특이한 경력이다.

단지 스케이트보딩을 즐기고 스트릿 패션과 코디를 좋아하는 바비는 인터넷 공간 활동에 심취했다. 바비의 스트릿 컬처 애정은 블로그로 빛을 보았다. 소셜미디어가 아직 활성화되기 이전 시대여서 바비의 블로그는 스트릿 컬처의 오아시스 역할을 했다. 바비는 패션·뮤직·아트 등 스트릿 문화와 관련된 내용을 하루도 거르지 않고 블로그에 올렸다. 한국인의 부지런한 근성이 발휘된 바비의 블로그는 재미는 물론 정보의 정확성으로 신뢰받는 블로그로 자리 잡았다. 바비의 콘텐츠는 단순한 흥미 위주가 아닌 전문적인 내용을 심도 있게 다루었기 때문에 예비 청년 창업자들도 좋아했다.

그리고 바비는 자신의 웹사이트에서 일주일에 한두 번씩 캘리포니아의 스트릿 컬처 소식을 정기적으로 방송했다. 사진·뉴스·이야기를 일회성인 아닌, 지속적으로 업데이트하자 바비를 따르는 커뮤니티가 형성되기 시작했다. 더헌드레즈는 상업 사이트가 아닌 미디어 플랫폼으로 출발했기에 커뮤니티 멤버들과 친밀도가 높았다. 팬들은 오늘은 바비가 무슨 정보를 올릴지 항상 궁금해했다. 바비는 스트릿 컬처의 흐름을 정확히 포착해서 트렌드 예측도 정확했다. 더헌드레즈 사이트는 스트릿웨어 패션의 정보원이자 방송국 역할을 했다. 바비의 관심사는 청소년과 마니아들 사이에 언제나 화젯거리였다.

바비의 온라인 활동은 팬덤 이외에 다른 창업자에게도 적극적인 동기 부여가 되었다. 다이아몬드 서플라이 코의 창업자 닉이 힘든 시기를 보낼 때, 바비는 닉을 인터넷 포럼 공간으로 인도했다. 닉은 바비의 도움으로 인터넷 커뮤니티를 형성하고 다이아몬드 브랜드까지 런칭한다. 더헌드레즈는 LA 스트릿웨어 패션 중심지인 페어팩스의 터줏대감이 되었다. 더헌드레즈는 온라인과 오프라인에서 영향력을 행사하면서 스트릿 컬처에서 없어서는 안 되는 존재감을 과시하고 있다.

더헌드레즈가 스트릿웨어 브랜드로 이름을 알리게 된 아이템은 페이즐리(Paisley) 후드티다. 페이즐리는 아메바와 비슷한 길쭉한 둥근 모양의 무늬로 직물 도안으로 많이 사용된다. 바비는 페이즐리 무늬를 후드티 전체에 프린팅했다. 후드 앞부분뿐만 아니라 모자와 뒷부분까지 아메바 무늬로 올 오버(all over) 프린팅했다. 더헌드레즈는 페이즐리 무늬를 옷 전체에 인쇄한 최초의 스트릿웨어 브랜드다. 당시 올 오버 인쇄는 파격적인 모험이었다. 바비의 모험은 성공했다. 이후 올 오버 프린팅은 스트릿웨어 패션의 새로운 트렌드로 자리 잡았다.

바비는 페이즐리 후드티를 출시하기 전부터 자신의 블로그에 제품 소식을 올렸다. 팬덤과 제품 아이디어를 미리 공유했다. 놀랍게도 출시하자마자 블로그 팬을 중심으로 하룻밤 만에 완판되었다. 패션 마니아들의 입소문은 순식간에 퍼졌고, 재입고 제품도 예약 판매가 조기 품절 되었다. 페이즐리 후드티는 스트릿웨어 브랜드 역사에 한 페이지를 추가했다. 페이즐리 후드티의 성공으로 바비와 벤은 2007년 LA 페어팩스에 첫 매장을 오픈한다. 하나의 빅히트 제품이 오프라인 스토어를 여는 촉매제가 되었다.

LA 매장을 열자 사이버 공간에서 만났던 온라인 커뮤니티 회원들이 오프라인으로 쇄도하기 시작했다. 두 창업자도 놀랄 정도로 매장 안과 밖은 회원들의 집합소가 되었다. 바비는 브랜드를 상징하는 심벌의 필요성을 절감하고 아담 밤(Adam Bomb) 로고를 만든다. 만화에 나오는 검은색 폭탄에 익살스러운 표정의 눈을 그려 넣은 로고다. 아담 밤으로 인해 더헌드레즈는 또다시 인기가 폭발했다. 스트릿 컬처와는 전혀 어울리지 않는 익살스러운 만화 로고가 스트릿웨어 브랜드의 마스코트가 되었다. 아담 밤 로고가 스케이트보드 커뮤니티의 호응을 얻으면서 더헌드레즈는 스케이트보드 컬처의 멤버로 인정받는다.

아담 밤 로고의 인기는 이름 그대로 폭탄처럼 강력했다. 아담 밤 효과 덕분에 더헌드레즈는 매장을 확장했다. 샌프란시스코(2008년), 맨해튼(2010년), 산타 모니카(2011년). 매장마다 다양한 콘셉트로 디자인해

놀이동산 같은 효과를 냈다. 바비는 스토리텔링이 있는 매장을 만들고자 노력했다. 더헌드레즈는 매장의 개념을 다르게 접근해서 오프라인을 중요시했다. 매장은 제품을 단지 판매하는 곳이라기보다는 이야기(배경)와 역사(헤리티지)를 만들어 가는 장소로 정의했다.

바비는 매장에서 고객·커뮤니티 회원과 만나 브랜드 스토리를 나누고 브랜드 철학을 공유한다. 현재 더헌드레즈는 LA 매장만 운영하고 있다. 다른 매장은 운영 비용 부담 때문에 모두 폐쇄했다. 대신 팝업 스토어를 활용해서 고객 접점을 마련하고 있다. 고객과 교감하기 좋은 장소는 당연히 오프라인 매장이다. 그런데 스트릿웨어 브랜드는 대중적인 패션이 아니므로 고객이 한정적이다. 매출이 상승했다고 해서 매장을 늘리면 결국 운영비 상승으로 인해 매장 문을 닫게 된다. 창업자의 지혜가 필요한 부분이다.

더헌드레즈는 원래 3개의 로고가 있다. 로고 디자인은 바비가 직접 했다. 첫 번째 디자인은 식빵맨(Breadman)이었는데, 잠시 등장했다가 중단했다. 두 번째가 귀여운 폭탄인 아담 밤이다. 아담 밤은 로고이면서 동시에 마스코트 기능을 함께한다. 최근에 제작한 와일드파이어(Wildfire) 로고는 빨강·노랑·검정의 지그재그 무늬의 국기 로고다. 아담 밤이 너무 귀여운 이미지만 가지고 있어서 브랜드 리뉴얼 겸 브랜드 혁신 차원에서 와일드파이어 로고를 만들었다.

아담 밤 로고 이름은 누가 지었을까? 바비와 벤이 아니다. 귀여운 폭탄을 디자인한 바비는 어울리는 이름을 찾기 위해서 자신의 블로그에 이름 짓기 콘테스트를 열었다. 많은 팬들이 참여했고, 꼬마 폭탄은 인터넷에 입소문이 났다. 두 명이 '아담 밤'이라고 제안했고, 폭탄 로고의 이름이 되었다. 더헌드레즈는 브랜드가 런칭되고 나서 로고가 나중에 생겼다. 스트릿 컬처 5대 로고에 아담 밤이 포함된다. 스투시의 사인 로고·슈프림의 박스 로고·베이프의 유인원 로고·팔라스의 삼각형 로고와 함께 스트릿웨어 브랜드의 상징이다. 스트릿 컬처 특성상 귀여움은 거리가 먼데, 더헌드레즈는 분위기를 바꾼 로고를 만들었다.

The Hundreds 글씨체는 미식 축구팀인 라스베이거스 라이더스 (RAIDERS) 폰트를 참조했다. 2000년대 전후에 생긴 많은 스트릿웨어 브랜드가 굵은 폰트를 사용하고 있다. LRG·오베이·언디피티드·슈프림도 굵은 폰트로 로고를 디자인했다. 스트릿웨어 브랜드는 강한 인상을 주는 볼드체(bold) 폰트를 많이 선택하는 편이다. 깔끔하면서 심플한 폰트가 로고의 가시성을 높여 주므로 볼드체·엑스포체를 선호한다. 폰트의 굵기 외에 대문자·소문자 구분도 중요한데, 스트릿웨어 브랜드는 대부분 대문자를 대표 로고로 이용한다.

바비를 부를 때 본인의 성인 'Kim(김)'을 쓰는 대신 '바비 헌드레즈 (Bobby Hundreds)'라고 한다. 본인의 성 대신 브랜드 이름을 성으로 이용한다. 스트릿웨어 세계에서는 최고의 명예다. 커뮤니티 멤버들과의 친밀성을 인정받는 창업자만 누릴 수 있는 호칭이다. 바비와 벤도 다른 창업자들(숀 스투시·제임스 제비아·허프 나겔)과는 다르게 자신의 브랜드를 팔거나 포기하지 않기를 진심으로 바란다.

2019년 바비는 자신의 자서전을 출판했다. 어릴 때의 이민 생활·더 헌드레즈의 탄생 과정·스트릿 컬처 철학 등을 자세히 적었다. 스트릿웨어 브랜드 창업자 중에서 책을 출판한 첫 인물이다. 스트릿 컬처 팬은 반드시 읽어야 할 필독서다. 바비는 책 『This is not a T-shirt』에서 스트릿웨어 컬처의 중요한 점은 소비와 상품이 아니고 공동체·문화·브랜드라고 강조한다.

(7)BRIXTON [브릭스톤]

홈페이지: brixton.com

창업자: David Stoddard, Jason Young, Mike Chapin

브릭스톤! 브랜드 이름부터 영국 느낌이 물씬 풍긴다. 제품을 봐도 브리티시 감성이 가득하다. 하지만 브랜드 국적은 영국이 아닌 미국이다. 브릭스톤 매장과 홈페이지를 보면 캐주얼 의류 브랜드 느낌이 든다. 브릭스톤 브랜드의 정체성이 스트릿웨어 브랜드인지 의문을 가질 수 있다. 브릭스톤의 브랜드 성향이 뮤지션·아티스트·여행가·공예가 등의 기반을 두므로 스케이트보드 중심은 아니다. 하지만 스케이트보더와 스트릿 커뮤니티가 선택하고 있기 때문에 스트릿 컬처의 패밀리 브랜드다.

여타의 스트릿웨어 브랜드는 티셔츠를 만들면서 출발했는데, 브릭스톤은 모자부터 시작했다. 페도라(fedora)가 히트 제품이어서 브릭스톤을 모자 브랜드로만 생각하는 사람도 있다. 할아버지 스타일의 중절모자로 출발한 브릭스톤은 색다른 감성의 분위기를 풍기는 스트릿 컬처 브랜드다. 브릭스톤은 1980~90년대의 스트릿웨어 브랜드와는 다른 성향으로 스트릿웨어 마니아의 마음을 사로잡고 있다. 더헌드레즈와 브릭스톤은 기존의 반기성주의 문화와 관련이 적은 새로운 스트릿 컬처의 확산을 보여 준다.

브릭스톤은 부드러운 이미지와는 달리 철저히 계획된 브랜딩 관리전략으로 만들어졌다. 모자부터 시작한 아이템은 장기 발전 비전을 따르면서 의류·가방·소품까지 취급하는 토탈 패션 브랜드가 되었다. 브릭스톤의 창업자 데이비드, 제이슨, 마이크는 같은 직장 동료다. 브랜드 런칭 동기는 모자 때문이다. 세 명은 시장에서 빈티지풍의 낡은 모자를 찾았지만 끝내 발견하지 못했다. TV에서는 흔하게 볼 수 있는 모자를 왜 시장에서는 구할 수 없을까 고민했다. 결국 모자가 미국 스트릿 컬처 시장의 틈새임을 확신한 세 명은 2004년 캘리포니아에서 브릭스톤을 런칭한다.

힙합의 스냅백(snapback) 또는 야구 모자도 아닌 중절모가 창업 아이디어여서 아이러니하다. 창업 장소는 자신의 차고에서 시작한 전형적인 DIY였다. 창업자 세 명은 낮에는 자신들의 직장에서 일하고 퇴근 후 저녁 시간을 이용해서 2년 동안 브랜드 빌드업(build-up)을 했다. 스트릿웨어 브랜드 스타트업이 활발한 미국에서 안정성과 생존성을 동시에 확보하는 이상적이고 지혜로운 창업 방법이다. 스투시 창업자인 숀과 프랭크도 같은 방법으로 스투시를 키워 나갔다.

스트릿 컬처 브랜드 창업 시 전업(full time)으로 시작할 경우, 집중력 있게 몰입할 수 있다. 하지만 스트릿웨어 브랜드와 제품이 인터넷상에 넘치고 있는 환경에서 경쟁이 심하다. 급하게 브랜드의 성공과 영향력을 쫓다 보면 디자인 아이디어도 나오기 힘들다. 브릭스톤 창업자들처럼 부업(part time)으로 하다가 순이익이 확보되면 자연스럽게 스트릿웨어 비즈니스를 전업으로 전환하는 전략도 효과적이다. 느리고 서두르지 않는 브릭스톤의 브랜딩 빌딩은 오개닉(organic) 전략으로 스트릿웨어 예비 창업자가 참조할 만하다.

2000년 초반에는 펑크·힙합·팝아트의 영향으로 화려한 색감과 튀는 느낌이 주류였다. 창업자 세 명은 이에 대한 저항으로 과거의 추억과 향수를 브릭스톤의 상징으로 설정했다. 지나간 시절을 그리워하는 노스탤지어 전략으로 브릭스톤 이미지를 만들었다. 브릭스톤은 모든 면에서 기존의 스트릿웨어 브랜드와는 다른 방법으로 브랜딩하고 있다. 트렌드와 다르게 접근해서 새로운 기회를 잡는 백워드(뒷걸음) 방식이 틈새를 발견하게 되었다.

데이비드, 제이슨, 마이크는 유행을 타지 않는 깔끔한 디자인을 브랜드 콘셉트로 먼저 정했다. 이런 이미지를 전제로 브랜드 이름을 고민했다. 영국 런던의 시골 도시 이름에서 발견했다. 브릭스톤이다. 상표 이름에서부터 브랜드 메시지가 전달된다. 벽돌 건물이 많은 브릭스톤의 역사성(헤리티지)을 브랜드 이미지로 연결했다. 벽돌의 빈티지 느낌을 브랜드 색깔로 이용해 유행을 초월하는 아이템을 선보이자는 목표를 세웠다. 미국인이 영국을 동경하는 마음을 이용한 브랜드 네이밍을 했다.

다음으로 브릭스톤과 어울리는 문화 아이콘을 고민했다. 브릭스톤이 영국 감성을 바탕으로 하므로 영국 펑크 밴드 더 클래쉬(The Clash)를 영감의 근원으로 선택했다. 클래쉬 밴드의 고즈넉하고 심플한 스타일이 브릿스톤과 어울렸다. 스트릿웨어 브랜드 모델링을 할 때 전략적으로 뮤지션과 밴드를 고르면 도움이 된다. 자신의 브랜드와 분위기가 맞는 밴드를 택해서 참조하면 디자인 방향을 정하는 길잡이를 구하는 셈이다. 팬들도 밴드·뮤지션을 통해서 브랜드 바이브를 직관적으로 느끼므로 브랜드 마케팅과 이미지 구축에도 유리하다.

모자에서부터 시작한 제품이 현재는 의류와 다양한 액세서리로 확장되는 순간에도, 브릭스톤은 여전히 느리고 전략적인 거북이 걸음마 브랜딩을 성장 전략으로 택하고 있다. 브랜드가 유명세를 탔음에도 은행 대출과 투자를 받아 제품군을 확장하지 않고 자체 자금력이 허용하는 범위 안에서만 움직인다. 광고 비용을 절약하는 대신 가성비 높은 아젠다 무역 쇼(Agenda Show)에 꾸준히 참여함으로써 안정적인 도매 유통망 확보에 공을 들인다. 브릭스톤은 오개닉 방식을 흩트리지 않고 고수하고 있다.

브릭스톤은 모자 한 개 아이템으로 출발해서 천천히 카테고리를 넓히더니, 지금은 남녀 아동 의류와 가방까지 아우르는 종합 패션 브랜드가 되었다. 모든 스트릿웨어 브랜드가 스케이트보드·힙합·반기성주의 문화에 초점을 맞출 때 브릭스톤은 브랜딩 차별화 전략으로 성공했다. 2000년 이후 스트릿웨어 브랜드 런칭이 증가하면서 서로 아이템과 분위기가 비슷해지고 있다. 다른 브랜드를 참조하는 경향 때문에 유사 상품이 증가하고, 브랜드 정체성은 흐려지고 있다. 하나의 브랜드에서 새로운 디자인이 출시되면 다른 브랜드가 참조해서 스타일이 닮아 가는 문제가 있다. 반면 브릭스톤은 잊혀진 영국 스타일을 콘셉트로 가져와서 동질화 문제를 극복했다.

브릭스톤은 유행에 민감하게 반응하지 않는다. 패스트 패션에 휩쓸려 자신의 브랜드 색깔을 변화시키지 않는다. 오히려 시간을 초월하고 거꾸로 가는 듯한 스타일로 브랜딩하고 있다. 브랜드의 주장과 정체성이 독특하고 뚜렷하다. 런칭 이후 제품의 색감·분위기의 일관성을 지키면서 자신만의 철학으로 브랜드 메시지를 전하고 있다. 초기 히트작인 페도라 모자의 바이브를 변함없이 고수하고 있다.

스트릿웨어 고객이 10대·20대 위주여서 예전 제품에 빨리 싫증 낸다고 생각하는데, 사실은 그렇지 않다. 오히려 초기 히트 아이템의 분위기를 꾸준히 유지하는 전략이 스트릿웨어 브랜드의 생명력을 높여 준다. 스트릿 컬처 커뮤니티는 브랜드와의 공감대 형성을 초기 히트 제품에서 찾는 성향이 강하다. 따라서 초창기 인기 아이템의 판매량이 준다고 완전히 배제하고 다른 이미지와 분위기로 바꾸면 커뮤니티·팬덤은 혼란에 빠진다. 초기 성공 아아템은 최소한으로라도 꾸준히 출시(유지)하면서 새로운 로고·카테고리 제품을 추가하는 방식이 브랜드의 지속 성장 가능성을 높인다.

브릭스톤은 스케이트보드 브랜드인 스핏파이어, 크루키드 스케이트보드(krookedskateboarding.com)와 컬래버를 진행했다. 브릭스톤 분위기가 보수적이고 고루한 느낌으로 치우치지 않기 위해서 협업 상대를 스케이트보드 브랜드로 정했다. 효과는 긍정적이었다. 스케이트보드 마니아들은 브릭스톤의 가성비 높은 제품에 반했다. 브릭스톤 모자와 로고 티셔츠가 인기 아이템이 되었다. 브릭스톤은 스케이트보드 브랜드의 젊고 강한 이미지를 흡수하는 효과를 얻었다.

홍보를 위해서 유니온팀(Union Team)을 운영하고 있다. 브릭스톤의 브랜드 신념을 공유하고 전파하는 네트워크다. 뮤지션·서퍼·스케이트보더를 후원하고 있다. 이들은 브랜드 앰배서더 역할을 하고 있다. 브릭스톤의 유니언팀 운영 방법은 유연하다. 팀 조직을 만들지 않고 분야별 개인을 뽑아서 후원한다. 고정 조직은 비용 부담이 크지만 개인을 유동적으로 참여시키면 오히려 안정적이고 다양한 팀원이 브랜드와 관계를 맺을 수 있다.

브릭스톤은 브랜드 위치(포지셔닝)를 어떻게 정할까 고민을 많이 하고 있다. 브랜드 창업자가 자신의 브랜드가 스트릿 컬처 브랜드라고 주장해도 고객이 캐주얼 의류 브랜드로 받아들이면 캐주얼 브랜드가 돼 버린다. 브릭스톤의 브랜드 성격은 보는 사람마다 애매모호하기도 하다. 그런데 2014년 제이슨 등 창업자들이 브릭스톤을 판매했다. 알타몬트 캐피탈(Altamont Capital)이 인수하면서 새로운 CEO는 오클리

(Oakley)에서 경력을 쌓은 라파엘 펙(Raphael Peck)이 맡았다.

라파엘은 브릭스톤의 포근한 감수성과 우수한 재질을 살려서 브릭스톤에 새로운 역동성을 불어넣고 있다. 스케이트보더 후원을 늘리고 코카콜라와 컬래버를 해서 스트릿웨어 기반의 라이프 스타일 브랜드 포지셔닝을 추진 중이다. 노동복(워크웨어) 라인도 진행하면서 칼하트 느낌까지 실험하고 있다. 스키·스노보드 브랜드인 오클리에서 쌓은 바이브가 어떻게 브릭스톤에서 표현될지 기대된다.

라파엘의 판매망 확장 전략이 안정적이다. 웨스트코스트 브랜드인 브릭스톤은 오프라인 매장을 서부에서만 제한적으로 열고 있다. 이는 서부 브랜드가 동부에 매장을 오픈한 후 대부분 폐쇄하는 문제점을 알기 때문이다. 대신 동부는 스트렛웨어 유통 업체인 주미즈·틸리즈와 모자 전문 업체인 리즈(Lids)를 이용해서 판매망을 확보하고 있다. 안정적이면서 영리한 전략이다.

3장에서 다룬 스트릿 컬처 브랜드는 2000년 전후 런칭되었다. 미국 서부 캘리포니아 배경이 공통점이다. 캘리포니아 인구가 4천만 명으로 뉴욕보다 많기 때문에 서부에서 스트릿웨어 브랜드 창업이 활발하다. 창업자 입장에서는 예비 고객이 많은 서부가 동부보다는 안전한 창업 무대다. 2000년 이후 LA 페어팩스가 스트릿웨어 브랜드의 중심으로 떠오른다. 다음 4장에서는 신발 관련 스트릿 컬처 브랜드를 살펴본다. 팀버랜드를 포함시킨 이유는 뭘까?

The Ultimate Sneaker Book

SNEAKER FREAKER

World's Greatest Sneaker Collectors

4장

스니커즈 스트릿
컬처 브랜드

스트릿 컬처 패션에서 신발(운동화)은 의류보다 늦게 관심을 얻었지만 패션을 완성시키는 클라이맥스(정점)로 자리 잡았다. 스트릿 컬처 패션에서 신발은 두 가지 목적으로 정리할 수 있다. 첫째는 스케이트보더의 발을 보호하는 기능이다. 둘째는 신발을 매개체로 해서 브랜드 정체성과 자신의 의미를 찾는다. 스트릿 컬처 구성원들은 자신이 속한 커뮤니티의 정신을 나타내고 추구하는 문화를 표현하고자 신발을 소유하고 코디한다. 어떤 브랜드의 어떤 모델을 신느냐에 따라서 착용자의 생각과 추구하는 가치관을 엿볼 수 있다.

스트릿 컬처에서 신발이 중요해진 직접적인 계기는 스케이트보드와 관련이 깊다. 보드용 신발은 기본적으로 신발 바닥(밑창)이 미끄럽지 않아야 한다. 또한 보드가 땅에 착지할 때 충격을 흡수하는 완충 작용도 필요하다. 스케이트보드는 대부분 도로와 시멘트 길에서 타기 때문에 신발의 특정 부분이 마찰로 인해서 빨리 닳는다. 스케이트보딩은 보기와는 달리 익스트림 스포츠(extreme sports)다. 라이딩할 때 언제나 안전사고 위험이 따른다.

보드화는 보더의 발목과 발등을 보호해야 한다. 스케이터들은 미끄럽지 않게 신발 밑창이 고무 재질인 스니커즈(sneakers)를 선택한다. 기존의 운동화와는 다른 소재의 스케이트보더를 위한 스니커즈가 등장하기 시작했다. 프로 스케이터들의 착용 사진과 비디오 효과로 청소년들도 보드화를 자연스럽게 신게 되었다. 기능성을 중요시한 브랜드로는 반스, 디씨슈즈, 나이키 SB가 있다.

스케이트보드를 탈 때는 기능적인 면이 중요하지만, 보드를 타지 않는 스트릿 패션 마니아에게는 성능만이 유일한 기준은 아니다. 스트릿 컬처에서는 신발의 심미적 아름다움이 중요한 디자인 주제로 자리 잡는다. 스케이트보드화와는 관련도는 떨어지지만 스트릿 컬처 마니아가 선택한 신발로 팀버랜드, 컨버스, 조던, 이지가 있다. 기술의 발달로 기능성과 심미성을 결합해서 스니커즈를 디자인하지만, 스트릿 컬처 커뮤니티는 심미성을 기능성보다 우위에 둔다. 탁월한 성능을 가진 기능화와 멋져 보이는 스니커즈 중에서 선택해야 한다면 어떤 신발을 고를까?

기능성보다는 신발의 심미성과 밀접한 관련을 가지고 있는 스트릿 컬처는 힙합이다. 힙합 래퍼들은 옷뿐만 아니라 신발을 상징적 아이템으로 중요시한다. 칸예 웨스트, 퍼렐 윌리엄스, 트래비스 스캇, 래퍼와 힙합 밴드는 왜 아디다스 오리지널스 운동화에 열광했을까? 왜 작업화(워크 슈즈)인 팀버랜드 부츠가 스트릿 패션 아이템이라고 할까? 스케이트보드화와는 완전히 다른 종류의 신발이 스트릿웨어 슈즈에 포함되는 이유는 뭘까?

신발 덕후인 스니커헤드(sneakerhead)의 출현으로 신발은 신는 차원을 넘어섰다. 소유하고 사고파는 투자용 재화이며, 감상하는 관상용 보물이 되었다. 스니커 컬처는 의류와는 다른 독특한 커뮤니티가 있다. 인터넷 이용이 활발해지면서 가상 공간에서 신발 정보를 공유하는 포럼이 생겨났다. 나이키토크(niketalk.com, 1996년~), 솔 컬렉터(solecollector.com, 2003년~)가 대표적이다. 개인 간 리세일 마켓이 활성화되는 원동력도 신발 포럼 덕분이다. 신발 발매 정보는 스트릿 컬처 마니아의 최대 관심사다. 스트릿웨어 브랜드 창업자 중에서 상당수가 포럼에서 활동하면서 인맥과 정보를 쌓았다.

스트릿 컬처 스니커즈 디자인은 일반 신발과 다른 특징이 있다. 전문 디자이너가 아니어도 디자인할 수 있다. 신발 매장 직원과 힙합 래퍼도 디자인한 스니커즈가 많다. 스포츠 대기업은 힙합 래퍼와 컬래버 진행을 자주 한다. 힙합 래퍼 중에 신발로 시작해서 의류까지 취급하는 브랜드가 증가하고 있다.

4장에서는 스케이트보드와 연결된 반스와 디씨슈즈를 살펴본다. 나이키 SB는 다음 장에서 본다. 힙합 래퍼는 스트릿 슈즈에 여러 방면으로 영향을 끼치지만 이번 장은 팀버랜드와 이지를 본다. 아디다스 오리지널스는 다음 장에서 본다. 10대 청소년의 스트릿 스니커즈로 폭발적인 인기를 얻은 휠라도 다음 장에서 따로 확인한다. 스트릿웨어 분야가 의류와 신발이 복합되어 있기 때문에 4장과 5장으로 나누어서 살펴본다.

(1)VANS [반스]

홈페이지: vans.com

창업자: Paul Van Doren, James Van Doren

반스는 처음부터 스케이트보더를 염두에 두고 신발을 만든 브랜드는 아니다. 스케이트보더들이 먼저 반스를 선택하자 반스가 적극적으로 스케이트 컬처에 반응하면서 반스 스니커즈는 스트릿 컬처의 상징이 되었다. 캘리포니아 스케이트보더와 반스 스니커즈의 만남은 스트릿 컬처 역사의 운명의 장을 열었다. 스케이트보드는 반스 창업 훨씬 전부터 캘리포니아 청소년·청년의 라이프 스타일이었다.

60년 전 스케이트보드 환경은 열악했다. 보드 제작 기술이 초보 수준이기도 했지만, 가장 큰 문제는 보드 타기에 적합한 용도의 신발이 마땅히 없었다. 스케이트보딩 시 보드와 신발의 미끄럼 방지와 충격 흡수 해결이 필요했다. 그런데 반스 신발은 밑창이 두터운 고무 디자인이어서 스케이트보드 라이딩에 안성맞춤이었다. 천 소재도 일반 캔버스보다 촘촘하고 튼튼한 덕 캔버스(duck canvas)여서 라이딩할 때 찢어짐이 덜했다.

여러 가지 장점으로 스케이터들 사이에 반스 스니커즈 소문이 퍼지면서 보드용 필수 신발로 인정받았다. 이에 발맞춰 반스도 브랜드 정체성을 스케이트보드와 스트릿웨어로 정하고 브랜드 모델링을 추진했다. 반스 창업자 폴은 신속하게 스트릿 컬처를 인정하고 수용했다. 폴의 개방적이고 융통적인 방향 제시로 반스는 스케이트보드 컬처와 운명 공동체의 길을 걷게 되었다.

창업자 폴과 제임스 형제는 원래 스케이트보드와 아무런 관련이 없었다. 신발 제조업체인 랜디스(Randy's)에서 경력을 쌓고 캘리포니아로 파견 근무 후, 1966년, 독립해서 반스를 런칭했다. 반스의 목표는 단순 명료했다. 시장에서 판매되고 있는 운동화가 잘 뜯어지는 문제점을 개선해서 튼튼한 신발을 만드는 목표였다. 회사 이름에 고무(rubber)를 넣을 만큼 견고함을 중요시했다.

캘리포니아 스케이트보더들은 내구성 좋고 질긴 반스 신발을 보드화로 선택했다. 밑창 디자인이 와플(waffle) 모양이어서 미끄럼 방지용으로 최적의 보드화였다. 반스 또한 보더의 입장을 이해하고 디자인에 적극적으로 반영했다. 스케이터보더의 호응에 반스는 프로 스케이터를 후원하고, 다양한 연령대의 보더들에게 반스 신발을 제공하면서 스케이트보드 커뮤니티와 긴밀한 관계를 유지하고 있다.

반스는 스케이트보드 컬처를 자신의 브랜드 정체성으로 정하고 로고와 슬로건을 결정했다. 스케이트보드 실루엣을 로고로 정할 만큼 스케이트보드 커뮤니티를 존중했다. 반스의 로고와 슬로건에서 스케이트보드를 향한 애정을 볼 수 있다. 스케이트보드 모양의 로고는 전문 디자이너의 작품이 아니다. 폴의 13살 조카인 마크(Mark) 작품이다. 중학생 마크의 스텐실(stencil) 작품이 반스의 상징이 되었다. 스케이트보드 그림을 오린 후 보드 데크에 스프레이를 뿌려서 나온 모양이 로고가 되었다. 스트릿웨어의 심미성을 잘 보여 주는 대표적인 로고로 꼽힌다. 또한 노트북과 범퍼용 스티커로 인기 있다.

반스의 또 다른 유명한 로고인 'Off the Wall' 문구는 스케이트 파크에서 가장 많이 듣는 소리다. 스케이터가 멋진 연기를 성공하면 구경하던 보더들이 '정말 멋진데'를 연발한다. 스케이트보더들이 은근히 듣고 싶어 하는 칭찬이다. 반스는 스케이트보드 그림과 레터링(lettering) 로고를 합쳐서 공식 로고로 사용하고 있다. 반스만큼 브랜드 오피셜 로고를 통해서 스케이트보드 사랑을 표현하는 브랜드는 드물다. 스케이트보드로 시작한 반스는 현재 서프, 스노보드, BMX를 포괄하는 액션 스포츠 브랜드가 되었다. 볼컴과는 카테고리가 겹치면서 경쟁 관계다.

반스는 나이키의 스우쉬, 아디다스의 삼선과 같이 신발 옆면에 들어갈 디자인이 필요했다. 물결무늬인 재즈 스트라이프(jazz stripe)를 고안했다. 재즈 스트라이프는 스케이트 파크 슬로프(slope, 경사)의 포물선을 나타낸다. 여러 브랜드와의 컬래버로 반스의 재즈 스트라이프는 스니커즈 세계의 아이콘이 되었다. 반스는 초기 모델인 오센틱(Authentic)에 이어 올드 스쿨(Old Skool), 스케이트8(SK8-HI), 슬립온(Slip-On) 등을 출시했다. 평범해 보이는 실루엣이지만 눈길이 가고 신게 되는 디자인으로 자리 잡았다.

스케이트보드 마니아가 주로 찾던 반스 스니커즈에 행운이 찾아왔다. 언더그라운드에 있는 스트릿 컬처 브랜드가 오버그라운드로 올라와 대중화되는 계기는 다양하다. 반스의 경우 청춘 영화 한 편의 힘이 컸다. 숀 펜(Sean Penn)이 출연한 영화『리치몬드 연애 소동(Fast Times at Ridgemont High)』덕분이다. 영화에서 숀 펜은 체커보드 무늬의 반스 슬립온을 착용했다. 숀 펜의 반항적 이미지가 언더그라운드 컬처와 연결되었다. 반스는 청소년들에게 폭발적인 인기 아이템이 되었다. 반스와 슬립온은 청소년 문화의 상징이 되었다.

1982년, 숀 펜 효과로 사랑받던 반스는 창업자 폴이 물러나고 동생 제임스가 대표를 맡으면서 문제가 발생한다. 제임스는 반스 브랜드의 정체성이 스케이트보드임에도 불구하고 발레 슈즈까지 만드는 무분별한 다각화를 했다. 반스 팬과 마니아는 혼란과 실망을 겪었고, 반스는 급속히 경영난에 빠졌다. 은퇴한 폴이 다시 반스로 돌아와서야 반스는 가까스로 회생하였다. 스트릿 컬처 브랜드가 본래 색깔을 지키는 카테고리 집중력을 잃어버리면 발생하는 쓰라린 사건을 보여 준 사례다.

노장 폴의 복귀로 반스는 이윤 추구만을 위한 신발 회사에서 벗어나 새롭게 변화를 추구했다. 스케이트보더를 위해 신발 개선은 기본이고, 청소년층의 문화를 브랜드에 흡수하여 다양한 행사와 경기를 진행하고 있다. 미국과 캐나다를 순회하면서 매년 음악 축제인 반스 와페드 투어(Waped Tour)를 개최하고 있다. 20년 넘는 역사의 뮤직 페스티벌로 음악뿐만 아니라 서브컬처의 축제 마당이다. 스트릿 컬처 정신을 공유하는 반스는 브랜드의 정체성을 청년층의 마음에서 찾고 있다.

50년 역사를 훌쩍 넘긴 반스는 스투시보다 오래된 브랜드다. 브랜드가 성장하면 처음 고객의 소중함을 잊어버리가 쉬운데, 폴의 귀환 이후 반스는 더욱더 강력하게 스트릿 컬처를 비전과 미션으로 받아들였다. 반스는 스케이트보드팀·서프팀·스노보드팀·BMX팀 등 다양한 액션 스포츠팀을 운영하고 있다. 또한 실외 스케이트파크뿐만 아니라 실내 스케이트파크도 미국 전역에 만들고 있다. 스케이트보드 문화를 청소년의 건전한 문화로 가꾸는 노력이다. 반스의 스케이트파크 건설은 스투시·슈프림도 넘볼 수 없는 강점이다.

반스의 재미있는 행사로 '커스텀 컬처 콘테스트'가 있다. 미국의 1,000개 이상의 학교가 참여하는 신발 꾸미기 이벤트다. 학생들이 반스 신발을 도화지 삼아 자신의 아이디어를 디자인하는 미술 대회다. 승리하는 고등학교는 5만 불을 상금으로 받는다(customculture.vans.com). 또한 반스는 미술의 소중함을 전파하기 위해 고등학교 아트 프로그램을 꾸준히 후원하고 있다. 또한 개인 고객도 반스 사이트에서 신발을 고른 후 자신이 원하는 색상·사진을 넣어서 제작할 수 있다.

1984년 제임스의 문어발식 확장으로 인한 파산 신청의 쓰라린 경험을 극복한 반스는 현재 VF 코퍼레이션이 인수했다. 더 이상 가족 기업은 아니지만 디자인팀의 자율성을 인정해서 스트릿 컬처가 약화되지 않도록 노력하고 있다. 현재 반스 브랜드의 아이덴티티는 미술·음악·

스트릿·컬처·액션 스포츠다. 4개 카테고리를 같은 비중으로 중요시함으로써 이윤 추구 함정에 빠지지 않고 있다.

반스를 인수한 VF 코퍼레이션(vfc.com)은 이 책에 등장하는 브랜드를 다수 보유하고 있는 패션 기업이다. 대표적으로 슈프림, 노스페이스, 팀버랜드, 디키즈가 있다. VFC 장점은 인수한 브랜드의 특색을 인정하고 디자인팀의 자율성을 존중한다. 또한 스트릿 컬처를 이해하고 브랜드마다의 정체성을 지킬 수 있도록 한다.

(2) DC Shoes [디씨슈즈]

홈페이지: dcshoes.com
창업자: Ken Block, Damon Way

디씨슈즈는 브랜드 이름에 슈즈(shoes)가 있을 정도로 신발에 중점을 둔 브랜드다. 하지만 처음 출발은 신발이 아닌 의류 비즈니스였다. 창업자 켄과 데이먼은 디씨슈즈 런칭 전부터 스트릿 컬처 의류 사업에 관심이 있었다. 처음 시작한 스트릿웨어 브랜드는 에잇볼 클로딩(Eightball Clothing)이다. 1990년대의 스트릿 감성을 담고 야심 차게 창업했다. 그런데 저작권·상표권 문제로 폐업했다.

두 번째 도전으로 런칭한 브랜드는 드룹스 클로딩(Droors Clothing)

이다. 스트릿웨어와 잡지·스노보딩 사업을 함께 진행했다. 두 번째 창업도 옷에 초점을 맞췄다. 두 사람이 의류에 집중한 이유는 직접 스크린 티셔츠를 제작하고 있어서 DIY가 쉬운 티셔츠 의류를 브랜드 우선 아이템으로 선택했다. 드룰스 클로딩은 1990년대 초반의 힙합과 스케이트보드 바이브를 제대로 살리면서 인기를 얻기 시작했다.

드룰스 클로딩을 운영하는 중 켄과 데이먼이 신발에 관심을 가진 이유는 자신들이 신던 보드화가 불편해서 문제점을 토론했다. 1980년 중반부터 미국 청소년 사이에 스케이트보드가 급속히 확산되면서 보드용 운동화 관심도 높아졌다. 몇몇 브랜드에서 보드화를 출시했지만 대부분의 보드화가 기능성과 심미성을 동시에 충족하기엔 부족했다. 켄과 데이먼은 스케이트보드화의 스타일 개선을 목표로 1994년 디씨슈즈를 런칭했다.

기능성을 포기하지 않으면서 심미성을 적극적으로 살리는 도전이 동기였다. 기능적으로는 스케이트보더의 안정 향상에 초점을 두었다. 심미적으로는 보드화의 투박함을 극복하고, 보다 멋진 디자인에 초첨을 맞췄다. 기능성과 심미성을 모두 추구하는 전략이다. 지금은 너무나도 당연한 생각이지만 1990년대는 신선한 충격이었다.

브랜드 이름에서 DC는 앞서 런칭한 Droors Clothing의 앞 글자를 땄다. 즉, DC Shoes에서 DC는 의류, Shoes는 신발을 표현한다. 디씨슈즈는 처음부터 종합 패션 브랜드를 꿈꾸고 브랜드 이름을 지었다. 그런데 DC Shoes를 줄여서 DC라고 부르면서 문제가 발생했다. 디씨 코

믹스(DC Comics)와 돌체 앤 가바나(D&G)가 이름이 혼동을 준다고 상표권 침해 소송을 제기했다. 같은 브랜드로 오해할 소지가 있을까? 다행히 법원이 유사 상표로 보지 않아 DC를 계속 이용할 수 있게 되었다. 켄과 데이먼은 저작권 침해의 아픈 경험이 있었기 때문에 긴장된 순간이었다.

스케이트보딩 개념이 1990년대 초반을 지나면서 변하기 시작했다. 빠른 속도를 내서 타는 취미(놀이)에서 연기(퍼포먼스) 개념으로 발전했다. 스피드와 아트가 함께 중요해졌다. 예전에는 빠르고 점프만 잘하면 높은 점수를 받았다. 90년대부터 다양한 기술(테크닉)을 연기하는 스케이터가 멋진 평가를 받았다. 켄과 데이먼은 변화에 착안해 스케이트보딩을 스포츠로, 스케이터를 선수로 정의했다. 스포츠로서의 스케이트보딩은 심미적 디자인과 튼튼한 내구성은 기본이며, 퍼포먼스에도 적합한 새로운 보드화가 필요했다.

스케이트보딩을 퍼포먼스에 기반한 스포츠로 개념을 정의한 켄과 데이먼은 이미 출시된 다른 브랜드 보드화의 문제점을 탐구했다. 기존 신발은 라이딩 시 발생하는 도로 마찰로 인해 잘 찢어졌다. 이에 해짐을 막기 위한 기능적인 디자인을 고안했다. 보딩 시 급격한 회전과 점프로부터 발목을 보호하기 위한 아이디어도 떠올렸다. 신발 끈 구멍 주위를 나일론 소재를 이용해서 마모에 강하게 했다. 내구성과 안전성을 모두 해결하는 노력이다. 기존의 투박한 보드화 느낌에서 벗어나기 위해 스포츠화 분위기를 첨가했다. 스케이트보드를 직접 타는 스케이터 관점에서 바라보자 해결책이 솟아났다.

사실 켄과 데이먼은 신발 디자인 경험이 전혀 없었다. 단지 자신들이 스케이트보드를 직접 타면서 경험한 불편한 점을 개선하고 싶은 마음으로 디자인했다. 두 창업자의 아이디어는 한국인 디자이너 백재근(Jai Baek)과의 만남으로 꽃을 피웠다. 처음 만든 신발을 가지고 트레이드 쇼에 나가자마자 바이어의 높은 관심을 받았다. 수주한 금액이 700만 달러를 돌파했다. 창업자의 아이디어가 큰 차이를 만들었다. 지금은 평범한 디자인이라고 생각되지만 1994년에는 혁신적인 도전이었다.

디씨슈즈는 런칭 후 바로 프로 스케이터를 후원했다. 데이먼의 친동생인 대니(Danny)는 세계 기록 보유자인 프로 스케이터다. 대니를 후원함과 동시에 스케이트보드팀을 운영하고 있다. 대니는 지금도 디씨슈즈팀을 이끌고 있다. 스케이트보드 컬처를 중심 콘셉트로 정한 디씨슈즈는 스노보드도 중요한 카테고리로 선택했다. 스노보드 부츠 디자인도 백재근이 참여했다. 보아(BOA) 시스템을 처음으로 스노보드 부츠에 적용한 디씨슈즈는 스노보드 커뮤니티의 마음을 사로잡았다.

디씨슈즈가 스케이트보더와 스노보더 커뮤니티에서 신뢰를 얻고 있는 이유는 창업자가 보드 컬처를 보는 시각이 달랐기 때문이다. 스케이트보드를 단순한 오락과 취미가 아닌 스포츠로 본 관점 변화가 디씨슈즈의 브랜딩 방향을 이끌었다. 스케이트보더를 언더그라운드 컬처를 즐기는 단순한 오락인으로 보지 않고 운동선수이며, 기록에 도전하는 스포츠맨으로 보았다. 개념 정의가 달라지자 다른 브랜드와 차별화되었다. 스트릿웨어 브랜드의 취약점인 기능성을 문제로 인식하고 접근했다. 프로 스케이터 대니의 디자인 과정 참여와 백재근의 디자인 파워가 디씨슈즈 브랜딩에 생명을 불어넣었다. 디씨슈즈의 관점은 나이키 SB 디자인팀에 영향을 미쳤다.

평범한 두 창업자의 전략적 브랜딩은 디씨슈즈를 스노보드와 스케이트보드의 거인으로 만들었다. 두 창업자의 끊임없는 연구와 세밀한 브랜딩 전략은 디씨슈즈를 스트릿 컬처의 강자로 세웠다. 이들의 틈새 전략은 성공적인 비즈니스 성과를 낳아 디씨슈즈는 런칭 후 10년 동안 급성장했다. 2004년 퀵실버(Quicksilver)가 디씨슈즈를 인수했다. 퀵실버는 서핑 전문 브랜드다. 같은 스트릿 컬처 계열의 퀵실버가 운영해서 디씨슈즈의 브랜드 정체성이 훼손되지 않고 유지되고 있다.

현재 미국 스케이트보드와 스노보드는 디씨슈즈, 볼컴, 반스가 이끌면서 스트릿 컬처 브랜드의 정체성을 만들고 있다. 세 브랜드는 세계 최정상급 보드팀을 구성해 마케팅, 디자인, 문화 등 눈에 보이지 않는 경쟁을 하고 있다. 보드 부분의 세계 3대 브랜드다. 디씨슈즈가 서프보드를 취급하지 않는 이유는 퀵실버가 담당하기 때문이다. 스케이트보드화로 출발한 디씨슈즈는 글로벌 액션 스포츠 브랜드가 되었다.

창업자 켄 블락은 스포츠카를 좋아했는데, 직접 선수로 참여해서 기록도 냈다. 불행히도 2023년 1월에 스노모빌 사고로 사망했다. 데이먼 웨이는 2016년 스케이트보드 브랜드 팩트(factbrand.com)을 런칭했다. 켄과 데이먼이 디씨슈즈를 10년 만에 퀵실버에 판매한 사건은 아쉬움이 남는다. 좀 더 자신들의 비전과 꿈을 디씨슈즈에 불어넣었으면 보다 독특한 스트릿 컬처를 이끄는 브랜드가 되지 않았을까 추측해 본다.

(3)Timberland [팀버랜드]

홈페이지: timberland.com
창업자: Nathan Swartz

팀버랜드와 스트릿 컬처는 무슨 관계가 있을까? 팀버랜드는 미국 동북부 뉴잉글랜드 노동자를 위한 부츠를 개발한 브랜드다. 1973년 창업자 나단과 그의 아들은 산업 노동자를 겨냥한 누벅(nubuck) 소재의 방수 기능을 가진 6인치 팀버랜드 부츠를 개발했다. 눈과 비가 많이 내리는 축축한 날씨의 뉴잉글랜드 지역의 노동자의 불편함을 해결하기 위한 신발이었다. 블루칼라 노동자들은 칼하트 워크웨어와 팀버랜드 부츠로 거칠고 추운 환경으로부터 자신을 보호했다.

팀버랜드 부츠가 아무리 튼튼하다고 해도 스케이트보드를 탈 때 신지 않는다. 스케이트보드와는 전혀 관련 없는 팀버랜드가 스트릿 컬처의 상징이 될 수 있었던 이유는 뭘까? 스트릿 컬처가 다양한 라이프 스타일을 담고 있기 때문이다. 스트릿 컬처는 펑크·록·팝아트·그라피티·액션 스포츠 등 다양한 문화가 복합적으로 연결되어 있다. 스트릿 컬처인(人)은 자신에게 어울리고 필요하면 어느 브랜드든지 가리지 않고 포용하는 개방성이 크다. 하지만 뭉툭하고 부피감 있는 팀버랜드 부츠가 스트릿웨어 가족이 된 사연은 의외로 엉뚱한 곳에서 시작되었다.

건축·공장 노동자의 필수 아이템인 팀버랜드 부츠는 1990년대 뉴욕에 혜성처럼 등장했다. 힙합 가수들이 갑자기 팀버랜드 노란색 6인치 부츠를 신고 공연하기 시작했다. 힙합 래퍼와 전혀 어울리지 않는 귀여운 노란색 코디였다. 뮤직비디오에서도 팀버랜드 부츠가 부각(클로즈업)되어 나오기 시작했다. 힙합 트렌드와는 전혀 맞지 않은 육체 노동자 전용 신발이 패셔니스타인 래퍼의 발과 함께 다녔다. 팀버랜드는 에미넴(Eminem), 50센트(50cent), 우탕(Wu-Tang) 등 많은 래퍼들의 없어서는 안 되는 필수품이 되었다.

힙합 가사에서는 팀버랜드 부츠를 팀즈(Timbs)로 부르며 칭송하는 내용까지 등장했다. 노토리어스 B.I.G.와 칸예 웨스트 같은 패션 선도자들도 즐겨 신었다. 래퍼를 뒤이어 연예인·영화배우와 힙합 컬처를 따르는 청소년들까지도 팀즈를 신기 시작했다. 왜 신어야 하는지 몰라도 패셔니스타들에게 팀즈는 머스트 해브가 되었다. 이스트 코스트 뉴욕에서 시작한 팀버랜드 부츠는 웨스트 코스트 캘리포니아 그리고 세계 곳곳의 스트릿 컬처의 상징이 되었다.

뉴욕시에서 팀즈 부츠가 등장한 배경은 약간 당혹스럽다. 뉴욕 밤거리의 마약상(드러그 딜러)이 추운 밤을 건디기 위해서 선택한 신발이 팀즈 6인치 누벅 부츠였다. 뉴욕 빌딩 숲 사이로 부는 겨울철 칼바람과 질펀한 눈길 위에 서 있어야 하는 마약상은 방수·방풍 기능의 신발이 필요했다. 클럽 네온사인의 불빛을 받은 노란색 팀즈 부츠는 겨울밤에 유난히 돋보였다. 클럽 활동을 마치고 나온 래퍼들은 마약상의 패션이 인상 깊었다. 두꺼운 칼하트 점퍼와 군화처럼 생긴 팀버랜드 부츠는 왠지 모르게 강한 마초 이미지를 풍겼다.

힙합 래퍼들은 멋져 보이는 팀즈 부츠를 신기 시작했다. 당시 팀버랜드 부츠를 구입하기 위해 래퍼들은 데이비드 지(David Z) 멀티숍을 방문했다. 데이비드 지는 단순한 신발 매장이 아닌 힙합 컬처 패션의 사랑방 구실을 했다. 이 매장의 코디네이터 역할을 했던 청년이 로니 피그(Ronnie Fieg)다. 로니는 후에 키스(KITH)를 런칭한 주인공이다. 힙합 래퍼 덕분에 팀버랜드 부츠는 방송을 타기 시작했고, 스트릿 커뮤니티의 귀염둥이 아이템이 되었다.

팀버랜드 운영진은 힙합 래퍼들이 자신들의 부츠를 신으리라고는 전혀 예상하지 못했다. 팀버랜드 브랜드의 타깃(목표) 고객은 건설 노동자였기 때문이다. 전혀 기대하지 못했던 고객층은 점점 늘어났다. 팀버랜드 마케팅팀은 힙합 컬처를 포함한 스트릿 컬처를 이해하지 못했다. 팀버랜드는 새로운 스트릿웨어 고객 요구에 별다른 반응을 보이지 않았다. 하지만 팀버랜드의 무관심에도 불구하고 스트릿 컬처 커뮤니티에서는 더욱더 팀즈 부츠가 유행했다.

스트릿 컬처의 아이콘이 되려면 스트릿 컬처 커뮤니티의 선택을 받아야 한다. 브랜드 회사가 스트릿 컬처 제품이라고 주장한다고 해서 스트릿 컬처 아이템이 저절로 되지는 못한다. 반대로 회사는 관심이 없어도 커뮤니티가 선택하면 스트릿 컬처 아이템이 되기도 한다. 팀버랜드는 후자의 경우다. 스트릿 컬처에 전혀 관심이 없었지만, 스트릿 컬처 팬들은 팀버랜드 부츠를 스트릿 아이템으로 인정했다.

팀버랜드 부츠는 래퍼의 선택으로 힙합 스타일의 심벌이 되었다. 노동자와는 전혀 다른 새로운 고객이 늘어나자 팀버랜드도 점차 브랜딩 전략을 변경했다. 브랜드 정체성에 스트릿 컬처를 포함시켰다. 노동자·청소년·패셔니스타를 모두 포용하는 브랜드로 정책 방향을 바꿨다. 점점 고객의 범위가 넓어졌다. 팀버랜드 입장에서는 행운이 저절로 굴러 들어온 셈이다.

팀즈가 힙합 컬처의 상징이 되자 스트릿웨어 브랜드들이 팀버랜드와 협업을 원하기 시작했다. 팀버랜드도 여러 스트릿 브랜드의 컬래버 요청에 응했다. 팀버랜드는 슈프림·스투시·빌리어네어 보이즈 클럽·베이프·언디피티드 등과 협업하면서 스트릿 컬처 브랜드 식구로 자리 잡았다. 팀즈 6인치 부츠는 못생긴 어글리 슈즈와 비슷한 느낌을 주면서 다양한 스타일을 소화한다. 힙합의 통 넓은 바지뿐만 아니라 통 좁은 스키니진과 아디다스 오리지널스 츄리닝 바지와도 코디가 가능하다. 팀즈는 모든 스타일을 소화하는 만능 신발이 되었다.

팀버랜드는 스트릿 컬처를 적극적으로 받아들이기 시작했다. 기존의 노란색에 대한 고집을 버리고 핑크색·검은색 등 다양한 컬러의 팀즈를 출시하여 여성 고객의 선택 폭을 넓혔다. 팀버랜드가 스트릿 컬처를 수용하자 브랜드 규모가 급성장했다. 뉴잉글랜드(시골) 스타일이었던 팀버랜드는 뉴욕(도시) 스타일을 받아들이면서 브랜드 정체성을 스트릿 컬처 스타일로 탈바꿈했다.

신발 카테고리만 취급했던 팀버랜드는 의류·가방 등 다양한 카테고리를 포괄하는 종합 패션 브랜드가 되었다. 스왈츠(Swartz) 집안의 가족 기업인 팀버랜드는 2011년 VFC가 인수했다. 히트 아이템인 6인치 부츠의 기본 원형은 유지하면서 스트릿웨어 스타일을 성공적으로 융합하고 있다. 팀즈는 최고의 발명품이다.

(4) Converse [컨버스]

홈페이지: converse.com
창업자: Marquis Mills
공헌자: Chuck Taylor

컨버스는 2001년 파산 신청을 했다. 1908년에 창업한 신발의 전설인 컨버스의 죽음을 알리는 슬픈 순간이었다. 그러나 다행히 나이키가 컨버스를 인수했다. 컨버스는 변신에 성공했다. 그리고 다시 살아났다. 나이키가 컨버스에 불어넣은 에너지는 스포츠 정신이 아니었다. 바로 스트릿 컬처 마인드였다. 컨버스는 스트릿 문화로 브랜드 리모델링을 추진했다.

농구화로 명성을 쌓은 컨버스가 스트릿 컬처를 만나서 부활했다. 100년 넘는 헤리티지(역사)와 스트릿 컬처가 융합돼서 패션 코디뿐만 아니라 현대인의 라이프 스타일 자체를 만들어 내고 있다. 또한 컨버스는 스트릿 컬처의 양극을 모두 소화하고 있다. 즉, 언더그라운드 문화와 하이엔드 문화 모두를 컨버스화(化)하는 잠재력을 발휘하고 있다.

컨버스와 꼼데가르송 플레이, 오프-화이트 컬래버는 패션 마니아는 물론 일반 대중의 관심을 끌었다.

컨버스는 변하지 않는 평범한 실루엣을 가지고 있지만 다른 브랜드가 컬래버하고 싶어 하는 1순위 신발의 반열에 올랐다. 컨버스가 스트릿 컬처 브랜드의 협업 인기 아이템이 된 이유는 두 가지다. 첫째, 컨버스는 오랜 역사로 인해 사람들의 기억 속에 항상 자리 잡고 있다. 초기 원형을 유지하므로 모든 세대의 마음속에 뿌리내리고 있다. 특히 미국의 경우, 할아버지 세대도 컨버스를 신었고 손자도 컨버스를 신는다. 세대를 초월한 패션 아이템 기능을 하고 있다. 다른 브랜드는 컨버스의 오래된 추억을 공유하고 싶어 한다. 컨버스의 헤리티지는 커다란 자산이다.

둘째, 컨버스 신발은 모양이 단순해서 다른 브랜드가 자신의 이미지를 표현하기 좋은 아이템이다. 꼼데가르송 플레이의 하트 로고가 컨버스 신발에서 유난히 인상적인 이유도 컨버스의 간소한 디자인 덕분이다. 심플한 실루엣의 매력은 컨버스가 시대마다 다른 브랜드로부터 선택받는 원인이다. 클래식한 컨버스 신발은 도화지와 같은 역할을 하므로 다른 브랜드가 자신의 로고를 넣어 부각하기에 안성맞춤이다.

컨버스가 처음 출시되었을 때는 스트릿 컬처와 전혀 관련이 없었다. 컨버스가 태어난 해가 1908년이기 때문이기도 하지만 이후에도 컨버스는 운동선수가 타깃 고객이었다. 처음에는 스포츠용이어서 대중성을 띠지는 못했다. 농구용 신발인 올스타(All-Star)도 초기에는 판매가 농구부 선수 위주로 한정적이었다. 거리에서 컨버스를 신은 사람을 보기 힘들었다. 컨버스는 스트릿 슈즈와는 아무런 관련이 없었다. 그러던 컨버스가 스포츠 목적의 제한된 용도에 변화가 생기기 시작했다.

컨버스가 널리 알려지기 시작한 계기는 흰색 하이탑(발목 높이)의 척 테일러(Chuck Taylor)가 출시되면서부터다. 미국 대표팀 농구화였던 척 테일러는 1936년 베를린 올림픽 기간 동안 TV에 계속 등장했다. TV의 확산과 함께 컨버스는 전 세계에 뚜렷한 인상을 주었고, 신발 산업에서 독보적인 위상을 가지게 되었다. 당시에는 스포츠 슈즈를 지칭할 때 사람들은 컨버스를 떠올릴 정도였다. 컨버스는 운동화 부분에서 확고한 위치를 점유하면서 농구화의 대표가 되었다.

컨버스가 본격적으로 스트릿 컬처와 인연을 맺기 시작한 시점은 1960년대다. 컨버스의 흰색이 기성 문화에 대한 저항을 상징하는 의미로 해석되었다. 컨버스는 어느새 히피 문화의 아이콘이 되었다. 컨버스 입장에서는 전혀 예상치 못한 일이었다. 1970년대는 펑크록 밴드 가수들이 공연에서 많이 신기 시작했다. 1980년대는 그런지(Grunge) 커뮤니티의 신발이 되었다. 그런지 패션은 빈티지풍의 편안하고 자유분방한 옷차림이다. 착한 디자인의 컨버스는 이상하게도 반항적인 문화와 관련이 깊어졌다.

컨버스 입장에서는 예기치 않게도 다양한 고객층이 생겼다. 스포츠뿐만 아니라 언더그라운드 커뮤니티의 선택까지 받은 컨버스는 독점적 위치를 누렸다. 컨버스는 1980년대까지 승승장구했다. 1990년대 접어들면서 컨버스는 스케이트보드 커뮤니티의 사랑을 받게 된다. TV 시대에서 인터넷 시대로 변화되면서 컨버스는 새로운 고객층의 선택을 받게 된다.

신발 수집가들이 희귀한 원 스타(One Star) 컨버스를 인터넷 경매에 내놓으면서 컨버스는 청소년층의 관심의 대상이 되었다. 스케이트보드 열풍이 미국을 덮으면서 많은 보더들이 컨버스를 보드화로 선택했다. 저렴한 가격과 어느 정도 내구성을 갖춘 컨버스는 신을수록 풍기는 빈티지한 느낌으로 보더들의 인기를 얻었다. 미술 쪽에서는 팝아트가 컨버스 신발을 예술적으로 표현하는 도구로 이용했다. 여러 가지 복합적인 시대 분위기로 인해 컨버스는 농구화 이미지를 벗고 스트릿 컬처의 식구가 되었다.

컨버스의 높은 인기와 동시에 새로 태어난 신발 브랜드의 추격이 거셌다. 슈즈 브랜드 나이키·아디다스·퓨마·리복 등은 컨버스의 나쁜 착화감과 고루한 디자인을 공격했다. 컨버스의 아성은 완전히 무너졌다. 엎친 데 덮친 격으로 그나마 가성비가 좋아 스케이트보더 사이에 인정받던 컨버스에 문제가 발견되었다. 컨버스는 신발 안창(insole)이 얇아 스케이트보드를 탈 때 특히 착지 충격을 제대로 흡수하지 못했다. 농구화로는 좋지만 딱딱한 도로에서 격렬하게 즐기는 스케이트보딩에서는 무릎과 발목에 무리를 줬다. 컨버스는 스케이트보더들의 기피 신발이 되었다.

컨버스의 단점이 블로그와 인터넷 포럼에서 활발한 활동을 하는 청소년층에 퍼지면서 컨버스는 회생 불가능한 상태로 빠져들었다. 2001년 파산 신청을 했다. 우여곡절 끝에 나이키가 컨버스를 인수했다. 나이키는 컨버스를 스트릿 컬처 플랫폼 안으로 인도했다. 컨버스는 100년 넘는 헤리티지를 새로운 스트릿 문화에서 마음껏 발휘하고 있다. 브랜드 정체성을 과거에 묶어 두지 않고 미래 지향적으로 발전시키고 있다. 컨버스의 미니멀한 구조와 눈에 쉽게 띄는 원색은 갖가지 서브컬처를 폭넓게 소화하고 있다. 지금은 오버컬처의 하이엔드 문화까지 포용하면서 광범위한 문화 스펙트럼을 뽐내는 브랜드가 되었다.

컨버스는 스케이트보더의 마음을 되찾기 위해 노력하고 있다. 비판받던 기능적 문제점을 해결하기 위해 컨버스는 신발 안창을 개선한 스케이트보딩 전용 보드화 콘즈(CONS)를 개발했다. 고무창을 개선해서 착지력과 쿠션을 보완했다. 지금은 보더들이 다시 사랑하는 브랜드가 되었다. 컨버스는 스케이트보드팀을 운영하면서 스트릿 컬처 브랜드 정체성을 다지고 있다. 컨버스의 노력으로 스케이트보드 커뮤니티와 컨버스는 더욱더 친밀해졌다.

컨버스는 스트릿 컬처를 받아들인 나이키의 전략적 성공이다. 컨버스는 농구화에 머물지 않고 패션 스니커즈로 변신했다. 음악 밴드·클럽·연예인들과 청소년층의 라이프 스타일 필수 아이템이 되었다. 흰색 바탕의 신발 위에 자신의 이름·로고·구호(슬로건)를 표시하는 커스텀을 유행으로 만들었다. 캔버스 재질이 주는 편안함과 무한 변화 가능성은 컨버스만의 독특한 매력이다.

컨버스가 브랜딩 전략에서 주목받는 핵심은 히트 제품의 일관성이다. 컨버스는 브랜드 로고보다는 신발의 실루엣이 먼저 떠오르는 브랜드다. 나이키하면 스우쉬, 아디다스는 불꽃과 산 마크 등 브랜드 이름을 말하면 누구나 로고를 우선 생각한다. 하지만 컨버스하면 신발 모양을 떠올린다. 컨버스의 척 테일러 모델은 일관된 실루엣을 지킨 덕분에 브랜드 생명력의 원천 역할을 하고 있다.

(5)JORDAN [조던]

홈페이지: nike.com/jordan

공헌자: Michael Jordan, Sonny Vaccaro, Peter Moore

조던은 농구화의 대명사다. 1984년 나이키는 시카고 불스의 마이클 조던과 계약을 맺었다. 역사는 이때부터 시작되었다. 조던 브랜드는 에어 조던 1이 폭발적인 인기를 얻으면서 출발했다. 당시에는 평범한 흰색 농구화만 신었으므로 조던 1의 검정과 빨간색 컬러웨이는 신선한 충격이었다. 더군다나 마이클 조던의 눈부신 활약이 더해지면서 조던 1은 1985년 출시되자마자 화젯거리였다. 농구에 관심이 없는 사람들도 조던 1 신발과 점프맨 로고를 알게 될 정도로 조던은 유명해졌다. 2023년에 개봉한 영화 〈에어(Air)〉가 재미있게 묘사하고 있다.

조던과 스트릿 컬처의 인연은 힙합에서 출발했다. 마이클 조던이 혹인이어서 흑인 래퍼들이 조던 브랜드에 강한 동료 의식을 표시했다. 마이클 조던은 단순히 농구만 잘하는 스포츠맨이 아니다. 그는 불굴의 의지·노력·투지·리더십·집중력을 상징하는 영웅이다. 래퍼들은 노래 가사로 조던의 강인한 정신을 찬양하며 조던의 업적을 칭송했다. 칸에 웨스트, 투팍, 제이지 등 수많은 흑인 래퍼뿐 아니라 백인 래퍼 에미넴도 조던 패셔니스타다. 래퍼들은 조던 슈즈와 조던 저지를 착용하고 뮤직비디오를 촬영하고 공연을 함으로써 청소년과 스트릿웨어 커뮤니티에 영향을 끼쳤다.

조던은 스케이트보드와는 관련이 그리 많은 편은 아니다. 스케이트파크와 스트릿 보딩을 봐도 조던을 신고 스케이팅을 하는 라이더는 많지 않다. 간혹 조던을 착용하는 스케이터들을 보면 대부분 에어 조던 1을 신는다. 조던은 시리즈 발매품인데, 원조인 조던 1이 40년이 지나는 지금에도 스케이터의 마음을 사로잡는 모델이다. 왜냐하면 조던 1이 스트릿 컬처의 근본인 반기성주의와 저항 정신과 연결되어 있기 때문이다. 에어 조던 1 탄생에 사연이 있다.

1984년 마이클 조던이 나이키와 계약을 맺은 후 경기를 치르기 위해서 신은 조던 신발은 검정색과 빨간색의 배합이었다. 이는 미국 농구협회 NBA 규정을 어기는 사건이었다. 나이키는 조던 1이 출시되는 1985년 검정/빨강 조던 1을 기성 권위에 도전하는 상징으로 마케팅했다. 에어 쿠션이 장착되어 있음에도 불구하고 스케이트보딩 할 때는 조던 1은 충격 흡수에 미흡하다. 하지만 스케이트보드 커뮤니티는 조던 1을 저항과 도전의 상징으로 인정한다.

미국의 경우, 일반 라이프 스타일 면에서 조던은 백인보다는 흑인에게 인기가 높다. 조던 저지를 비롯한 의류는 대부분 흑인 커뮤니티에서 착용한다. 백인은 조던보다는 나이키 스우쉬 로고를 더 좋아한다. 백인이 농구와 농구 스타 마이클 조던을 좋아하지만 조던 브랜드를 신고 입는 일은 다르다. 자신이 착용하는 브랜드는 자신의 정체성을 나타내기 때문이다. 나이키는 조던을 스트릿 컬처와 연결 지어서 브랜딩을 진행하지는 않는다. 하지만 스트릿 컬처 커뮤니티의 선택을 받고 있다.

한국과 일본 청소년에게 강한 영향을 미친 만화 '슬램 덩크'가 1990년 출간되었다. 슬램 덩크는 이노우에 다케히코(井上雄彦)의 청소년 성장 농구 만화다. 작가 이노우에가 농구 선수 출신이어서 농구화를 세밀하게 묘사했다. 슬램 덩크에서 에어 조던이 시리즈별로 등장한다. 슬램 덩크 영향으로 청소년들은 스니커 컬처를 의류 컬처와는 독립된 문화로 받아들이게 되었다. 단순히 코디의 마지막 순서로 신발이 아니라, 오히려 신발을 먼저 정한 후 옷을 맞춰 입는 발상의 전환이 생겼다. 운동화가 완전히 독립적인 카테고리로 발전했다.

조던은 스니커헤드(sneaker head) 문화와 관련이 깊다. 농구화 조던 신발을 소장용으로 수집하고 거래하는 마니아다. 농구를 전혀 하지 않아도 관계없다. 조던은 신발로 시작해서 의류·모자·가방 등 다양한 제품군을 형성하고 있다. 따라서 신발뿐만 아니라 의류도 수집한다. 의류는 컬래버 제품일 경우 소장 가치가 더 올라간다. 나이키 덩크와 함께 조던은 스니커즈 재판매 시장에서 최고의 인기 아이템 랭킹을 차지하고 있다.

스트릿 컬처 세계에서 조던은 컬래버 영순위 브랜드다. 조던 철학을 흡수하고 싶은 브랜드는 조던과 협업을 갈망한다. 조던 컬래버 슈즈는 희소성이 높아 리세일 가격도 폭등한다. 대표적인 컬래버는 슈프림과 조던 5, 편집숍 유니온(LA)과 조던 1, 언디피티드와 조던 4, 래퍼 에미넴과 조던 4, 버질 아블로(오프-화이트)와 조던 1, 프래그먼트 디자인(후지와라 히로시)과 조던 1, OVO(드레이크)와 조던 8·10·12 등이 있다. 버질 아블로와의 컬래버는 작품성까지 인정받으면서 조던 마니아와 스트릿웨어 커뮤니티뿐만 아니라 일반 대중까지 흥분시켰다. 신예 래퍼 트래비스 스캇(Travis Scott)과의 조던 1 컬래버는 브랜드가 아닌 개인과 진행했다.

조던 브랜드는 나이키에 속해 있지만 독립 브랜드이기도 하다. 조던 신발·의류·가방 등은 나이키 매장에서 구매 가능하다. 그런데 조던 마니아들은 항상 의문을 품었다. 조던만 취급하는 독립 매장이 왜 없을까? 조던 팬덤의 소망에 따라서 조던 매장이 하나씩 오픈하고 있다. 이름은 조던 월드 오브 플라이트(Jordan World of Flight)다. 2022년 이태리 밀라노에 제1호 조던 매장이 오픈했다. 2023년에는 일본 토쿄 시부야(3월)에 제2호와 대한민국 서울 홍대(6월)에 제3호 매장이 문을 열었다. 매장에는 조던의 기념비적인 제품이 전시되어 있어서 조던 박물관 느낌도 난다.

조던 제품의 특이한 점은, 신발과 의류의 구매 난이도가 유난히 다르다. 조던 신발은 편하게 구입하기 힘든 아이템인 반면, 의류는 신발보다는 구매하기 편하다. 조던 신발은 연도별 시리즈 발매 전략 덕분에 희소성이 의류보다 높다. 특히 조던 1과 4가 컬래버로 출시되면 상상을 초월하는 진입 장벽이 생긴다. 조던 슈즈 구매에 접근하기 힘든 마니아 들은 리세일 제품을 구하는 경우가 흔하다.

조던 브랜드의 정체성은 인간 마이클 조던의 투지와 열정으로 만들어졌다. 마이클의 성(姓)이 브랜드 이름 조던이 되었다. 마이클이 덩크슛을 하는 동작이 브랜드 로고 점프맨이 되었다. 조던은 같은 모델이어도 다른 색상 배열로 스니커즈 마니아를 흥분하게 만든다. 에어 조던 시리즈는 미흡했던 농구화의 기능성을 계속 추가하면서 심미성도 최고의 정점을 찍고 있다. 동일 시리즈여도 색상 배열을 달리 출시하는 전략으로 스토리텔링을 입히므로 조던은 더욱더 재미있는 스트릿 컬처 브랜드로 인식되고 있다.

40년 역사가 쌓여 가는 조던은 농구화뿐만 아니라 스트릿 컬처를 포함한 청소년층의 라이프 스타일로 자리 잡았다. 멋진 로고 덕분에 스트릿 컬처 팬덤이 튼튼하다. 스트릿웨어 브랜드 팬덤은 로고 마니아여서 로고는 매우 중요하다. 조던 윙(wing) 로고와 점프맨(jumpman) 로고는 가시성과 매력이 있어서 스트릿 컬처 바이브를 뿜어낸다. 조던 로고 자체가 마이클 조던의 정신과 브랜드 이미지를 나타내는 상징 역할을 한다.

(6)Yeezy [이지]

홈페이지: adidas.com/yeezy
창업자: Kanye West

스니커즈 스트릿 컬처 브랜드의 마지막 신발로 이지를 선택했다. 이지는 브랜드 이름이다. 영어 Easy와 발음이 같아서 연결 짓기도 하지만, 전혀 관련이 없다. 오히려 'Yeezy is not Easy'라는 유머가 있을 정도다. 이지는 현재도 결코 쉽지 않은 여정을 걷고 있다. 먼저, 브랜드와 창업자 이름이 어려운 편이다. 창업자 Kanye는 발음이 낯설어 '카니에' 또는 '카네'라고도 하지만 정확한 발음은 '칸예'가 맞다. 브랜드 이름인 '이지'는 칸예 이름의 마지막 알파벳인 'ye'에 'zy'를 붙여서 만들었다. 힙합계에서는 래퍼 이름에 zy를 붙여 애칭(닉네임)으로 많이 부른다. 칸예는 자신의 별명인 이지를 브랜드 이름으로 그대로 사용했다.

이지는 칸예 웨스트와 아디다스의 컬래버 신발 이름인 동시에 브랜드 이름이다. 칸예는 아디다스와 2015년 정식 계약을 맺었다. 이지 브랜드는 런칭한 지 얼마 되지 않았음에도 불구하고 스니커 컬처에 강력한 영향력을 내뿜고 있다. 아디다스 운영진의 전폭적인 신뢰와 지지를 받으면서 이지는 신발뿐만 아니라 의류 라인도 추가하고 있다.

아디다스는 다른 스포츠 브랜드처럼 스트릿 컬처를 흡수하기 위해 유명 셀럽과 컬래버를 진행했다. 비욘세(Beyonce), 퍼렐(Pharrell), 칼리 클로스(Karlie Kloss), 조 샐다나(Zoe Saldana)가 대표적이다. 그런데 컬래버는 일회성이어서 지속적인 효과는 약하다. 이지를 통해서 아디다스는 스트릿 컬처의 중심에 자리 잡게 되었다. 또한 나이키의 독점 무대인 리세일 시장으로 진입할 수 있게 되었다. 아디다스에서 이지의 양적 비율은 낮지만 중요도만큼은 제일 높은 자리를 차지하고 있다.

이지는 아디다스와 협업 계약을 맺었지만 아디다스에 종속되어 있지는 않다. 이지는 아디다스 이외의 다른 브랜드와 자유롭게 컬래버를 할 수 있다. 최근 의류 브랜드 갭(Gap)과 협업을 하여 이지 갭(Yeezy Gap)을 진행했다. 칸예 효과 덕분에 인기가 시들했던 갭의 브랜드 가치가 다시 상승했다, 칸예 이펙트(Kanye Effect)는 칸예가 입고, 신고, 컬래버하는 브랜드는 성공한다는 법칙이다. 특히 칸예가 입고 신은 스트릿웨어 브랜드는 칸예 효과를 톡톡히 보면서 매출이 급상승하고 한다.

이지는 스니커즈 역사에서 가장 빠르게 팬덤을 형성하면서 스니커즈 권좌를 차지한 브랜드다. 이지는 스니커헤드와 슈즈 커뮤니티의 뜨거운 관심 대상이다. 칸예가 "이지는 점프맨(조던)을 점프했다"고 노래할 정도다. 이지의 매출이 조던을 추월했단 의미다. 하지만 이지는 아직 독립 브랜드로서의 위상을 확립하지는 못했다. 조던은 마이클 조던이 직접 관여하지 않아도 조던 브랜드는 독립적으로 운영되지만, 이지 브랜드는 칸예가 없으면 존재하기 힘들다. 이지의 브랜드 자립도는 아직 약한 편이다. 물론 장단점을 함께 가지고 있다.

칸예는 현대 스트릿 컬처 패션과 스니커를 말할 때 빠지지 않는 인물이다. 음악 프로듀서·래퍼·디자이너·패션 사업가로도 활동하고 있다. 버질 아블로를 자신의 아티스트 디렉터로 선발하였고, 버질과 함께 펜디(Fendi) 인턴으로 패션 공부를 할 정도로 패션 열정이 높다. 패션 감각을 타고났지만 노력형이다. 이지는 헤리티지가 짧은 브랜드처럼 보이지만, 칸예의 발자취를 알면 오래전부터 스트릿 컬처를 간직한 브랜드임을 알 수 있다.

이지가 탄생하기 훨씬 전부터 칸예는 패셔니스타로 패션 인플루언서 역할을 했다. 특히 신발 디자인에 관심이 많았다. 2005년 나이키 에어 180 컬래버, 일본 스트릿 컬처 브랜드 베이프와 베이프스타(Bapesta) 컬래버, 리복과의 컬래버를 진행했다. 루이 비통 컬래버는 출시할 때도 인기가 높았고, 현재는 리세일 시장에서도 구하기 힘든 희귀(rare) 아이템으로 통한다.

칸예의 스니커즈 디자인 감각을 알아본 나이키는 이지 이름으로 컬래버를 했다. 아디다스의 이지가 출시되기 전에 칸예와 나이키는 이지 브랜드 협업을 했다. 나이키 에어 이지 원(Nike Air Yeezy One), 나이키 에어 이지 투(Nike Air Yeezy Two)는 2009년과 2012년에 각각 발매된 모델이다. 두 모델은 출시 즉시 매진되면서 이지는 성공적인 출발을 했다. 나이키 이지는 3가지 색상으로 1,000족씩 정도만 출시되었다. 극소량 발매와 칸예의 명성이 더해지면서 엄청난 이슈를 몰고 왔다. 즉, 아디다스 이지의 헤리티지는 2015년 이전의 나이키 이지부터다.

나이키는 처음으로 운동선수가 아닌 개인 래퍼와 맺은 최초의 컬래버의 시작이었다. 나이키와 칸예의 컬래버는 스니커 커뮤니티의 뜨거운 관심사였다. 그런데 나이키에서 더 이상 이지 컬래버 신발을 발매하지 못하는 사건이 발생했다. 칸예는 이지 상표 사용료를 나이키에 요구했다. 나이키가 로열티 지불을 거절하면서 나이키와의 협업은 끝났다. 칸예는 새로운 파트너로 아디다스를 선택했다. 아디다스는 칸예의 요구를 수용하면서 2015년에 컬래버 계약을 맺었다. 이지는 폭발적인 스니커 역사를 펼치기 시작했다.

아디다스와 이지의 컬래버는 나이키 이지와는 완전히 다른 디자인과 색상으로 이지 부스트를 출시했다. 2015년 출시된 아디다스 이지 부스트 750(Adidas Yeezy Boost 750), 아디다스 이지 부스트 350, 아디다스 이지 부스트 950 덕부츠(Duckboot)가 대표적이다. 750은 독특한 느낌의 스웨이드 소재와 하이탑 스타일로, 이지 전설의 시작을 알렸다. 같은 해 로우 탑 디자인 350을 출시하면서, 올해의 신발상(Shoe of the Year)을 수상했다. 950 덕부츠는 미군 사막화와 덕부츠를 모티프로 삼은 디자인이다.

2015년 이지 시리즈 삼총사(750, 350, 950)의 출발 이후, 칸예는 아디아스 이지 부스트 700, 아디다스 이지 부스트 300, 아디다스 이지 파워페이즈(Powerphase), 아디다스 이지 데저트 부트 등 끊임없이 후속 모델을 소개하고 있다.

버질 아블로가 나이키와 컬래버를 했던 반면, 칸예는 아디다스와 협업을 하고 있다. 옷부터 시작해서 신발로 진행한 버질과 대조적으로 칸예는 신발부터 시작해서 의류로 확장하는 전략을 취하고 있다. 칸예는 자신의 인스타그램을 이지를 위해서 사용하고 있다. 출시 이전에 티저 영상을 노출해 팬들의 호기심을 자극한다. 아디다스가 회사 차원의 광고를 할 필요가 없을 정도로 칸예의 소셜미디어는 광범위한 영향력을 행사하고 있다.

팝아트 거장 엔디 워홀의 위상을 꿈꾸고 있는 칸예는 새로운 스타일의 스트릿 컬처를 추구하고 있다. 소비자에게 머물렀던 힙합 래퍼가 스트릿 컬처 브랜드를 런칭하고 제품을 만드는 생산자가 되었다. 포브스(Forbes)에 따르면 이지의 흥행 성공으로 칸예는 5년 만에 억만장자가 되었다. 앞으로 칸예가 아디다스와 어떤 컬래버 제품을 선보일지 팬들은 기대하고 있다.

그런데 2022년 10월에 대형 사건이 터졌다. 칸예가 연속적으로 유대인 혐오 발언을 공개 방송에서 했다. 아디다스는 즉각 칸예와 협업 계약을 파기했다. 단, 이미 만들어진 이지 신발은 일단 판매하기로 했다. 칸예와 아디다스의 이별 여부가 화젯거리였다. 다행히 2023년 아디다스는 칸예와 협업을 지속하면서 이지를 출시하기로 결정했다. 하지만 칸예는 아직도 유대인 혐오 발언을 멈추지 않고 있어서 칸예와 이지의 앞길이 어떻게 될지 불명확하다.

스트릿 컬처의 신발 카테고리에서 빠질 수 없는 브랜드는 단연코 나이키와 아디다스다. 미국과 유럽을 대표하는 브랜드이면서 의류 분야에서도 대형 기업이다. 다음 장에서는 나이키와 아디다스를 포함한 메가 브랜드들이 어떻게 스트릿 컬처를 수용해서 브랜드에 생명을 불어넣고 확장했는지 살펴본다. 스트릿 마니아에게는 모두 친숙한 브랜드이지만 비하인드 스토리는 생소할 수 있다.

이지 신발을 구매할 수 있는 공식 홈페이지와 관련해서 이지 마니아는 혼란을 겪는다. 원래 아디다스 웹사이트에서 구매가 가능하였는데, 현재 이지 카테고리는 닫힌 상태다. 이 틈을 타서 가품을 판매하는 웹사이트가 나타나고 있다.

그리고 칸예가 이지를 디자인하고 로열티를 받지만 대부분의 디자인 특허는 아디다스가 소유하고 있다. 따라서 칸예가 아디다스와 독립해서 이지를 같은 모델로 출시하기는 거의 불가능하다. 칸예가 다른 브랜드와 컬래버 계약을 맺어서 새로운 모델이 나온다면 아디다스 이지와는 다른 디자인을 예상한다.

5장

스트릿 컬처를 받아들인 메가 브랜드

미국은 1980년대부터 몰아친 스투시의 인기와 1990년대의 주욕과 슈프림의 인기로 스케이트보드와 스트릿 컬처가 청소년의 생활 방식에 큰 영향을 미쳤다. 숀 스투시의 런던과 파리 투어는 유럽 청소년과 청년층에게 미국 서브컬처를 피부로 느끼고 마음으로 흡수하는 소중한 기회를 제공했다. 스투시 브랜드의 성공으로 미국에서는 스트릿 컬처 브랜드 청년 창업이 성황을 이뤘다. 자금이 부족한 청년 창업자는 대부분 자신의 차고와 방에서 DIY로 제품을 제작하면서 스트릿웨어 브랜드의 꿈을 키웠다. 출발은 소박했고 시스템은 갖추지 못했지만, 열정과 정열은 가득 차 있었다.

DIY 청년 창업자들은 서핑, 스케이트보딩, 스노보딩을 직접 즐기며 서브컬처가 자신의 라이프 스타일인 사람이다. 뮤직·아트를 포함한 언더그라운드 문화는 청년층을 중심으로 확산되었다. 하지만 주류 패션계는 스트릿 컬처를 저속한 하급 문화로 낮춰 보았다. 하위문화를 즐기는 청년층을 사회 부적응자·문제아로 취급했다. 스트릿 컬처는 청소년을 선동하며 잠깐 스쳐 지나가는 유행에 불과하다고 평가했다. 스트릿웨어 패션의 가치를 낮게 보았다. 이미 기득권을 누리는 대형 패션 브랜드 입장에서 스트릿웨어는 성가신 카테고리였다. 굳이 스트릿 컬처를 고려하지 않아도 의류 사업에 지장이 없었다.

그러나 청소년과 청년층이 패션 시장의 거대한 소비자로 등장하기 시작하면서 게임 규칙이 바뀌었다. 패션 코디·스타일·의류 구매의 중요한 기준이 부모의 판단·의견보다 또래 집단·힙합 래퍼·스케이트보더의 패션이 중요해졌다. 청소년들은 자신들의 옷·신발·가방을 직접 선택하기 시작했다. 기성세대가 걱정하는 스케이트보드 스타일과 스트릿웨어가 청소년에게 영향을 끼치면서 청소년 패션도 스트릿 컬처로 변해 갔다.

언더그라운드에 있던 힙합 뮤직·그라피티 아트·스케이트보드가 청년 커뮤니티를 이끄는 패션 리더가 되었다. 패션 시장의 충성 고객인 청소년·청년층은 패션 소비의 방향을 대형 브랜드에서 스트릿웨어 브랜드로 돌리기 시작했다. 또래 집단이 선호하는 스트릿웨어 패션에 강하게 영향을 받으면서 일체감 차원에서 스트릿웨어 브랜드와 공감대를 형성했다. 스트릿 컬처 브랜드 고객은 점점 늘어났다.

스트릿웨어 브랜드의 제품을 착용하면 쿨하게 여겨지는 시대가 되었다. 스트릿웨어 브랜드의 매출 상승과 청소년 독립 쇼핑 증가는 기존의 대형 패션 브랜드를 긴장시켰다. 메가 패션 기업은 스트릿 컬처의 잠재력을 깨달았다. 거대한 소비 세력으로 부상한 청소년·청년층의 구매력을 유인하는 방안을 고민했다. 몇몇 대형 패션 브랜드는 청소년 고객 유치를 위해서 스트릿 컬처를 자신의 브랜드 안으로 적극적으로 끌어안기 시작했다. 또한 무관심으로 방관했던 스트릿웨어를 새로운 카테고리로 추가했다.

대형 패션 브랜드가 스트릿 컬처를 받아들이는 방법은 여러 가지다. 첫째, 자신의 고유 브랜드 이름에 스트릿 바이브의 이름을 추가한다. 예를 들면 나이키 SB, 아디다스 Originals, 칼하트 WIP, 타미 Jeans, 디키즈 Life처럼 새로운 브랜드 라인을 구축한다. 둘째, 브랜드 이름은 똑같이 유지하면서 스트릿 컬처를 디자인 감성으로 담아낸다. 휠라, 챔피언, 반스, 컨버스는 브랜드 이름은 그대로 유지하지만 브랜드 정체성에 스트릿 컬처를 적극적으로 받아들인다.

대형 패션 브랜드는 지금까지 나온 DIY에서 출발한 스트릿웨어 브랜드와는 출발부터 자금과 규모가 다르다. 하지만 패션 업체가 스트릿 컬처를 수용해서 브랜드에 생명을 불어넣는 도전은 선택이 아닌 필연이 되었다. 이번 장에서는 스트릿 컬처와 관련 없던 메가 패션 브랜드가 어떻게 스케이트보드 문화와 힙합 컬처를 소화하고 표현하는지 살펴본다. 반스·컨버스·팀버랜드도 여기에 해당하지만 앞장에서 보았기 때문에 다루지 않는다.

(1) Carhartt WIP [칼하트 윕]

홈페이지: carhartt-wip.com
창업자: Edwin Faeh

칼하트와 칼하트 윕은 같은 브랜드이면서 다른 브랜드다. 로고와 고유 색상을 공유하기 때문에 두 브랜드가 출시한 제품을 혼동하는 경우가 흔하다. 그러나 두 브랜드는 출발 정신·브랜드 철학·스타일·디자인 핏이 확연히 다르다. 스트릿 컬처가 모티프와 배경인 브랜드는 칼하트 윕이다. 칼하트 윕은 부모 브랜드인 칼하트의 헤리티지를 이어받으면서 유럽 감성으로 스트릿 컬처를 재해석한다. 칼하트 윕은 오리지널 칼하트와 비슷하지만 차별화의 길을 걷고 있는 스트릿웨어 브랜드다.

칼하트는 1889년에 탄생한 브랜드이고, 칼하트 윕은 1994년에 런칭했다. 칼하트 윕의 입장에서 칼하트는 부모 브랜드(parent brand)를 훨씬 뛰어넘는 조상 브랜드(ancestor brand)다. 칼하트는 130년 넘는 역사를 가진 미국 전통 브랜드이며, 육체 노동자를 위한 의류 제조로 시작했다. 칼하트는 광산·건설·건축·농장 등 거친 환경에서 일하는 노동자를 보호하자는 사명으로 출발했다. 창업자인 해밀턴 칼하트의 성(姓)인 칼하트를 브랜드 이름으로 사용했다. 미국 디트로이트 공장 지역의 블루칼라 노동자가 주요 고객이다. 튼튼한 멜빵바지(오버롤)를 제작하면서 남성적 이미지로 출발했다.

노동복 브랜드 칼하트는 스트릿 컬처와는 아무런 관계가 없었다. 육체노동의 가치를 소중히 여기는 미국 문화의 한 부분이었을 뿐이다. 칼하트가 스트릿 컬처의 대표 브랜드로 명성을 얻게 된 계기는 미국이 아닌 미국 밖에서 시작되었다. 스위스 청바지 디자이너 에드윈은 1989년부터 유럽에 미국 브랜드 의류를 수입·유통하는 올 아메리칸 프로젝트(All American Project)를 진행했다. 미국 브랜드 의류는 유럽 래퍼·그라피티 작가·스트릿 청년들 사이에 입소문이 났다.

에드윈은 특히 칼하트의 잠재력을 파악하고 1994년 칼하트 윕을 유럽에 런칭했다. 칼하트 윕은 유럽 칼하트 판매권(라이선스)계약으로 시작했다. 미국 칼하트 정신을 계승하면서 유럽 감성으로 재구성했다. 칼하트 윕은 칼하트의 견고함과 내구성을 이미지로 이어받으면서 신뢰받는 스트릿 컬처 브랜드가 되었다. 에드윈은 노동복 칼하트와 다른 접근 방법으로 브랜딩 전략을 펼쳤다. 칼하트 윕은 제품 판매를 위한 상업적 노력보다는 예술적·스트릿 컬처적 접근을 먼저 중요시했다.

스트릿 컬처 존중 차원으로 스케이트보드팀과 BMX팀을 조직했다. 음악과 예술에 우선 가치를 두어 음악 밴드와 컬래버를 진행했다. 그래픽 디자이너 에반 헤콕스(Evan Hecox)의 일러스트 광고는 칼하트 윕의 바이브를 만드는 역할을 했다. 칼하트 라디오와 칼하트 뮤직을 통해서 서브컬처와 밀접한 관계를 만들었다. 에드윈의 문화적 노력으로 유럽 스트릿 팬덤의 마음을 사로잡았다. 힙합 아티스트들이 칼하트 윕을 자신의 패션 코디로 입기 시작했다.

칼하트 하면 떠오르는 대표 제품은 비니(beanie) 모자다. 면(코튼)이 아닌 아크릴(acrylic) 소재로 만들었다. 칼하트 비니는 저렴한 가격과 튼튼한 소재로 겨울뿐만 아니라 사계절 내내 어디서든지 볼 수 있는 아이템이 되었다. 칼하트의 대표 색상인 밤색 이외에도 다양한 색상이 출시되고 있어 색상별로 수집하는 사람도 많다. 칼하트 형광(네온) 비니는 많은 연예인이 착용하고 나와서 밤색과 함께 칼하트를 상징하는 브랜드 컬러가 되었다. 칼하트 비니는 스트릿 컬처 마니아의 필수 코디 소품으로 자리 잡았다.

칼하트 윕이 유럽에서 폭발적인 인기를 얻게 된 계기는 한 편의 영화 때문이다. 1995년 프랑스에서 흑백 영화 〈증오(La Haine)〉가 개봉했다. 이민자 청년 세 명의 반항과 고뇌를 담은 컬트 영화다. 주인공들은 스트릿 컬처 패션의 교과서와 같은 복장을 하고 등장한다. 나이키 트랙탑·에버래스트·휠라 그리고 칼하트 비니 모자를 착용했다. 서브컬처와 반기성주의를 사실적으로 표현한 영화 〈증오(La Haine)〉는 유럽 청년층에게 강력한 영향을 끼쳤다. 특히 칼하트 비니를 쓴 주인공의 영화 포스터가 강한 인상을 주었다. 〈증오(La Haine)〉 효과로 칼하트 윕은 유럽 청년층이 숭배하는 브랜드 위치까지 올라가게 된다. 이후 칼하트 윕의 팬덤은 유럽 전체로 확산되었다.

유럽에서 칼하트 윕의 인기가 빠르게 올라가자, 칼하트 윕 제품을 가지고 싶은 욕구가 도둑질로 변한 사건도 발생했다. 2011년 영국 칼하트 윕 매장이 복면 청년들에게 약탈당했다. 매장 덧문을 뜯어내고 매장에 침입해 칼하트 윕 제품을 훔쳐 간 사건이다. 당시 사진이 보도되면서 칼하트 웹에 대한 호기심과 관심이 유럽 전체로 퍼졌다. 칼하트 웹 브랜드가 일반 대중과 청소년에게까지 알려지게 되었다. 칼하트 웹은 도둑 사진을 티셔츠로 제작하여 마케팅에 활용했다. 이는 기념비적인 아이템으로 선정되는 반전 효과를 얻었다.

유럽 칼하트 웹의 성공은 거꾸로 미국 칼하트 브랜드에 영향을 주었다. 미국 칼하트는 노동복 시장뿐만 아니라 스트릿웨어 시장에서도 덩달아 인기를 얻게 되었다. 로고와 컬러웨이가 같아서 칼하트와 칼하트 웹의 제품은 함께 인지도가 올라갔다. 칼하트 웹은 런던 1호 매장 오픈 이후에 오프라인 매장을 확장했다. 미국 칼하트도 오프라인 매장을 꾸준히 확장하고 있다. 재미있는 점은 미국 칼하트 매장이 유럽 칼하트 웹 매장의 콘셉트와 비슷해서 혼동이 오기도 한다.

미국이 아닌 유럽에서 칼하트의 스트릿 컬처 버전이 나온 이유를 알기 위해서는 시간을 거슬러 1980년으로 가야 한다. 바로 스투시가 출발한 해다. 숀 스투시의 유럽 투어는 영국·프랑스·독일 등 유럽 주요 도시의 청소년·아티스트·뮤지션에게 미국 스트릿 컬처 바이브를 강하게 각인시켰다. 미국의 힙합·스케이트보드·그라피티 문화가 유럽 언더그라운드로 파고들었다.

유럽 청년층은 미국 서브컬처와 스트릿 컬처에 흥분했고, 미국 스트릿웨어 브랜드와 제품을 선호하게 되었다. 권위주의와 집단주의에 대항하는 미국식 개인주의와 반기성주의에 매료되었다. 숀 스투시의 인터네셔널 트라이브 영향은 광범위하고도 강력해서 유럽 서브컬처의 배경을 형성하는 힘으로 작용했다. 1980년대부터 유럽은 미국 서브컬처의 본격적인 무대가 되었다.

칼하트 웍은 스트릿 컬처의 문화적 토대가 마련된 상태에서 유럽인 시각으로 미국 브랜드를 유럽화했다. 수입 유통업체가 도매·소매의 판매 외에 새로운 브랜딩을 전개하는 경우는 드물다. 창업자 에드윈의 도전은 위험했지만 확신이 있었다. 에드윈은 눈에 보이는 제품 판매와 마케팅 접근이 아닌, 문화·음악·예술·스케이트보드의 감성적 접근을 먼저 했기 때문에 성공할 수 있었다.

칼하트 웍은 맨해튼에 미국 1호 매장(2011년)을 오픈하고 이어서 LA에 2호 매장(2019년)을 오픈했다. 맨해튼 매장은 소호에 있고, LA 매장은 페어팩스와 가까운 위치여서 슈프림·베이프·스투시 등 여러 스트릿 웨어 브랜드 매장과 스트릿 컬처 그룹을 형성하고 있다. 필자는 뉴욕 매장을 방문할 때는 슈프림·칼하트 웍·베이프·키스·노아를 먼저 방문하고 아래쪽으로 내려가서 팔라스·BBC를 방문하는 경로를 따른다.

아시아에서 칼하트 웍은 일본에서부터 인기를 얻었다. 일본은 스케이트보드 문화가 일찍부터 활발했고 스트릿 컬처도 청년층 문화로 확산되어 있었다. 미국 칼하트 제품이 이미 우라-하라주쿠 편집숍에 소개되어 인지도를 쌓은 상태였다. 유럽 칼하트 웍이 런칭하자 일본 스트릿 컬처 마이나들은 자연스럽게 칼하트 웍의 팬덤이 되었다. 1994년도는 유럽과 일본 모두 스트릿 컬처 열풍이 뜨거웠기 때문에 칼하트 웍은 일본 스트릿 커뮤니티의 뜨거운 환영을 받았다.

특히 칼하트 웝의 의류 사이즈와 스타일은 일본 스트릿 컬처 패셔니스타의 마음을 사로잡았다. 미국 칼하트보다 작은 크기로 디자인된 유럽 칼하트 웝은 일본인 체형에 안성맞춤이었다. 재질 또한 미국 칼하트와 마찬가지로 견고해서 스케이트보더의 신뢰도 얻었다. 유럽 문화를 동경하는 일본인 정서도 작용해서 칼하트 웝의 일본 진입은 대성공을 거두었다. 현재 일본에는 13개 매장이 있다.

칼하트 웝은 이름에 포함된 문구 'WIP=Work In Process'가 나타내듯 항상 진행 중인 브랜드다. 칼하트 웝은 미국 칼하트의 유산인 튼튼함과 강한 야성적 느낌을 살리면서도, 스트릿웨어스럽고 청년층을 겨냥한 디자인으로 유럽 스트릿 컬처 웨어의 토대를 만들었다. 힙합 래퍼들은 팀버랜드 부츠와 함께 칼하트 웝을 맞춰서 코디하는 경향이 있다. 칼하트 웝이 진실성을 가지고 라디오 채널을 운영하고 뮤직 밴드를 후원하므로 유럽 래퍼들의 신뢰를 얻고 있다.

한국에서는 칼하트 웝의 인기가 초반에는 부진했다. 연예인과 셀럽들의 칼하트 비니 착용 사진이 인터넷에 퍼지면서 칼하트 브랜드를 인식하기 시작했다. 칼하트와 칼하트 웝을 구분하지 못하는 현상도 있었다. 판매되는 제품도 비니와 티셔츠에 국한되었다. 칼하트 웝은 힙합 래퍼 빈지노(Beenzino)를 모델로 기용했다. 빈지노 효과 덕분에 칼하트 웝은 한국에서 인지도 높은 스트릿웨어 브랜드로 자리 잡았다.

한국에는 미국 칼하트 매장은 없지만 유럽 칼하트 웝 매장은 12개가 있다. 매장마다 인테리어와 분위기가 달라서 방문하는 재미가 크다. 직원들의 코디가 칼하트 웹을 이해하는 데 큰 도움이 된다. 한국에서 스트릿 컬처 분위기를 제대로 만끽할 수 있는 오프라인 매장이다. 한국 칼하트 웹은 웍스아웃이 진행하고 있다(carhartt-wip.co.kr).

(2) Dickies Life [디키즈 라이프]

홈페이지: dickieslife.com
창업자: Dickies UK Branch

디키즈하면 가장 먼저 떠오르는 제품은 '오리지널 874 팬츠'다. 주름이 잘 생기지 않고 깔끔한 기장 선이 멋진 바지다. 약간 반짝이는 느낌의 튼튼한 소재의 옷감을 사용한다. 카키(khaki)색 874 팬츠는 남성용 바지로 출시되었지만 남녀 구분 없이 꾸준히 인기를 얻고 있다. 한국에서는 편집숍에 먼저 입고되면서 스테디셀러 아이템으로 자리 잡았다. 디키즈 멜빵바지(오버롤 작업복)도 여성 고객 위주로 폭발적인 인기를 누렸다. 디키즈의 말발굽 로고 티셔츠는 연령을 초월한 베스트셀러였다.

디키즈의 출발은 칼하트와 마찬가지로 노동복이다. 1922년 미국 텍사스에서 작업복으로 시작한 디키즈는 100년의 역사를 자랑한다. 아메리칸 스타일의 정통 워크웨어 브랜드다. 같은 카테고리에 있는 칼하트와 리바이스처럼 스트릿 컬처 패션과는 관련 없는 노동자용 의류 제조 회사였다. 칼하트와의 차이점은 공장 노동자·농부·건설업 인부 이외에 간호사·의사·식당 요리사·웨이터 등 고객층이 훨씬 넓다. 디키즈는 칼하트와는 달리 얇고 가볍고 은은한 색을 이용해서 디자인했다. 학교 유니폼도 만든다.

디키즈가 스트릿 컬처의 식구가 된 이유는 스케이트보드와 관련이 깊다. 1980년대 미국 스케이트보드 열풍은 청소년의 생활 자체로 스며들었다. 수많은 스트릿웨어 브랜드가 탄생했다. 신발·티셔츠·점퍼 등 스케이터의 마음을 사로잡는 제품들이 나왔다. 하지만 스케이터의 가장 큰 고민은 바지였다. 도로와의 마찰로 닳고 찢어지는 바지가 제일 큰 문제였다. 신발·티셔츠는 보관이 어느 정도 가능하지만 바지는 넘어지면 쉽게 찢어지고 구멍이 났다. 스케이터들에게 바지 구입 비용 부담이 컸다. 이때 찾아낸 바지가 디키즈 874 팬츠였다. 월마트에서도 쉽게 구입할 수 있는 최고의 가성비를 자랑하는 스케이터의 바지로 떠올랐다.

저렴하면서 튼튼하고 핏도 예쁜 874 치노(chino) 팬츠는 스케이터 보더들의 인정을 받았다. 874 팬츠 이외에 1574 워크셔츠, 멜빵바지도 스트릿 마니아의 애장품이 되었다. 아이스 큐브(Ice Cube)의 힙합 그룹 NWA 멤버들은 디키즈를 전국적으로 퍼트리는 역할을 했다. 힙합 래퍼와 연예인이 디키즈를 입기 시작했다. 말발굽 로고가 상징인 디키즈가 스트릿 컬처의 라이프 스타일 패션이 되었다. 특히 샌프란시스코의 스케이트보더들과 안티히어로 스케이트보드팀(antiherosskateboards. com)이 디키즈를 즐겨 입으면서 스케이트 커뮤니티에 입소문이 나기 시작했다.

미국 디키즈는 스케이터와 청소년이 중요 고객으로 들어오자 브랜드 정체성에 스트릿 컬처를 추가했다. 유럽에 미국 스트릿 컬처가 충만해지면서 영국 지사가 1989년 디키즈 라이프를 독립 브랜드로 런칭했다. 매장은 런던에서 가장 유명한 스트릿 패션거리인 카나비 스트릿(Carnaby Street)에 있다. 영국 디키즈 라이프는 미국 디키즈를 영국 감성으로 재해석한다. 미국 디키즈를 유럽 토양에서 자라게 하는 스트릿 컬처의 다리 역할을 하고 있다. 미국 디키즈의 헤리티지는 존중하면서 세심한 디자인을 더해서 유럽 스케이터의 사랑을 받고 있다.

칼하트와 디키즈는 스트릿 컬처에 접근하는 방식이 약간 다르다. 칼하트는 칼하트 WIP이 중심이 되어 스트릿 컬처를 주도한다. 미국 칼하트는 스트릿웨어 비중이 낮은 편이다. 하지만 디키즈의 경우, 미국 디키즈와 유럽 디키즈 라이프는 개별적으로 스트릿 컬처 프로젝트를 적극적으로 진행하고 있다. 미국 디키즈는 오베이·스투시·스핏파이어 등과 컬래버를 진행했다. 유럽 디키즈 라이프도 반스 등과 독립적으로 컬래버를 했다. 두 브랜드가 동시에 스트릿 컬처 정체성을 경쟁하듯이 포용하고 있다.

미국 디키즈는 인기 아이템인 874 팬츠를 스케이터의 편의에 맞게 개선했다. 오리지널 874 팬츠는 튼튼하지만 뻣뻣하기 때문에 스케이팅할 때 불편하다. 스케이트보딩이 스피드 위주의 라이딩에서 퍼포먼스 위주로 바뀌면서, 무릎을 굽히고 자세를 급격히 바꾸는 동작이 많아지자 874 팬츠의 뻣뻣함이 자연스러운 라이딩을 방해했다. 디키즈는 스케이터를 위해서 신축성을 가미한 플렉스(FLEX) 모델을 출시했다. 기본 실루엣은 유지하면서 기능성을 추가한 바지다. 색상도 기존의 베이지에 보라·분홍 등 다양한 컬러를 더해서 스트릿 감성을 살렸다.

오프닝 세러모니(Opening Ceremony)와도 컬래버를 진행하면서, 디키즈는 스트릿 컬처와 하이패션과 워크웨어의 크로스오버에 적극적으로 나서고 있다. 유럽 디키즈 라이프는 시즌 제품이 거듭될수록 스케이트보드 문화를 중심으로 디자인에 스트릿 컬처 심미성을 잘 살려내고 있다. 아쉬운 점은 디키즈 라이프의 오프라인 매장이 런던 1곳에만 있어서 방문이 쉽지 않다.

디키즈 라이프에서 추진한 유나이티드 바이(United by)운동이 인상적이다. 디키즈 라이프의 유나이티드 바이 디키즈(United by Dickies)는 스트릿 컬처의 라이프 스타일을 반영한 공동체다. 스케이트보더뿐만 아니라 다양한 직업군의 노동자를 디키즈 스타일로 연결하고 있다. 이발사·부츠 제작공·보석 세공인·맥주 양조인·아티스트 등 노동 현장 속에서 만날 수 있는 디키즈 라이프 마니아를 소개한다. 현재는 디키즈에서 United by Good Work 캠페인으로 계승되었다.

디키즈 라이프는 2017년 VF Corporation이 인수하면서 스트릿 컬처 정체성이 더욱더 강해졌다. 2020년 VFC 소속의 슈프림과 미국 디키즈의 컬래버가 있었다. VFC는 디키즈 라이프(UK)와 디키즈(USA)를 노동복(워크웨어), 평상복(캐주얼웨어), 스케이트웨어의 3개 카테고리를 구분하면서 모두 스트릿 컬처 감성이 진하게 묻어 있는 방향으로 브랜딩하고 있다.

VFC가 디키즈 라이프의 독립성을 인정한다면 영국 스트릿 감성이 강한 스트릿웨어 디자인이 계속 나올 수 있지 않을까 기대된다. 칼하트는 칼하트 윕(유럽)의 자율성·독립성을 인정하므로 미국 칼하트까지 재미있는 브랜드로 변했다. 디키즈 라이프가 다시 자율성을 찾는다면 예전처럼 멋진 스트릿 컬처 바이브가 묻어난 아이템이 나올 수 있기를 소망한다.

(3) TOMMY Jeans [타미 진스]

홈페이지: tommy.com/tommy-jeans
창업자: Tommy Hilfiger

빨강·곤색·흰색의 타미 국기로 유명한 타미 힐피거는 1985년 런칭했다. 지금은 타미 힐피거가 대형 패션 브랜드이지만 창업 당시만 해도 최고의 인기 브랜드는 폴로(Polo by Ralph Lauren)였다. 1967년 런칭한 폴로는 캐주얼과 고급 의류 전반에 걸쳐 강한 영향력을 행사했다. 특별히 힙합 컬처에서 폴로의 브랜드 파워는 대단했다. 대부분의 유명 힙합 래퍼들은 폴로 옷으로 코디를 했다.

1984년부터 1989년은 폴로가 힙합 커뮤니티의 비공식 유니폼이라 불릴 만큼 래퍼들은 폴로를 입었다. 폴로 패션이 아니면 뮤직비디오와 공연을 할 수 없을 정도로 폴로는 흑인 스트릿 컬처 패션의 주류였다.

폴로가 힙합 컬처뿐만 아니라 패션 의류계의 권위를 누리고 있는 가운데 타미 힐피거가 출현했다. 타미는 폴로와는 전혀 다른 색감과 분위기로 고객에게 접근했다.

타미 힐피거는 런칭 초반에는 스트릿 컬처와 전혀 관련이 없었다. 타미 브랜드의 정체성이 바다의 요트(yacht) 문화를 콘셉트로 했기 때문이다. 타미는 폴로와 마찬가지로 백인 위주의 고급 패션을 브랜드 이미지로 추구했다. 그런데 스트릿 컬처와 무관했던 타미 힐피거가 힙합 래퍼의 선택으로 주목을 받기 시작했다. 래퍼들이 1990년부터 갑자기 타미 힐피거를 입고 등장했다.

단순한 원색의 타미 스타일이 흑인 래퍼의 감성을 자극했다. 폴로 패션과는 정반대되는 타미의 간단한 디자인과 새롭게 등장한 타미 국기 로고가 힙합 커뮤니티의 마음을 사로잡았다. 1985년까지 그 어떤 패션 브랜드가 국기를 로고로 사용한 적이 없었기 때문에 타미 국기 로고는 신선한 충격이었다. 타미 힐피거는 백인 문화에 초점을 두었음에도 불구하고 흑인 래퍼 고객이 늘기 시작했다.

스트릿 커뮤니티는 언제나 자신에게 맞는 스타일과 아이템을 자발적으로 선택해서 착용한다. 누가 강요한다고 해서 특정 패션을 지지하지는 않는다. 1980년대 힙합 래퍼들이 폴로 옷을 입은 선택도 자유였고, 1990년대 래퍼들의 타미 힐피거 선택도 자유였다. 하지만 브랜드가 대응하는 방법은 달랐다. 폴로는 힙합과 거리를 두었다. 백인 콘셉트의 폴로 경기와 힙합 이미지가 어울리지 않기도 했다. 폴로는 자신의 브랜드 정체성이 힙합과 굳이 연결되기를 원하지 않았다. 폴로는 래퍼의 폴로 사랑에 별다른 반응을 보이지 않았다.

몇몇 래퍼들은 폴로로부터 인정받지 못하자 서운해했다. 래퍼들은 점차 타미 옷을 입고 무대에 섰다. 노래 가사로 타미 브랜드에 애정을 표현했다. 뉴욕 래퍼 그랜드 푸바(Grand Puba)는 앨범을 발매하면서 가사에 타미 힐피거를 직접 언급했다. 타미 힐피거 마케팅팀은 즉시 그랜드 푸바에 연락해 의류를 후원했다. 이 과정에서 창업자 타미 힐피거는 힙합 스트릿 컬처에 깊은 관심을 보였다. 타미는 브랜드 차원에서 힙합 컬처를 존중하고 힙합 커뮤니티와 협력을 추구했다. 폴로와는 전혀 다른 접근 방법이었다. 백인 요트 문화 브랜드와 흑인 힙합문화의 컬래버였다. 결과는 성공을 거뒀다.

1994년 타미 브랜드가 미국뿐 아니라 세계적으로 유명해지는 사건이 발생했다. LA 래퍼 스눕 독(Snoop Dogg)이 타미 럭비 티셔츠를 입고 토요일 밤 라이브 프로그램에 출연했다. 당대 최고의 패셔니스타이면서 인플루언서인 스눕 독의 파급 효과는 엄청났다. 타미 럭비티는 모두 품절되었다. 옷에 'TOMMY' 글씨만 있어도 완판 행진을 이어 갔다. 이 사건을 계기로 타미는 힙합 래퍼를 브랜드 앰배서더로 중요시 여기기 시작했다.

신생 브랜드 타미 힐피거는 스트릿 컬처를 적극적으로 받아들임으로써 급성장할 수 있는 기회를 잡았다. 패션 거인 폴로의 벽을 넘을 수 있게 되었다. 타미 운영진의 개방성과 적극성이 브랜드에 활력을 불어넣었다. 타미는 힙합 컬처의 파워를 인정하고 창업자와 브랜드 차원 모두 스트릿 컬처를 지지했다. 타미 힐피거는 본격적으로 스트릿 컬처에 초점을 맞춘 서브 브랜드의 필요성을 느꼈다.

1996년 타미는 스트릿 컬처 브랜드인 '타미 진스'를 독립 브랜드로 런칭했다. 기존에 있던 타미 힐피거의 청바지(데님) 라벨을 새롭게 브랜드화하면서 탄생한 라인이다. 브랜드 이름에 '진스'가 들어가므로 청바지만 출시하는 서브 브랜드로 혼동하기도 한다. 타비 진스는 청바지뿐만 아니라 티셔츠·모자·가방 등의 종합 스트릿 스타일 브랜드다. 타미 진스는 런칭과 동시에 힙합 래퍼와 스케이트보더의 중요 아이템이 되었다.

일반적으로 타미 진스 제품은 타미 힐피거 매장에서 판매하지 않는다. 큰 타미 매장에는 한쪽 구역에 타미 진스만을 위한 공간이 있기도 하지만 대부분의 타미 매장에서는 찾아보기 힘들다. 타미 진스는 스트릿 컬처 라인의 제품이므로 편집숍·부티크·스케이트보드숍에서 만날 수 있다. 타미 힐피거는 정통(클래식) 캐주얼 계열이고, 타미 진스는 서브컬처 카테고리이기 때문이다. 타미 진스만의 독립 매장이 유럽에는 있지만 다른 지역에는 없다.

스트릿 컬처를 겨냥한 타미 진스는 굵은 폰트, 두터운 재질, 오버핏(over-fit) 특징을 갖고 있다. 타미 힐피거 제품보다 야무지게 만드는 티미 진스 제품은 재판매 시장에서도 인기를 누린다. 또한 소장용 아이템으로도 많은 관심을 받고 있다. 마니아들은 오래된 타미 진스 모델을 빈티지숍과 중고숍에서 찾는 경우도 많다. 필자도 쓰리프트 숍 (thrift shop)인 굿윌(Goodwill)에서 90년대 후반에 출시된 타미 진스 티셔츠·모자를 건지는 행운을 몇 번이나 가졌다.

스트릿 컬처의 로고 마니아(logo-mania) 성향과 타미의 3색 컬러웨이가 결합해서 타미 진스는 가시성 높은 스트릿웨어 브랜드가 되었다. 스트릿웨어 마니아는 옷과 제품에 브랜드 로고가 돋보이는 디자인을 선호한다. 같은 브랜드일지라도 로고가 있는 아이템을 선택한다. 로고 개수가 많거나 크기가 클수록 좋아한다. 컬러웨이가 단순해서 눈에 쉽게 띌수록 인기가 높다. 타미 국기 로고와 TOMMY 영문 로고를 극대화한 디자인은 조건을 충족한다. 타미 진스는 스트릿 커뮤니티가 인정하는 브랜드가 되었다.

타미의 힙합 컬처 사랑은 알리야(Aaliyah)의 등장으로 빛을 본다. 여성 래퍼인 알리야는 남성용 타미 힐피거 옷을 자신에 맞게 완벽히 소화했다. 알리야가 입는 타미 스타일은 타미 브랜드에 영향을 주었다. 타미는 1996년 여성 라인을 정식 런칭하면서 알리야를 타미 브랜드의 대표 모델로 내세웠다. 흑인 남성 래퍼들과 쌓아온 브랜딩 발전 모델을 여성 래퍼에게도 적용했다. 섹시하면서 스포티한 알리야(R.I.P.)의 세련된 스타일은 스트릿 컬처 패션을 여성복 차원으로 확장시켰다. 타미의 흑인 힙합 컬처 존중은 브랜드의 미션에 해당될 정도가 되었다.

알리야 효과는 스케이트보드 의류에도 영향을 주었다. 스케이트보드 패션에 퍼포먼스 디자인과 산뜻한 색상 배열을 심어 주었다. 브랜드 이름을 크게 프린트한 옷이 유행하게 되었다. 타미 진스 제품은 내구성이 강하다. 타미 진스 티셔츠는 도톰하고 튼튼하다. 타미 진스는 스케이트보더를 위한 제품을 만들지는 않지만, 스케이트보드 커뮤니티도 힙합 래퍼가 먼저 선택한 타미 진스를 인정한다. 보더들이 좋아하는 아이템은 국기 로고 티셔츠·버킷햇·바지다.

한국에서 타미 진스와 타미 힐피거는 구제숍과 편집숍에서 개별 병행 수입으로 먼저 소개되었다. 미국 힙합 가수들의 착용 사진과 뮤직 비디오를 통해 알려졌다. 특히 타미 국기 로고 티셔츠와 후드티는 스트릿 패션의 필수 아이템이다. 2000년대 초반 타미는 한국 거리 패션의 감초였다. 청소년 위주로 원통 드럼 가방(duffel bag)과 줄무늬 럭비티가 인기를 끌었다. 당시 스트릿 코디 사진을 보면 빠짐없이 타미 더플백과 굵은 럭비티가 등장했다. 커플룩에도 등장할 정도였다.

타미 진스와 타미 힐피거는 같은 국기 로고를 사용하기 때문에 비슷하게 보인다. 영문 로고 'TOMMY'만 있으면 더욱더 혼동된다. 하지만 두 브랜드가 추구하는 아이덴터티는 다르다. 타미 진스는 스트릿컬처를 기반으로 하고 있다. 힙합 컬처와 자유분방한 자기표현 정신의 스웨그(swag)가 타미 진스의 출발점이다. 2010년 PVH가 타미 힐피거와 타미 진스를 인수했다. 대기업이 주인이 되고 스트릿컬처 바이브가 약해지면서 캐주얼 느낌이 강해졌다.

스트릿웨어는 패스트 패션과는 다른 길을 가야 한다. 스트릿웨어 브랜드의 큰 특징 중 하나는 컬래버레이션이다. 그런데 타미 진스는 컬래버가 드물다. 타미 국기 로고만으로도 차별성을 가지고 있기 때문인지 협업을 거의 하지 않는다. 2020년 베이프의 Aape와 남성복 캡슐 컬래버를 했다. 타미 국기 로고와 Aape 원숭이의 둥근 얼굴(moon face) 로고가 조화를 이룬 멋진 협업이었다.

그리고 2023년 런던의 스트릿웨어 브랜드인 애리즈(Aries)와 컬래버를 했다. 미국과 영국의 스트릿 컬처의 만남으로 타미 진스의 분위기를 애리즈의 감성으로 표현한 재미있는 컬래버였다. 타미 힐피거는 다른 빅 브랜드와 달리 처음부터 힙합 커뮤니티의 전폭적인 도움을 받아서 성장했다. 타미 진스는 스트릿 컬처를 적극적으로 품을수록 차별화되고 브랜드의 호소력과 생명력이 강해질 수 있다. 타미 진스의 탄생 배경을 놓치면 안 된다.

(4) Adidas Originals [아디다스 오리지널스]

홈페이지: adidas.com/originals
창업자: Adi Dassler

한국 청소년(청년) 문화와 아디다스 오리지널스는 밀접한 관계가 있다. 2000년대 초반 오리지널스 트레포일(trefoil) 로고의 트랙탑과 트랙팬츠가 한국을 강타했다. 불꽃 로고라는 별명을 가진 오리지널스 꽃잎 로고의 운동복(추리닝)은 최고의 인기 아이템이었다. 10대 청소년부터 연예인에 이르기까지 불꽃 마크는 패셔니스타의 상징이 되었다. 학교·거리·클럽·TV 등 어딜 가나 불꽃 마크 추리닝 패션이 가득했다. 결혼식과 장례식에서도 불꽃 추리닝을 입기도 했다. 무신사(Musinsa) 커뮤니티에 추리닝 착용 사진이 매일 올라올 정도로 아디다스 오리지널스의 브랜드 가치와 영향력이 나이키를 훌쩍 뛰어넘은 시기였다.

아디다스의 대표적인 로고는 두 개다. 삼선 마크와 삼엽 마크다. 삼선(3 stripes) 로고는 일반 스포츠 라인이다. 삼엽(3 leaves) 로고는 레저 스포츠 라인이다. 트레포일 모양은 불꽃 타는 모습과 비슷하다고 해서 '불꽃 로고'라는 별명이 붙었다. 오리지널스는 퍼포먼스 스포츠와 스타일리시한 패션 아이템과 관련이 깊다. 한국의 비보이(B-boy) 청년들이 브레이크댄스 경연 대회에 불꽃 로고 의류를 자주 입고 나와서 서브컬처와는 인연이 깊다.

아디다스는 1924년부터 삼선 마크를 공식 로고로 정했다. 삼선 마크와 산 마크는 아디다스의 심벌이다. 그런데 시대가 변하면서 스포츠 개념과 스타일에 변화가 생겼다. 운동선수가 아닌 일반인의 스포츠와 라이프 스타일을 중요시하는 시대가 되었다. 아디다스는 변화에 어울리는 새로운 로고가 필요했다. 아디다스는 브랜드의 다양성과 확장성을 이끌 수 있는 새로운 로고를 고민했다. 아디다스는 신발 중심의 사업 분야에서 의류와 레저 분야로 사업을 넓히기 위해 오리지널스 라인을 만들었다. 새로운 라인에 어울리는 신선한 로고가 필요했다. 1972년 최고의 로고 디자인으로 평가받는 트레포일(Trefoil) 마크가 탄생했다.

스포츠 퍼포먼스를 반영하는 불꽃 로고는 1972년 독일 뮌헨 올림픽을 통해 세계에 소개되었다. 아디다스의 스포츠 마케팅과 불꽃 로고의 놀라운 가시성은 관중과 TV 시청자의 마음을 사로잡았다. 올림픽 이후 오리지널스 제품은 최단기간에 인기 아이템이 되었다. 오리지널스 라인은 의류뿐만 아니라 신발도 알찬 품목을 이루었다. 여러 용도의 다양한 모델이 나왔다. 대표적인 스니커즈로는 슈퍼스타(Superstar), 삼바(Samba), 가젤(Gazelle), 스탠 스미스(Stan Smith), 캠퍼스(Campus)가 있다. 오리지널스는 매력적인 로고 덕분에 자연스럽게 남녀노소를 초월한 라이프 스타일 브랜드가 되었다.

오리지널스가 본격적으로 주목받기 시작한 시기는 1980년대다. 스트릿 컬처의 확산과 관련이 깊다. 특히 힙합 그룹 런 디엠씨(RUN-D.M.C)의 역할이 컸다. 런 디엠씨는 모자·옷(상의·바지)·신발 모두를 오리지널스 제품으로 코디하고 공연을 했다. 곡명 중에는 '나의 아디다스(My Adidas)'가 있을 정도로 오리지널스를 지지했다. 슈퍼스타 신발을 스타덤으로 올리는 역할을 했다. 런 디엠씨는 신발 끈(슈레이스)을 없애고 신발 혀(설포)를 길게 빼서 신는 죄수 스타일(inmate style)을 선보였다.

원래 신발의 로고 디자인은 주로 신발 옆면을 중요시했다. 신발 혀 부분은 바지와 신발 끈에 가려지므로 간단히 취급했다. 그런데 런 디엠씨의 죄수 스타일은 혀 부분을 강조했다. 혀에 프린팅되어 있는 오리지널스 불꽃 로고는 강한 인상을 주면서 새로운 스트릿 스타일을 유행시켰다. 죄수 스타일은 다른 브랜드의 신발에 영향을 미쳤다. 특히 조던, 포스, 덩크 마니아들이 많이 따라 했다. 팀버랜드 부츠도 신발 끈 없이 신는 유행이 생겼다.

힙합 커뮤니티뿐만 아니라 록 그룹과 펑크 아티스트도 오리지널스 스니커즈를 신고 무대 공연을 하기 시작했다. 오리지널스 트랙탑과 트레포일 로고 운동화는 래퍼의 상징이 되었다. 아디다스는 힙합 래퍼의 반응을 빠르게 감지하고 스트릿 컬처를 즉시 받아들였다. 아디다스는 런 디엠씨와 전속 계약을 맺었다. 런 디엠씨는 힙합 스타일을 현대적으로 이끌면서, 스니커즈가 자기표현의 수단이 될 수 있음을 보여 줬다. 오리지널스는 여성 힙합 래퍼인 미시 엘리럿(Missy Elliot)과도 컬래버를 하면서 힙합 커뮤니티와 더욱더 가까워졌다. 인플루언서 래퍼의 영향으로 오리지널스는 운동복이 아닌 평상복이 될 정도로 불꽃 마크의 인기는 높았다.

아디다스는 힙합과 흑인 래퍼를 매개로 해서 스트릿 컬처와 친구가 되었다. 그런데 불행히도 아디다스는 매출 극대화의 덫에 빠졌다. 불꽃 마크만 있으면 대부분의 제품이 완판되었기 때문에 아디다스는 트레포일 로고를 남발했다. 티셔츠는 물론 잡다한 액세서리에도 불꽃 로고를 찍어서 판매했다. 당연히 문제가 발생했다. 트레포일의 과잉 생산은 불꽃 로고의 희소성과 가치를 급격히 떨어뜨렸다. 아디다스는 1997년부터 오리지널스의 브랜드 정비 작업을 시작했다. 불꽃 로고와 삼선 로고의 목적과 용도를 구분했다. 오리지널스의 생명력을 유지하기 위해서 트레포일 로고의 무분별한 사용을 금지했다. 이때 세워진 규칙으로 아디다스는 지금도 헤리티지 라인에 한정해 불꽃 마크를 사용한다.

아디다스의 노력으로 오리지널스는 희소성을 회복했고, 불꽃 로고는 레벨 업 되었다. 오리지널스의 로고 가치와 브랜드 정체성이 확고해질 무렵에 한 편의 영화가 나왔다. 1999년 애쉬튼 커쳐(Ashton Kutcher) 주연의 재미있는 컬트 무비가 개봉했다. 〈내 차 봤냐?(Dude, Where's My Car?)〉에서 주인공은 가젤 신발과 빨간색·곤색의 트레포일 트랙탑을 계속 착용하고 나왔다. 코믹 영화와 불꽃 로고의 어색한 만남은 관객의 마음에 강한 인상을 새겼다. 영화는 1990년대 스트릿 컬처를 반영하면서 오리지널스의 브랜드 정체성과 매력을 확실히 보여줬다.

스트릿 컬처의 두 개의 기둥은 스케이트보드와 힙합인데 아디다스는 오랫동안 힙합과 친밀한 관계를 유지했다. 2006년 드디어 오리지널스는 스케이트보드 커뮤니티(adidas.com/skate-team)를 포용하기 위해서 스케이트보드팀을 창단했다. 세계 정상급 프로 스케이터들이 활동하고 있다. 특히 한국인 송대원의 활약이 돋보인다. 송대원은 난이도가 제일 높은 스트릿 스케이트보딩 분야의 일인자다. 보더들은 오리지널스 제품의 모델 역할도 함께하고 있다.

오리지널스는 컬래버를 통해서 스트릿 컬처 브랜드 이미지를 만들고 있다. 명품 브랜드인 구찌, 프라다, 발렌시아가, 미쏘니 등과 협업을 했다. 또한 스트릿 컬처 브랜드인 노아, 일본의 휴먼 메이드, 베이프, 영국의 팔라스 등과 협업을 했다. 그리고 스트릿 컬처 인플루언서인 퍼렐 윌리엄스, 칸예 웨스트, 비욘세 등과 협업을 했다. 오리지널스는 경계를 뛰어넘어 다양한 분야와 컬래버를 진행하고 있다. 오리지널스는 협업 제품마다 기록을 세우고 있다.

아디다스는 스트릿 컬처를 흡수하면서 오리지널스의 브랜드 자존심을 지키기 위해서 노력하고 있다. 오프라인 매장도 오리지널스 플래그쉽 스토어를 아디다스 일반 매장과 구분해서 운영하고 있다. 미국 맨해튼에는 오리지널스 스토어가 두 개나 있다. 필자는 주로 소호에 있는 오리지널스 매장을 방문한다. 일반 매장과 한국에 없는 제품도 있어서 맨해튼 관광 필수 코스이기도 하다.

(5)Nike SB [나이키 에스비]

홈페이지: nike.com/skateboarding
공헌자: Sandy Bodecker

에스비(SB)는 스케이트보딩(Skate Boarding)의 줄임말이다. 지금은 많은 사람들이 나이키와 스케이트보드의 관련성을 당연하게 생각한다. 스니커헤드들이 손꼽는 나이키 슈즈가 SB 덩크일 정도로 나이키는 스케이트보드 문화와 밀접해 보인다. 하지만 나이키 SB가 브랜드로 공식 출범한 시기는 2002년이 되어서였다. 최고의 스포츠 브랜드인 나이키가 스케이트보드 브랜드를 늦게 시작한 점은 아이러니하다. 또한 늦게 출발했음에도 불구하고 스케이트보드 브랜드의 권좌를 차지하고 있음도 인상적이다.

나이키가 자사의 카테고리에 스케이트보드를 독립 브랜드로 런칭한

일은 큰 사건이다. 정통 스포츠(농구·축구·야구·런닝 등)만 인정하던 대기업의 자존심을 버리고 비주류 반기성주의 문화의 상징인 스케이트보드를 받아들였기 때문이다. 나이키는 1972년 시작부터 농구화·런닝화·축구화 등 스포츠 분야에서 대제국을 건설했다. 하지만 서브컬처에는 무관심했다. 1980년대부터 스트릿웨어 열풍이 패션계와 스포츠에 영향을 주고 있었지만 나이키는 특별한 반응을 보이지 않았다.

나이키 입장에서는 이미 스포츠뿐만 아니라 캐주얼 스타일로도 인기를 얻고 있었기 때문에 굳이 스케이트보드 라인에 주의를 기울일 필요가 없었다. 1위의 자만일까? 1980년대부터 청소년의 주류 문화가 된 스케이트보딩을 브랜드 차원에서 흡수해서 제품화할 필요성이 별로 없었다. 스케이트보드 커뮤니티도 나이키 신발에 특별한 매력을 느끼지 못했다. 이미 반스, 디씨슈즈 등 다양한 보드화가 있었기 때문이다. 당시에는 나이키 스우쉬 로고의 티셔츠와 신발을 착용하고 스케이트보드를 타면 웃음거리가 되는 분위기였다. 나이키는 스케이트보드를 스포츠로 인정하지 않았다. 스케이트보드와 나이키는 평행선을 그으면서 각자의 길을 달렸다.

1990년대로 접어들면서 스트릿 컬처는 패션 전반에 강한 영향력을 행사하였다. 나이키도 스케이트보드 시장의 확산과 스케이트 마니아를 무시할 수만은 없게 되었다. 나이키도 서서히 스트릿웨어 브랜드를 받아들이기 시작했다. 1997년 나이키는 드디어 스케이트보드 신발을 발매했다. 하지만 이윤 극대화에 충실한 대기업의 정신 자세로 스트릿 스케이트 스니커즈 세계로 발걸음을 내디뎠다. 나이키의 모토인 '그냥

해 봐(Just Do It)' 마음으로 출시한 보드화는 판매가 부진했다. 스케이트 커뮤니티의 반응은 싸늘했다. 심지어 보드 편집숍과 부티크는 나이키의 보드화 판매를 원하지 않았다. 보드화 인기 열풍 속에서 나이키 보드화만 힘들었다. 나이키는 보드화 판매 부분에서 고전을 면하지 못했다.

나이키의 초기 보드화 도전은 완전히 실패했다. 나이키 운영진은 스케이트보드 문화를 제대로 이해하지 못했다. 단순히 기존의 표준화된 나이키의 거대한 유통망을 이용해서 판매하면 성공할 수 있다고 판단했다. 하지만 스케이터들은 나이키 스위쉬 로고만 있다고 나이키 보드화를 신지 않았다. 조던은 초반부터 신발(농구화)로 성공했지만 스케이트보드 스니커즈는 만만한 상대가 아니었다. 대형 슈즈 브랜드 나이키라 할지라도 스케이터의 마음을 얻지 못하면 실패하는 뼈아픈 경험을 맛보았다. 보드화를 단순히 상품(물건)으로만 바라본 실수였다. 대기업 나이키의 자존심이 꺾였다.

나이키는 다양한 시행착오를 겪은 후에야 스트릿 커뮤니티의 인정을 받는 브랜드로 자리 잡는다. 2001년 샌디 보데커(R.I.P.)가 나이키 SB의 총책임자로 오면서 변화가 생겼다. 샌디는 디자인·기능성·유통망 등 모든 면에서 대기업 마케팅과는 다른 스트릿웨어 방법으로 접근했다. 우선 스케이트보드 커뮤니티의 마음을 얻기 위해서 노력했다. 대기업 정서에 반감이 강한 스케이트보드 커뮤니티를 포용하기 위해 브랜드 이름부터 'Skate Boarding'으로 정했다. 브랜드 이름 SB는 스케이트보드만을 위한 브랜드라는 선포였다.

나이키는 스케이트보드 컬처와는 관계없이 출발한 브랜드이므로 스트릿 컬처 진정성은 당연히 약했다. 이를 극복하기 위해서 스케이터 세계와 문화를 잘 이해하는 프로 스케이터 4명을 제품 개발에 참여시켰다. 스케이터의 니즈(요구)를 신발 디자인에 적극적으로 반영했다. 리스 포비스(Reese Forbes), 지노 이아누치(Gino Ianucci), 리차드 물더(Richard Mulder), 대니 수파(Danny Supa)의 스케이트보드 경험과 감성을 반영한 SB 덩크 로우를 디자인했다. 프로 스케이터의 합류는 바른 결정이었다.

나이키는 겉모습만 보드화를 흉내 낸 과거의 실패를 반성했다. 보드화의 기능성을 개선하기 위해 스케이터의 의견을 충분히 디자인에 반영했다. 신발 안창(insole)을 보다 두껍게 만들었다. 줌 에어(zoom air)를 넣어 착지 동작 시 충격을 완화했다. 신발 혀(tongue) 전체를 나일론 소재로 만들어 마모에 강하면서 푹신하고 두껍게 제조했다. 스케이터의 발목 보호와 안정성에 집중했다. 드디어 스케이트보더를 위한 보드화를 출시했다.

샌디 보데커 SB 디자인팀은 스케이터의 불편함을 해결하기 위해 노력했고, 스케이트보드 커뮤니티의 마음을 움직였다. 나이키의 기술력과 스케이터의 마음이 만나 SB가 탄생했다. SB 마케팅팀은 신발 이외에 중요한 점을 발견했다. 샌디 보데커는 성능 개선뿐만 아니라 신발 외적인 부분도 놓치지 않았다. 샌디 보데커의 나이키 SB 운영진은 스케이트보드 문화와 관습에 초점을 두고 출발했다. 스트릿 컬처가 일반 패션과 무엇인 다른지 정확히 파악하고 접근했다. 과거의 실패를 극복한 나이키 SB는 스니커 문화와 보드화를 이끄는 상징이 되었다.

샌디 보데커는 신발 디자인뿐만 아니라 스케이트 커뮤니티의 배타적 문화를 이해하고 유통 방법을 변경했다. SB 제품은 일반적인 신발 매장에 공급하지 않고 전문 스케이트보드숍·편집숍·부티크 위주로 판매처를 제한했다. 누구나 어디서나 구매할 수 있는 흔한 제품이 아닌 스케이트 문화를 공유하는 매장에서만 구입할 수 있게 구매 경로를 한정했다. 폐쇄적 유통 방법을 통해 스트릿웨어 제품의 생명인 구매 난이도를 높였다. 자동적으로 SB의 가치도 올라갔다. 유통 방식 조정으로 희소성을 만들어 냈다.

나이키의 희소성 전략은 한정판으로 연결되었다. SB 덩크를 수요가 있어도 무제한 출시하지 않고 제한된 수만큼 발매하는 리미티드 에디션(limited edition)을 규칙으로 정했다. 심지어 출시 시기도 정확히 확정짓지 않아 호기심을 높였다. 스트릿 컬처 제품의 희소성을 제대로 이해했다. 샌디 보데커의 노력으로 나이키 SB가 스케이트보더의 성향을 존중하자 스케이트보드 커뮤니티의 인정을 받기 시작했다. 나이키도 스케이트보드에 기반한 스트릿 컬처 브랜드를 공식적으로 가지게 되었다.

SB 덩크는 기존의 덩크 제품을 개선한 기능성 차원의 신발만은 아니다. 스니커즈 커뮤니티의 감성을 자극하는 재미를 더했다. SB는 출시하는 신발마다 스토리텔링을 더해서 스니커즈 마니아의 호기심을 일으킨다. 또한 프로 스케이터 모델을 지속적으로 발굴하여 스케이트보드 커뮤니티와 유대 관계를 형성하고 있다. 폴 로드리게즈(Paul Rodriguez)가 이끄는 SB 스케이트보드팀은 각종 대회와 비디오에 출연하고 있다. 나이키 SB는 어떤 브랜드보다 스트릿 컬처의 핵심인 스케이트보드 문화를 가장 완벽히 소화하고 있다. 대기업 나이키와 언더그라운드 스케이트보드 문화의 조화는 성공을 거두고 있다. 현재 나이키 SB는 진정성과 신뢰성을 인정받고 있다.

나이키의 경쟁 브랜드인 아디다스는 오리지널스를 독립 매장인 플래그쉽 스토어를 운영하지만 나이키 SB는 독립 매장이 아직까지는 없다. 가끔 나이키 매장에서 SB 제품을 볼 수 있지만, 대부분 의류와 가방이 많다. SB 시리즈 보드화를 구매하려면 스케이트 보드숍, 고급 신발 편집숍, 대형 프랜차이즈 매장에 가야 한다. 풋락커(Foot Locker), 풋액션(Foot Action), 챔스(Champs), 피니쉬라인(Finish Line) 등이 유명한 체인점이다. 그런데 대형 체인점에서 원하는 SB 신발을 구하기는 사실상 힘들다.

그래서 출시일이 지난 SB, 중고 SB 모델, 리세일 SB 신발은 전문 웹사이트에서 구매하는 경우가 늘어났다. 대표적인 웹사이트로는 스탁엑스(StockX, 뉴욕), 스테디엄 굿즈(Stadium Goods, 뉴욕), 그레일드(Grailed, 뉴욕), 고우트(GOAT, 캘리포니아), 더 리얼리얼(The RealReal, 캘리포니아), 디팝(Depop, 영국) 등이 있다. 오프라인을 함께 운영하는 사이트도 있어서 관광 시에 방문 코스로 정해서 구경하면 재미있다.

SB 디자인팀은 스트릿 컬처와 컬래버를 적극적으로 추진하면서 새로운 신발 문화를 이끌고 있다. 다이아몬드 덩크, 비둘기(피존) 덩크, 오프-화이트 덩크 등 불후의 명작을 만들어 냈다. SB 컬래버는 기능성과 심미성의 두 개의 목표를 동시에 달성하면서 스니커즈 세계와 스트릿 컬처의 아이콘이 되었다. 또한 한정판 SB가 출시될 때마다 매장 앞은 장사진을 이룬다. 스니커즈로 재테크를 하는 스니커 테크(sneaker tech)의 상징이 된 SB 덩크는 소장품과 투자용으로써의 가치를 꾸준히 지키고 있다.

SB 덩크 컬래버에서 손꼽히는 몇 개를 보면, 2002년에 발매한 파리(Paris) SB 덩크가 있다. 현재 8만 불 이상의 거래 가격을 인정받고 있다. 같은 해인 2002년에 슈프림의 시멘트(Cement) SB 덩크는 조던 모델에서 영감을 받았다. 2005년에 비둘기(Pigeon) SB 덩크가 출시되었을 때는 캠핑족이 장사진을 이루었다. 2019년은 버질 아블로의 소나무 녹색의 파인 그린(Pine Green) SB 덩크가 발매되었다. 흰색과 진녹색의 조화가 멋진 컬래버였다.

나이키 SB는 어떻게 해야 스트릿 컬처 브랜드가 제대로 성장할 수 있는지 보여 준다. SB가 성공한 이유는 나이키이기 때문이 아니다. 오히려 나이키와 다른 길을 가기 때문에 SB의 정체성이 생겼다. 철저히 스케이트보드 문화와 정신에 기반을 둔 SB는 자신의 길을 흐트러트림 없이 걷고 있다. 최근에는 뮤지션과 협업을 진행하면서 스트릿 컬처 색깔을 더욱더 진하게 나타내고 있다. 래퍼 트래비스 스캇(Travis Scott)과 록 밴드 그레이트풀 데드(Grateful Dead)와의 컬래버는 2020년대의 대표 작품이다.

(6) Champion [챔피언]

홈페이지: champion.com

창업자: Abraham Feinbloom, William Feinbloom

미국에서 챔피언 티셔츠·후드티·팬츠·모자 등은 대형 소매 체인점인 월마트뿐만 아니라 동네 슈퍼마켓에서도 쉽게 볼 수 있다. 심지어 고속 도로 휴게소와 문구점 한쪽 구석에서도 챔피언 양말·러닝 티·추리닝 바지를 찾을 수 있다. 챔피언은 가격도 저렴하고 재질도 좋아서 최고의 가성비를 자랑하는 브랜드다. 챔피언은 가격에 민감한 아빠들이 부담 없이 입을 수 있어서 아빠 브랜드(Daddy Brand)로도 통한다. 챔피언 추리닝은 운동복이지만 일상복, 노동복, 심지어 잠옷으로도 즐겨 입는다.

챔피언은 자체 개발한 리버스 위브(Reverse Weave) 공법을 이용해서 스웨터 셔츠(맨투맨 티), 스웨터 팬츠(추리닝 바지), 스웨터 후드티를 개발했다. 세탁 후 수축 현상이 적고 질이 좋아 대중적 인기를 얻었다. 평범한 의류로 자리 잡은 챔피언은 미군 납품 브랜드 지위도 얻었다. 스포츠웨어 영역에서는 NBA 공식 유니폼 브랜드가 되었으며 대학 운동선수복도 공급하고 있다. 챔피언은 누구에게나 어울리는 국민 브랜드가 되었다. 챔피언은 어린 자녀부터 아빠·학생·군인·운동선수 등 다양한 직업군과 모든 연령층에게 익숙하고 친한 브랜드의 지위를 얻었다.

챔피언은 1919년 창업 이래로 스트릿 컬처와는 무관한 길을 걸었다. 1980년 이전까지 스케이트보더·힙합 래퍼·언더그라운드 커뮤니티는 챔피언을 패션 아이템으로 생각하지 않았다. 스트릿 컬처 제품은 발매 수량·구매 장소·유통망이 한정되어서 희소성이 가장 큰 특징이다. 그런데 챔피언은 대량 생산으로 어느 곳에나 존재하는 유비쿼터스(ubiquitous) 브랜드여서 쉽게 구입할 수 있다. 스트릿웨어 공식으로 보면 맞지 않는다. 챔피언은 스포츠웨어·이지웨어·스트릿웨어의 애매모호한 교차점에 있다.

1980년대 접어들면서 챔피언 후드티가 조금씩 스트릿 컬처 커뮤니티의 관심을 받기 시작했다. 힙합 전성기와 맞물리면서 래퍼들이 C 로고 후드티를 입고 콘서트·뮤직 비디오·앨범 커버·TV 인터뷰에 폭발적으로 모습을 드러냈다. 스케이터들도 저렴한 챔피언 후드티를 유니폼처럼 입고 보드를 탔다. 뉴욕의 펑크 뮤직 밴드도 후드티를 입고 공연을 했다. 아티스트들은 챔피언 후드티를 도화지 삼아서 그림을 그리는 용도로 사용했다. 하지만 챔피언은 브랜드 차원에서 스트릿 컬처에 접근하거나 반응하지는 않았다.

그런데 잠자던 거인 챔피언이 스트릿 컬처에서 '챔피언'의 명성을 갑자기 얻게 되는 사건이 발생한다. 스트릿웨어 황제인 슈프림과의 컬래버가 계기였다. 2010년 슈프림이 챔피언 C 로고를 이용해 후드·티셔츠·재킷을 디자인했다. 챔피언 꼬마 패치를 크게 키웠다. 그동안 챔피언 옷에서는 보일 듯 말듯 숨어 있던 C 로고를 슈프림이 거인처럼 만들었다. 슈프림 디자인은 스트릿웨어 마니아를 흥분시키고 감동을 줬다. 컬래버 덕을 본 챔피언은 자신의 C 로고 파워를 체감했다. 챔피언은 슈프림을 사랑하는 청소년과 팬덤을 새로운 고객으로 확보했다. 40대 이상의 기존 챔피언 어른 고객도 챔피언을 새롭게 보는 기회가 되었다.

슈프림 컬래버의 신선한 충격이 가시기도 전, 2012년 버질 아블로가 파이렉스(Pyrex)를 런칭했다. 버질은 챔피언 바지를 이용해서 디자인했다. 버질 아블로 효과로 챔피언 C 패치 로고가 함께 주목받았다. 챔피언은 확실하게 힙합 커뮤니티와 스트릿웨어 인플루언서의 단골 아이템이 되었다. 스트릿웨어 패션의 변두리에 있던 챔피언은 중앙으로 진출했다. 챔피언은 스트릿 컬처 요소를 브랜드 차원에서 적극적으로 받아들였다. 기존의 일반 스포츠 라인과 구별되는 스트릿 컬처 디자인을 추가했다. 챔피언은 점점 스트릿 컬처 라인의 비중을 높여 가고 있다.

챔피언은 스트릿 컬처 브랜드와 컬래버를 더욱더 확대했다. 베이프, 베트멍 등 일본과 유럽의 영향력 있는 브랜드와 협업을 넓혔다. 일본과 유럽의 패션 마니아를 새로운 고객으로 흡수했다. 챔피언은 점점 스트릿 컬처 브랜드로 인정받기 시작했고, 컬래버 하고 싶은 브랜드 1위까지 오르기도 했다. 100년이 넘는 헤리티지를 자랑하는 챔피언은 시대마다 변하는 패션 흐름에 적응하는 유연성에서 브랜드의 생명력이 나온다.

챔피언은 컬래버를 통해 스트릿 패션 시장에 강한 인상을 주면서 스트릿 컬처를 흡수했다. 하지만 협업만 의지하지는 않는다. 챔피언은 브랜드 자체적으로 스트릿 컬처 성격을 강화하기 위해서 스트릿웨어 콘셉트 매장을 오픈하고 있다. 필자도 자주 놀러 가는 맨해튼 소호 매장은 제품 구성·내부 장식·직원 스타일이 스트릿 컬처 에토스(분위기)를 강조하고 있다. 가격이 챔피언 스포츠 라인보다는 비싸서 놀라는 방문객이 있는데, 아마도 스트릿 라인과 혼동했기 때문이다.

챔피언 매장에서 언제나 많이 찾는 인기 제품은 C 로고다. 옷 전체에 C 로고를 반복적으로 프린팅하거나, C 로고를 엄청 크게 디자인하거나, C 로고로 옷 전체를 덮는 올 오버 프린팅 스타일이 로고 마니아의 마음을 끈다. 매장에서 직접 커스텀 서비스를 이용해서 원하는 옷에 로고까지 혼합해서 자신이 원하는 스타일의 옷을 만드는 코너도 인기다. 챔피언 독립 매장은 확실히 재미있다.

기본에 충실한 디자인, 오랜 역사를 통한 브랜드 인지도, 챔피언 C 로고의 가시성 덕분에 챔피언은 스포츠 브랜드와 스트릿웨어 브랜드의 성격을 모두 가지고 있다. 브랜드 이름은 똑같이 챔피언을 사용하지만, 스트릿웨어 라인은 유통 방식을 기존 라인과 구분한다. 스트릿 라인의 챔피언은 자체 독립 매장과 스케이트보드숍 위주로 발매한다. 챔피언 뉴욕 소호 매장은 슈프림·베이프 매장과 가까운 거리에 있어 맨해튼 관광의 필수 코스다. 챔피언 LA 매장도 페어팩스 거리와 가까워서 스트릿 컬처 마니아들의 방문 장소다. 가격은 스트릿 챔피언이 일반 챔피언보다 비싼 편이다.

일본과 유럽 여행을 하는 관광객은 챔피언 매장을 방문할 때마다 놀라곤 한다. 미국 챔피언과 종류·재질·크기·색감이 다르기 때문이다.

분명히 챔피언 매장이며 C 로고를 사용하는데, 왜 다를까? 챔피언은 일본과 유럽의 독립적인 디자인 라인을 인정한다. 즉, 일본과 유럽 챔피언은 미국 제품을 단순히 수입해서 유통·판매하는 병행 수입 업체가 아니다. 자체 디자인이 가능한 라이선스를 보유하고 있다. 매장 오픈도 미국 챔피언의 제재를 받지 않고 스스로 결정하기 때문에 일본은 챔피언 매장이 상당히 많다.

일본 챔피언(championusa.jp) 라인은 동양인 체형에 어울리는 스타일로 출시한다. 일본 라인은 미국 라인보다 스트릿웨어 스타일을 먼저 적극적으로 추구했다. 일본 챔피언은 아트모스(Atmos), 나나미카(Nanamica), 빔즈(Beams) 등과 컬래버를 꾸준히 진행하면서 일본 특유의 느낌으로 챔피언을 해석하고 있다. 일본 챔피언은 스포츠웨어보다는 스트릿 컬처 분위기의 라이프 스타일을 추구하는 브랜딩을 하고 있다. 재질과 바느질도 꼼꼼해서 마니아층이 두텁게 형성되어 있다.

유럽 챔피언(championstore.com) 라인은 일본 챔피언보다 늦게 출발했으며, 유럽 감성에 바탕을 둔 자체 디자인 제품을 출시하고 있다. 유럽 챔피언의 독립 매장은 현재 런던·암스테르담·밀라노에 있다. 유럽 챔피언은 칼하트 윕, 디키즈 라이프와 함께 유럽 스트릿 컬처의 선도적 역할을 하고 있다. 새로운 패션 아이템을 찾는 패셔니스타와 힙합 아티스트들은 일본과 유럽 라인을 찾는다. 일본과 유럽 챔피언의 선도 역할 덕분에 챔피언은 브랜드 전체가 스트릿 패션 성격을 보다 강하게 띠게 되었다.

(7) FILA [휠라]

홈페이지: fila.co.kr, fila.com
창업자: Ettore Fila, Giansevero Fila
공헌자: Keunchang Yun

2007년 힙합 그룹 우탕 클랜(Wu-Tang Clan)과 신발 컬래버를 하면서 휠라는 잠깐이나마 스트릿 컬처를 흡수하는 모습을 보였다. 그것도 잠깐이었고, 2010년 중반이 되어서야 스트릿 컬처와 전혀 관련 없어 보였던 휠라가 미국 힙합, R&B 연예인들의 스타일 코디 아이템으로 계속 등장하고 있다. 비욘세, 리한나(Rihanna) 등 여자 가수들이 휠라의 큰 로고 옷을 입으면서 젊은 세대의 관심을 끌고 있다. 굴곡이 심한 역사를 가진 휠라는 현재는 브랜드 이미지를 스트릿 컬처에 초점을 맞추면서 청소년을 포함한 다양한 고객층의 마음을 사로잡고 있다.

이탈리아에서 태어난 브랜드 휠라는 스트릿웨어 패션과는 거리가 멀었다. 이탈리아는 명품 브랜드와 관련이 깊은 나라다. 영국·프랑스와는 달리 이탈리아는 유럽 스트릿 컬처의 변방에 해당한다. 그러던 휠라가 2017년부터 갑자기 스트릿 패션 커뮤니티의 주목을 받기 시작했다. 휠라의 성공은 스트릿 컬처를 흡수한 메가 브랜드가 어떻게 멋지게 부활하는지를 가장 잘 보여 주는 표본이 된다.

많은 사람이 휠라 브랜드 이름을 혼동해서 불렀던 시기가 있었다.

한국에서는 대부분 '필라'라고 발음했다. 한국에서는 F를 'ㅍ'으로 발음하기 때문이다. 휠라 한국 홈페이지(fila.co.kr)는 브랜드 이름을 '휠라'로 표기하고 있다. 법적 문제 때문이다. 휠라가 상표 등록할 때 먼저 필라로 등록한 업체가 있어서 필라를 사용할 수 없게 되었다. 상표권 등록은 시간이 중요하다. 휠라 코리아 입장에서는 아쉬운 부분이다.

휠라는 공식(official) 사이트가 두 개다. 'fila.co.kr'과 'fila.com'이 오피셜 홈페이지다. 이는 휠라의 정체성을 보여 준다. 이탈리아 브랜드를 한국 휠라가 인수했기 때문에 'com'과 'co.kr'이 있다. 한국에서는 'fila.com'에 접속할 수 없다. 한국에서는 휠라를 한국 브랜드로 알고 있지만 외국에서는 이탈리아 브랜드로 인식한다. 휠라가 진출한 국가의 모든 홈페이지는 휠라의 '이탈리아 헤리티지'를 부각하고 있다. 브랜드는 주인이 바뀌어도 자신이 태어난 배경과 늘 함께하기 때문이다.

휠라는 챔피언보다 역사가 훨씬 오래된 브랜드다. 1911년 이탈리아에서 휠라 형제가 창업해 100년이 넘은 역사를 가지고 있다. 휠라는 처음에는 속옷(언더웨어)과 니트 위주 제품으로 출발했다. 1970년대에 와서 아이템 변신을 했다. 스포츠웨어 브랜드로 정체성을 확립하고, 지금의 휠라 F 로고를 만들었다. 이후에 이탈리아 자동차 기업인 피아트(Fiat)가 휠라를 인수했다. 이탈리아 국민 브랜드인 두 에프(F)의 만남으로 시너지 효과는 커졌다. 휠라는 나이키, 아디다스와 함께 세계 3대 스포츠 브랜드의 위상을 확립했다.

휠라는 특히 테니스와 농구 부문에서 높은 인기를 얻었다. 휠라의 브랜드 이미지를 가장 잘 나타낸 아이템이 1980년대와 1990년대에 나왔다. 프로 테니스 선수인 비외른 보리(Björn Borg) 반팔 티셔츠와 NBA 농구 선수인 그랜트 힐(Grant Hill) 농구화는 시대의 상징이 되었다. 휠라의 두 인물은 아디다스의 스탠 스미스(Stan Smith)와 나이키의 마이클 조던(Michael Jordan)과 쌍벽을 이루면서 스포츠웨어 시장의 패션 리더 역할을 했다.

그러나 2000년 초반부터 휠라는 경쟁 브랜드에 급격히 뒤떨어지기 시작했다. 휠라의 영웅인 비외른 보리와 그랜트 힐의 뒤를 이을 새로운 스포츠 스타를 찾지 못했다. 나이키는 조던 이후 코비 브라이언트(Kobe Bryant)와 르브론 제임스(Lebron James)의 스타 모델이 계보를 이었다. 나이키 SB와 아디다스 오리지널스는 프로 스케이트보드팀을 창단하며 스케이트보드 컬처를 흡수했다. 특히 오리지널스는 힙합 래퍼와 적극적인 관계를 만들었다. 하지만 휠라는 스트릿 컬처 영역 밖에 있었다. 서브컬처가 패션 트렌드가 되고 있었지만 휠라는 스트릿 바이브를 소홀히 취급했다.

휠라가 부활하기 시작한 시점은 2016년이다. 이탈리아 휠라를 완전히 인수한 한국 휠라는 브랜드 혁신을 추진했다. 윤근창 대표는 스트릿웨어 요소를 적극적으로 흡수했다. 휠라의 제일 큰 장점은 역사성에 있다. 100년이 넘는 이탈리아 브랜드라는 유산을 가지고 있다. 현대 스트릿 컬처 패션의 중요한 특징은 리트로(retro)다. 휠라 코리아는 휠라가 가지고 있는 헤리티지를 스트릿 컬처 스타일로 해석하는 새로운 복고풍(뉴트로, newtro) 디자인에서 실마리를 찾았다. 휠라 전통을 되살린

복각 신발인 코트 디럭스(Court Deluxe) 리트로가 첫 신호탄을 쏘아 올렸다.

휠라의 코트 디럭스는 아디다스의 스탠 스미스와 같은 테니스화로, 휠라의 추억을 소환했다. 뒤를 이어 디스럽터 2(Disruptor 2)를 출시했다. 휠라는 세계 거리 곳곳을 뒤덮는 스트릿 슈즈가 되었다. 디스럽터 2는 못생긴 신발(어글리 슈즈) 트렌드를 반영했다. 휠라는 이지보다 낮은 가격으로 청소년의 필수 아이템이 되었다. 복고 신발의 출현은 리트로의 호기심을 자극했고, 단절된 이탈리아 브랜드 유산을 새롭게 부활시키는 기회가 되었다.

휠라는 스트릿웨어 브랜드의 대표적 특징인 협업 문화를 적극적으로 수용했다. 2003년 슈프림과 컬래버를 진행한 경험이 있지만, 당시엔 소극적이었다. 그러나 최근 휠라의 컬래버는 공격적으로 변해서 패션계의 주요 쟁점이 되었다. 명품 브랜드 펜디(Fendi)와의 컬래버는 휠라의 로고 앞글자 F를 부각시키는 효과를 가져왔다. 이외에도 러시아 디자이너 고샤 루브친스키(Gosha Rubchinskiy), 일본 스트릿웨어 브랜드 베이프, 음료 브랜드 펩시(Pepsi) 등과의 컬래버를 통해 스트릿 컬처 커뮤니티의 지속적인 호응을 얻고 있다.

휠라의 컬래버는 대상을 가리지 않는다. 슈프림이 진행하는 협업보다 파격적이고 도전적이어서 흥미롭다. 아이스크림 브랜드인 메로나, 막대 사탕 츄파춥스, 서퍼 브랜드 마우이앤선, 스트릿웨어 브랜드 얼라이프, 아이돌 그룹 방탄소년단(BTS), 스포츠 테마파크 바운스, 유튜브

게이밍(YTG), 화장품 브랜드 엘로엘 등. 휠라는 경계를 뛰어넘는 크로스오버 컬래버를 거침없이 진행하면서 꾸준히 흥미를 유발하고 있다. 휠라의 컬래버는 잠재 고객을 확보하는 기능과 새로운 발상을 찾는 청소년층의 호기심 충족 기능을 하면서 브랜드 인지도를 세계적으로 빠르게 넓히는 역할을 하고 있다.

휠라는 스트릿웨어의 대표 디자인 콘셉트인 큰 로고 프린팅을 의류에 반영했다. 가슴 전체에 빅 사이즈 FILA 폰트를 넣어 스트릿웨어 느낌을 강조했다. 휠라의 작은 정사각형 F 로고도 크기를 확대해 가방과 의류에 적용하고 있다. 스케이트보더들과 힙합 가수들이 휠라의 빅 사이즈 로고 제품을 착용하고 소셜미디어와 유튜브에 등장하자, 휠라는 입소문(바이럴)을 타기 시작했다. 스트릿 커뮤니티의 로고 마니아 성향을 디자인에 반영한 결과였다. 휠라 로고의 가시성이 한층 높아졌고, 세련된 이미지 효과가 생겼다. 예전의 고루한 느낌은 완전히 사라지고 젊고 산뜻한 브랜드로 변신했다.

기존 유통 방식도 변경해서 젊은 층에게 호응을 얻었다. 시장·백화점에서 판매하던 방식에서 대형 편집숍과 온라인 유통망으로 변화를 줬다. 스트릿웨어 제품은 디자인도 중요하지만 어떤 장소에서 구매할 수 있는가도 고객의 결정적인 선택 요소가 된다. 처음부터 스트릿웨어 브랜드로 출발하지 않은 경우, 유통망과 판매처에 신경 써야 한다. 나이키 SB가 처음 실수에서 벗어나면서 인기를 얻은 경험처럼 휠라도 유통망을 스트릿웨어스럽게 변경했다.

휠라의 윤근창 대표는 쓰래셔의 제이크 펠프스, 나이키 SB의 샌디 보데커와 같은 역할을 하면서, 휠라의 브랜드 정체성을 스트릿 컬처 감성으로 만들고 있다. 휠라의 스트릿 컬처 사랑은 새로운 시도를 낳았다. 미국 스케이트보드 브랜드 주욕과 한국 라이선스 계약을 체결했다. 휠라는 직접 스케이트보드 브랜드를 런칭하지 않고, 주욕을 통해 스트릿 컬처 브랜딩에 도전하고 있다. 디자인·제작·마케팅·판매·유통까지 모두 휠라가 관리한다. 한국 주욕(zooyork.net)이 잠자고 있는 미국 주욕을 부활시키길 소망한다.

5장은 스트릿 컬처와는 관계가 없던 브랜드가 스트릿 컬처를 받아들이면서 생긴 변화를 살펴보았다. 스트릿 컬처의 영역에는 대표적으로 스케이트보드와 힙합이 있다. 대형 브랜드가 어디에 중점을 두는지도 다르다. 스트릿 컬처 요소를 빌려 와서 디자인을 해도 실패한 사례도 많다. 이유는 스트릿 컬처의 정신과 철학을 고민하지 않고 상업적 이윤 추구만 하면 스트릿 컬처 팬덤은 외면하기 때문이다.

다음 장에서는 미국이 아닌 일본과 유럽에서 태어난 스트릿웨어 브랜드를 본다. 스트릿 컬처와 스트릿웨어 산업의 본고장인 미국보다 오히려 스트릿 컬처 마인드와 바이브를 소화한 곳은 일본이다. 일본은 미국에서 건너온 스트릿 컬처를 완전히 흡수해서 자신만의 감성을 더해서 세계로 무대를 넓히는 데 성공했다. 어떻게 일본과 유럽이 미국 스트릿 컬처를 받아들인 후 자신의 브랜드로 성공시켰는지 알아본다.

6장

일본과 유럽의
스트릿 컬처 브랜드

스트릿 컬처와 스트릿웨어 브랜드는 미국에서 싹을 틔우고 꽃을 피우면서 미국 밖으로 가지를 뻗었다. 미국 스타일의 서브컬처는 여러 나라 청소년에게 자극을 주었다. 반기성주의와 개인주의로 집약되는 하위문화는 특히 일본과 서유럽의 사회 분위기와 결합했다. 일본과 서유럽에서는 미국 스트릿 컬처를 재해석하여 자생적 독립 브랜드가 태어났다. 일본과 서유럽에 스트릿 컬처를 퍼트리고 촉매 역할을 한 사람과 브랜드는 바로 숀 스투시와 스투시였다.

미국 스트릿웨어 브랜드의 대부인 숀 스투시는 미국 서부에서 동부까지 서브컬처를 넓히는 동시에 지구적 확산에도 공헌한 문화 전파자다. 국제 스투시 트라이브(IST: International Stussy Tribe)를 결성해 도쿄·런던·파리에서 모임을 가졌다. IST 개더링은 단순한 브랜드 홍보 행사가 아닌 서브컬처 박람회 기능을 했다. 청소년과 청년들은 미국의 스케이트보드와 서핑 문화에 매료되었다. 미국 영화와 힙합의 언더그라운드 요소를 빠르고 강력하게 흡수했다.

아시아와 유럽의 많은 나라에 영향을 끼친 스투시는 특별히 일본과 서유럽의 스트릿웨어 브랜드가 탄생하는 데 도움을 줬다. 브랜드 런칭의 배경을 보면 다음과 같다. 제2차세계대전 이후 일본과 서유럽은 전쟁 복구를 위해 자본주의 강성 국가 체제의 경제 부흥 정책을 펼쳤다. 도로와 사회 기반 시설이 안정화되었고, 경제 재건과 동시에 민주주의 질서의 틀이 형성되었다. 그러자 기성세대와는 다른 생각과 성향을 가진 젊은 세대가 등장하기 시작했다. 규격화된 질서와 권위주의에서 벗어나 자신들만의 음악·예술·스포츠를 즐기고 싶어 하는 청년 그룹이 나타났다.

스트릿 컬처는 미국 문화와 교류가 많은 일본·영국·이탈리아·네덜란드가 가장 많은 영향을 받았다. 스트릿 문화는 단순한 반항과는 다르다. 반기성주의와 반항주의가 예술·음악·스포츠 등으로 표현된다. 일본과 서유럽의 10대와 청년들은 미국의 개인주의와 서브컬처에 매료되었다. 미국의 스트릿 컬처는 잠재된 욕구를 분출할 수 있는 최고의 탈출구였다. 미국 헐리우드 영화와 스케이트보드 비디오를 보고, 힙합과 펑크록을 듣고, 스트릿웨어를 입으면서 미국 서브컬처를 자신의 문화로 동질화했다.

미국 스트릿 컬처 중에서도 10대 청소년 스케이트보더와 프로 스케이터의 사진과 비디오는 강력한 영향을 줬다. 일본과 서유럽 청소년들은 미국에서 들어온 비디오를 보면서 똑같이 스케이트보드를 타고, 미국 스트릿웨어 브랜드를 입고 자신들의 해방구를 찾아갔다. 일본은 대도시뿐만 아니라 지방 소도시에도 도로·시멘트 포장길이 대부분 완성되어 있어서 스케이트보드를 타기 좋은 조건이다. 덕분에 일본은 미국 다음으로 스케이트보드가 활발한 지역이다. 일본 스트릿 컬처는 반기성주의에 반체제와 무정부주의(아나키즘) 요소까지 가미되었다.

일본과 유럽 스트릿 컬처에 직접적인 영향을 준 브랜드는 스투시·반스·칼하트·디키즈·볼컴·엑스라지·슈프림 등 무수히 많다. 미국 브랜드가 먼저 소개되면서 일본과 서유럽의 자체 브랜드가 탄생하게 되는 모델과 배경이 조성되었다. 일본은 영향력 있는 스트릿웨어 브랜드가 많고 빨리 망하지 않는다. 미국과 유럽에도 인정받고 세계 시장을 무대로 활동한다. 이유는 일본 특유의 장인 정신과 창조성을 존중하는 사회적 배경이 큰 몫을 한다. 또한 일본인의 응용 능력이 다양한 아이디어를 결합하는 장점이 크다.

일본은 1990년대부터 다양한 스트릿웨어 브랜드가 탄생하기 시작했다. 일본 스트릿웨어 산업은 도쿄 하라주쿠 뒷골목인 우라-하라주쿠(Ura-Harajuku) 패션 지구에서 꽃을 피웠다. 우라-하라 무브먼트(movement) 열풍이 불면서 하라주쿠에 미국 스트릿 제품을 수입·판매하는 수많은 매장이 생겨났다. 우라-하라는 미국 서브컬처를 동경하는 청소년과 청년들이 모이는 멀티숍 문화의 중심지가 되었다. 1990년대 로컬 브랜드로 출발한 베이프·언더커버·더블탭스·네이버후드는 국제 브랜드로 성장했다.

스트릿 컬처 브랜드 역사에서 중요한 두 인물을 꼽는다면, 미국의 숀 스투시와 일본의 후지와라다. 후지와라 히로시(Fujiwara Hiroshi)는 우라-하라 스트릿 컬처를 이끈 개척자다. 영국의 펑크록과 미국의 힙합에 영향을 받은 후지와라는 도쿄에서 클럽 디제이를 했다. 일본을 방문한 숀 스투시를 만난 후 후지와라는 패션 디자이너 경력을 추가한다. 스투시의 IST 멤버가 된 후지와라는 본격적으로 일본에 미국 스트릿 컬처를 접목한다.

후지와라는 1990년 굿이너프(Goodenough) 브랜드를 런칭하면서 일본 스트릿웨어 군단을 이끄는 리더이자 멘토가 되었다. 후지와라는 미국과 다른 일본만의 스트릿웨어 브랜드의 제작·유통·마케팅 방식을 확립했다. 미국 스트릿웨어 브랜드는 스케이터의 DIY 정신으로 출발해서 가격이 저렴했다. 스케이터들이 직접 입는 실용적 옷이기 때문에 비싸지 않았다. 반면 후지와라는 제품 수량을 줄이고 한정판 생산을 통해 희소성을 높였다. 후지와라 방식은 하이엔드 스트릿웨어 브랜드의 모형이 되었다. 현재 후지와라는 2003년 런칭한 프래그먼트 디자인(Fragment design)으로 전 세계 스트릿웨어 브랜드와 컬래버를 꾸준히 진행하고 있다.

서유럽도 스투시의 영향으로 1989년 마이클 코플만(Michael Kopelman)이 김미파이프(Gimme 5)를 영국 런던에서 런칭했다(gimme5.com). 같은 해에 루카 베니니(Luca Benini)는 슬램 잼(Slam Jam)을 이탈리아에서 런칭했다(slamjam.com). 숀 스투시는 일본과 서유럽의 초기 스트릿 컬처의 배경을 만들었고, 스투시 트라이브 멤버들은 미국의 스케이트보드와 문화를 열정적으로 흡수했다. 그리고 각자의 나라에서 자신만의 색깔을 가진 브랜드를 런칭했다. 현재는 미국 스트릿 컬처에 영향을 주면서 어깨를 나란히 하는 문화 아이콘이 되었다.

일본과 서유럽의 스트릿웨어 브랜드 이야기는 브랜드 런칭 연도 순서에 따라서 정리했다. 1989년 이탈리아에서 태어난 슬램 잼부터 시작한다. 9개 브랜드는 현재도 충성도 높은 팬덤과 스트릿 컬처를 이끄는 자부심 강한 스트릿웨어 브랜드의 표본이다. 미국이 아닌 지역에서 스트릿 컬처를 완전히 소화해서 브랜드 런칭까지 성공했다. 또한 미국 스트릿웨어 브랜드와 함께 컬래버를 진행하면서 전 세계 패션 시장에 영향을 주고 있다.

(1) Slam Jam [슬램 잼]

홈페이지: slamjam.com
창업자: Luca Benini

슬램 잼은 슈프림·베이프보다 4·5년 앞서 태어난 이탈리아 스트릿웨어 브랜드다. 브랜드 이름 Slam Jam은 슬랭으로, '특별히 좋아하고 즐기고 잘하는 일'을 의미한다. 창업자 베니니는 자기가 가장 좋아하는 일을 한다는 목표로 브랜드 이름을 정했다. 슬램 잼의 로고는 알파벳 A를 거꾸로 만든 이미지다. 로고의 가시성이 약해서 스트릿웨어 마니아들의 관심을 끌지는 못한다. 대신 슬램 잼은 브랜드 마스코트를 만들었다. 이름은 트루디(Trudi)다. 노란색 호랑이인데 반바지를 입은 귀여운 마스코트다.

1989년 이탈리아 시골 창고에서 슬램 잼은 출발했다. 창업자 루카 베니니는 자신이 태어나고 자란 작은 도시 페라라(Ferrara)에서 유럽 최초의 스트릿웨어 브랜드를 런칭한다. 페라라는 이탈리아 북부에 위치하며 도시 생활과는 거리가 먼 분위기의 마을이다. 스트릿 컬처 불모지에서 베니니가 지금도 세계적으로 영향력 있는 스트릿웨어 브랜드와 패션 비즈니스를 성공적으로 이끄는 배경이 관심거리다.

한국에서는 미국과 일본의 유명한 스트릿웨어 브랜드에 가려진 브랜드가 슬램 잼이다. 슬램 잼은 자체 브랜드보다는 다양한 스트릿 컬처 브랜드와의 컬래버를 통해서 알려졌다. 슬램 잼은 컬래버를 다양하고 지구적으로 추진하는 브랜드다. 반스·컨버스·나이키·닥터마틴·휠라·클락스·엄브로·아식스·뉴발란스·칼하트 윕·아디다스·스투시·FUCT·언더커버·더블탭스·카브엠트와 폭넓은 컬래버를 진행하고 있다.

특히 슬램 잼은 나이키, 스투시, 칼하트 윕과 끈끈한 관계를 30년 넘게 유지하고 있다. 베니니뿐만 아니라 1980년대 당시 서유럽 청소년과 청년들의 문화(음악)는 영국 펑크 무브먼트 영향 아래에 있었다. 영국 밴드 섹스 피스톨즈(Sex Pistols)와 반체제 운동이 진리였다. 그런데 숀 스투시가 인터내셔널 스투시 트라이브(IST)와 함께 유럽에 왔다. 미국의 스트릿 컬처가 서유럽 청소년·청년들에게 영국의 펑크보다 엄청난 충격(culture shock)을 줬다.

숀 스투시는 스케이트보드뿐만 아니라 미국의 서브컬처(힙합·아트)를 함께 소개했다. 스투시 브랜드의 스투시 로고는 서유럽 청소년과 청년들의 마음을 사로잡았다. 당시 DJ를 하던 베니니는 IST 핵심 멤버가 되었다. 베니니는 뉴욕·런던·도쿄를 방문하면서 스트릿 컬처를 새롭게 체험한다. 특히 1989년 캘리포니아(LA)에서 열리는 박람회에 참여한 후 미국 스트릿웨어 수입을 추진했다.

베니니는 LA에서 숀 스투시를 만나 스투시를 이탈리아에 수입·유통·판매하는 판권을 얻었다. 베니니는 이탈리아 스투시 1호 매장도 오픈했다. 슬램 잼은 미국 브랜드를 이탈리아에 소개하는 유통 회사로 시작했다. 베니니의 아이디어는 성공했고 슬램 잼은 페라라의 창고를 지금도 본부(헤드쿼터)로 사용하고 있다.

슬램 잼은 유통·배포회사와 브랜드 소매점을 함께 운영하고 있다. 소매는 여러 브랜드를 함께 판매하는 편집숍 형태로 진행하면서 슬램 잼 브랜드 제품도 소개하고 있다. 슬램 잼이 1990년대에는 주로 미국 브랜드만 소개했다면 이후에는 일본 스트릿웨어 브랜드와 유럽 브랜드가 추가되었다. 슬램 잼은 현재 밀라노(Milano)에 독립 매장이 1개 있다. 또한 팝업 매장을 이용해서 뉴욕·파리·도쿄 등에서 매년 돌아가면서 행사를 하고 있다.

슬램 잼이 나이키와 컬래버로 진행하는 나이키 스페셜 프로젝트(Nike Special Project)는 스니커헤드와 스트릿웨어 마니아에게 언제나 관심거리다. 덩크 하이(Dunk High)와 에어 포스 1(Air Force 1) 컬래버는 재판매 시장에서도 인기가 높다. 슬램 잼은 스트릿웨어 브랜드와의 컬래버를 넘어서 음악 밴드와 아티스트들과도 협업한다. 대표적으로 런던의 뮤직 블로그인 The Trilogy Tapes, 뉴욕의 재즈 밴드와 Onyx Collective를 전개했다.

베니니는 슬램 잼의 브랜드 포지션을 제품 판매 차원을 넘어서 스트릿 컬처의 플랫폼으로 정했다. 스트릿 컬처를 주제로 런칭하는 브랜드는 자신의 브랜드가 패션·음악·아트·스케이트보드 등을 통합하기를 바란다. 하지만 현실적으로 통합 플랫폼을 구축해서 스트릿 컬처를 소화해 내는 브랜드는 드물다. 창업자가 꾸준히 스트릿 컬처를 이해하고 받아들여서 포용하는 열정이 있어야 한다.

슬램 잼은 스트릿웨어 브랜드 최초로 예술·음악·패션의 미술관이며, 공연장인 스파지오 마이오치(Spazio Maiocchi)를 설립했다. 칼하트 윕과 함께 파트너로 운영하고 있다. 패션쇼·팝업 행사·공연·전시회 등 새로운 문화를 체험하는 공간이다. 고정된 틀이 없이 서브컬처에서 명품 브랜드의 팝업 쇼까지 소화하고 있다.

베니니는 아카이비오 슬램 잼(Archivio Slam Jam)을 만들어 웹사이트에 지속적으로 올리고 있다. 자신이 모은 의류에서부터 시작해서 다양한 자료를 보여 준다. 어디서도 구하기 힘든 스트릿 컬처의 역사를 무료로 공개하고 있다. 슬램 잼은 진정성을 갖춘 플랫폼이 되었다. 슬램 잼 사이트에서 아카이브를 보다 보면 호기심과 흥미로 푹 빠지게 된다. 음악도 함께 나오는데, 듣다 보면 중독성이 생긴다.

60세가 넘은 루카 베니니는 현재도 슬램 잼을 이끌고 있다. 슬램 잼은 패션·비즈니스·아트·음악 등의 모든 면에서 서브컬처 정신을 완성했다. 브랜드가 성장했다고 매각하는 일반 스트릿웨어 브랜드와 달리 베니니는 스트릿컬처 브랜드인(ㅅ)답게 지금도 슬램 잼을 운영하며 언더그라운드 정신을 지키고 있다. 슬램 잼의 사업 모델은 스트릿웨어 브랜드 런칭을 꿈꾸는 예비 창업자에게 소중한 자산이 되고 있다.

(2) BAPE [베이프]

홈페이지: bape.com
창업자: Tomoaki Nagao(長尾 智明, Nigo)

스트릿 컬처의 본산지는 미국이다. 하지만 미국에 버금갈 만큼 스트릿 문화와 스트릿웨어 산업이 풍성한 나라는 일본이다. 스트릿웨어 브랜드의 양대 산맥은 슈프림과 베이프다. 슈프림은 미국 맨해튼에서 1994년 시작했고, 베이프는 슈프림보다 1년 앞선 1993년 일본 도쿄에서 출발했다. 베이프가 슈프림을 모방해서 브랜드를 런칭했다는 주장은 시간 순서상 틀리다. 베이프의 탄생 배경은 슈프림이 아니라 미국 스트릿 컬처·스케이트보드 문화와 스투시다.

베이프는 일본 스트릿 컬처의 무대인 도쿄 하라주쿠에서 싹이 텄다. 일본 스트릿 컬처의 대부 후지와라 히로시가 1990년 스트릿웨어 브

랜드 굿이너프(GoodEnough)를 런칭하면서 일본을 대표하는 창업자들이 뒤를 이어 출현한다. 가장 대표적인 인물이 토모아키 나가오다. 후지와라 히로시와 너무 닮아서 니고(=ゴー)라는 별명을 얻었다. 니고는 '제2인자'라는 뜻이다. 니고는 후지와라를 멘토로 삼아 스트릿 컬처의 철학과 비즈니스 노하우를 배웠다.

후지와라 히로시와 클럽 디제이 활동도 함께한 니고는 단순히 운이 좋아서 베이프를 성공시킨 청년 창업자가 아니다. 니고는 패션 디자인 학교인 문화복장학원(Bunka Fashion College)에서 정식으로 패션 디자인을 공부했다. 졸업 후 뽀빠이(Popeye) 잡지사에서 근무하면서 실용 패션 트렌드를 파악하는 방법을 배웠다. 니고에게 스트릿 컬처는 라이프 스타일이며, 학업이자, 직업이었다. 니고는 멘토 후지와라 히로시의 조언을 받으면서 1993년 베이프를 런칭했다.

베이프 런칭은 처음에는 오프라인 편집숍 스타일로 시작했다. 즉, 매장 간판이 베이프가 아니었다. 니고는 대학 친구인 준 다카하시와 함께 하라주쿠 뒷골목에 노웨어(NOWHERE) 이름의 매장을 오픈했다. 처음에는 매장 이름이 두 개로 해석돼서 고객들이 혼동스러워했다. 즉, 노 웨어(No Where)와 나우 히어(Now Here)가 모두 된다. 정반대의 뜻이므로 흥미를 유발했다.

노웨어는 미국 빈티지 아이템과 밀리터리 스타일을 콘셉트로 한 셀렉트숍이다. 미국에서 의류와 액세서리를 수입해서 판매했다. 니고는 미국에 직접 가서 매장과 아울렛을 돌면서 보따리 장사처럼 제품을 모아서 일본으로 가져오기도 했다. 일본에 없는 브랜드와 아이템으로 매장을 채우니, 노웨어는 새로운 문화를 갈망하는 청년들의 집합소가 되었다. 노웨어 매장은 언제나 고객(청소년·청년)이 가득했으나 실제로 제품을 구입하는 경우는 적었다.

매장 주인 입장에서는 수익보다 비용이 더 들어 힘들었다. 니고는 매장 운영을 진지하게 고민하기 시작했다. 멘토 후지와라 히로시의 권유로 자체 브랜드 런칭을 준비했다. 니고는 미국 의류로 매장을 채우면서 자신의 브랜드인 베이프 티셔츠를 만들어 매장에 전시했다. 베이프는 처음부터 독립 매장으로 출발한 브랜드가 아니다. 조촐하게 시작했다. 베이프는 멀티숍 노웨어에서 판매하는 일본 로컬 브랜드로 출발했다.

니고는 스트릿웨어 브랜드의 특징인 레퍼런스(참조) 성향을 가장 잘 활용한 창업자다. '목욕하는 원숭이'라는 재미있는 브랜드 이름을 가진 베이딩 에이프(A Bathing Ape)는 간단히 베이프(BAPE)로 부른다. 브랜드 이름의 아이디어는 일본 속담에서 참조했다. 그렇다면 베이프의 원숭이 로고는 어떻게 만들었을까? 스트릿웨어 브랜드는 시각적 효과를 극대화하는 로고가 중요하다.

니고는 미국 SF 영화 〈혹성탈출(Planet of the Apes)〉에서 아이디어를 얻었다. 어릴 때부터 좋아하던 영화에서 브랜드 이름과 로고의 영감을 끌어냈다. 원숭이 얼굴을 판화 스타일로 디자인해서 로고를 만들었다. 스트릿웨어 브랜드는 티셔츠부터 시작하므로 니고도 처음 만든 제품은 반팔 티셔츠다. 니고는 원숭이 얼굴 디자인을 프린팅한 티셔츠를 시작으로 베이프를 런칭했다.

니고는 티셔츠 제작 후 친구와 밴드 뮤지션들에게 티셔츠를 선물했다. 밴드 공연 시 베이프 티를 입으므로 베이프 원숭이 로고가 계속 노출되는 뮤지션 마케팅이다. 니고가 디제이 출신이어서 뮤지션들은 기꺼이 착용했다. 티셔츠 무료 배포는 성공했다. 일본에서 클럽 디제이와 뮤지션은 청소년·청년들에게 강한 패션 영향력을 행사한다. 니고는 제작하는 티셔츠의 일부를 지속적으로 아티스트에게 나누어 주었다. 스트릿웨어 브랜드 런칭 초기에 주변 친구·지인에게 티셔츠를 선물하는 관례는 미국 스트릿웨어 브랜딩을 참조했다.

여기까지는 미국 스트릿웨어 브랜드 런칭과 비슷한 과정과 모습이다. 그런데 니고는 베이프만의 특유한 색깔을 입혔다. 로우엔드(low-end) 레벨의 스트릿웨어 브랜드를 하이엔드(high-end)급으로 만드는 전략이다. 값싼 소재를 이용한 저가 정책에서 벗어나 고품질의 높은 가격으로 브랜딩 방향을 정했다. 일본의 인건비와 공정 진행 비용 등이 비싸서 제품 가격도 올려야 하는 요인도 작용했다.

니고는 철저하게 희소성(scarcity) 전략을 취했다. 창업 초기부터 베이프 제품을 구하기 힘든 아이템으로 만들었다. 수요보다 훨씬 적은 수량만 제작했다. 뮤지션에게 나누어 줄 티셔츠는 있었지만, 판매할 물량은 언제나 부족했다. 제한적 공급은 니고의 계획적인 브랜딩 전략이었다. 스트릿웨어 브랜드는 헝거 마케팅(hunger marketing)을 이용한다. 고객이 제품을 충분히 구매하지 못하는 배고픈 상태를 활용해서 브랜드 가치를 올리는 방법이다.

신상품이 출시될 때마다 고객(팬)들은 제품 구입을 위해서 기다란 줄을 서야 했다. 스트릿웨어의 줄서기(캠핑) 문화를 정기적 관행으로 만든 브랜드가 베이프다. 미국 스트릿웨어는 합리적인 가격으로 출발했지만, 일본 베이프는 비싼 가격으로 고객의 구매 욕구를 자극하는 정반대 접근방법을 취했다. 사실 희소성 전략을 먼저 시작한 브랜드는 후지와라 히로시의 굿이너프다. 니고는 멘토의 운영 방법을 참조해서 희소성을 상품 공급 원칙으로 정했다. 제품의 종류는 다양해도 수량은 적게 출시해서 결국 모든 제품이 한정판이 되었다.

니고는 원숭이 트레이드마크 이외에 베이프만의 색깔을 가진 기념비적인 디자인을 세상에 내놓았다. 베이프 상어 후드티(Shark Hoodies), 베이프 카모 무늬(Camo Pattern), 베이프스타 스타(Bapesta Star), 베이프 격자 무늬(Plaid Pattern) 등이 대표적이다. 그런데 모든 디자인이 어디선가 본 듯한 느낌이 나는 이유는 이미 존재한 디자인에서 영감을 얻었기 때문이다. 니고의 참조 능력이 스트릿 컬처의 역사적 아이콘을 하나씩 만들어 냈다.

베이프 상어 후드티는 스트릿웨어 브랜드 역사에서 가장 상징적인 랜드마크다. 전투기와 전함 앞부분의 상어 그림을 후드티 모자에 표현함으로써 뾰족한 모습을 재현한 디자인이다. 베이프 구름 모양의 카모 디자인도 군대 위장 무늬에서 아이디어를 얻었다. 카모 무늬를 밀리터리 카키색 이외에 분홍·초록·빨강·파랑 등으로 다양하게 한 이유는 앤

디 워홀(Andy Warhol) 작품에서 영감을 받았다. 베이프스타 신발의 별 모양 로고는 나이키 스우쉬를 변형했다. 베이프 격자 바둑판 패턴은 버버리 무늬를 참조해서 만들었다. 주변 관찰력과 천재적인 참조 능력으로 니고는 독보적인 심미적 디자인을 꾸준히 만들어 냈다.

그런데 니고의 아이디어와 영감을 시각적으로 표현해서 디자인으로 완성한 사람은 따로 있다. 베이프의 모든 그래픽 도안을 실질적으로 설계한 디자이너는 나카무라 신이치로(Nakamura Shinichiro)다. 본명보다는 별명인 'Sk8thing'으로 통한다. Sk8thing은 우라-하라주쿠에서 탄생한 많은 유명 스트릿웨어 브랜드의 디자인을 도맡아서 했다. 니고가 아이디어와 전체적인 윤곽을 제시하면 Sk8thing이 그래픽으로 완성하는 협업 체제가 베이프를 만들어 갔다.

니고는 스트릿웨어를 기본으로 하면서 라이프 스타일 전체를 베이프에 담고 싶어 했다. 베이프 기본 매장 이외에 카페·헤어 살롱·미술관(갤러리)·아동복(베이프 키즈)·여성복(BAPY)·베이비 마일로(MILO) 등 베이프 브랜드로 모든 삶을 표현하고자 했다. 심지어 베이프가 너무 비싸서 구매하기 힘든 청소년을 위해 서브 브랜드인 AAPE까지 런칭했다. 니고의 확장 전략은 베이프의 재정을 악화시키는 독이 되었지만 재미있는 도전이었다.

베이프는 처음부터 세계적 브랜드의 명성은 전혀 없었다. 1990년대 후반은 슈프림이 미국·유럽·일본에서 폭넓은 인기를 얻고 있었지만, 베이프는 일본에서만 알아주는 전형적인 로컬 브랜드였다. 미국 유통

업체는 가격이 비싼 일본 스트릿웨어 제품은 미국으로 수입해도 판매가 힘들다고 판단해서 신경을 쓰지 않았다.

베이프가 일본을 벗어나 미국에서 인기를 얻게 된 계기는 미국 뮤지션 퍼렐 윌리엄스(Pharrell Williams)와 관련 있다. 우연히 친분을 쌓은 니고와 퍼렐은 예술적 취향과 스트릿 컬처에 관한 견해에 공통점이 많아서 빠르게 친해졌다. 일본을 방문한 퍼렐은 베이프 매장과 제품을 보면서 베이프 팬덤이 되었다. 미국으로 돌아온 퍼렐은 베이프 티셔츠·후드티·바지 등을 입고 콘서트·뮤직비디오 활동을 했다. 베이프가 퍼렐의 유니폼이 되었다.

퍼렐 효과로 베이프는 미국 패션 마니아들 사이에 알려지게 되었다. 퍼렐은 베이프의 패션 인플루언서 역할을 했다. 또한 사업 파트너로서 맨해튼과 LA에 베이프 오프라인 매장을 여는 데 도움을 줬다. 퍼렐 덕분에 미국 고객이 관심을 보였지만 문제가 생겼다. 베이프의 미국 출시 가격이 일본보다 높았다. 베이프 티셔츠는 슈프림보다 두 배 이상 비싸게 판매했다. 미국 스트릿웨어 마니아들은 베이프의 높은 가격 책정과 일본(아시아) 스트릿웨어 브랜드 존재를 이해할 수 없었다.

베이프는 퍼렐의 영향력에도 불구하고 미국 진출 초기에는 스트릿 컬처 커뮤니티의 반감을 샀다. 퀄리티가 괜찮다고 해도 스케이트보더들은 10만 원짜리 티셔츠를 입고 라이딩을 할 수 없었다. 하지만 반전이 있었다. 미국 스트릿웨어 커뮤니티의 마음을 움직인 원동력은 힙합 래퍼였다. 이스트 코스트를 대표하는 래퍼 노토리어스(Notorious BIG)

가 베이프를 입으면서 베이프의 인기가 높아졌다. 비기(Biggie)는 베이프 카모 자켓을 좋아했다. 베이프의 XL 사이즈를 구하기 힘들어한 비기를 위해 니고는 특별 사이즈 옷을 만들었지만 비기가 사망해서 입지는 못했다.

칸에 웨스트가 베이프스타 신발과 컬래버를 진행한 후 미국 스트릿웨어 커뮤니티는 베이프와 일본 스트릿웨어 수준을 인정하기 시작했다. 베이프는 미국에서도 소량 한정판으로만 출시되기 때문에 구하기 힘들지만 갖고 싶은 브랜드가 되었다. 베이프는 힙합 인플루언서와 리미티드 에디션 전략으로 슈프림과 동급의 브랜드 가치를 인정받게 되었다. 미국 문화에 영감을 얻어서 태어난 일본 스트릿웨어 브랜드 베이프는 미국 진출 이후 세계적인 브랜드 반열에 올라갔다.

그러나 서브 브랜드와 오프라인 매장의 과도한 확장은 니고가 의도했던 방향과는 다른 결과를 낳았다. 초기에 지켰던 희소성 원칙이 무너지면서 베이프 팬덤의 관심은 떨어졌고 매출도 줄어들었다. 베이프의 재정난은 심해졌다. 니고는 2011년 홍콩 패션업체인 I.T. 그룹에 베이프를 매각했다. I.T.가 인수한 이후 베이프 매장은 중국에 10개가 넘게 생겼다. 베이프 홈페이지에는 일본 브랜드 이미지를 강조하기 위해서 프로파일에 I.T. 그룹 설명은 넣지 않았다.

스투시의 창업자 숀 스투시가 자신의 브랜드를 떠났듯이 니고도 베이프를 떠났다. 니고가 그만두자 핵심 디자이너 Sk8thing도 베이프를 떠났다. 현재 니고는 빌리어네어 보이즈 클럽 앤드 아이크림, 휴먼메이드(Human Made)를 런칭하여 디자인을 하고 있다. 또한 겐조(Kenzo)의 수석 디자이너로 일하며, 힙합 그룹 데리야끼 보이즈(Teriyaki Boys)와 카레 식당 커리 업(Curry Up)을 운영하고 있다. Sk8thing은 자신만의 브랜드인 카브 엠트(Cav Empt)를 런칭했다.

창업자 니고와 수석 디자이너 Sk8thing의 탈퇴 이후 베이프의 새로운 히트 디자인은 출시되지 않고 있다. 니고처럼 참조를 통한 심미적인 로고 개발도 아직은 없다. 니고와 Sk8thing이 만들었던 예전의 디자인을 반복 사용한 상품을 주로 출시하고 있다. 스트릿웨어 브랜드 창업자들이 자신의 브랜드를 지키지 못하고 매각하는 모습이 안타깝다. 베이프는 하라주쿠 뒷골목의 스트릿 컬처가 우러나와야 브랜드 정체성을 지킬 수 있다.

중국 기업이 베이프를 인수한 지 10년이 지났다. 필자가 자주 방문하는 미국 맨해튼 매장은 예전과는 달리 주로 중국인들만 방문하고 있다. 니고 시절보다 베이프 고객의 다국적·다인종 구성 비율이 희미해지고 있어서 아쉬움이 크다. 또한 예전에는 베이프 매장은 줄을 서야 들어갈 수 있었지만, 지금은 기다리는 줄이 사라졌다. 초기 베이프의 모험심과 도전적 디자인의 출현을 기대한다.

(3) Undercover [언더커버]

홈페이지: undercoverism.com

창업자: Jun Takahash(高橋 盾)

일본은 스케이트보드 문화가 일찍부터 발달했다. 하지만 스케이트보드 컬처를 기반으로 한 로컬 브랜드가 세계적 브랜드가 된 경우는 아직 없다. 물론 에비센(evisenskateboards.com), 디아스포라 (diasporaskateboards.com), 타잇부스(tightbooth.com), 해브어굿타임 (have-a-goodtime.com) 브랜드가 등장했지만 아직은 로컬 차원이다. 그런데 1990년대에 출현한 베이프·언더커버·네이버후드·더블탭스는 스케이트보드와 직접적인 관련이 없다.

일본 스트릿웨어 패션을 이해하기 위해서는 스케이트보드 컬처 관점이 아닌 음악(뮤지션·밴드) 배경으로 접근해야 한다. 일본 스케이터보더들은 비싼 일본 스트릿웨어 옷을 입고 스케이팅하지 않는다. 이 책에서 다루는 일본 스트릿웨어 브랜드 4개는 스케이트보드가 아닌 스트릿 패션 관점에서 봐야 하며, 스케이트보더가 창업자이면서 DIY 제작으로 출발한 미국 스트릿웨어 브랜드와는 차이점이 있다.

언더커버는 1993년 베이프와 같은 해에 같은 장소에서 출발했다. 창업자 준 타카하시는 베이프의 니고와 마찬가지로 도쿄 패션 전문학교인 문화복장학원 출신이다. 예술적 견해가 비슷한 준과 니고는 스트릿웨어 대부 후지와라 히로시를 멘토로 삼고 하라주쿠 뒷골목 문화의 주역이 되었다. 준과 니고는 편집숍 노웨어(NOWHERE)를 우라-하라주쿠에서 오픈했다. 노웨어는 미국 빈티지 아이템과 희귀한 제품을 판매하는 멀티숍 기능과 함께 준의 브랜드를 알리는 창구 역할을 했다. 그러나 니고와 준은 같은 공간에 있었지만 전혀 다른 패션 철학과 비즈니스 관점을 가지고 있었다. 공통점이 있다면, 숀 스투시와 후지와라처럼 자신의 브랜드를 런칭하고 독립 매장을 운영하는 꿈을 가지고 있었다.

준은 노웨어가 오픈하기 전 언더커버 디자인을 시작했다. 니고와 함께 1993년 노웨어 매장을 오픈했고, 준은 매장에서 자신의 언더커버 의류를 같이 판매했다. 뒤이어 니고도 베이프를 런칭했다. 준과 니고는 패션 성향이 달랐으므로 노웨어는 제품 구성이 독특했다. 니고는 미국 서브컬처 영향을 많이 받은 반면, 준은 영국 펑크 문화를 추구했다. 준은 비비안 웨스트우드(Vivienne Westwood)를 롤 모델로 삼았으며, 펑크록 밴드인 섹스 피스톨즈(Sex Pistols)를 문화 아이콘을 따랐다.

언더커버는 영국 펑크 무브먼트를 바탕으로 우아한 멋을 가미한 스트릿 컬처를 추구한다. 펑크 엘레간트(Punk Elegant)라는 상반되는 개념을 디자인 철학으로 제시한다. 저항적이고 반기성주의적인 요소를 심미적 아름다움으로 표현한다. 언더커버의 모토인 '우리는 옷을 만들지 않고 야단법석(noise)을 만든다!'로 알 수 있다. 상반되는 요소를 옷에 포함해서 보는 순간 정신적으로 혼란스럽지만, 결과적으로는 관심을 끄는 패션을 추구한다는 의미다. 준의 철학적 접근이 내포되어 있다.

준은 언더커버를 런칭하기 전부터 영국 펑크에 심취했다. 섹스 피스톨즈를 모방한 도쿄 섹스 피스톨즈(TSP) 밴드를 결성하고 리드 보컬을 했다. 일본에서 DJ와 밴드는 청소년에게 영향력과 존경까지 받는 위치에 있다. 언더그라운드 유명 인사인 준이 매장을 오픈하자 노웨어는 청년 문화의 사랑방이 되었다. 준도 스트릿 컬처 브랜딩 순서에 따라 티셔츠부터 제작했다. 디자인 감각이 뛰어난 준은 로고를 활용하기보다는 창의적 감성과 영감이 묻어 있는 디자인을 프린팅했다. 언더커버 그래픽 티셔츠는 노웨어 매장의 인기 아이템이 되었다. 니고는 원숭이 로고를 활용한 반면, 준은 창의적 디자인을 이용해서 티셔츠를 제작했다.

일본 로컬 브랜드였던 언더커버와 베이프는 해외 진출 과정도 달랐다. 베이프의 니고는 퍼렐과의 친분으로 미국 시장으로 진출했다. 준은 카와쿠보 레이(Kawakubo Rei)의 도움으로 세계 무대에 섰다. 카와쿠보와 준의 인연은 도쿄 패션쇼에부터 시작됐다. 준은 여성복 라인을 출품했다. 출품작인 MA-1 봄버 재킷이 관심을 받았다. 꼼데가르송(Comme des Garcons) 창립자인 카와쿠보가 준의 재킷을 구입했다. 카와쿠보는 준의 창의성에 감탄했고 준의 패션 멘토가 되었다. 카와쿠보의 주선으로 언더커버는 파리 패션쇼에 여성복으로 데뷔했다. 파리 패션쇼 출품으로 언더커버는 일본을 넘어 세계적 브랜드로 성장하는 기회를 얻었다.

언더커버는 단독으로 파리 패션쇼에 출품할 만큼 예술적 창의성이 탁월한 브랜드이지만 스트릿웨어 카테고리에 속한다. 언더커버가 스트릿 커뮤니티 팬덤의 관심을 얻은 계기는 로고였다. 알파벳 U 아래에 밑

줄을 그은 'U 밑줄 로고' 디자인은 스트릿 패션 마니아의 필수 아이템이 되었다. 스투시의 움라우트(ü)처럼 언더커버의 'U 밑줄 로고'는 스트릿 컬처의 상징이 되었다. 일본 여행 시 언더커버 매장에서 많이 구매하는 품목 중 하나가 U 티셔츠일 정도로 인기 있다.

언더커버는 알파벳 U를 자신의 상징으로 갖게 되었다. 스트릿웨어 브랜드는 영어 알파벳으로 자신을 대표하고 싶어 한다. 스투시는 S, 엑스라지는 X, 슈프림은 S, 허프는 H, 브릭스톤은 B, 반스는 V, 챔피언은 C, 팔라스는 P를 브랜드 아이콘으로 사용하고 있다. 물론 글씨체(폰트)와 색상도 중요한 요소다. 스투시와 슈프림은 S를 사용하지만 누구나 구분 가능하다. 알파벳 스펠링 한 개만 보고도 어떤 브랜드인지 알 수 있다면 스트릿 커뮤니티의 인정을 받은 셈이다.

언더커버는 여러 스트릿웨어 브랜드와 컬래버를 통해서 존재감을 과시하고 있다. 나이키·반스·컨버스·오프-화이트·슈프림·발렌티노 등 서구 유명 브랜드와 컬래버를 진행하고 있다. 협업을 통해 언더커버는 펑크 아방가르드(Punk Avant-Garde)를 전한다. 파트너 브랜드들은 언더커버가 풍기고 있는 펑크 분위기를 흡수한다. 언더커버는 스트릿웨어 브랜드 중에서 펑크 바이브를 가장 잘 표현한다. 덕분에 팬덤의 브랜드 충성도의 밀도가 높다.

언더커버는 홈페이지 주소에 이즘(ism)을 붙였다. 주의(主義)·사상(思想)을 의미하는 독특한 표현이 URL에 있다. 브랜딩 목표가 상업적 판매보다는 정신적·이념적인 시각이 있음을 강조한다. 창의성을 내세우는 언더커버는 꼼데가르송의 철학과 궤를 같이하면서 스트릿 컬처 정신을 지키고 있다. 언더커버는 일본·유럽·아시아에 매장이 있으며, 특히 카와쿠보의 도버 스트릿 마켓(Dover Street Market)의 단골 브랜드다. 아직 한국에는 언더커버 매장은 없다.

준 타카하시는 언더커버의 정체성은 확고히 지키지만 브랜드 운영은 개방적으로 한다. 언더커버의 창업 철학을 상업성으로 약화시키지 않는다. 대신 판매 방식과 컬래버 등은 폭넓게 진행한다. 독립 매장을 운영하면서 편집숍과 부티크에는 한정 수량만 공급한다. 희소성도 지키면서 다양한 유통 경로와 조화를 이룬다. 언더커버는 스트릿웨어 브랜드의 운영 방식의 모범을 보여 주고 있으며, 작지만 강한 존재감을 보여 주는 멋진 브랜드다.

(4) Neighborhood [네이버후드]

홈페이지: neighborhood.jp
창업자: Shinsuke Takizawa(滝沢 伸介)

네이버후드는 오토바이 문화를 중심 콘셉트로 하는 스트릿웨어 브랜드다. 1994년 신스케 타키자와가 일본 도쿄에서 런칭했다. 바이커·밀리터리·아웃도어를 브랜드 배경으로 한다. 베이프·언더커버·더블탭스와 함께 우라-하라 컬처 무브먼트로 태어난 브랜드다. 신스케는 후지와라 히로시 그룹의 일원이다. 후지와라를 멘토로 삼은 니고, 준, 신스케는 일본 스트릿컬처 운동의 촉진자 역할을 하면서 비슷한 시기에 브랜드를 런칭했다.

신스케는 후지와라와 친밀한 인연으로 멘토링을 받으면서 네이버후드를 런칭했다. 패션에 꿈을 키우던 신스케는 패션학교를 다니면서 클럽 DJ 활동을 했다. 선배 DJ인 후지와라를 만나면서 신스케는 본격적으로 하라주쿠 스트릿 컬처 세계로 들어온다. 멘토인 후지와라의 추천과 도움으로 메이저 포스(Major Force) 음반 회사에 취직하여 힙합 레코드 제작에 참여한다. 후지와라가 1990년 굿이너프를 런칭하자, 신스케도 스트릿웨어 브랜드에 관심을 기울였다.

하라주쿠 무브먼트 멤버들이 하나씩 자신만의 스트릿 컬처 브랜드를 준비하자 신스케도 브랜드 콘셉트를 고민했다. 후지와라는 창업 전반에 걸친 조언자였다. 니고가 베이프, 준 타카하시는 언더커버, 니시야마 테츠는 FPAR을 런칭했다. 신스케는 바이커 스타일의 의류·가방 악세서리를 스트릿 컬처화해서 네이버후드를 런칭한다.

신스케가 오토바이 컬처를 백그라운드로 삼은 이유는 자신이 오토바이를 사랑하고 즐겨 타는 마니아였기 때문이다. 일본은 아시아 국가 중 바이커 문화가 가장 활발하게 발달한 나라다. 미국과 유럽처럼 고속 도로에서 오토바이를 탈 수 있어서 바이킹 환경이 우호적이다. 섬나라 특성답게 해안선을 따라 달리는 경로는 바이크족의 환상적인 인기 라이드 코스다. 또한 일본은 유명한 오토바이 제조업체가 많고, 바이크 동호회 인원도 두텁다.

브랜딩을 준비하던 신스케는 미국 영화 〈이지 라이더(Easy Rider)〉에서 영감을 얻어 바이크족 스타일을 브랜드 콘셉트로 정했다. 미국 할리데이비슨(Harley-Davidson) 오토바이 서브컬처와 일본 우라-하라 문화가 만나서 네이버후드가 태어났다. 신스케는 자신의 취미인 오토바이를 브랜드 주제로 하면서, 군용 오토바이 패션에 아이디어를 얻어 밀리터리 배경도 디자인에 추가했다.

신스케는 브랜드 이름을 '이웃'을 뜻하는 네이버후드로 정했다. 네이버후드는 공동체·커뮤니티와 관련된 개념이다. 네이버후드는 브랜드 이름에 브랜드 철학·방향을 표현했다. 바이커의 첫인상은 거칠고 우락부락하지만, 신스케는 바이커를 매너 좋은 이웃의 이미지 콘셉트로 정했다. 신스케는 바이커 커뮤니티의 활동 멤버이며, 리더여서 브랜드의 진정성을 확보했다. 바이커 입장에서 바이커 친구들을 위한 스트릿웨어 브랜드를 런칭했다. 신스케는 자신이 몸담고 있는 우라-하라 멤버들을 경쟁자가 아닌 이웃으로 본다.

신스케는 1994년 네이버후드 오프라인 매장을 열었다. 처음에는 편집숍이었다. 더블탭스의 창업자 테트와 함께 매장을 운영했다. 미국에서 의류를 수입해서 판매하는 멀티숍으로 출발했다. 니고와 준의 노웨어 편집숍과 함께 네이버후드는 스트릿 컬처의 사랑방 구실을 했다. 하지만 주변에 비슷한 매장이 많이 생기면서 상품도 겹치기 시작했다. 미국 수입 의류 판매는 생각보다 저조했다. 신스케와 테트는 매장 운영을 위한 새로운 돌파구가 필요했다. 1년 앞선 니고(베이프)와 준(언더커버)의 브랜드 런칭이 자극이 되었다.

네이버후드도 스트릿웨어 브랜딩 공식에 따라 티셔츠부터 출시했다. 신스케가 컴퓨터 그래픽을 공부한 경력이 DIY 티셔츠 제작에 큰 도움이 되었다. 네이버후드티와 의류는 우라-하라주쿠 거리의 인기 아이템이 되었다. 우라-하라에 모이는 청소년들은 DJ인 신스케의 브랜드 런칭과 티셔츠 발매로 네이버후드의 팬덤이 되었다. 특히 바이커 커뮤니티는 창업자인 신스케가 자신들과 같은 바이커여서 네이버후드의 브랜드 진정성을 신뢰했다. 네이버후드는 커뮤니티의 든든한 후원을 받으면서 출발했다.

오토바이 문화와 밀리터리의 절묘한 혼합의 브랜드 포지션이 스트릿 컬처와 어울려서 탄생한 네이버후드는 다른 브랜드와 차별화를 만들었다. 모터사이클 컬처와 스트릿 컬처가 어울릴 수 있는 공통 요소를 신스케는 정확히 파악했다. 자유·도전·낭만·반기성주의 배경의 문화적 공통점을 브랜딩에 적용했다. 미국의 할리데이비슨은 바이커문화이지 스트릿 컬처는 아니다. 네이버후드는 모토사이클 문화를 스트릿웨어 패션으로 발전시켰다. 즉, 바이크족의 바이브를 스트릿웨어 감성으로 승화시켰다.

신스케는 바이크 컬처와 스트릿웨어 패션을 융합하기 위해서 미국 바이크 컬처 배경에 영국 펑크 패션을 가미해서 디자인에 적용했다. 전체적인 브랜드 이미지는 빈티지 스타일에 카운터 컬처를 혼합했다. 네이버후드가 밀리터리 디자인 제품을 꾸준히 발매하는 이유가 있다. 창업 초기부터 테트(WTAPS)와 함께 매장을 운영했고, 테트가 네이버후드의 크리에이티브 디자이너를 하면서 밀리터리 요소가 네이버후드 이미지의 한 축을 차지한다.

네이버후드는 다양한 분야의 브랜드로부터 컬래버 러브콜을 받고 있다. 파트너인 더블탭스와는 자주 협업을 진행하고 있다. 더블탭스의 밀리터리 스타일과 바이커의 터프함은 인기 컬래버 아이템으로 자리 잡았다. 두 브랜드의 컬래버 제품은 언제나 팬덤을 흥분시키며 조기 품절 된다. 최근에는 어그(UGG)와 컬래버를 진행했는데, 귀여운 어그에 강렬한 이미지의 부조화 심미성이 눈길을 끌었다.

이외에도 컬래버를 폭넓게 한다. 스포츠 브랜드 아디다스·나이키, 시계 회사인 카시오, 가방 브랜드 이스트팩, 스니커즈 브랜드 컨버스, 스트릿웨어 브랜드 스투시·빌리어네어 보이즈 클럽, 반지 브랜드 프로그 등이 있다. 네이버후드는 컬래버 파트너 브랜드의 범주를 제한하지 않는다. 가구 회사와의 협업은 네이버후드만의 색감과 디자인을 가구에 표현해서 흥미와 재미를 유발했다. 한국의 캠핑 브랜드 헬리녹스(Helinox)와 텐트 컬래버도 인기를 끌었다.

협업 브랜드들은 네이버후드만의 스타일링 힘(styling power)을 얻고 싶어 한다. 제품의 질과 소재가 우수하기 때문만이 아니다. 신스케의 창의적이고 실험적인 디자인 아이디어가 중요한 요인이다. 신스케는 상업적이고 대중적 인기를 쫓아서 짜 맞추는 디자인을 거부하고 손수 하나씩 직접 만드는 크래프트(craft) 접근을 한다. 네이버후드의 컬래버는 외형과 형식을 뛰어넘는 내면적 호소력을 발산한다.

네이버후드의 브랜드 색상은 검정과 흰색이다. 주로 검정색을 이용한 디자인이 대표적이다. 검정색은 바이크족이 가장 좋아하는 색상이기도 하지만, 신스케는 블랙이 힘을 상징한다고 본다. 검정색으로 제품을 만들면 보다 섬세하게 디자인할 수 있다. 같은 검정색이어도 소재와 재봉 방향에 따라서 느낌이 달라진다. 또한 네이버후드의 컬래버는 상당히 계획적이고 짜임새가 잘 구성되어 있다. 컬래버를 통해서 새로운 고객을 꾸준히 신규 팬덤으로 만든다.

네이버후드의 오프라인 매장 운영 방식은 독특하다. 자체 플래그쉽 스토어 Neighborhood가 있고, 후즈(HOODS) 매장이 있다. 네이버후드 단어의 마지막 부분인 '후드'를 따서 이름을 지었다. 후즈 매장은 네이버후드 제품뿐만 아니라 더블탭스 제품을 함께 판매한다. 신스케와 테트의 우정은 브랜드 런칭 때부터 이어지고 있다. 두 사람의 패션 철학 공통점은 라이프 스타일 브랜드 확장으로 이어지고 있다. 한국은 2014년 압구정동에 후즈 매장(HOODS Seoul)이 오픈했다.

밀리터리 콘셉트의 더블탭스가 패밀리룩 브랜드인 디센던트를 진행하듯이, 네이버후드는 영국 감성의 라이프룩인 루커(Lucker)를 런칭했다. 또한 SRL(Specimen Research Laboratory) 브랜드를 런칭해서 그릇·양동이·핀셋·공구함·주전자·커터기 등 다양한 소품을 만들고 있다. 역시 검정색 위주의 디자인이다. 어린이를 위한 키즈 라인 원써드(One

Third)도 있다. 원써드는 네이버후드 의류를 1/3로 줄여서 출시하기 때문에 붙인 이름이다.

(5) WTAPS [더블탭스]

홈페이지: wtaps.com
창업자: Tetsu Nishiyama(Tet)

일본 브랜드 WTAPS를 읽을 때면 잠시 망설이게 된다. W와 T 사이에 모음이 없다. 처음 음절부터 읽기 어렵다. 정확한 발음은 '더블탭스'다. W(더블, double)은 '두 번째'를 의미한다. 창업자 니시야마 테츠의 두 번째 런칭 브랜드의 뜻도 있다. 또한 군사 용어인 확인 사살의 의미도 있지만, 잔인한 내용을 의도하진 않는다. 모든 일을 재차 확인해서 정확성을 기한다는 장인 정신의 브랜드 철학을 표현한다.

니시야먀 테츠는 테트(Tet)로 불린다. 하라주쿠 스트릿웨어 컬처 멤버이며, 후지와라 히로시 그룹의 일원이다. 니고(베이프), 준(언더커버), 신스케(네이버후드)와 함께 후지와라를 멘토로 삼고 일본 스트릿 컬처를 이끌었다. 니고와 준이 1993년 노웨어(NOWHERE) 매장을 오픈하자 테트도 자신의 제품을 입점해서 위탁 판매 했다. 테트의 첫 번째 브랜드는 Forty Percent Against Rights(FPAR)라는, 다소 긴 이름이었다. 무정부주의와 개인 권리 존중을 이념적 배경으로 했다. 하지만 정치적 주장과는 깊은 관련이 없다. 저항주의 서브컬처에 초점을 두면서 만든 브랜드였다.

테트의 첫 번째 브랜드 FPAR는 무정부주의를 옷으로 표현하는 디자인 한계가 컸다. 추상적인 아나키즘(anarchism)을 구체화하기 힘들었다. 정부가 없으면 과연 자유·평화가 존재할지 의문이 들었다. 노웨어 매장에서도 베이프와 언더커버는 인기가 갈수록 커졌지만 FPAR 옷은 점점 판매가 줄어들었다. 테트는 현실을 자각하고 추상성에서 구체성으로 생각을 전환했다. 아이디어를 시각화할 수 있는 주제로 변경했다. FPAR을 중단하고 두 번째 브랜드인 더블탭스를 1996년 런칭했다.

테트는 친구들과 겹치는 콘셉트와 아나키즘을 피하기 위해서 고민했다. 밀리터리(군대) 스타일을 디자인 콘셉트로 삼았다. 군복과 군용 제품에서 아이디어를 얻어 스트릿 컬처에 밀리터리룩을 적용한 디자인이다. 당시 밀리터리룩은 일본에서도 즐겨 찾는 스타일이었다. 하지만 미국에서 수입한 군복을 그대로 입는 수준이었다. 테트는 군복을 스트릿웨어 스타일로 재해석한 패션을 떠올렸다. 밀리터리 요소는 가져오지만 스트릿 감성으로 소화하는 디자인을 추구했다.

테트의 군복 아이디어는 스트릿 커뮤니티의 인정을 받았다. 군복 디자인을 이용한 다른 브랜드도 있었지만, 스트릿웨어 바이브를 생생하게 살린 브랜드로는 더블탭스가 독보적이었다. 테트의 두 번째 도전은 성공했다. 테트의 심미적 밀리터리 스타일은 다른 스트릿 컬처 브랜드와 컬래버를 진행하는 촉매 역할을 한다. 더블탭스와 컬래버를 진행한 브랜드로는 슈프림·스투시·베이프·허셀·반스·칼하트 윕·네이버후드가 있다. 많은 브랜드에서 더블탭스를 협업 파트너로 원하는 이유가 있다.

첫째는 더블탭스의 독특한 밀리터리 감성을 자신의 브랜드에 담아서 표현하고 싶어 하기 때문이다. 군복 카모 패턴만으로는 스트릿웨어 스타일의 밀리터리룩을 쉽게 완성할 수 없다. 베이프도 카모 패턴을 사용하지만 밀리터리 감성은 거의 느낄 수 없다. 브랜드가 탄생할 때부터 밀리터리 스타일을 정확히 해석해야 스트릿웨어 마니아에게 인정받을 수 있다. 테트의 밀리터리 스타일은 스트릿 컬처의 심미성을 브랜드 철학으로 삼고 출발했다. 더블탭스와의 밀리터리 디자인 협업은 파트너 브랜드에게 남성적 이미지를 더해 주는 효과를 준다.

두 번째는 더블탭스가 유행(트렌드)을 쫓지 않고 꾸준히 밀리터리 콘셉트를 유지하고 있기 때문이다. 스트릿웨어 유행과 함께 여러 브랜드가 밀리터리룩 디자인을 이용했다. 하지만 순간적인 인기몰이와 이익 추구를 꾀한 패스트 패션이 대부분이었다. 마니아는 진정성을 가진 브랜드를 구분하는 능력을 가지고 있다. 트렌드에 민감하지 않은 더블탭스의 디자인 전략이 밀리터리 패션 분야에서는 오히려 팬덤을 두텁게 형성하는 기회가 되었다.

더블탭스 스타일의 배경을 이루는 철학은 일본 건축 장인 단체인 미야다이쿠(宮大工) 정신이다. 건축 시 개별 자재를 적합한 곳에 두어야 전체적인 균형이 맞는다는 사상이다. 미야다이쿠 정신은 간소한 디자인을 추구하는 미니멀리즘과 불필요한 요소를 줄이는 다운사이징 정신을 기본 철학으로 삼고 있다. 옷도 집과 마찬가지로 재료의 적절함이 중요하다. 태트는 옷을 디자인할 때 무조건 많은 색과 천을 이용하는 맥시멀리즘을 거부하고 필요한 양과 부자재를 적재적소에 최소한으로 사용한다. 더블탭스는 색상도 검정·밤색·회색·곤색 위주로 좁혀서 사용한다.

태트는 세 번째 브랜드를 런칭했다. 스트릿웨어가 라이프 스타일로 진화하고 있는 경향을 반영했다. 그리고 더블탭스의 군복 디자인이 일상생활과 어울리지 않는 아쉬움이 있었다. 밀리터리 스트릿 복장을 직장·학교·가정에서 다양한 연령대가 부담 없이 입기에는 한계가 컸다. 밀리터리 패션이 멋지다고 해서 직장에 입고 출근하면 눈치가 보인다. 핼러윈도 아닌데 주부와 아이들이 군복 패션으로 다니기는 무리가 있다.

태트는 가족 위주의 브랜드인 디센던트(DESCENDANT)를 런칭했다. 패밀리룩을 기본 아이디어로 출발했다. 디센던트는 더블탭스와 분리된 개념이 아닌 같은 맥락으로 통하고 있다. 디센던트 디자인은 더블탭스의 밀리터리 느낌을 줄이고 평범한 일상의 느낌이 풍기는 스타일을 추구한다. 오히려 스케이트보드 웨어 스타일에 가깝다. 더블탭스와 디센던트(descendant.jp) 디자인을 비교하면 다른 듯 비슷한 느낌이 물씬 풍긴다. 자체 매장은 교토와 히로시마에 있다.

더블탭스는 2011년 도쿄 시부야에 오프라인 매장을 오픈했다. GIP (Guerrilla Incubation Period)란 이름을 가진 플래그쉽 스토어다. 간판에는 큰 별을 달아 밀리터리 분위기를 연출했다. 매장 이름을 게릴라로 정한 이유는 테트의 첫 번째 브랜드 FPAR과 관련 있다. 아나키즘을 대변하는 게릴라를 매장 이름에 넣어 밀리터리 분위기를 살렸다. 필자도 일본 방문 시 필수로 방문하는 매장인데, 현재는 문을 닫아서 아쉽다.

더블탭스는 유통망 개선을 위해 후즈(HOODS) 매장에 제품을 입점해서 판매하고 있다. 도버 스트릿 마켓(DSM)에도 꾸준히 입점하고 있다. 반면 디센던트는 정매장이 일본에 2개가 있다. 현재 더블탭스의 전체적인 관리는 네이버후드에서 맡고 있다. 한국에는 에크루(ecru.co.kr)가 더블탭스, 디센던트, FPAR 제품을 수입·유통하고 있다. 한국 오프라인이 있으므로 테트의 감성을 느낄 수 있다.

최근 더블탭스는 스트릿웨어 스타일을 강조하기 위해 옷 전체에 로고를 크게 프린팅한 디자인을 많이 출시하고 있다. 더블탭스를 아메카지룩(Amekaji Look)으로 보는 견해도 있다. 아메카지룩은 미국 노동자 작업복과 일본 복고풍이 만난 패션이다. 아메카지룩의 대표적인 특징은 주머니가 많다. 그러나 더블탭스는 아메카지룩이라기보다는 밀리터리룩으로 봐야 한다. 더블탭스는 스타일리시 밀리터리 브랜드다.

일본 우라-하라주쿠 문화를 이끈 후지와라 히로시와 후배들이 만든 브랜드를 보았다. 베이프·언더커버·네이버후드·더블탭스는 슈프림처럼 30년 역사를 자랑한다. 아시아의 로컬 스트릿 브랜드의 성공 전략과 컬래버를 이용한 해외 진출 과정을 볼 수 있다. 일본 스트릿웨어 브랜드의 생명력과 국제화 과정이 인상적이다. 일본인의 집요한 장인 정신, 덕후 문화, 체계화 능력 때문일까?

(6) CDG Play [꼼데가르송 플레이]

홈페이지: comme-des-garcons.com

창업자: KawaKubo Rei

온라인 스토어: doverstreetmarket.com

공헌자: Filip Pagowski

꼼데가르송 플레이(Play)는 꼼데가르송의 여러 브랜드 중 하나다. 카와쿠보 레이가 일본 도쿄에서 런칭한 꼼데가르송은 펑크 스타일과 검은색 위주의 디자인으로 출발했다. 파리 패션쇼의 성공적인 데뷔 이후 꼼데가르송은 세계적인 패션 브랜드가 되었다. 카와쿠보의 창의성 존중 철학은 하위 브랜드 라인을 다양하게 런칭하는 계기가 되었다. 이 중에서 대표적인 컬트 문화 서브 브랜드가 꼼데가르송 플레이다. 대형 패션 기업이 스트릿 컬처를 융통성 있게 받아들여 성공한 경우다.

꼼데가르송 브랜드 자체는 스트릿웨어 패션과는 직접적인 관련은 없다. 스케이트보더가 꼼데가르송 옷을 입고 라이딩을 하는 모습은 상상도 할 수 없다. 하지만 꼼데가르송 플레이 티셔츠를 입고 스케이팅하는 장면은 자주 볼 수 있다. 스트릿웨어 팬덤은 꼼데가르송의 헤리티지와 창의성을 인정한다. 럭셔리 컬트 브랜드이면서 스트릿웨어 패션을 적극적으로 수용해서 꼼데가르송 플레이를 만들어 낸 개방적 자세는 공감을 얻고 있다.

카와쿠보는 준 타카하시를 후원하는 등 스트릿 컬처를 간접 경험했지만 브랜드 차원에서 추진한 적은 없다. 그런데 CDG Play를 런칭하면서 본격적으로 스트릿웨어 라인을 갖게 된다. 스트릿 컬처를 카테고리에 포함함으로써 청소년·청년층을 새로운 고객으로 흡수했다. 스트릿웨어 브랜드가 라이프 스타일과 패밀리룩을 추가하는 경향도 받아들여서 아동복까지 출시하고 있다. 꼼데가르송은 CDG Play를 완전히 별개의 브랜드인 듯 운영하며 자율성을 부여하고 있다.

CDG Play의 하트(심장) 로고가 등장했을 때 모두들 의아해했다. 어떻게 꼼데가르송이 브랜드 이름에 Play를 붙이고 유치원생이 그린 듯한 도형을 사용하는지 어리둥절했다. 하지만 지금은 스트릿 컬처 로고의 대표적 상징이 되었다. 하트 로고가 아이콘이 된 이유는 CDG Play가 꼼데가르송의 서브 라인이기 때문만은 아니다. 하트 로고의 눈이 사람을 주시하며 바라보는 묘한 분위기가 패션 마니아의 마음을 사로잡았다. 외계인 느낌도 나면서 어디에서 본 듯한 낯익은 친근감을 준다.

하트 로고를 디자인한 사람은 폴란드 출신의 필리 파고스키다. 그래픽 아트 디자이너인 파고스키는 굵은 볼드체 모양과 역동적이고 활기찬 디자인으로 유명하다. 하트 로고는 2001년에 만들었다. 손으로 종이 위에 한 번에 그린 모양이 그대로 로고가 되었다. 하트 로고가 좌우대칭을 이루지 않고 약간은 어색한 느낌이 나는 이유는 손으로 그렸기 때문이다.

　처음에는 빨간색 하트에 검정색 눈을 그린 로고만 사용하다가 브랜드의 확장성을 위해 초록색·파란색·검정색 하트 로고를 만들었다. 다양한 색을 이용하면서 통통한 하트 모양을 약간 날씬하게 변경했다. 로고의 기본 색상을 여러 가지로 이용하면 브랜드의 정체성을 잃을 수 있지만, 하트 로고는 실루엣(외곽선)이 중요한 역할을 하므로 문제가 발생하지 않고 있다. 오히려 고객층의 범위가 넓어졌고, 브랜드 인지도도 올라갔다. 하트 로고는 CDG Play의 마스코트 역할까지 하면서 어린이들도 좋아한다.

　유명 연예인들이 CDG Play 하트 로고 티셔츠를 입으면서 자연스럽게 패셔니스타와 소셜네트워크의 폭발적인 관심을 받았다. CDG Play의 컬래버는 언제나 스트릿 컬처 커뮤니티의 주목을 받으며 젊은 층의 기대감을 자극한다. 컨버스 신발과의 컬래버는 하트 로고가 스니커즈와 얼마나 잘 어울리는지 보여 주는 사례가 되었다. 또한 슈프림·루이비통·베이프와의 컬래버는 재판매 시장과 컬렉터의 인기 아이템이 되었다.

　CDG Play는 디자인 면에서도 스트릿웨어 특징을 강조한다. 하트 로고를 큰 사이즈로 디자인하고 옷 전체에 풀-오버 프린팅한다. 하트 로고를 반만 보이게 하거나 제품의 가장자리에 넣어서 유머스럽게 디자인한다. CDG Play는 하트 로고를 자유롭게 활용함으로써 로고 마니아의 관심을 충분히 끄는 스타일을 만든다. 약간은 모자란 듯한 로고를 제한 없이 표현해서 브랜드 피로감을 최소하고 고객을 재미있게 해 준다.

미국에서 CDG Play 제품은 꼼데가르송 일반 매장에서 구입하기 어렵다. 꼼데가르송은 라인과 성격이 다른 CDG Play 의류·신발의 판매처를 구별하고 있다. CDG Play 제품은 도버 스트릿 마켓(DSM)에서 우선적으로 취급한다. DSM은 스트릿웨어 편집숍 역할을 하는 매장이다. 꼼데가르송은 DSM을 스트릿 컬처를 소개하는 창구로 활용하고 있다.

도버 스트릿 마켓은 스트릿웨어 마니아의 필수 방문 장소다. 실험적이고 창의적인 브랜드의 박람회 같다. 매장은 일본(긴자)·미국(뉴욕, LA)·아시아(중국·싱가포르)·유럽(파리)에 있다. 뉴욕 매장은 지하부터 7층까지 가슴 설레게 하는 브랜드 아이템으로 꽉 차 있다. 베이프·스투시·슈프림·나이키는 정매장에는 품절된 제품도 볼 수 있다. 일본 스트릿웨어 브랜드인 언더커버·더블탭스·네이버후드도 자주 나온다. DSM을 통해 로컬 브랜드가 세계 시장으로 영역을 확장하는 기회를 얻는다. 스트릿웨어 브랜드 입장에서 DSM은 마케팅과 유통의 복합 플랫폼 역할을 한다.

CDG Play는 디자인과 판매 방법도 스트릿웨어 요소를 놓치지 않고 있다. 또한 스트릿웨어의 가장 큰 특징인 희소성을 꾸준히 지키고 있다. 하트 로고 때문에 비슷한 제품으로 착각이 되긴 하지만 매년 출시하는 제품은 한정 수량으로 나온다. 가격은 일본 스트릿웨어 요소인 고가격·고품질 정책을 유지하고 있다. 미국 스트릿웨어 티셔츠가 가격에 비해 질이 떨어지지만 CDG Play 티셔츠는 섬세해서 엄마들도 좋아하는 제품이다.

꼼데가르송은 CDG Play를 통해서 브랜드 확장에 성공했다. 나아가 CDG Play의 스트릿웨어 스타일을 오히려 꼼데가르송이 활용하기도 한다. 예전에는 CDG Play가 진행했던 컬래버를 지금은 꼼데가르송이 주도하기도 한다. 스트릿 컬처 브랜드와 컬래버는 CDG Play가 주도하는 편이 좋다. 스트릿웨어 브랜드의 생명력을 유지하기 위해서는 CDG Play가 컬래버를 해야 하트 로고의 단조로움과 브랜드 권태기를 이길 수 있는 전략이기 때문이다.

(7) Superdry [슈퍼드라이]

홈페이지: superdry.com
창업자: Julian Dunkerton, James Holder

슈퍼드라이는 일본어·한자·영어를 복합한 로고를 사용하는 스트릿 컬처 브랜드로 출발했다. 슈퍼드라이 제품을 처음 보면 일본어가 있어서 브랜드 국적을 혼동하기도 한다. 슈퍼드라이는 일본 브랜드가 아니고 영국 브랜드다. 2003년 영국 청년 줄리안과 제임스가 공동 창업 했다. 한국인 입장에서는 당혹스러운 브랜드이기도 하다. 왜 영국인이 일본어를 브랜드 로고로 사용했을까? 창업자가 일본과 특별한 관계가 있을까? 슈퍼드라이는 현재도 스트릿웨어 브랜드일까? 브랜드 이름이 좀 이상한 이유는 뭘까? 궁금증을 유발하는 브랜드다.

슈퍼드라이는 브랜드 스펙트럼(spectrum)이 광범위하다. 캐주얼복인 듯하면서도 스트릿 컬처 패션 바이브를 동시에 가지고 있다. 슈퍼드라이는 스케이트보드와 힙합 컬처를 브랜드 콘셉트로 주장하지는 않는다. 브랜드 포지션과 정체성이 애매모호하다. 그럼에도 슈퍼드라이를 스트릿웨어 카테고리에 넣는 이유는 스트릿 커뮤니티가 인정하기 때문이다. 꽤 많은 스케이트보더가 슈퍼드라이 티셔츠를 기본으로 가지고 있다. 스케이트 파크에서도 일본어가 적힌 슈퍼드라이 티셔츠를 자주 볼 수 있다.

슈퍼드라이는 일본어 히라가나(ひらがな)를 로고 디자인으로 사용한다. 일본어가 들어가 있지만 제일 먼저 유행을 타기 시작한 지역은 일본이 아닌 영국이다. 영국을 중심으로 주변 유럽 국가의 스트릿 컬처 마니아들이 입기 시작했다. 독일·프랑스·벨기에·스페인·오스트리아·이탈리아·스웨덴·스위스·그리스·포루투칼·덴마크의 청소년과 청년들의 머스트 해브 아이템이 되었다. 그리고 미국 맨해튼과 LA 패션 마니아까지 입으면서 세계적인 스트릿웨어 브랜드가 되었다.

특히 슈퍼드라이는 연예인과 스포츠 스타가 입으면서 스트릿 커뮤니티의 관심이 증폭했다. 축구 선수 데이비드 베컴이 입은 오사카 6(OSAKA 6) 반팔티와 민소매 티는 스트릿 마니아와 패셔니스타를 사로잡았다. 베컴의 슈퍼드라이 가죽 재킷은 영화배우 브래드 피트, 레오

나르도 디카프리오도 입으면서 미국에서 슈퍼드라이 인지도는 상승했다. 슈퍼드라이는 유럽과 미국에서 완전히 인정받는 브랜드로 자리 잡았다.

슈퍼드라이 로고가 거리 곳곳에 등장하자 여러 가지 궁금증이 증폭되었다. 한자·일본어·영어가 혼합된 슈퍼드라이의 로고와 브랜드 이름의 뜻은 무엇일까? 백인 문화권에서 슈퍼드라이가 인기 많은 이유는 뭘까? 영국 브랜드가 프랑스에 116개 매장을 운영하는 브랜드 파워는 어디서 나올까? 슈퍼드라이는 어떻게 동서양의 특징을 복합적으로 혼합해서 성공을 거두고 있을까? 슈퍼드라이는 스케이트보드와 힙합과는 전혀 관계가 없나?

1990년 후반에서 2000년 초반에 스트릿웨어 브랜드가 미국·일본에서 등장하면서 스트릿 컬처는 유럽의 청년 패션 창업자에게 영향을 끼쳤다. 슈퍼드라이의 창업자인 줄리안과 제임스도 슈퍼드라이보다 먼저 스트릿웨어 브랜드를 런칭했다. 줄리안은 컬트 클로딩(Cult Clothing), 제임스는 벤치(Bench)를 운영했다. 스케이트보드 브랜드인 벤치의 경험이 슈퍼드라이의 스트릿웨어 분위기에 영향을 줬다. 두 창업자는 기존의 틀에서 벗어나 새로운 콘셉트의 의류 사업을 계획했다. 특정 카테고리를 미리 정하지 않고 준비했다.

슈퍼드라이의 국적은 일본이 아닌 영국이다. 영국인이 영국에서 런칭한 토종 브랜드다. 그런데 브랜드 로고에 한자와 일본어를 넣은 이유는 두 창업자가 일본 여행을 하면서 아이디어를 얻었기 때문이다. 유럽에는 이미 일본 스트릿웨어 브랜드인 베이프·언더그라운드·네이버후드·더블탭스가 소개되었다. 줄리안과 제임스는 창업 아이템 탐색 지역으로 일본을 선택했다. 도쿄의 긴자와 하라주쿠, 오사카의 도톤보리의 매장과 거리를 다니면서 유럽과는 다른 일본의 분위기와 디자인이 브랜드 런칭의 동기 부여가 되었다.

브랜드 이름과 관련해서 재미있는 일화가 있다. 줄리안과 제임스는 브랜드 로고와 이름을 패션 매장과 잡지가 아닌 세탁실에서 우연히 발견했다. 두 사람은 여행 경비를 줄이기 위해서 배낭여행객과 비즈니스 여행객을 위한 호텔을 이용했다. 호텔의 공용 세탁실에 있는 세제 박스에 적혀 있는 문구에서 아이디어를 얻었다. 'Superdry 極度乾燥 しなさい(슈퍼드라이 극도건조 시나사이)' 문구를 발견했다. '세탁물을 강하게 건조하세요'라는 의미다. 서양인의 시각으로 재미있는 글귀였다. 두 창업자는 모험적인 발상으로 브랜드 이름을 이 문구로 결정했다. 세탁물 포장 용기에 적힌 문구가 그대로 브랜드 이름이 되었다.

줄리안과 제임스는 일본 여행을 통해 브랜드 이미징 작업의 기초도 완성했다. 일본 밀리터리 패션과 스트릿 스타일을 관찰하면서 슈퍼드라이 실루엣의 기본 틀을 정했다. 일본의 수작업 크래프트 장인 정신에 감동해 제품의 퀄리티를 어느 수준으로 할지도 생각했다. 영국으로 돌아온 후 DIY 방법으로 직접 일본어 로고를 제작했다. 그리고 스트릿웨어 브랜드 빌딩 공식에 따라 반팔 티셔츠부터 출시했다.

영국인들에게 일본어가 들어간 디자인은 의외로 신선한 느낌을 줬다. 의류 소재의 질도 가격 대비 만족스러운 수준으로 유지해서 지금은 영국 국민 의류가 되었다. 슈퍼드라이는 일본어 폰트를 사용하지만 브랜드 정체성은 미국 빈티지 스타일과 영국 컬트 문화에 두고 있다. 슈퍼드라이는 워싱 디자인을 주로 사용하여 빈티지 느낌을 강조했다. 스포츠를 사랑하는 영국 콘셉트에 맞추어 스포츠 라인을 따로 만들었다. 스트릿 컬처 패션을 강화하기 위해 스케이트보드 데크와 스노보드 의류 라인을 확장하고 있다.

슈퍼드라이는 거대한 패션 회사로 변했다. 스트릿웨어 브랜드와 눈에 띄는 컬래버도 거의 없다. 슈퍼드라이는 스트릿웨어 브랜드 모델 공식과는 반대로 브랜딩 한다. 한정판 없이 인기 제품은 지속적으로 재발매한다. 매장 수도 계속 늘리고 있다. 제품의 희소성도 별로 없어서 발품을 팔면 자신이 원하는 제품을 구할 수 있다. 스트릿웨어의 반기성주의 정신도 특별히 없다.

슈퍼드라이는 현재로서는 완전한 스트릿웨어 브랜드는 아니다. 그렇다고 캐주얼 브랜드도 아닌 스트릿 컬처 변방에 위치하면서 독특한 존재감을 내뿜고 있다. 일본에는 슈퍼드라이 매장이 있을까? 일본어를 많이 사용하는 슈퍼드라이는 일본에 매장이 전혀 없다. 일본인이 해외에서 슈퍼드라이 매장을 보면 놀라곤 한다. 일본어 문구가 엉터리거나 문맥이 맞지 않아서 당황하기도 한다. 한국에는 슈퍼드라이 매장이 있을까? 당연히 없다. 일본어 디자인 때문에 아마도 한국에 오픈하기는 힘들 듯하다.

(8) Patta [파타]

홈페이지: patta.nl

창업자: Edson Sabajo, Guillaume 'Gee' Schmidt

파타는 창업자·지역·비전·컬래버가 독특한 스트릿 컬처 브랜드다. 네덜란드 암스테르담에서 2004년 흑인 두 명이 창업했다. 창업자 에드손 사바요와 기욤 슈미트는 남미 수리남(Suriname)에서 네덜란드로 이민 온 청년이다. 수리남은 네덜란드 식민지였다가 1975년 독립했다. 그래서 수리남은 네덜란드어가 공용어이며, 네덜란드 문화가 퍼져 있다. 남미인데 흑인이 주민으로 많은 이유는 노예 제도로 인해서 아프리카에서 강제 이주를 한 역사 때문이다.

사바요와 슈미트는 자신의 고향인 수리남을 떠나서 네덜란드의 작은 동네인 암스테르담으로 왔다. 암스테르담은 인구 70만 명의 중소 도시이지만, 독특한 문화와 감성이 지배하는 지역이다. 음악을 좋아하고 사회 활동적인 두 사람은 팻 비츠(Fat Beats) 레코드 매장에서 만난다. 팻 비츠(fatbeats.com)는 단순히 레코드만 판매하는 소매점이 아니다. 뮤지션·아티스트·스트릿 컬처 마니아들이 모이는 중심이다. 뉴욕 맨해튼의 지하실에 처음 매장을 오픈한 이후 LA, 도쿄, 암스테르담으로 확장했다.

팻 비츠에서 사바요는 MC, 슈미트는 DJ로 활동했다. 팻 비츠에서 쌓은 인맥과 예술·문화·음악 경험이 파타 브랜드의 근간을 이룬다. 힙합을 좋아하는 사바요와 슈미트는 자연스럽게 미국 래퍼의 코디를 따라 하며, 특히 신발에 관심이 많았다. 스니커헤드 수준이 된 두 사람은 미국으로 가서 뉴욕의 할렘·브롱스 매장에서 조던, 일본판 반스 등을 암스테르담에 가지고 와서 판매했다. 네덜란드에서 구하기 힘든 신발을 소개하자 인기가 높았다. 드디어 2004년 신발 소매점 파타를 오픈했다. 신발 보따리상에서 매장으로 발전했다.

파타는 스니커즈에서 의류·악세서리를 수입·판매하는 회사로 성장했다. 파타는 인기가 올라가면서 청소년·청년·스트릿 마니아의 집합소가 되었다. 2010년 드디어 사바요와 슈미트는 파타 자체 브랜드의 남성복 라인을 출시했다. 파타 디자인의 특징은 굵은 볼드 그래픽과 생생한 색감이 대표적이다. 수리남과 암스테르담의 다문화 배경과 미국 힙합 컬처가 파타를 독특한 스트릿웨어 브랜드로 만들었다. 브랜드 이름 파타는 수리남 슬랭의 신발이라는 뜻이다. 파타는 남미·아프리카·유럽·미국 문화가 복합된 브랜드다. 파타는 이민자의 악조건을 극복해 탄생한 브랜드여서 뜻깊다.

파타의 중요한 특징으로 독특한 컬래버를 들 수 있다. 나이키·아식스·컨버스·뉴발란스·리복 등의 스포츠 브랜드와 컬래버를 기본으로 한다. 나이키와 에머 맥스 컬래버는 유명하다. 하지만 색다른 컬래버가 독보적이다. 루이 비통 음악 디렉터인 Benji B, 래퍼 Skepta의 매니저인 Grace Ladoja, 슈프림 디렉터이며 어웨이크 뉴욕(Awake NY)의 Angelo Baque, 포토그래퍼 Dana Lixenberg 등 수많은 스트릿 컬처 마니아들과 컬래버를 진행한다.

스트릿웨어 브랜드의 단점 중 하나는 커뮤니티(청소년·청년 고객)를 통해서 성장했음에도 불구하고 브랜드가 커지면 커뮤니티와 거리를 두고 신비화 전략을 추구한다. 그런데 파타는 오히려 커뮤니티와 더욱더 밀접한 관계를 구축해 간다. 암스테르담의 아티스트·뮤지션·재능인을 적극적으로 후원하고 있다. 파타 파운데이션(Patta Foundation)을 설립해서 청소년의 문화 교육을 담당하고 있다.

파타는 암스테르담 시민들에게 달리기를 권장하기 위해서 2010년 파타 런닝팀(Patta Running Team)을 만들었다. 그리고 네덜란드에서 가장 많은 사람이 즐기는 스포츠인 자전거 타기를 후원하기 위해서 파타 사이클링 팀(Patta Cycling Team)을 2023년 창단했다. 청소년들이 좋아하는 스케이트보드팀은 아직 없다. 대신 파타 아카데미(Patta Academy)를 통해서 청소년들이 패션·스포츠·아트·음악·창업을 배우는 기회를 만들고 있다.

파타 암스테르담 매장은 지덱 스트릿(Zeedijk street)에 있다. 지덱 스트릿은 스트릿 컬처 매장이 모여 있는 장소다. 스투시, 꼼데가르송 블랙, 지덱 60(Zeedijk 60), 데일리 페이퍼(Daily Paper), 마하(Maha), 폴(Four), 소울 박스(Sole Box), 더 뉴 오리지널스(The New Originals), 원원 암스테르담(1One Amsterdam) 등 국제적 패션 부티크가 몰려 있다. 마치 뉴욕 맨해튼의 소호, LA의 페어팩스, 도쿄의 하라주쿠 같은 스트릿웨어의 보물 창고다.

파타는 암스테르담 매장을 시작으로 2016년 런던, 2019년 밀란에 매장을 오픈했다. 지역 사회와 커뮤니티를 최우선으로 생각하는 파타는 흑인 문화를 고려하고 있다. 파타의 창업자는 흑인이 만든 스트릿 웨어 브랜드가 유명해지면 자연스럽게 백인 브랜드화 되는 현상을 비판한다. 파타는 흑인 창업자가 운영하는 브랜드임을 숨기지 않는다. 오히려 흑인의 예술적 감성을 표현하는 노력을 한다.

20년 역사의 파타의 브랜드 철학을 표현하는 모토가 있다.
'Out of Love and Necessity rather than Profit and Novelty'
'**이익과 새로움보다는 사랑과 필요성으로**'

파타는 브랜드 성공이 가져오는 이윤 추구와 상업성에서 사랑과 진정으로 필요한 내용이 무엇인지 계속 고민한다.

파타를 표현하는 또 다른 표현이 있다.
'Community First, Streewear & Sneakers Second'
'**커뮤니티가 첫 번째고, 스트릿웨어와 신발은 두 번째다**'

스트릿웨어 브랜드는 의류와 신발을 판매해서 이윤을 추구해야 하지만, 더욱 중요한 고려 사항은 커뮤니티, 즉 사람이다. 파타는 브랜드가 커질수록 커뮤니티와 함께한다.

파타의 성공 스토리는 계속된다. 네덜란드 식민지 수리남 출신의 빈약한 배경을 극복한 사바요와 슈미트는 암스테르담의 커뮤니티를 통해서 성장했다. 파타는 팬덤보다는 진정한 커뮤니티를 원한다. 파타의 브랜드 정체성은 커뮤니티 존중 정신에서 나온다. 스트릿웨어 브랜드 런칭을 꿈꾸는 청년 창업자에게 파타는 좋은 모델이 되고 있다.

(9) PALACE [팔라스]

홈페이지: palaceskateboards.com
창업자: Lev Tanju

미국에 슈프림이 있고 일본에 베이프가 있다면, 영국에는 팔라스가 있다. 팔라스는 런던에서 태어나 세계적인 스트릿웨어 브랜드가 된 유럽의 첫 번째 사례다. 2009년 런칭한 역사가 짧은 브랜드다. 미국·일본·유럽의 유명 스트릿 컬처 브랜드보다 늦게 시작했지만 초고속으로 성장한 스트릿웨어 브랜드다. 고객 충성도와 브랜드 신뢰도는 슈프림·베이프를 오히려 초월하고 있다. 영국 로컬 브랜드에서 유럽을 대표하는 스트릿웨어 브랜드로 성공한 팔라스는 기본에 가장 충실한 모습을 보여 준다.

팔라스의 정확한 브랜드 이름은 '팔라스 스케이트보드(Palace Skateboards)'다. 브랜드 명칭에 스케이트보드를 넣을 정도로 팔라스는 스케이트보드 문화와 관계가 깊다. 미국에서 출발한 스케이트보드 컬처를 동경한 영국 청년 레브 탄주가 창업자다. 팔라스는 미국의 팝 컬처·그라피티·힙합의 영향을 받으면서도 영국·유럽의 특징을 강하게 표현하고 있다. 팔라스는 슈프림처럼 스케이트보드 컬처의 공통점은 있지만 영국 감성과 유럽인의 자존심이 반영되어 브랜드 색깔이 미국 스트릿웨어 브랜드와 구별된다.

2009년 창업한 팔라스는 20년도 안 되는 짧은 역사를 가지고 있음에도 불구하고, 최근에는 오히려 슈프림·베이프·스투시의 인기를 뛰어넘었다. 유럽에도 여러 스트릿웨어 브랜드가 있지만 팔라스만이 세계적 브랜드의 명성을 얻고 있다. 팔라스는 다른 브랜드가 이루지 못한 역사를 쓰고 있다. 팔라스 마니아·팬덤이 팔라스를 따르는 이유는 디자인·서비스·제품 때문만은 아니다. 팔라스는 다른 스트릿웨어 브랜드가 흉내 낼 수 없는 진정성과 타협하지 않는 반기성주의의 거친 야성을 가지고 있다. 권태로운 2000년대 중반의 분위기 가운데 등장한 팔라스는 스케이보드 마니아에게 허프나겔의 허프, 제이크 펠프스의 쓰래셔에서 느낀 신뢰성을 선사했다.

영국을 비롯한 유럽 국가는 축구 문화가 삶 전체를 지배하고 있다. 청소년들도 자신의 지역 축구팀을 응원하는 열렬한 축구 팬이다. 라이프 스타일이 축구 시즌과 일치할 정도로 축구는 삶의 방식이다. 그러나 축구 이외에 유럽 청소년들을 흥분시키는 운동이 하나 더 있다면 바로 스케이트보드다. 영국 청소년들은 미국 영화와 스케이트보드 브랜드가 출시한 비디오를 보면서 스케이트보드에 매료되었다. 축구와는 전혀 다른 매력을 가진 스케이트보드는 비가 많이 오는 영국이지만 과도기를 겪는 청소년들의 돌파구 역할을 한다.

축구와 달리 스케이트보드는 인원수 제한과 특별한 규정 없이도 즐길 수 있기 때문에 청소년에게 자유·독립·남자다움의 상징이 되었다. 지역마다 스케이트보드 커뮤니티가 형성되었다. 레브 탄주는 영국 남쪽 마을에서 친구들과 스케이트보딩을 매일 했다. 다른 동네의 학생들도 스케이트보딩을 했지만 레브 탄주 그룹은 다른 점이 있었다. 자신들의 스케이트보드 라이딩과 퍼포먼스를 동영상으로 만들어 웹사이트에 비디오를 꾸준히 올렸다. 지금도 Don't Watch That 홈페이지 (donwatchthat.tv)에 예전에 등록했던 필름을 확인할 수 있다.

레브 탄주와 친구들은 자신들의 모임을 팔라스 웨이워드 보이즈 콰이어(PWBC: Palace Wayward Boys Choir)로 이름을 지었다. 굳이 해석하면 '제멋대로 행동하는 소년 합창단의 궁전' 정도가 된다. 단어 자체가 서로 어울리지 않는 조합이다. 단체명을 이렇게 지은 이유는 자신들의 보잘것없는 상태를 역설적·반항적·반기성주의적으로 표현하기 위해서였다. 레브 탄주는 이때 지은 이름에서 팔라스를 가지고 와서 브랜드 정식 이름으로 결정한다.

팔라스 멤버들은 가족처럼 먹고 자면서 스케이트보드를 즐겼다. 누가 시키지도 않았지만 스스로 합숙 훈련까지 하면서 스케이트보딩에 푹 빠져 지냈다. 전문 코치도 없이 단지 미국 스케이트보드 비디오를 보면서 기술을 스스로 익혔다. PWBC 멤버들은 스케이트 파크를 돌아다니면서 라이딩 실력을 뽐냈다. 특히 런던 남부 사우스뱅크(Southbank) 스케이트 파크에서 스케이팅을 했다. 팔라스 멤버들의 테크닉과 퍼포먼스는 최고 수준이었다. 런던 남부 지역에서 PWBC는 모든 청소년의 우상이 되었다.

미국 스케이트보드 브랜드 옷을 입고 미국 보드화를 신고 미국 스케이트 잡지 쓰래셔와 비디오를 보면서 미국 프로 스케이터를 흉내 내던 레브 탄주 마음에 변화가 생겼다. 왜 영국에는 슈프림·베이프·스투시 같은 브랜드가 없을까? 영국만의 스케이트보드 배경의 브랜드를 만드는 꿈을 꾼다. 미국과 일본의 그늘에서 벗어날 계획을 세운다. 레브 탄주와 PWBC 친구들은 영국만의 스트릿웨어 브랜드를 만들기 위해서 팔라스 스케이드보드를 런칭한다.

팔라스의 탄생은 영국 스케이트보드 커뮤니티 입장에서는 월드컵 승리와 맞먹는 기쁨이었다. 팔라스가 런칭하자마자 영국뿐만 아니라 유럽 스케이터 전체가 흥분했다. 유럽 커뮤니티는 팔라스를 자신의 스케이트보드 브랜드로 환영하며 인정했다. 팔라스의 뜨거운 충성 팬덤을 형성했다. 팔라스는 단순히 여러 스트릿웨어 브랜드 중 하나가 아니다. 팔라스는 영국을 대표하면서 유럽의 자존심을 살리는 브랜드 가치를 인정받고 있다.

팔라스가 짧은 브랜드 역사를 가졌음에도 불구하고 유럽과 세계 스트릿 컬처 커뮤니티에서 인정받는 이유는 브랜드의 진정성 때문이다. 스트릿 마니아들은 창업자가 스케이트보더면 특히 진정성을 인정한다. 돈만 있으면 공장에서 찍어 낼 수 있는 티셔츠와 보드가 아닌, 직접 스케이트보드를 타고 스트릿 컬처가 라이프스타일인 스케이터가 브랜드를 창업하면 진정성은 살아난다. 레브 탄주와 친구들은 청소년 시절부터 PWBC 활동을 하면서 스트릿 커뮤니티에 알려졌다. 스케이트보딩을 순수하게 접근하고 진심으로 사랑하는 스케이터로 널리 인정받았다. 레브 탄주는 허프의 허프나겔과 비슷한 존재다.

영국 팔라스와 미국 슈프림을 적대적 경쟁 관계로 강조하면서 슈프림을 낮게 보는 경우도 있지만, 틀린 주장이다. 팔라스 런칭 훨씬 전부터 유럽에는 이미 미국 스트릿웨어 브랜드가 많이 소개되어 있었다. 스투시·슈프림·반스·볼컴·쓰래셔 등 세계적인 미국 브랜드가 유럽에 스케이트보드 문화와 스포츠를 전파했다. 미국 스케이트보드팀이 유럽을 다니면서 스케이트 투어를 개최하여 영국 청소년의 마음을 사로잡았다. 미국 스트릿웨어 브랜드 덕분에 유럽도 스케이트보드 컬처 배경이 형성되었다. 슈프림은 팔라스의 적대적 경쟁 상대가 아니다. 슈프림이 먼저 존재했기 때문에 팔라스가 탄생할 수 있었다.

레브 탄주는 스케이보드를 거칠고 스피드하게 타지만, 팔라스 런칭은 즉흥적이고 순간적으로 하지 않았다. 오히려 스트릿웨어 브랜딩 공식과 절차를 차근히 밟으면서 꼼꼼히 준비했다. 마치 브랜딩 전략가처럼 팔라스를 만들었다. 브랜드 이름은 학생 때부터 사용한 PWBC에서 Palace를 가져왔다. PWBC의 헤리티지를 이용해 팔라스의 짧은 역사를 보강하는 효과를 얻었다. 유럽 스케이터들은 팔라스를 2009년부터 시작한 브랜드로 생각하지 않는다. 팔라스의 시작을 PWBC 시절로 거슬러 올려서 본다.

레브 탄주는 팔라스를 브랜딩할 때 로고의 가시성과 인지도의 중요성을 알고 있었다. 팔라스 로고를 만들 때 시선을 집중시킬 수 있는 디자인을 고민했다. 브랜드 이름은 쉽게 결정했지만 로고 제작은 전문가에 의뢰했다. 런던의 유명 일러스트레이터인 퍼거스 퍼셀(Fergus Purcell)이 맡았다. 무한궤도의 삼각형 로고는 이렇게 탄생했다. 퍼거스를 기념해 트라이-퍼그(Tri-Ferg)로 부른다. 팔라스 제품 중 가장 인기 높은 아이템은 트라이-퍼그 삼각형이 들어간 의류다. 출시와 동시에 즉시 품절되기 때문에 재판매 시장에서도 인기 높은 모델이다.

팔라스는 베이프와 슈프림처럼 희소성 원칙을 따르고 있다. 수요보다 공급을 적게 하기 때문에 인기 디자인은 구하기 힘들다. 리셀러 시장을 이용해야 구매 가능하다. 팔라스는 창업 초기에는 자체 매장이 없었다. 삼각형 로고를 커다랗게 프린트한 티셔츠부터 제작했다. 다른 매장에 입점하거나 임시 팝업 스토어를 활용해 고객과 만나는 방법을 이용해서 판매했다. 팔라스는 브랜드 런칭 후 6년이나 지난 2015년 런던에 첫 번째 매장을 오픈했다. 2017년에는 뉴욕 맨해튼, 2018년 도쿄, 2019년 LA에 연속해서 오픈했다.

팔라스의 브랜딩 전략은 영국(유럽)다움과 1990년대 스케이트보드 스타일 회복을 핵심 가치로 출발했다. 팔라스는 영국은 축구뿐만 아니라 스케이트보드도 미국보다 잘한다고 주장하고 싶어 한다. 스트릿웨어 마니아들은 팔라스가 슈프림·베이프보다 스트릿 컬처를 훨씬 순수하게 계승했다고 평가한다. 베이프는 홍콩 IT 그룹에 판매되었고, 슈프림은 VF 코퍼레이션에 매각되었다. 대기업 소유로 넘어간 스트릿웨어 브랜드는 정체성 면에서 진정성이 약화될 위험이 크기 때문이다.

팔라스는 1990년대의 낡은 필름 기법으로 홍보용 비디오를 만든다. 스케이트보드 정신이 가장 철저했던 1990년대를 회상하면서 브랜딩을 전개한다. 상업주의 홍보 방법을 거부한다. 연예인에게 상품을 제공하지 않는다. 웹사이트의 제품 설명은 도발적이고 익살스럽다. 소재와 제조 국가 정보 대신 유머러스한 문구가 적혀 있다. 스케이트보더의 악동 같은 모습과 가공하지 않은 날것의 정신을 그대로 표현한다.

팔라스가 컬래버를 할 때 선택한 브랜드를 보면 영국 자존심이 강하게 나타나 있다. 처음 컬래버는 영국 스포츠 브랜드인 엄브로(Umbro)와 했다. 두 번째 컬래버는 영국 신발 브랜드였던 리복(Reebok)과 했다. 다음은 독일 브랜드인 아디다스와 컬래버를 했다. 영국과 유럽 브랜드 존중 정신을 잘 보여 주고 있다. 여타의 스트릿웨어 브랜드와 다르게 팔라스는 축구 유니폼 컬래버가 많다. 미국 스트릿웨어 시각에 보면 낯선 모습이다. 팔라스는 유럽 스포츠 의류와 스케이트보드 문화를 결합해서 새로운 스트릿웨어 컬처를 펼치고 있다.

팔라스의 장점은 외부 자본 유치 없이 자율성과 독립성을 가지고 자신만의 브랜드 이미지를 지켜 가고 있다. 이 점이 팔라스 고객의 충성도를 높이고 브랜드 자존감을 세워 주고 있다. 아이러니하게도 팔라스 매장이 명품 매장처럼 화려하고 제품 가격이 하이엔드급으로 점점 변하고 있다. 소박한 스케이트보드 문화로 출발한 팔라스가 원래의 스트릿 정신에서 벗어나 상류 럭셔리 문화를 지향한다는 지적이 있다. 과연 팔라스의 브랜드 포지션이 어디로 갈지 스트릿 마니아들은 기대 반, 걱정 반이다.

일본과 유럽(영국·네덜란드·이탈리아)에서 태어난 스트릿웨어 브랜드는 스트릿 컬처 카테고리에 안에 있지만 브랜드의 배경·지향점·이미지·색깔은 각각 다르다. 왜냐하면 스트릿 컬처는 다양성·독특성을 포용하고 반영하기 때문이다. 2장의 스투시 탄생부터 6장까지 미국·일본·유럽을 대표하는 스트릿웨어 브랜드를 보았다. 스트릿 컬처 트렌드는 스케이트보드 또는 음악(힙합·펑크)과 직·간접적으로 연결되어 있다. 그런데 이런 기본 경향과는 여러 면에서 다른 스트릿웨어 브랜드가 등장하기 시작한다. 다음 장에서는 새로운 성향을 띄고 있는 스트릿 컬처 브랜드를 알아본다.

7장

새로운 스트릿 컬처 브랜드

스트릿 컬처 패션이 성공을 가져오는 비즈니스 플랫폼이 되었다. 수많은 스트릿웨어 브랜드가 2000년 전후해서 우후죽순으로 생겨났다. 스크린 프린팅 기법으로 티셔츠 제작이 쉬워서 청년 창업자들이 간단히 브랜드를 런칭했다. 개인 창업자 이외에 회사 차원으로 스트릿웨어를 사업 아이템으로 정한 기업도 늘어났다. 기존에 유행했던 디자인을 참조해서 중국에서 대량 생산하는 브랜드도 생겨났다.

서브컬처 정신을 가진 브랜드 보다는 스트릿웨어 아이템을 흉내 내는 의류 회사가 늘어났다. 하지만 스트릿웨어 마니아와 팬덤은 구별 능력이 있다. 진정한 스트릿웨어 브랜드는 반기성주의·개인주의·자율성·독립성이 기본 정신이다. 현재 스트릿웨어 브랜드로서 정체성을 인정받고 있는 브랜드는 스트릿 철학을 지키고 있다. 그런데 사회 규범·가치관 등이 다양하게 변하면서 브랜드의 콘셉트·목표가 특이한 스트릿웨어 브랜드가 생겨났다.

2005년을 전후해서 정통 스트릿 컬처 브랜드와는 다른 특색을 보이는 브랜드가 나타나기 시작했다. 스트릿웨어 브랜드의 핵심 기둥인 스케이트보드와 음악(힙합·펑크)을 내세우지 않고도 브랜드 런칭이 이루어졌다. 언더그라운드의 특징을 가지면서도 틈새를 파고드는 아이디어로 새로운 스트릿웨어 브랜드가 탄생했다. 사회 환경이 변하고 세대가 바뀌면서 창업자도 새로워지면서 스트릿 컬처도 다양성을 띠게 되었다.

사회 가치관의 다원화와 보편적 문화의 세분화는 스트릿 컬처에 영향을 미쳤다. 예전 같으면 스트릿웨어 브랜드의 주제가 될 수 없었던 콘셉트도 브랜드 런칭이 가능해졌다. 창업자의 배경은 더욱 다양해졌다. 스케이트보드와 힙합을 브랜드 런칭 배경으로 강조할 필요도 사라졌다. 창업자 자신이 좋아하는 주제를 자유롭게 표현하는 분위기가 자리 잡았다. 그래도 성공 가능한 공통 요소는 존재한다. 이번 장에서는 브랜드마다 구별되는 주제가 무엇인지 차이점에 초점을 두고 읽으면 도움이 된다.

(1) Billionaire Boys Club & Icecream [빌리어네어 보이즈 클럽 앤드 아이스크림]

홈페이지: bbcicecream.com
창업자: Pharrell Williams, Nigo

빌리어네어 보이즈 클럽 앤드 아이스크림! 브랜드 이름이 제법 길다.

간단히 줄여서 'BBC 아이스크림'이라고 부른다. 처음 등장했을 때 많은 궁금증을 불러일으켰다. 억만장자 소년 클럽엔 누가 모일까? 아이스크림과 무슨 관계가 있을까? 브랜드 이름의 유래는 무엇일까? 브랜드 로고가 헬멧을 쓴 우주인 얼굴인데 특별한 이유가 있을까? BBC와 아이스크림은 서로 다른 브랜드인가? 우주인과 아이스크림이 과연 스트릿웨어 브랜드의 주제가 될 수 있을까? 퍼렐과 니고가 공동 창업한 배경은 무엇일까? 니고의 베이프와 연결되어 있을까? 복잡해 보이는 브랜드인데 오랫동안 지속할까?

BBC 아이스크림은 하나의 브랜드가 아니다. BBC와 아이스크림은 두 명의 창업자가 공동 런칭 했지만. 개별 브랜드다. 이중 브랜드(Dual Brand) 전략을 선택했다. 두 브랜드의 콘셉트·로고·철학을 다르게 정했다. BBC는 의류 중심으로, 아이스크림은 신발 위주로 브랜드 빌딩을 시작했다. BBC는 멋지고 패셔너블한 청년층을 타깃 고객으로 정했지만, 아이스크림은 스케이트보더를 대상으로 했다. 가격도 BBC는 고가로 책정했지만 아이스크림은 BBC보다는 낮은 수준으로 차별화했다. 두 개의 브랜드 전략으로 다양한 고객을 모두 흡수하는 브랜딩 전략으로 출발했다.

BBC 아이스크림의 창업자는 퍼렐 윌리엄스(미국)와 니고(일본)다. 퍼렐은 유명 래퍼이며, 음반 프로듀서로, 패션 감각이 뛰어난 디자이너자, 스트릿웨어 패션 사업가다. 또 한 명의 창업자 니고는 베이프의 창업자다. 이미 스트릿 컬처 세계에서 유명한 인물들이다. 두 사람은 큰 관심을 받으면서 2003년에 BBC, 2004년에 아이스크림을 런칭했다. 퍼렐의 역할 변화가 새로운 시대상을 반영해서 흥미롭다.

원래 힙합 래퍼는 스트릿 컬처 세계에서 브랜드를 발견하고 퍼트리는 앰배서더 역할을 담당했다. 수많은 래퍼가 스트릿웨어 브랜드를 일반 대중에게 알리는 인플루언서 역할을 해 왔다. 런 디엠씨는 아디다스 오리지널스, 스눕독은 타미 힐피거, 오드 퓨처는 다이아몬드 서플라이 코, 비스티 보이즈의 마이클 디는 엑스라지, 노토리어스 비기와 에미넴 등은 팀버랜드를 스트릿 컬처의 경계 안으로 초대했다. 힙합 래퍼들은 패셔니스타로서 옷과 액세서리를 착용하다가 2000년 이후 직접 디자인을 하고 자신의 브랜드를 런칭하기 시작한다. 퍼렐 이후 흑인 래퍼들의 브랜드가 계속 등장한다.

BBC 아이스크림의 긴 브랜드 이름엔 여러 의미가 내포되어 있다. Billionaire의 억만장자를 퍼렐과 니고로 보기도 한다. 하지만 이는 퍼렐이 의도한 브랜드 의미와는 정반대다. 퍼렐은 '진정한 부자는 돈이 아닌 마음에서 나온다'는 의미를 부각하기 위해서 BBC라는 브랜드 이름을 지었다. 아이스크림도 단순히 먹는 빙과류를 지칭하는 단어가 아니다. 힙합 슬랭에서 유래한다. 아이스(Ice)는 다이아몬드, 크림(Cream)은 돈을 뜻한다. 힙합 그룹 '우탕(Wu-Tang)'의 노래 가사에서 영감을 받았다.

아이스크림은 브랜드 이름과 같이 로고도 아이스크림이다. 그런데 BBC 로고는 헬멧을 착용한 우주인 얼굴이다. 억만장자 소년은 비싼 우주여행을 할 수 있기 때문이란 추측도 한다. 그런데 BBC 로고를 우주인 얼굴로 한 이유는 퍼렐이 우주에 관심이 많기 때문이다. BBC의 브랜드 배경은 우주·탐사·별이다. 퍼렐은 망원경으로 우주를 관찰하는 어린이의 동심을 표현하고 싶어 했다. 예전의 스트릿웨어 브랜드 소재와 전혀 관련이 없다.

퍼렐과 니고가 BBC 아이스크림을 공동 창업한 배경은 두 사람의 유대 관계에 있다. 퍼렐이 일본을 방문하면서 두 사람은 패션 철학과 지향점이 같음을 확인하고 친해졌다. 퍼렐은 니고의 베이프를 미국에 소개하는 역할을 했다. 베이프가 미국에 매장을 오픈할 수 있도록 사업 수완을 발휘했다. 퍼렐은 컬래버를 통해서 디자이너 재능을 보였는데, 리복과의 협업에 문제가 생기자 자신의 브랜드 런칭을 계획했다.

퍼렐은 브랜드 아이디어는 있었지만, 구체적으로 어떻게 추진해야 하는지 확신이 없었다. 베이프를 이끌었던 니고의 경험과 노하우가 필요했다. 니고는 그래픽 전문가인 Sk8thing을 브랜드 빌딩과 로고 제작에 참여시켜 BBC가 먼저 탄생했다. 브랜드 모델링과 의류 제작은 일본에서 진행했다. 니고가 일본에 거주하고 샘플실과 공장도 일본에 있어서 BBC의 처음 출발은 일본을 토대로 했다.

브랜드를 정식 런칭하기 전 퍼렐은 '프론틴(Frontin)' 뮤직비디오에서 BBC 로고 프린팅 티셔츠를 입고 출연했다. 퍼렐의 감미로운 목소리와 음악이 어우러진 뮤직비디오에 BBC의 우주인 헬멧 로고가 등장했다. 로고는 사람들의 관심을 폭발적으로 불러일으켰다. 억만장자를 뜻하는 브랜드 이름과 우주인 로고가 유발한 궁금증으로 인해 BBC는 초기 주문이 1,000건이 넘을 정도로 높은 관심을 받았다. 출발부터 퍼렐과 니고의 명성이 강력한 영향력을 발휘했다.

퍼렐의 개인 브랜드 역할을 하고 있기도 하는 BBC는 퍼렐의 꿈이 투영된 브랜드다. 퍼렐은 우주에 관심이 많다. 우주의 신비를 브랜드 콘셉트로 정했다. 퍼렐은 나사(NASA)의 우주인 출신인 리랜드 멜빈(Leland Melvin)으로부터 디자인 아이디어를 얻고 있다. 퍼렐은 멜빈과 만나서 대화를 하고, 멜빈의 우주 사진을 보면서 브랜드 영감을 받는다. 우주인과 스트릿웨어의 어울리지 않을 듯한 만남이 성공적으로 조화를 이루었다. 지금은 외계인으로 주제가 넓어졌다.

하지만 BBC는 창업 후 얼마 지나지 않아 한계에 부딪혔다. 퍼렐과 니고의 화려한 경력만으로는 계획대로 브랜드 전략을 추진할 수 없었다. 연예인·래퍼·기업도 브랜드를 런칭할 수는 있지만, 브랜드 이미지와 진정성을 받아들이고 결정하는 몫은 고객의 선택이기 때문이다. 매출이 떨어지고 스트릿웨어 마니아의 관심도 사그라들었다. 퍼렐과 니고의 BBC 아이스크림의 브랜딩 전략은 많은 수정을 겪게 되었다.

BBC는 슈프림·베이프 같은 상위급 스트릿웨어 브랜드가 되고자 했지만 노력만큼 고객층이 확보되지 않고 있다. 최근에는 아울렛 백화점과 할인 매장에까지 제품이 방출되기도 했다. 스트릿웨어 마니아의 수요가 떨어졌다. 또한 두 창업자가 미국와 일본에 떨어져서 거주하므로 니고의 즉각적인 참여가 제한되는 한계도 있다. 타개책으로 새로운 사업 파트너로 제이 지(Jay-Z)와 계약을 맺었지만, 기대만큼의 효과를 내지 못했다. 유명 연예인이 참여해도 브랜드 호소력이 힘을 얻지 못하자 퍼렐과 니고는 브랜딩 전략을 수정하기 시작했다.

　　BBC는 발매 장소를 미국·일본·유럽으로 구분하고 제품을 구별해 브랜드 인지도를 다시 끌어올리고 있다. 이는 스포츠 브랜드와 라이선스 브랜드가 대륙별로 제품을 차별화해서 출시하는 방법을 참조했다. 즉, BBC는 제품을 미국 발매품과 유럽 발매품 등으로 구분함으로써 고객의 호기심과 희소성을 높이는 중이다. BBC는 브랜드 이름에 보이즈(boys)를 넣을 정도로 남성복 위주 콘셉트였다. 지금은 여성 고객 확보를 위해서 여성 라인을 런칭했다. 비라인(Bee Line)과 BGC(Billionaire Girls Club)이 생겼다. 비라인은 미국 디자이너 마크 맥내어리(Mark McNairy)와 컬래버 형태로 진행한다.

　　스케이트보드를 콘셉트로 삼은 아이스크림은 리복과 컬래버를 하면서 스니커즈를 출시했다. 하지만 BBC와 달리 아이스크림 신발은 처음부터 반응이 좋지 않았다. 퍼렐과 니고의 노력에도 불구하고 스케이트보드 커뮤니티의 인정을 받기에는 역부족이었다. 리복과의 소송으로까지 치달은 컬래버는 실패했다. 스니커즈 중심의 스케이트보드 브랜드가 되고자 했던 아이스크림의 계획은 힘을 잃었다. 스케이트보드 커뮤니티는 생각보다 쉬운 상대가 아니었다. 스케이트보더가 비싼 신발을 신고 스케이팅을 한다는 생각 자체가 스케이트보더에 대한 이해 부족이었다. 아이스크림은 전략을 수정했다. 신발에서 의류로 기본 아이템 방향을 수정했다. 가격을 BBC보다 대폭 낮추었다. 스케이트보더를 위한 브랜드로 모델링하고 있다.

BBC 매장은 현재 맨해튼·마이애미·런던·도쿄에 있다. 오픈 초기에는 BBC와 아이스크림 제품만 판매하는 플래그숍 매장으로 출발했다. 그런데 자체 브랜드 제품만으로는 매출과 재정상 한계가 발생했다. 매장 운영 방식을 변경해야만 했다. 지금은 편집숍 형태로 전환했다. 여러 브랜드를 취급하는 멀티숍이 되었다. 도버 스트릿 마켓(DSM)과 비슷한 면도 있다. 일본 브랜드인 네이버후드·더블탭스·휴먼 메이드·꼼데가르송 플레이는 단골 브랜드로 입점했다.

예전의 스트릿웨어 브랜드는 DIY로 출발했다. 적은 자본으로 창업자의 방과 차고에서 조촐하게 시작했다. 이에 비해 BBC 아이스크림은 이미 성공한 사업가인 퍼렐과 니고가 충분한 자본을 투자하며 거창하게 시작한 브랜드다. 하지만 투자 대비 성과가 좋지 않아 브랜드 지분 50%를 아이코닉스(iconixbrand.com)에 팔았다. 아이코닉스는 주욕을 매입한 브랜드다. 다행히 최근 매각했던 지분 50%을 아니코닉스로부터 다시 사들였다. BBC 아이스크림의 독립성과 자율성이 확보되면서 조금씩 좋은 제품을 출시하고 있다.

(2) DOPE [도프]

홈페이지: dope.com
창업자: Matt Fields

도프는 2007년 LA에서 런칭했다. 스트릿 컬처와 럭셔리 라이프 스타일을 콘셉트로 하고 있다. 도프는 브랜드 런칭과 동시에 청소년·연예인·힙합 래퍼·영화배우 등 패션에 관심 있는 모든 사람의 폭발적인 사랑을 받는 브랜드가 되었다. 도프는 가장 빠르게 성장하는 10대 브랜드로 선정될 정도로 LA와 미국 스트릿 커뮤니티의 화젯거리였다. 도프는 LRG에 버금가는 인기와 성공을 런칭 초반에 누렸다.

브랜드 네이밍(naming)이 얼마나 중요한지 잘 보여 주는 브랜드가 도프다. 도프(dope)의 일차적 의미는 '멍청이, 마약'이지만, 미국 10대들이 슬랭으로 사용하는 실제 뜻은 '멋진, 완벽한'이다. 멋지게 차려입은 패셔니스타를 가리켜 '도프'라고 하면 최고의 칭찬이 된다. 청소년과 패션계에서는 좋은 의미로 사용하는 단어다. 브랜드 이름 덕분에 도프는 입에서 계속 맴돌고 자주 사용하는 말이 되었다.

도프는 알파벳 D와 O를 겹쳐서 로고를 만들었다. 로고 단어를 겹쳐서 사용하는 스트릿웨어 브랜드가 없었기 때문에 도프는 시각적으로 신선한 도전이었다. DOPE 알파벳 전체를 붙여서 디자인한 점도 특징적이다. 슈프림 이후로 굵은 볼드 폰트가 브랜드 로고로 유행했기 때문에 도프의 가는 글씨체는 오히려 매력적으로 다가왔다. 도프는 로고 글씨체를 현재 유행하는 폰트와 정반대로 접근해서 새롭고 신선한 느낌을 줬다.

도프 창업자는 인디애나 대학교 학생인 매트 필즈다. 학교 멋쟁이를 보면서 주고받던 감탄사인 도프를 브랜드 이름으로 정했다. 매트는 학생 신분으로 DIY 스타트업으로 도프를 시작했다. 간소하면서 클래식한 디자인은 학교 캠퍼스에서 빠르게 소문났다. 점점 스트릿웨어 커뮤니티의 인정을 받으면서 급속히 성장한 대학생 창업 브랜드가 되었다. 대학 졸업 후 매트는 2007년 도프 코처(DOPE Couture) 이름으로 브랜드를 정식 런칭했다.

도프 로고 DOPE를 금속 메탈 재질로 디자인한 스냅백 모자와 목걸이 액세서리는 스트릿 컬처 마니아의 필수 아이템으로 유행했다. 퍼프 대디, 제이-지 등의 힙합 아티스트가 반짝반짝 빛나는 메탈 도프 로고 제품을 애용했다. 래퍼들이 착용하면서 도프는 미국 전역으로 퍼졌다. 서부 LA·동부 맨해튼·남쪽 마이애미의 클럽에는 DOPE 로고가 뒤덮었다. 브랜드 이름 자체의 호소력도 컸지만 로고 모양이 흥미를 불러일으켰다. 로고 단어 DOPE의 매력 때문에 모든 제품이 히트 아이템이되었다.

도프는 브랜드 홍보를 위해서 아젠다 쇼(agendashow.com)를 적극적으로 활용했다. 미국 최고의 권위를 자랑하는 무역 박람회인 아젠다 쇼는 스트릿 컬처 브랜드의 유통 플랫폼 역할을 한다. 도프는 깔끔하고 고급스러운 이미지로 아젠다 쇼에서 언제나 방문객이 북적이는 브랜드다. 도프는 브랜드 초반부터 성공을 거두면서 런칭 4년 만에 LA 페어팩스 애비뉴에 플래그쉽 스토어를 오픈했다. DIY 프린팅 티셔츠로 출발해서 LA 스트릿웨어 성지로 입성했다. 도프는 스트릿웨어 브랜드 중에서 가장 빠르게 입지를 굳혔다.

도프는 LA 스트릿웨어 브랜드 상위권을 형성하면서 스트릿 컬처의 주력 브랜드 역할을 했다. 그런데 창업자 매트는 2017년 갑자기 도프를 매각했다. 영화배우 롭 고프(Rob Gough)가 새로운 소유자가 되었다. 롭은 도프가 런칭된 2007년부터 지속적인 관심을 보였다. 창업자 매트와 같은 고향인 인디애나주 출신이었고, 도프의 브랜드 가치를 높이 평가했다. 결국 도프의 열렬한 지지자인 롭이 도프를 인수했다. 배우이며 사업가인 롭은 도프 팬덤에서 운영자로 변신했다.

스트릿웨어 브랜드의 주인이 바뀐 형태는 대부분 대형 패션 기업이 인수하는 경우다. 베이프·볼컴·엑스라지·슈프림·허프·반스 등도 대기업이 사들였다. 도프는 기업이 아닌 개인이 스트릿웨어 브랜드를 인수한 최초의 사례. 도프의 새로운 주인인 롭은 도프의 브랜드 정체성을 하이엔드 패밀리 스트릿웨어로 정했다. 남성복 위주에서 여성 라인을 추가하면서 도프의 브랜딩을 야심차게 추진했다.

여성 라인 이외에 스포츠 라인으로도 카테고리를 넓혔다. 도프 스포츠(DOPE Sport)는 단색 계열의 원색 스타일을 콘셉트로 한다. 도프의 스트릿웨어 디자인과 차별화하여 브랜드 확장을 노렸다. 도프는 주인이 바뀌면서 원래의 디자인과 다른 분위기를 보여 줬다. 스케이트보드 컬처 이미지에서 스포츠웨어 스타일로 변화를 주었다. 그런데 레포츠 분위기로 변화를 해서 스트릿웨어 감성을 약화시키는 문제가 발생했다. 도프의 브랜드 이미지와 바이브가 바뀌었다.

도프의 브랜드 인지도는 롭이 운영하면서 빠르게 떨어졌다. 물론 매출 지향적 스트릿웨어 브랜딩을 전개하면 부작용이 많이 생긴다. 하지만 도프의 고객층 이탈은 브랜드 정체성을 훼손하면서 이루어진 결과였다. 10년 동안 쌓아온 도프의 스트릿웨어 명성이 단 몇 년 만에 무너졌다. 도프는 의류에서 전자 담배와 CBD(칸나비디올) 카테고리로 변경했다. 스트릿웨어 부분을 없애고 소품 위주로 브랜딩 하여 스트릿웨어 팬덤에게 안타까움을 줬다. 2020년 라이드 스토어 AB(Ridestore.com)가 도프의 의류 라인을 인수했다. 현재 스트릿웨어 아이템을 준비 중이다. 예전과 같은 멋진 도프 제품이 나오길 기대한다.

스트릿웨어 브랜드가 다른 카테고리 브랜드에 비해 창업자(책임자)의 개인적 영향력이 훨씬 큰 비중을 차지한다. 스트릿웨어 브랜드는 개인 브랜드라고 부를 수 있을 만큼 운영자의 관심과 사랑이 브랜드 생명을 좌우한다. 디자인팀을 따로 운영한다고 해도 브랜드 방향과 정체성은 창업자가 지속적으로 관리해야 한다. 뜨겁게 사랑받던 도프의 갑작스러운 몰락은 팬들에게 큰 충격을 주었다. 도프의 새로운 주인인 롭의 브랜딩 전략의 실패는 돌이킬 수 없게 되었다. 지금은 새로운 운영자인 라이드 스토어의 아이디어를 기대할 뿐이다,

슈프림의 제임스 제비아는 스트릿웨어 브랜드 창업자의 모범 사례다. 제비아는 언론 노출을 꺼리기 때문에 디자이닝 역할이 적다고 오해를 사기도 한다. 그러나 제비아는 출근하자마자 디자인팀의 진행 상황을 매일 철저히 점검할 정도로 브랜드 이미지와 정체성을 깐간하게 챙긴다. 스트릿웨어 브랜드는 최고 경영자와 함께 숨 쉬고 같이 살아간다. 만약 최고 경영자가 운영 능력이 부족하면 디자인팀에게 자율성을

충분히 줘야 한다. 브랜드 콘셉트에 맞는 디자인을 독립적으로 할 수 있는 환경을 조성해야 한다.

(3) RIPNDIP [립앤딥]

홈페이지: ripndipclothing.com
창업자: Ryan O'Connor

어느 날 갑자기 한 마리의 흰 고양이 그림이 인스타그램과 스냅챗(snapchat)을 뒤덮기 시작했다. 고양이는 가운뎃손가락 욕을 하는 발칙한 자세를 취하고 있다. 욕쟁이 흰색 고양이의 첫 출현은 작은 주머니가 달린 포켓 티셔츠에서 시작됐다. 작은 주머니 위로 귀여운 얼굴을 내밀고 있는 고양이는 쓰다듬어 달라는 표정을 짓고 있다. 하지만 포켓을 아래로 내리면 고양이가 가운뎃손가락 욕을 하고 있다. 욕을 먹은 사람은 당황스럽지만 재미있는 경험으로 웃음이 저절로 나올 수밖에 없다.

'잘 키운 고양이 한 마리' 덕분에 성공한 립앤딥은 스트릿웨어 패션 개념을 정반대로 접근하고 있다. 립앤딥 이전의 스트릿웨어 브랜드는 진지함·남성미·묵직함으로 브랜드 이미지를 만들었다. 스투시·슈프림·베이프 등 스트릿웨어 브랜드는 진지한 이미지가 강하다. 스케이트보드를 타는 사람은 대부분 남자이므로 마초(macho) 이미지를 풍긴다.

힙합은 스트릿 컬처를 언더그라운드·반항·흑인·권총·마약 등을 연상시키는 어두운 느낌을 떠올리게 한다. 그런데 립앤딥은 전통처럼 내려온 스트릿 컬처의 묵직하고 강한 분위기에 찬물을 끼얹었다.

립앤딥은 스트릿웨어 브랜드가 가볍고 재미있어도 성공할 수 있는 역발상(逆發想) 전략을 보여 주고 있다. 위협적이고 강해 보여야만 성공할 수 있다는 스트릿웨어 브랜드 전략과는 완전히 다른 접근법을 사용하고 있다. LA 립앤딥 매장은 슈프림 매장과 바로 옆에 붙어 있다. 하지만 두 매장 분위기는 180도 다르다. 슈프림에 들어갈 때는 긴장감을 가지고 들어가지만, 립앤딥은 즐겁고 편안한 마음으로 직원들과 밝게 인사하면서 들뜬 기분으로 들어간다. 립앤딥은 경비업체 직원들조차 웃음으로 맞이해 준다.

립앤딥을 재미있게 만든 주인공은 흰 고양이 '로드 너말(Lord Nermal)'이다. 손가락 욕을 하는 통통한 고양이다. 로드 너말은 익살스럽고 장난기 넘치며 자신만만한 표정을 하고 있다. 만화 주인공 이미지가 강해 스케이보드 컬처와 전혀 어울리지 않아 보인다. 그럼에도 불구하고 고양이 너말은 립앤딥의 마스코트가 되었다. 원래 스트릿웨어 브랜드는 동물 마스코트를 거의 사용하지 않는다. 베이프의 원숭이·엑스라지의 고릴라는 브랜드 심벌이지 마스코트는 아니다. 립앤딥이 고양이를 마스코트로 사용하면서 동물을 브랜드 마스코트로 시도하는 스트릿웨어 브랜드가 있지만 성공하지는 못하고 있다.

2009년 출발한 립앤딥은 짧은 기간 동안 급속히 성장한 스트릿웨어 브랜드다. 립앤딥 LA 플래그쉽 매장은 슈프림·다이아몬드 서플라이 코 매장과 나란히 하면서 위용을 뽐내고 있다. 립앤딥을 방문하는 고객은 독특하다. 기존의 스트릿 컬처 커뮤니티·스케이트보더뿐만 아니라 새로운 고객층이 폭넓다. 10대 소녀·데이트 코스로 즐기는 젊은 커플·유모차에 아기를 태운 미시 엄마까지 립앤딥의 팬이다. 다른 스트릿웨어 매장에서는 상상도 못 할 고객 부류가 립앤딥 매장에는 언제나 있다. LA 매장에 가면 특히 재미있다. 바로 옆에 있는 슈프림 매장에는 인상 쓰고 폼 잡는 청년층 고객이 대부분인데, 립앤딥은 대학교 또는 학부모 엄마 모임으로 착각할 정도로 고객층이 다양하다.

립앤딥은 창업자 라이언 오코너의 경험과 감성으로 브랜드의 독창성(originality)·진정성·심미성을 모두 갖추었기 때문에 고객층이 넓고 충성도도 높다. 다양한 고객을 끌어당기는 매력은 역시 고양이 마스코트 때문이다. 로드 너말 고양이가 스트릿 컬처와 어떤 관계가 있을까 궁금할 수 있다. 립앤딥은 스케이트보드 문화에 뿌리를 두고 있다. 립앤딥의 역사는 스케이트 파크에서 시작했다. 스트릿웨어 브랜드로 인정받으려면 진정성이 필요하다. 창업자가 스케이트보드와 관련이 있으면 진정성 확보가 쉽다.

미국에서는 방학 동안 스케이트보드 캠프가 열린다. 립앤딥의 창업자인 라이언 오코너도 스케이트보드 캠프에 참여했다. 라이언은 자신의 스케이트보드 데크에 장난 삼아 마커펜으로 'RipnDip'이라고 썼다. 친구들이 좋아하자 스케이트보드마다 RipnDip을 썼다. 순식간에 스케이트보드 캠프에 립앤딥 열풍이 불었다. 라이언은 티셔츠에

RipnDip을 프린팅한 후 캠프에서 판매까지 했다. 캠프에 참여한 학생들이 캠프 티셔츠를 입지 않고 립앤딥 티셔츠만 입었다. 캠프 관리자가 립앤딥 티셔츠 판매 금지 조치를 내릴 정도로 라이언의 RipnDip 문구(레터링)는 화제를 몰고 왔다.

유성 마커펜으로 RipnDip을 적었을 뿐인데 캠프 학생들이 흥분한 이유는 RipnDip의 뜻 때문이다. RipnDip에는 스케이트보딩과 반항적 의미가 동시에 포함되어 있다. 'Rip'은 '스케이트를 타다'란 의미이고 'Dip'은 '경찰이 오기 전에 떠나다'란 뜻이다. 즉, 스케이트보드를 타다가 경찰이 단속하기 전에 급히 떠난다는 의미다. 예전부터 스케이트보드는 바퀴 소리 때문에 주민들이 싫어했다. 주민 신고로 경찰이 출동하기 전에 빨리 자리를 피해야 했다. 반항심을 표현한 RipnDip은 브랜드 이름 자체가 스케이트보드 문화를 나타낸다.

스케이트 캠프에서 뜨거운 관심을 받은 라이언은 립앤딥을 스트릿웨어 브랜드 창업으로 이어 갔다. 브랜드 이름은 당연히 립앤딥으로 정했다. 라이언은 스트릿웨어 창업의 전통 방법인 DIY를 따랐다. 스크린 프린팅 기계를 구입해서 플로리다의 부모님 차고에서 티셔츠를 만들었다. 판매는 인터넷에 올려서 시도했다. 하지만 아무도 티셔츠를 구입하지 않았다. RipnDip 티셔츠가 캠프에서는 인기였는데, 인터넷에서는 그 누구도 관심을 두지 않았다. 플로리다에서의 립앤딥은 수입이 없어서 폐업했다.

야심차게 시작한 립앤딥의 창업 실패 후 라이언은 플로리다에서 LA

로 이주했다. 의류 산업과 스트릿웨어 패션이 발달한 LA로 와서 재기를 꿈꾸었다. LA에서 라이언은 허프 브랜드의 창업자인 키스 허프나겔을 만난다. 허프나겔은 라이언의 멘토 역할을 했다. 라이언은 허프나겔 밑에서 스트릿웨어 패션을 체계적으로 배웠다. 단순히 티셔츠를 DIY로 만드는 수준이 아닌 사업적으로 배웠다. 라이언은 LA에서 재기를 꿈꾸며 허프 멤버로 일했다.

립앤딥의 두 번째 창업은 우연한 아이디어에서 나왔다. 너무나도 사소한 발견으로부터 시작했다. LA 거리를 걷던 라이언은 길고양이를 보면서 어릴 적 추억을 떠올렸다. 골목마다 고양이가 많은 동네에 살았던 라이언은 친구들과 고양이를 보면 '너말(nermal)'이라고 불렀다. 너말(nermal)은 '귀여운 고양이'를 일컫는 슬랭이다. 라이언은 고양이를 마스코트로 이용하면 재미있지 않을까 하는 발상에 휩싸이면서 창업을 준비했다.

고양이만 이용했다면 두 번째 창업도 빛을 보지 못할 운명이었다. 하지만 라이언의 장난기가 더해지면서 흰색의 통통한 고양이 너말이 탄생했다. 허프 매장에 있는 손가락 욕 조각상을 참조해서 손가락 욕을 하는 고양이로 발전했다. 여기에 포켓 티셔츠 주머니 안에 고양이를 감춰서 호기심을 자극하는 아이디어도 추가했다. 주머니를 내리면 가운뎃손가락 욕을 하는 고양이 디자인을 완성했다.

고양이 너말 마스코트는 질리지 않으면서 립앤딥의 브랜드 이미지를 자연스럽게 보여 준다. 립앤딥은 글씨 로고만으로는 성공할 수 없었다.

발칙한 고양이 너말을 마스코트로 내세우면서 드디어 립앤딥은 브랜드 재기에 성공했다. 고양이가 애완동물로 인기를 얻는 사회 분위기와 연결되면서 립앤딥은 혜택을 본다. 너말은 스트릿웨어 브랜드의 심미성을 보여 준다.

립앤딥은 스케이트보드 컬처를 브랜딩의 최우선 가치로 두면서도 고양이 너말이 풍기는 재미와 익살을 결합했다. 립앤딥의 독특한 브랜딩 포지션 덕분에 고객층 또한 넓어졌다. 스케이트보드 커뮤니티의 인정을 받으면서도 고양이 너말을 좋아하는 여성과 청소년 고객까지 끌어안았다. 팬덤들은 소셜미디어에 너말의 다양한 프린팅을 올리면서 미국뿐만 아니라 세계적으로 립앤딥 열풍을 일으키는 전파자 역할을 하고 있다.

너말 고양이 포켓 티셔츠로 성공한 립앤딥의 창의적 아이디어는 멈추지 않았다. 브랜드에 재미를 더하기 위해서 고양이 너말 이외에 검정색 고양이 저말(Jermal)을 만들었다. 또한 릴 마요(Lil Mayo)도 고안했다. 릴 마요는 초록색 외계인인데, 고양이와는 다른 재미를 주고 있다. 릴 마요가 너말보다는 좀 더 건방지고 직설적이다. 릴 마요 또한 고객의 뜨거운 사랑을 받으면서 립앤딥의 마스코트 마케팅은 흥미를 불러일으키고 있다.

립앤딥이 급성장할 수 있었던 큰 이유 중 하나는 안정된 유통망 확보였다. 미국 스트릿웨어 패션 소매 체인점인 주미즈(zumiez)의 도움이 컸다. 고양이 너말 티셔츠가 나오자 주미즈가 먼저 립앤딥에게 입점을 요청했다. 립앤딥 입장에서는 최고의 기회가 넝쿨째로 굴러 들어왔다. 스트릿웨어 브랜드는 런칭 초기에 판매가 부진해서 망하는 경우가 흔하기 때문에 믿을 만한 유통망은 제품만큼 중요한 요소다. 립앤딥은 주 미즈에 입점하자마자 미국뿐만 아니라 구매 대행을 이용하는 전 세계의 고객에게 브랜드 홍보가 가능해졌다.

매출이 상승하면서 립앤딥은 LA 페어팩스에 플래그쉽 매장을 오픈했다. 슈프림 바로 옆에 밝은 흰색으로 매장을 디자인했다. 도쿄에도 플래그쉽 스토어를 오픈했다. 도쿄 매장은 고양이 너말의 얼굴을 꽃으로 장식하여 재미를 더했다. 꽃 장식도 립앤딥의 새로운 상징이 되었다. 립앤딥은 팝업 스토어를 적극적으로 활용하여 고객과 만남의 장소를 넓히고 있다. LA와 도쿄에는 고정 비용이 드는 정식 매장을 운영하지만, 다른 지역에는 임시 매장을 적극적으로 활용하고 있다.

맨해튼과 홍콩에는 팝업 스토어를 열어 지역적 한계와 비용을 절약하는 방법을 이용한다. 창업자 라이언은 마케팅도 재미있게 한다. 마스코트인 너말과 릴 마요 장식을 꾸민 아이스크림 트럭으로 브랜드 홍보를 한다. 매장에서 무료로 립앤딥 타투 행사를 하여 관심을 끈다. 모든 체험행사에 고객이 자발적으로 참여하는데, 호응이 뜨겁다. 참가자는 SNS에 자신의 경험을 적극적으로 올려서 바이럴 홍보 효과도 톡톡히 누리고 있다.

스트릿웨어 브랜드를 준비하는 예비 창업자에게 립앤딥은 좋은 본보기다. 자본금과 인적 연결망이 부족했던 라이언이 길거리 고양이 아이디어로 성공한 과정은 고무적이다. 라이언은 현재도 립앤딥의 소유자이며, 자신의 브랜드를 착실히 키워 나가는 모범을 보여 주고 있다. 립앤딥은 초기 히트 제품인 너말 고양이 디자인을 꾸준히 출시하여 브랜드 집중도를 유지하고 있다. 또한 새로운 마스코트를 추가해서 브랜드 피로감을 해소하고 있다. 익살과 해학이 넘치는 브랜드 립앤딥은 언제나 기대된다.

립앤딥은 꾸준한 팬덤 유입과 매출 상승으로 임시 매장을 정매장으로 전환하고 있다. 뉴욕 소호와 홍콩의 팝업 스토어를 최근에 고정 매장으로 전환했다. 필자도 자주 가는 맨해튼의 소호 매장은 매장 앞 벤치에 너말과 릴 마요 마스코트가 있다. 벤치는 관광객과 팬들의 재미있는 포토 스폿 구실을 하고 있다. 지금은 녹색 외계인 릴 마요는 사라지고 고양이 마스코트가 손가락으로 브이 자를 그리면서 팬들을 맞이하고 있다.

(4) FTP [에프티피]

홈페이지: fuckthepopulation.com
창업자: Zac Clark

Fuck The Population. 브랜드 이름에 욕설이 들어간 FTP는 정식 매장이 없다. 제품 출시일도 정해져 있지 않고, 홈페이지도 허접하다.

운영자는 숨어 있고 활동도 뜸하다. FTP를 뜨내기 브랜드로 낮춰 보는 사람도 많다. 창업자 잭 클락은 총기 관련 중범죄 혐의로 재판 중이다. 브랜드가 사라질 운명이라는 추측도 무성하다. 그러나 이런 우려와는 달리 FTP는 꾸준히 신상품을 출시하며 모든 제품이 언제나 즉시 판매되는 기록을 세우고 있다. FTP는 끈질긴 생명력을 보여 주는, 자생적이고 100% 독립적인 스트릿웨어 브랜드다.

창업자 잭 클락이 FTP를 시작한 동기는 기존의 스트릿 컬처 브랜드가 상업주의로 변질되어 가는 부작용을 지적하기 위해서였다. 잭 클락은 자유·개인·반기성주의를 바탕으로 출발한 스트릿 컬처가 상업화되면서 기업들의 먹잇감이 되는 폐해를 지적했다. 잭은 스트릿웨어 브랜드 창업자들이 브랜드를 키운 다음에 대기업에 매각하는 행위를 비난한다. 스트릿웨어 브랜드가 대기업에 팔리면 소유자만 바뀌는 게 아니다. 매출을 늘리기 위해서 주류 문화에 어울리는 디자인과 이미지로 변한다.

스트릿웨어 브랜드가 대기업 정서와 관행을 따르다 보면 스트릿 컬처 정신은 사라진다. 스트릿웨어 브랜드도 점점 힘을 잃고 진정성이 없어진다. 스트릿 컬처 브랜드가 정체성을 지키기 위해서는 상업적 이윤 추구에서 벗어나 반기성주의와 저항정신을 지켜야 한다고 주장한다. 또한 참된 스트릿 컬처 정신도 모르면서 단지 사고팔기 목적으로 상품을 구매하는 리셀러(재판매업자)도 비난한다. 브랜드와 상품이 가지고 있는 참된 역사와 스토리는 외면한 채 재테크 투자에 집중하는 리셀러는 참된 고객으로 보지 않았다. 잭의 비판은 광범위하고 매섭다.

브랜드 이름 FTP에서 'The Population'은 사전적 의미의 인구·국민·대중이 아니다. 상업화에 휩싸여 서브컬처 정신을 잃어버리고 상업화 흐름에 편승한 스트릿 컬처 브랜드를 가리킨다. FTP의 TP는 변질되고 타락한 스트릿웨어 브랜드, 이윤 추구에 집중하는 창업자, 소비지상주의에 빠져 있는 고객을 가리킨다. 정곡을 찌르는 잭의 비판은 스트릿 컬처의 본질과 철학이 무엇인지 다시금 일깨워 주는 역할을 한다.

잭은 고등학교 1학년 때 FTP를 시작했다. 15살 흑인 고등학생의 아이디어가 스트릿웨어 패션계를 격동시켰다. 브랜드 이름부터 충격적이었다. 기존의 브랜드들은 디자인과 프린팅에 'F 욕'을 포함시키긴 했지만, FTP는 브랜드 이름 자체에 노골적으로 'F 욕'을 집어넣었다. 브랜드 로고 글씨에 욕이 포함되자 FTP는 출발부터 논란의 중심에 섰다. 열렬한 지지와 극단적인 반대를 동시에 맞이했다.

FTP 반대 세력은 주로 학부모·경찰·교육 기관이었다. F 욕이 프린팅된 티셔츠를 학생들이 입고 학교에 다니자, 교육 기관은 FTP 착용을 금지시켰다. 하지만 금지시킬수록 학생들 사이에 FTP 인기는 더욱더 높아졌다. 학생들은 소셜미디어에 착용 사진을 경쟁적으로 올렸다. 경찰은 FTP 착용 사진을 SNS에 계속 올리는 자들을 안보 위협 세력으로 간주해서 관찰 대상으로 지목했다. 학부모도 자녀들이 FTP 옷을 입지 못하게 했다. 고등학생이 만든 반항기 넘치는 브랜드가 청소년과 서브컬처를 흔들었다.

LA에서 태어나고 자란 잭 클락은 청소년 때부터 스트릿 컬처에 관심이 많았다. 호기심을 풀기 위해서 스트릿웨어 역사를 탐구했다. 인터넷 세대답게 인터넷 검색과 블로그에서 정보를 얻었다. 잭은 브랜딩 기법보다는 철학적 측면에 관심이 많았다. 자유·저항·도전·독립을 상징하는 이미지에 매료되었다. 그런데 기존의 스트릿 컬처 브랜드가 상업화되면서 대형 패션 그룹에 매각·합병되는 현상을 발견하게 된다.

패션의류 기업으로 변해 가는 스트릿웨어 브랜드에 잭은 강한 배신감을 느꼈다. 스트릿 컬처 정신을 잊어버리고 이윤 추구에 몰두하는 창업자에게 실망했다. 스트릿웨어 브랜드의 정체성이 무너지고 매출·판매 실적으로만 브랜드를 평가하는 커뮤니티와 팬덤의 천박한 행동에 낙심했다. 잭은 브랜드 이름을 FTP로 지어서 저항정신을 강하게 표현했다. FTP는 스트릿 컬처의 진정성을 고뇌한 소년이 맺은 결실이며, 분노의 표출이다. 잭은 서브컬처의 복구를 간절히 원했다.

잭은 스트릿웨어의 상징인 DIY 정신에 따라 직접 티셔츠 제작을 했다. 고등학생이어서 사업 자금이 부족하기도 했지만, 창업자 선배들의 고전 방식을 따르고 싶어 했다. 인터넷으로 스크린 프린터기를 구입하고 디자인과 나염 인쇄를 스스로 했다. 처음 작품은 스트릿웨어 브랜드 공식에 따라 반팔 티셔츠부터 만들었다. 처음 만든 티셔츠는 고등학교 친구들에게 무료로 나눠 줬다. FTP는 학생들 사이에 보물 아이템이 되었다. 인터넷으로 소식이 퍼지면서 학생들 사이에 FTP 공감대가 만들어졌다.

잭은 스트릿웨어를 보다 체계적으로 배우기 위해서 허프(HUF)에 인턴으로 취직했다. 허프를 선택한 이유는 허프 브랜드의 진정성과 허프 나겔의 매력 때문이다. 인턴을 마친 후 잭은 허프의 정식 직원이 되어 허프나겔로부터 패션과 사업에 관해 배웠다. 잭은 낮에는 허프에서 근무하고, 퇴근 후에는 자신의 브랜드인 FTP를 꾸려 나갔다. 잭은 몇 년 동안 허프와 FTP 업무를 병행했다. 그러다 점점 FTP 제품의 주문이 많아지자 허프를 퇴사하고 FTP에 집중했다. FTP 직원은 모두 학교 친구들로 구성되어 있다.

FTP는 대형 스트릿 컬처 브랜드의 주목을 받기 시작했다. 입점 요청·도매 요구·컬래버 제안 등 상업적 수익을 극대화할 수 있는 유혹이 넘쳤다. 그러나 FTP는 스트릿웨어 브랜드가 취하고 있는 일반 법칙을 따르지 않는다. 브랜드의 확장과 이윤 추구를 따르기보다는 스스로 주도하는 독립 브랜딩을 하고 있다. 외부 투자를 받아 급속히 팽창하는 관행을 따르지 않는다. 유통망 확장을 위한 판매망도 거부한다. 스트릿웨어 소매 프랜차인즈인 주미즈와 팍선에 입점하지 않는다.

스트릿 컬처 기본 정신으로 돌아가자는 FTP의 회복 운동은 스트릿웨어 커뮤니티와 다른 브랜드를 자극시켰다. FTP는 스케이트보드 브랜드는 아니지만 스케이터의 필수 아이템이 되었다. 수많은 브랜드가 FTP와 컬래버를 진행하기를 갈망한다. FTP가 이윤 추구에 관심이 있다면 상업성이 강한 브랜드와 컬래버를 해서 재정적 도움을 추구했을 것이다. 하지만 FTP는 대부분의 컬래버 요청을 거절한다. 지금까지 FTP가 컬래버를 한 브랜드는 몇 개에 불과하다. 허프·펙트·언디피티드·디씨슈즈 정도다.

FTP는 마케팅 전략도 전통적 방법을 따른다. 트럭을 빌려 직접 여러 지역을 돌아다니면서 제품을 판매한다. 임시 팝업 스토어를 이동식 트럭 매장 형태로 운영한다. 이런 방식은 스투시·볼컴·더헌드레즈 등 DIY 브랜드가 따르던 판매 전략이다. 다만 FTP는 이동 경로를 인스타그램에 홍보함으로써 방문하는 지역마다 팬들이 올 수 있게 했다. FTP는 신상품 발매 소식도 주로 인스타그램을 이용한다.

FTP의 도발적인 룩북 모델·불경스럽고 반항적인 표현·경찰을 자극하는 프린팅은 언제나 경계 대상이었다. 놀라운 사실은 잭 클락은 총기 수집광이다. 미국은 총기 소지가 합법이므로 자신의 집에 총을 보관할 수 있다. 잭은 집에 모아 둔 총을 인스타그램에 올리기 시작했다. 일반 사람은 구매하지 않는 전투용 총도 가지고 있다. 그런데 문제가 발생했다. FTP는 총과 관련 있는 티셔츠를 출시했다. 발매는 공적인 일이기 때문에 일이 커졌다.

'Columbine Physical Education' 티셔츠는 콜롬바인 고등학교 총기 사건을 주제로 했는데 '목을 겨누다'는 문구가 충격을 줬다. 또 다른 티셔츠인 'FTP Terrorist Organization'는 테러 조직 결성을 암시하는 내용이었다. 보통 사람보다 많은 총을 소유한 잭이 테러 조직까지 언급하자, 경찰은 잭을 체포하고 집과 사무실을 압수 수색 했다. 현재 잭은 재판 중이지만, FTP는 별도로 운영 중이다. 대기업의 상업성을 비판하면서도 대기업이 만든 총기를 무분별하게 구입한 잭의 행동은 상식적으로 풀 수 없는 수수께끼로 남아 있다.

(5) KITH [키스]

홈페이지: kith.com
창업자: Ronnie Fieg

로니 피그는 2011년 맨해튼 소호에 신발 전문 편집숍 KITH를 오픈 했다. 키스는 조던·나이키·아디다스·뉴발란스 등 유명 브랜드 스니커 즈를 취급하는 멀티숍이다. 스니커 마니아가 좋아하는 브랜드 중에서 특정 모델만 선별해서 판매하는 셀렉트숍이다. 이때까지만 해도 스니 커즈 커뮤니티와 스니커헤드 정도만 키스를 알고 있었다. 키스의 인지 도는 신발에 머물렀다. 키스가 스트릿웨어 커뮤니티에 광범위하게 알 려진 해는 2014년이다. 키스가 자체 브랜드 이름으로 의류를 출시하면 서부터 일반인도 주목하기 시작했다.

스트릿 컬처 순례자(관광객)들이 맨해튼·LA에 도착하면 슈프림·팔 라스·베이프 매장을 우선 방문한다. 그러나 최근에는 키스 매장을 먼 저 찾는다. 키스 매장의 분위기는 다른 경쟁 브랜드 매장과는 확연히 구분된다. 현재 키스 매장은 미국(12개)·프랑스·영국·일본·캐나다에 있다. 매장별 구조와 콘셉트도 차별화돼서 재미있다. 판매에 초점을 두 기보다는 제품을 존중하고 돋보이게 하는 디스플레이와 인테리어가 인 상적이다. 키스 매장에 가면 제품과 고객이 모두 인정받는다는 느낌이 든다. 미술관 같은 분위기도 연출되어 천천히 둘러봐도 좋다.

키스가 스트릿 컬처의 중심에 설 수 있던 이유는 창업자 로니 피그의 개인적 능력과 창의적 브랜드 운영 아이디어 덕분이다. 모든 브랜드 창업자는 자신만의 철학과 추진력을 가지고 있다. 특히 스트릿웨어 브랜드 영역에서 중요한 능력은 컬래버를 완성시키는 재능이다. 키스는 신발·의류·액세서리 등 모든 카테고리에 걸쳐 컬래버를 진행하고 있다. 키스의 컬래버 제품은 슈프림을 능가할 정도로 인기가 높다. 키스의 컬래버 파워는 로니 피그만의 색상 이해·컬러의 재해석·디자인 적용 능력에서 나온다. 로니는 기존의 컬래버 개념에 변화를 주어 컬래버의 차원과 스트릿 컬처를 업그레이드하고 있다.

로니 피그의 별명이 '컬래버의 왕'일 정도로 키스의 컬래버는 독보적이다. 키스가 컬래버를 할 때 선택하는 파트너는 유명 브랜드에 한정되지 않는다. 생소한 브랜드와도 컬래버를 한다. 로니는 오히려 완성도를 높이는 천재성을 발휘한다. 키스의 컬래버 매력은 브랜드 스토리텔링에 있다. 로니는 협업하는 상대 브랜드의 특징을 이야기로 풀어 디자인에 반영한다. 단순히 두 브랜드의 로고를 더해서 제품을 만드는 컬래버 흉내는 내지 않는다. 파트너 브랜드의 색감을 완벽히 사용하면서도 키스의 특징이 자연스럽게 스며들게 디자인한다.

키스 컬래버의 놀라운 천재성은 브랜드 혼합(mix)에 있다. 신발은 나이키와 컬래버를 하면서 의류는 다른 브랜드와 동시에 진행하는 방법이다. 여기에 색감의 통일성을 주어 여러 개의 브랜드의 컬래버가 마치 하나의 브랜드라는 착각이 들게 한다. 신발·의류·액세서리가 각각 다른 브랜드이지만, 전체적으로는 조화되기 때문에 고객 입장에서는 모두를 키스 브랜드로 느낀다. 키스는 컬래버 할 때 통일성과 일관성을 가미해서 다양한 브랜드의 상호 조화를 추구한다.

키스는 단일 브랜드 컬래버 개념에서 멀티 브랜드 다품종 컬래버로 협업 개념을 새롭게 발전시켰다. 여러 브랜드와 동시에 협업을 진행하지만 주제·색상·실루엣의 공통점을 찾아내는 독특한 컬래버다. 컬래버 제품이 출시되는 드랍 데이에는 키스 매장 밖은 언제나 긴 줄로 장사진을 이룬다. 키스 컬래버 제품은 수량이 적은 한정판이다 보니 희소성이 커지면서 인기가 높다. 색상 배합(컬러웨이)이 독특하고 아름답기 때문에 리세일 시장에서도 평가가 좋다. 이질적인 로고·색상·브랜드·아이템의 조화가 아름답다.

로니 피그의 컬래버 천재성은 키스 런칭 이전부터 쌓아 온 경험의 결과다. 로니는 아식스(Ascis)의 젤 라이트(Gel Lyte Ⅲ) 모델로 컬래버를 진행했다. 컬래버 내용이 신문(월 스트릿 저널) 표지를 장식하자, 로니는 스니커즈 컬처의 새로운 디자이너로 떠올랐다. 로니는 디자인 학교와 패션 전문 교육을 받지 않았다. 하지만 결코 운이 좋아서 나온 성과가 아니었다. 로니의 심미적 디자인 감성은 중학생 시절부터 일한 신발 매장 경력으로부터 나왔다.

로니는 유대인이다. 유대인 청소년은 13살이 되면 유대교 성인식 행사인 '바 미츠바(Bar Mitzvah)'를 한다. 이때 친척들은 축하금을 선물로 준다. 로니는 외삼촌 데이빗 자켄(David Zaken)에게 축하금 대신 자신의 직원 채용을 요청했다. 당시 외삼촌은 맨해튼에서 신발 매장 '데이빗 지(David Z)'를 운영하고 있었다. 로니는 외삼촌 매장에서 신발 정리와 진열하는 일부터 배우기 시작했다. 신발 매장에서 잔뼈가 굵어진 로니는 현장 경험으로 스트릿 컬처를 감각적으로 배웠다.

당시 데이빗 지 매장은 힙합 문화의 중심이었다. 유명한 힙합 가수들이 매장을 방문해서 팀버랜드 부츠·나이키 에어포스·아디다스 슈퍼스타를 구입했다. 로니는 어린 나이에 유명 래퍼들과 친분을 쌓아 갔다. 고객이 어떤 색상과 실루엣을 원하는지 감각적으로 터득했다. 스니커즈 트렌드를 예측할 수 있는 능력도 쌓아 갔다. 25살이 된 로니는 매장 구매 바이어와 부매니저가 되었다. 매장을 대표해서 트레이드 쇼에 참여하면서 대형 브랜드의 어카운트를 따내는 사업 자질도 터득했다. 13년 매장 경력이 로니의 스트릿 컬처 감각을 만들었다.

아식스 컬래버를 출시하며 승승장구하던 로니는 답답함을 느꼈다. 데이빗 지 매장은 뉴욕 뮤직의 사랑방 역할을 하긴 했지만, 결국엔 신발 판매점일 뿐이었다. 로니에게는 단순한 판매점을 뛰어넘는 꿈이 있었다. 큐레이터처럼 상품 특성을 존중하면서 디자인 스토리를 고객에게 전달하고 싶었다. 각각의 브랜드와 제품은 탄생 배경이 다르고 전달하고 싶은 이야기를 가지고 있다. 하지만 외삼촌의 경영 원칙은 판매 우선주의였다. 로니는 변화에 어울리는 새로운 콘셉트의 신발 매장을 원했다.

로니는 외삼촌의 매장을 그만두고 키스를 런칭했다. 먼저 맨해튼과 브루클린에 문을 열었다. 키스는 매장 이름인 동시에 브랜드다. 키스는 다양한 브랜드를 소개하는 편집숍이며, 자체 브랜드 키스를 디자인하고 판매한다. 키스는 처음에는 신발 셀렉트숍으로 출발했다. 티셔츠·후드티·바지 중심의 의류를 키스 브랜드로 출시하면서 인상적인 컬래버 실적을 만들어 간다. 현재 키스는 단순히 제품을 판매하는 소매점이 아니다. 스트릿 컬처를 만들어 내고 선도하는 연구소·발전소 역할까지 한다. 유대인 로니의 창의적 발상은 멈추지 않는다.

로니의 독창적이고 재미있는 아이디어는 키스 트리츠(Kith Treats) 오픈으로 더욱 돋보인다. 키스 트리츠는 아이스크림과 시리얼을 판매하는 카페다. 아티스트 또는 식품 브랜드와 컬래버를 진행하면서 옷·액세서리를 제작한다. 키스 트리츠의 아이템도 인기가 높아 빠르게 품절된다. 키스는 신발·의류·편집숍·음식 등 다양한 카테고리가 혼합되어 있다. 키스는 독특하고 차별화된 스트릿 문화를 만들어 가며, 컬래버를 크로스오버 차원으로 높이고 있다.

키스(Kith)는 키스(Kiss)와 발음은 비슷하지만 다른 뜻이다. 'kith'는 '친한 친구'를 의미한다. '키스 앤 킨(kith and kin)'이 원래 문구인데, 'kin'은 '이웃'을 뜻한다. KITH는 고객을 손님이 아닌 친구와 이웃으로 생각하는 정신을 담고 있다. 브랜드 이름 자체가 브랜드의 정체성을 잘 표현하고 있다. 키스 창업자인 로니 피그는 이웃과 친구에게 제품을 판매하기보다는 매장에서 좋은 시간을 갖는 콘셉트를 세웠다. 키스는 스트릿 컬처 커뮤니티의 바른 정신을 세워 나가는 중이다.

키스의 브랜드 철학은 두 가지로 정리된다. '네 이웃을 사랑하라

(Love your neighbor)', '좋은 시간을 보내라(Have a good time)'. 이 두 가지 철학이 키스의 디자인·유통·마케팅 모든 면에 반영되어 있다. 어린이 고객도 키스에서 좋은 시간을 보낼 수 있도록 키스 트리츠 카페를 만들었다. 이웃 사랑을 실천하기 위해서 키스는 의류 기부를 정기적으로 하고 있다. 키스 아동복 라인은 어린이를 인격체로 존중하는 정신을 담아 디자인한다.

키스 매장에 갈 때마다 느끼는 점은, 직원들이 고객을 친구처럼 대한다. 고객이 매장에서 좋은 시간을 보낼 수 있도록 배려한다. 구매와 관계없이 편하게 구경할 수 있다. 다른 스트릿웨어 브랜드는 오프라인 매장을 늘리다가 자금난으로 매장을 줄인다. 그러나 키스는 매장을 차분하면서도 꾸준히 확장하고 있다. 스트릿 컬처의 중심 도시인 맨해튼 (소호)·브루클린·도쿄(시부야)부터 마이애미·런던·파리·토론토까지 매장이 증가하고 있다.

키스의 매출과 매장은 늘어나고 있지만, 키스는 가족기업이다. 로니의 친척과 친구 위주로 운영한다. 키스는 대기업의 투자 없이 자체적으로 운영하는 독립 브랜드다. 외부 자본에 의지하지 않고 독자적 운영이 가능한 이유는 편집숍·자체 브랜드 제품·컬래버·인맥이 서로 어우러져 시너지 효과를 내기 때문이다. 키스의 운영 모델은 스트릿웨어 브랜드 생존의 이정표 역할을 하고 있다. 지속 성장 가능한 스트릿웨어 브랜드의 이상적인 모델이다.

자기 브랜드만 취급하는 매장은 새로운 인기 아이템이 출시되지 않으면 매출이 줄어들어 경영난을 겪기 쉽다. 그러나 여러 브랜드 제품을 같이 판매하는 편집숍은 브랜드 편향성 문제를 극복할 수 있다. 또한 자체 브랜드만 판매할 경우에 생기는 브랜드 권태기도 해결할 수 있다. 자체 브랜드와 다른 브랜드를 함께 취급하면 급격한 경영 위험으로부터 안전망을 확보할 수 있다. 키스는 자체 브랜드 인기가 높지만 여전히 편집숍 콘셉트를 유지하고 있다. 키스와 다른 브랜드가 융합적으로 존재함으로써 생기는 보완 효과와 상부상조 효과를 적절히 살리고 있다.

키스의 컬래버는 브랜드 가치를 높이는 동시에 안정적인 매출 증대를 가져온다. 현재의 스트릿웨어 브랜드는 컬래버 여부에 따라서 브랜드 관심도와 생명력이 좌우된다. 컬래버는 선택이 아닌 필수 사항이 되었다. 키스는 컬래버의 지침서 기능을 한다. 또한 로니는 고객과의 친분 관계를 친구 수준으로 높임으로써 일반적인 팬덤보다 더 높은 충성도를 가진 커뮤니티를 보유하고 있다. 브랜드 이름의 뜻에 맞게 든든한 친구 같은 팬덤이 키스를 지지한다. 키스의 운영 방법과 고객을 바라보는 시각은 스트릿웨어 브랜딩의 방향을 제시하고 있다.

최근 키스는 키넥트(Kinnect)를 도입했다. Kith and Kin에서 Kin(이웃)을 가지고 오고, nect(연결)을 합쳐서 만든 합성어다. 키스와 이웃을 연결해서 사회 변화를 꾀하는 운동이다. 3개 부분에서 긍정적인 영향을 이웃에게 주고자 한다. 교육·공동체·사회적 영향이다. 키넥트 장학 프로그램도 운영한다. 청소년·청년의 기술과 창의적 재능을 발달시키는 교육이다. 멘토와 함께 배울 수 있는 기회가 있다. 패션 사업과 키스 매장에서 경험을 쌓을 수 있다. 스트릿웨어 브랜드가 상업성을 초월해 지역·이웃·청소년에 관심과 투자를 하는 모범을 보여 주고 있어서 다른 브랜드와 차별화된다.

(6) Golf Wang(골프 왕)

홈페이지: golfwang.com

창업자: Tyler, The Creator

골프 왕? 한국에는 잘 알려지지 않은 미국 스트릿웨어 브랜드다. 슈프림·팔라스는 알지만 골프 왕은 처음 들어 보는 스트릿웨어 마니아가 많다. 스트릿웨어 브랜드 중에서 이름 때문에 오해를 받는 브랜드가 골프 왕이다. 골프 왕을 처음 접하면 몇 가지 질문이 생긴다.

❶ 중국 브랜드인가요?

❷ 골프 용품·의류 회사인가요?

❸ 창업자 이름에 왜 콤마(,)가 있을까?

❹ 오프라인 매장도 있나요?

❺ 골프 르 플레르와 골프 왕은 같은 브랜드인가요?

❻ 골프 왕과 오드 퓨처는 무슨 관계가 있나요?

골프 왕은 골프와는 전혀 관계없는 스트릿웨어 브랜드다. 브랜드 이름을 골프 왕이라고 지은 이유는 창업자 타일러의 경력과 연관 있다. 타일러의 본명은 타일러 오콘마(Tyler Okonma)다. 힙합 그룹 오드퓨처(Odd Future)의 보컬·래퍼인 타일러가 자신의 그룹 명칭에서 브랜드 이름을 가지고 왔다. Odd Future 단어를 아무리 봐도 알 수 없다. Golf Wang를 떠올릴 수는 없다. 오드 퓨처의 원래 이름을 알아야 실마리를 풀 수 있다.

'Odd Future Wolf Gang Kill Them All'이 정식 이름이다. 가운데 부분의 Wolf Gang이 있다. W와 G를 자리바꿈하면 Golf Wang이 된다. 장난스럽기도 하고, 재치 있는 아이디어라고 할 수 있다. 골프 왕은 오드 퓨처의 헤리티지를 계승하면서 만든 이름이다. Wang(王)은 왕(King)과 관련이 없다. 타일러의 개구쟁이스러운 브랜드 네이밍이지만 호기심·궁금증을 자극하는 효과를 가져왔다. 스트릿웨어 커뮤니티에서는 골프 왕이라고 부르지 않고 대부분 골프라고 하면 골프 왕을 가리킨다.

타일러가 자신의 예명을 창조자(The Creator)로 사용하는 이유는 음악과 패션에서 창의성을 발휘하는 아이콘이 되고 싶어서 지었다. '타일러, 더 크리에이터' 이름도 길어서 대부분 타일러라고 부른다. 타일러와 오드퓨처는 미국 서부 캘리포니아에서 활동해서 웨스트 코스트의 서브컬처·스트릿웨어가 라이프 스타일이다. 스트릿웨어 비즈니스에 관심이 많아서 오드퓨처는 2011년 오드퓨처 매장을 LA 페어팩스에 오픈했다. 지금도 인기 있는 OF 글씨의 프린팅 티셔츠는 빅 히트 아이템이다.

타일러는 2013년 자신의 브랜드 골프 왕을 런칭하면서 오드퓨처 매장에 입점·판매했다. 타일러는 2013~2016년에 반스와 컬래버를 진행하면서 골프 왕을 스케이트보드 커뮤니티·스트릿컬처 세계에 이름을 알리게 되었다. 골프 왕이 생소했던 사람들은 반스가 왜 골프 스포츠와 컬래버를 하는지 놀랐지만, 골프 왕에 관심을 가지면서 브랜드 탄생 배경을 파악하게 되었다. 처음에는 어색한 만남 같았지만, 골프 왕은 더욱더 마니아들의 관심 브랜드가 되었다. 타일러가 힙합 래퍼이기 때문에 골프 왕은 빠르게 인정받았다.

아쉽게도 오드퓨처 매장은 새로운 디자인 부족으로 2014년 문을 닫았다. 더 이상 OF 프린팅만 가지고는 스트릿 컬처 마니아와 팬덤의 마음을 충족시키지 못했다. 오드퓨처 매장은 사라졌지만 타일러의 골프 왕은 꾸준히 새로운 브랜드 모델링을 실천했다. 2016년 골프 왕 패션쇼에 타일러는 두 번째 브랜드인 골프 르 플레르(Golf Le Fleur)를 선보였다. 컨버스와 신발 컬래버 아이템을 선보였다. 플레르(fleur)은 프랑스어로 꽃을 의미한다.

타일러는 브랜딩 전략을 이중 브랜딩(dual-branding)으로 콘셉트를 잡았다. 즉, 골프 이름 아래에 ①골프 왕과 ②골프 르 플레르의 두 개 브랜드로 골프를 키워 나가고 있다. 두 개 브랜드는 완전히 분리되어 운영하고 있다. 디자인·스타일·제품 구성·오프라인 판매처 등 모든 부분을 구분한다. 스트릿웨어 브랜드는 골프 왕이다. 하지만 골프 르 플레르가 스트릿웨어 브랜드와 컬래버를 해서 혼동을 주는 경향도 있다.

골프 왕은 창업자 타일러의 견고한 팬덤을 바탕으로 브랜드 생명력이 강하다. 흑인 힙합 래퍼가 본격적으로 런칭한 몇 개 안 되는 스트릿웨어 브랜드란 점에서 흑인 팬덤이 두텁다. 캘리포니아의 인기 스트릿웨어 아이템으로 인지도가 올라가면서 2017년 LA 페어팩스에 플래그쉽 스토어를 열었다. 매장 안에 스케이트보드 보울을 설치함으로써 스트릿웨어 브랜드 정체성을 표현했다.

오프라인 매장을 계속 확장해서 2022년에는 뉴욕 맨해튼에 2호점을 오픈했다. 2023년에는 3호점 런던 매장을 오픈했다. 런던 매장은 노란색을 강조하면서 골프 왕의 브랜드 색상을 통일성 있게 적용했다. 타일러는 스트릿웨어 브랜드 모델링의 방법을 정확히 이해하고 자신의 브랜드에 이용하고 있다. 브랜드 색상의 중요성을 알고 노란색으로 정했다. 매장에 노란색을 노출함으로써 노란색은 골프 왕을 대표하는 색상이 되었다.

로고 폰트는 스트릿웨어 브랜드가 흔히 사용하는 굵은 글씨체를 선택했다. 에리얼 블랙(Arial Black)으로 로고를 만들어 스트릿웨어 성격을 표현했다. 그리고 논란을 초래하는 티셔츠를 출시해서 반기성주의 모습을 보여 주고 있다. 대표적으로 반동성애공포증 티셔츠와 도날드 트럼프 대통령 티셔츠는 타일러의 거친 성격과 맞물려 지금도 논란거리다. 스트릿웨어 브랜드가 정치적 의사 표현을 함으로써 골프 왕은 미국 인구의 반이 싫어하는 문제를 낳았다.

타일러는 인맥을 통해서 놀랄만한 컬래버를 보일 거라고 예상했지만 아직까지 성과는 미미하다. 샌들 브랜드 수이코크(Suicoke)와의 컬래버, 제니스 아이스 크림(Jeni's Ice Cream)과 협업이 있다. 골프 왕이 좀 더 스트릿웨어 브랜드와 활발한 컬래버를 한다면 스트릿 컬처 커뮤니티의 관심을 받을 수 있다. 또한 디자인팀을 적극적으로 구성해서 눈길을 끄는 결과물을 만들어 낼 필요성이 있다.

(7) OFF-WHITE [오프-화이트]

홈페이지: off---white.com
창업자: Virgil Abloh

패션업계를 통틀어서 가장 뜨거운 관심을 끌었던 디자이너와 브랜드는 버질 아블로와 오프-화이트다. 버질이 디자인한 제품은 패션계에 화제를 몰고 다녔다. 오프-화이트 제품도 인기가 있지만 컬래버 아이템은 스트릿 커뮤니티 전체를 흥분시켰다. 오프-화이트를 아는 지식이 패션 마니아의 수준을 결정할 정도로 시대를 선도하는 브랜드다. 하지만 오프-화이트를 부정적으로 보는 반응도 적지 않다. 버질 아블로는 비판적 평가를 벗어나지 못한 채 2021년, 암으로 사망했다(R.I.P.). 안타깝고 슬픈 일이지만 버질 아블로의 비전과 도전 정신은 오프-화이트를 통해서 지금도 이어지고 있다.

오프-화이트를 대표하는 상징으로는 화살 표시(Directional Arrows),

사선 무늬(Diagonal Stripes), 따옴표(Question Marks), 두 손과 얼굴(Two Hands & Face), 공업용 줄(cable tie) 등을 꼽을 수 있다. 너무나도 단순하고 간결한 디자인이다. 주변에서 쉽게 발견할 수 있는 표시다. 누구나 한 번쯤 생각할 수 있는 아이디어다. 하지만 패션으로 구체화하고 표현해서 브랜드화한 사람은 버질 아블로다. 버질이 디자인한 제품이 언제나 뜨거운 주목을 받는다. 버질이 만들면 무조건 성공한다는 '버질 효과'까지 생겼다.

패션 커뮤니티는 버질의 천재성을 인정한다. 동시에 아이디어 영감의 근원과 개인 배경의 궁금증도 커졌다. 오프-화이트가 런칭과 동시에 급속도로 성장한 비결은 무엇일까? 스트릿웨어 브랜드 창업자는 대부분 백인인데, 흑인인 버질의 배경은 어떨까? 버질의 관련 기사를 보면 왜 대립적 논쟁이 항상 따라다닐까? 버질의 상품적 예술적 가치가 없다고 폄하하는 근거는 뭘까? 계속해서 디자인 표절 시비가 일어나는 이유는 뭘까? 루이 비통이 버질을 남성복 디렉터로 선택한 동기는 뭘까? 오프-화이트는 지속적인 브랜드가 될 수 있을까?

버질은 미국 출신이지만 오프-화이트를 미국이 아닌 이탈리아 브랜드로 2012년 등록한다. 본사도 미국이 아닌 이탈리아에 세운다. 이탈리아는 명품 브랜드와 친한 국가다. 오프-화이트는 스트릿 컬처를 기반으로 하지만 하이엔드 럭셔리 패션을 지향하기 때문에 브랜드 국적을 이탈리아로 선택했다. 2012년 런칭하자마자 오프-화이트는 순식간에 정상급 스트릿웨어 브랜드가 된다. 짧은 브랜드 역사와 대조되는 버질의 휘몰아친 성공 비결은 과거 경력에서 찾을 수 있다.

시카고 출신인 버질의 부모님은 아프리카 케냐에서 미국으로 온 이민자다. 버질은 시카고의 흑인 문화와 스케이트보드 컬처 안에서 청소년기를 보낸다. 패션의 경계를 허무는 버질은 의외로 패션 전문 교육을 받지 않았다. 대학에서는 토목공학을, 대학원에서는 건축학을 전공했다. 하지만 버질의 음악과 패션 열정은 뜨거워서 부업으로 클럽 디제이를 하면서 스케이트보드 브랜드를 연구했다. 프린트 기계를 구입해서 DIY 티셔츠를 제작·판매도 했다. 취미였던 음악과 스케이트보딩 열정은 칸예 웨스트를 만나면서부터 패션 디자인으로 꽃피기 시작했다.

버질이 칸예를 처음 만날 당시, 칸예는 이미 유명한 가수이며 작곡가였다. 음악으로 인연을 맺은 버질과 칸예는 패션으로 아이디어를 확장했다. 두 사람은 패션을 전문적으로 배우기 위해서 펜디에 인턴으로 취업했다. 짧은 인턴 경험이었지만 버질은 브랜드에 새로운 분위기를 불어넣을 수 있는 디자인 언어를 습득했다. 또한 자신의 관점으로 사물을 해석하는 은유(메타포) 방법도 익혔다. 펜디에서의 소중한 배움 덕분에 버질의 패션 감각은 업그레이드되었다. 막연했던 패션 센스가 짜임새를 갖추게 되었다. 패션을 상업화해서 이윤을 만드는 노하우를 터득한다.

인턴을 마친 버질은 칸예의 광고 최고 책임자(크리에이티브 디렉터)가 된다. 버질은 칸예와 제이-지(Jay-Z)의 앨범 표지 작업을 하면서 디자이너로도 인정받는다. 제이-지는 의류 브랜드 로카웨어(Rocawear) 창업자다. 버질은 건축학도에서 패션 디자이너로 탈바꿈했다. 디렉터 경험으로 사업 감각도 얻는다. 특히 제이-지는 성공한 사업가로서 멘토 역할을 한다. 흑인 커뮤니티에서 만난 선배의 도움으로 버질은 디자이너와 패션 사업가의 능력을 모두 갖추게 된다. 그리고 자신의 브랜드인 파이렉스 비전(PYREX VISION)을 2012년에 런칭한다.

파이렉스는 패션 마니아로부터 찬사와 비판을 동시에 받은 브랜드다. 챔피언과 랄프 로렌의 데드 스탁(재고 의류)을 구입해서 'PYREX 23'을 커다랗게 프린팅한 단순한 디자인이었다. 간단한 도안이지만 충격적이었다. 버질만이 실천할 수 있는 아이디어였다. 싸게 구입한 재고 제품에 프린팅만 얹어 비싸게 판다고 욕도 많이 먹었다. 40불 이하 가격으로 구입한 덤핑 재고 의류에 스크린 프린팅을 해서 550불에 판매했다. 버질의 사업가 기질에 부러워하는 사람도 있었지만 사기꾼이라고 한 비판가도 있었다.

파이렉스가 비판받는 위기의 순간에 칸예가 착용하면서 칸예 효과가 발생했다. 특히 칸예가 공연에 입은 파이렉스 후드티의 영향력은 막강했다. 파이렉스의 인기는 치솟았다. 인스타그램을 비롯한 SNS에 무대 착용 사진이 올라오면서 전 품목 매진을 이어 갔다. 버질은 파이렉스의 성공을 통해서 스트릿웨어 브랜드의 참조 효과를 확인했다. 패션 고객이 원하는 요구 사항(니즈)이 무엇인지 꿰뚫어 보는 눈을 갖게 되었다.

서브컬처 브랜드는 기존의 디자인을 약간만 변형하여 사용하는 관행이 있다. 다른 브랜드의 제품을 허락도 없이 그대로 이용하기도 한다. 나쁘게 말하면 베끼기(카피), 저작권 침해 디자인이다. 어쨌든 버질은 파이렉스를 통해서 디자이너에서 패션 사업가로 성장했다. 파이렉스에 대한 비판을 의식한 듯, 버질은 파이렉스를 중단했다. 약 1년 동안 진행한 파이렉스는 오프-화이트 탄생의 기반이 되었다. 파이렉스로 스트릿웨어 패션 사업의 성공 가능성을 확신한 버질은 이탈리아 밀란(Milan)에서 오프-화이트를 런칭한다.

브랜드 런칭을 미국이 아닌 이탈리아로 선택한 이유는 제품의 질을 최고로 유지하려는 목적이었다. 밀란에는 디자인실과 공장이 함께 있어서 작업을 편하게 진행할 수 있다. 파이렉스로 불거진 데드 스탁 비판을 벗어나고자 했다. 오프-화이트는 스트릿웨어 스타일의 남성복과 럭셔리 분위기의 여성복으로 출발했다. 여성복은 파리 패션 위크에서 경쟁 부분으로 선정되었다.

패션 디자이너로 인정받은 버질은 2018년 루이 비통 남성복 디렉터로 발탁되었다. 스트릿 컬처를 조롱하던 럭셔리 브랜드가 마침내 스트릿웨어 패션의 존재 가치를 인정하는 순간이었다. 언더그라운드 패션이 오버그라운드 패션과 함께 패션쇼 캣워크(catwalk)에 서면서 가치를 인정받는 시대가 되었다. 버질은 오프-화이트와 루이 비통의 디자인을 하면서 패션 경계를 허물고 넘나드는 접근으로 새로운 패션 트렌드를 개척하였다.

오프-화이트는 엄밀하게 따지면 스트릿웨어도 아니고 럭셔리 패션도 아니다. 양쪽을 연결하는 다리 기능을 하는 브랜드다. 브랜드 포지셔닝은 스트릿 컬처를 기반으로 하면서 하이엔드 패션을 추구한다. 스트릿웨어 브랜드의 성공 요소를 연구한 버질이 우선시한 방법은 컬래버다. 컬래버의 위력을 일찍부터 발견한 버질은 오프-화이트를 성장시키는 촉매제로 활용한다. 나이키·리바이스·몽클레어·지미 추·키스·챔피언·팀버랜드·이케아 등과 컬래버를 했다.

오프-화이트의 컬래버 제품은 패션 마니아 커뮤니티를 흥분시켰다. 나이키와의 더 텐(The Ten) 컬래버 출시는 스트릿 컬처 커뮤니티와 스니커헤드의 마음을 사로잡았다. 또한 스트릿웨어에 무관심한 대중에게 오프-화이트를 알리는 좋은 기회가 되었다. 더 텐 프로젝트는 나이키에서 출시한 유명 신발 10개 모델을 오프-화이트 디자인으로 재해석한 컬래버다. 신발 디자인이 선공개되었을 때, 신발에 공업용 끈(케이블 타이)이 묶여 있는 모습이 궁금증을 유발했다.

버질은 케이블 타이뿐만 아니라 오프-화이트의 노란색 벨트 아이디어를 공업용 제품 디자인에서 착안했다. 버질이 디자인에 산업용 부자재를 사용하는 이유는 건축공학도 출신이라는 점과 관련이 깊다. 가구 회사인 이케아(IKEA)와 진행한 컬래버도 건축학 지식을 활용한 작업이었다. 버질의 컬래버는 예상하지 못한 상상력의 작품이다. 버질은 관련 없는 분야를 연결하는 재능이 탁월하다. 따로 떨어져 있을 때는 누구나 익숙한 아이템이지만 붙였을 때는 새로운 느낌을 만드는 발상이 탁월하다.

2020년 오프-화이트는 브랜드 로고를 변경한다. 사선 무늬와 화살표 도안에서 마스크를 착용한 두 손 실루엣으로 바꾼다. 오프-화이트의 브랜드 정체성을 만든 디자인이 사선과 화살표였기 때문에 로고 교체는 팬들에게 아쉬움을 줬다. 로고를 변경한 이유는 대각선 줄무늬의 법적 문제 때문이다. 오프-화이트는 사선 로고를 상표로 등록할 수 없었다. 사선 무늬는 주변에서 쉽게 볼 수 있어서 특정 브랜드가 독점적으로 사용할 수 없는 한계가 있다. 횡단보도와 공사 현장에서 사선 로고는 필수 안전 표시다.

또한 민감하고 윤리적인 문제가 있다. 사선 무늬는 헬리 한센(Helly Hansen) 브랜드가 이미 오래전부터 사용하고 있었다. 헬리 한센의 의류를 보면 오프-화이트와 같은 위치에 대각선 사선을 적용하고 있다. 이를 HH 사선 로고로 불러왔다. 헬린 한센은 오프-화이트를 상표권 침해로 소송을 제기했다. 버질의 연결·참조 아이디어가 법적 문제까지 초래했다. 결국 버질은 대각선 사선 로고를 포기하고 새로운 로고를 만들었다. 두 손과 가라앉는 얼굴의 로고를 만들고 트레이드마크 등록을 했다.

오프-화이트의 사전적 의미는 하얀색에 가까운 회색이다. 버질이 브랜드 이름을 오프-화이트로 한 이유는 본인의 디자인 경험에서 나왔다. 바탕을 흰색으로 했을 때보다 오프-화이트색을 이용하면 디자인이 더욱 돋보인다. 버질의 장점은 기존에 존재하는 사물을 자신의 브랜드에 맞게 수정·적용하는 능력이다. 따옴표("") 안에 제품을 설명하는 문구를 집어넣은 시도는 어처구니없다는 반응도 받았지만, 전반적으로 재미있고 독특한 시도로 인정받고 있다.

오프-화이트는 크로스오버를 통해서 패션의 경계를 허물고 있다. 버질의 패션 열정과 천재적 참조 능력은 스트릿 컬처에 새로운 변화를 일으켰다. 일상생활에서 쉽게 마주치는 디자인을 브랜드화하는 버질의 아이디어는 예비 창업자에게 좋은 영감을 준다. 따옴표·화살표·사선 표시 등은 생활에서 쉽게 볼 수 있지만, 패션 디자인으로 과감히 사용한 디자이너는 버질이 처음이다.

버질은 스트릿 컬처를 바탕으로 패션 비즈니스를 함에도 불구하고 2019년 인터뷰에서 "스트릿웨어는 죽는다."라고 말했다. 하지만 스트릿웨어 브랜드는 지금도 스트릿 철학(자유·반기성·도전·개인주의)을 갈망하는 곳에서 생명력을 발휘하고 있다. 오히려 2021년 버질이 사망한 후 오프-화이트의 브랜드 인기는 계속 떨어지고 있다. 관심 대상 브랜드 1위에서 지금은 10위권 밖으로 벗어난 지 오래되었다. LVMH가 오프-화이트를 소유·운영하지만 스트릿 컬처 정신을 반영할 수 있을지는 의문이다.

(8) NOAH [노아]

홈페이지: noahny.com
창업자: Brendon Babenzien, Estelle Baily-Babenzien

노아는 2015년 뉴욕 맨해튼 소호에 매장을 오픈했다. 칼하트 웝 매장에서 걸어서 5분 정도 걸리는 사거리 모퉁이에 위치한다. 흰색 벽돌과 진남색 차양이 고즈넉하니 편안한 분위기를 풍긴다. 매장 안으로 들어가면 푸근한 느낌을 주는 옷과 소품이 정갈하게 진열되어 있다. 따스한 분위기와는 달리 매장 외벽에는 '전쟁은 지옥이다(WAR IS HELL)' 문구가 커다랗게 페인트 되어 있다(벽의 그라피티는 계속 바뀐다).

노아를 처음 대하는 사람은 몇 가지 의문을 갖게 된다.
❶ 브랜드 이름이 성경에 나오는 노아의 방주와 관계가 있을까?
❷ 로고가 빨간 십자가인데 특별한 의미가 있나?
❸ 노아의 창업자인 브렌든 바벤지엔을 들어 본 적이 있는데 누구일까?
❹ 노아를 스트릿웨어의 파타고니아라고 하는데 이유가 뭘까?
❺ 노아는 오프라인 매장이 어디에 있을까?

노아는 일반 스트릿웨어 브랜드와 마찬가지로 스케이트보드·서핑·힙합의 서브컬처가 배경이다. 하지만 지금까지 등장했던 스트릿웨어 브랜드와 출발점이 두 가지 면에서 다르다. 첫째, 노아는 타깃 고객이 청소년·청년층이 아니다. 40대 이상를 대상으로 한다. 스트릿웨어는 10대·20대가 고객인데 왜 노아는 40대 이상일까? 이유는 창업자 브렌든이 40대가 되면서 자신의 나이대에 어울리는 스트릿웨어를 디자인하고 싶었다. 노아는 청년층이 아닌 중장년층을 위한 스트릿웨어 브랜드를 콘셉트로 한다.

둘째, 노아는 추구하는 브랜드 철학·목표가 다른 스트릿웨어 브랜드와는 차이가 있다. 노아는 사회의식·노동자 인권·브랜드 책임·윤리적 사업 모델을 고려한다. 그렇다고 노아가 비영리조직(NGO)은 아니다.

패션을 매개체로 사회 문제를 이슈화하고 자연 보호·개인 권리 존중·기업의 윤리적 역할을 주장하고 실천하는 행동주의 브랜드다. 인권단체·자연 보호 조직도 아닌 스트릿웨어 브랜드 노아가 사회문제와 지구 보호에 초점을 맞춘 동기는 창업자 브렌든의 경험에 있다.

브렌든은 슈프림에서 15년 동안 수석 디자인 총괄을 맡았다. 슈프림을 최고의 스트릿웨어 브랜드로 키운 전설적인 크리에이티브 디렉터다. 슈프림의 인상 깊은 작품과 컬래버는 브렌든의 아이디어다. 2015년 브렌든은 부인 에스텔의 권유로 슈프림을 그만두고 노아를 런칭한다. 슈프림과는 정반대의 철학과 사명으로 새로운 개념의 스트릿웨어 브랜드 카테고리에 도전한다. 파타고니아(Patagonia)의 브랜드 철학에 영감을 받은 노아의 브랜드 철학은 다음과 같다.

❶ 스트릿웨어 브랜드는 인류애(humanity)를 가져야 한다.
❷ 패션 기업은 윤리적(사회적)으로 책임지는 행동을 해야 한다.
❸ 옷(스트릿웨어)은 지구와 사회를 보호할 수 있어야 한다.
❹ 옷을 만드는 과정은 공정하고 바람직해야 한다.
❺ 소비자는 자신이 소비하는 행동의 의미를 깨달아야 한다.
❻ 정직한 재료(원단·소재)가 건전한 브랜드를 만든다.

원래 노아는 브렌든이 2002년에 런칭했다. 첫 번째 창업은 실패했다. 브렌든은 다시 슈프림 팀에 참여하면서 실력을 다져 나갔다. 브렌든은 디자인 업무로 만난 에스텔과 결혼하면서 슈프림을 그만두고 부인과 함께 노아를 공동 창업 한다. 노아는 스트릿웨어 분야에서 처음으로 부부 창업 브랜드다. 브렌든 부부는 스트릿웨어 브랜드가 탐욕적 소비를 조장하고 있음을 안타까워했다. 초기 스트릿 컬처의 순수성은 사라지고 투기성 짙은 사업으로 변한 모습을 걱정했다. 브렌든은 책임주의 스트릿웨어 브랜드 출범을 선포하면서 행동으로 실천하고 있다. 노아는 부드럽지만 강한 메시지를 전한다.

노아는 반기업주의 펑크 정신을 바탕으로 패션 산업의 문제점 극복을 사명으로 한다. 대량 생산·패스트 패션·과다소비가 환경 파괴와 사회 이질감 양산의 악순환을 가져온다고 본다. 노아는 브랜드 아이덴티티를 '책임감'과 '인류애'로 표현한다. 다른 스트릿웨어 브랜드와는 차별화된 접근법으로 운영한다. '바른 일을 하자'라는 목표를 구체적으로 실천하기 위해서 디자인·재료·공장 선택·포장·후원에 이르기까지 변화를 추구한다. 노아는 기존의 스트릿웨어 사업 관행의 틀을 벗어나 독자 노선을 걷는 아웃사이더 길을 가고 있다.

윤리적 비즈니스 모델을 실천하기 위해 제품의 퀄리티를 최고의 실천 목표로 정했다. 일반적으로 패션계에서 말하는 최고의 퀄리티는 비싼 고급 원단·소재를 의미한다. 하지만 노아는 원단의 출처·제조 공정이 착해야 높은 퀄리티 등급을 부여한다. 먼저 스트릿웨어의 아이콘인 티셔츠 재질부터 변화를 추구했다. 환경을 파괴하는 화학 물질 원단과 물감은 사용하지 않는다. 환경을 보호하는 원단 제조 과정을 중요시한다. 노아 홈페이지에 직물을 독립된 카테고리 'Fabrics'로 다룰 정도로 옷감의 성질을 귀중히 여긴다. 노아의 착한 브랜드 도전은 여기서 멈추지 않는다.

스트릿웨어 브랜드 입장에서 티셔츠는 저비용 고수익·고이윤 아이템이다. 중국·동남아·남미 공장에서 싸게 만들어서 비싸게 판다. 노아는 저임금 노동 착취로 만들어진 원단을 사용하지 않는다고 선언했다. 노아는 노동자가 인간다운 대접을 받는 공장을 선택해서 티셔츠를 제작한다. 유기농(오개닉)과 재활용(리사이클) 원단을 활용한다. 양모(wool)를 사용할 때도 조건을 정했다. 양을 잔인하게 다루는 공장과는 거래를 하지 않는다. 모든 생명체의 존엄성을 최고의 가치로 둔다.

브렌든은 '옷은 의미를 내포한다'고 주장한다. 스트릿웨어 패션이 청소년에게 강한 영향을 준다고 본다. 옷을 통해 바른 메시지를 전달하고 잘못된 소비의식이 개선되기를 바란다. 옷을 사회 변화의 플랫폼으로 생각한다. 실천주의 티셔츠 운동을 진행하고 있다. 티셔츠를 제작할 때 사회 이슈를 디자인해서 프린팅한다. 판매 수익금의 일부를 관련 단체에 기부금으로 전달한다. 일회성 행사가 아닌 진심이 담긴 모습으로 진정성을 인정받고 있다. 노아의 기부 실천은 시간이 지나면서 더욱 빛나고 있다.

'허리케인 구호 티셔츠'는 푸에르토리코의 허리케인 피해 주민을 돕기 위해 제작해서 수익금을 기부했다. '그레이트 사우스 베이 티셔츠'는 롱아일랜드의 극심한 오염을 해결하기 위한 정화 시스템 구축을 위해 제작했다. 이외에도 다양한 지구 보호 캠페인을 위해 티셔츠를 만들어 판매 수익금을 지속적으로 후원하고 있다. 2019년부터는 '지구를 위한

1%라는 비영리 조직(onepercentfortheplanet.org)에 매출의 1%를 기부하고 있다.

노아는 선한 영향력을 행사하는 착한 브랜드의 길을 걷고 있다. 노아는 패스트 패션의 폐해를 극복하기 위해서 재활용 프로그램을 운영 중이다. '아직 죽지 않았어!(Not Dead Yet!)' 캠페인을 한다. 노아에서 구입한 제품을 더 이상 사용하지 않는 경우, 노아 매장으로 보내면 노아가 제품을 구입해서 세탁 후 재판매·봉사 단체에 후원·리사이클링 등으로 환경을 보호한다. 그 어떤 브랜드도 귀찮고 돈벌이가 되지 않기 때문에 못 하는 일을 노아는 과감하게 하면서 소비자들의 정신을 깨우고 있다. 바른 소비의 길이 무엇인지 제시한다.

브렌든이 노아를 통해서 지구와 환경 보호에 집중한 동기는 성장 배경의 영향이 크다. 뉴욕 롱아일랜드의 작은 어촌 마을에서 자란 브렌든은 동네 서프보드 가게인 릭스(Rick's)에서 일했다. 릭스는 다른 서프 매장과는 다르게 해양 환경 보호에 관심이 많았다. 사장 릭은 직원뿐만 아니라 고객에게도 바다 보호의 중요성을 강조했다. 브렌든은 진정한 서퍼는 서핑을 즐길 뿐만 아니라 바다를 보호해야 한다고 배운다. 서프 매장에서 10대 청소년기를 보낸 브렌든은 환경 보호의 가치를 가슴 깊이 새겼다.

릭스 매장은 브렌든이 스트릿 패션 세계로 발걸음을 내딛는 계기가 된다. 브렌든은 릭스에서 돈 버스웨일러(Don Busweiler)를 만난다. 돈은 마이애미로 가서 퍼버트(Pervert) 브랜드를 정식 런칭한 창업자다.

퍼버트(변태라는 뜻)는 1990년대 스투시·슈프림·주욕과 함께 4대 스트릿웨어 브랜드를 형성했다. 돈은 매장 이름을 동물농장(Animal Farm)으로 짓고 브렌든을 제품 관리 책임자로 데려왔다.

당시 퍼버트의 인기는 슈프림보다 높았다. 슈프림은 창업자가 고객과 떨어져 있었지만 퍼버트는 창업자 돈이 고객과 가족처럼 지내기 때문에 고객 충성도는 신앙 수준까지 올라갔다. 퍼버트 브랜드의 진정성은 최고였다. 그런데 갑자기 돈이 컬트 종교에 심취하면서 종적을 감추었다. 창업자가 사라져 더 이상 매장을 운영할 수 없게 되어 퍼버트는 문을 닫는다. 이 소식을 들은 슈프림의 제비아는 브렌든을 고용한다. 이때부터 브렌든은 15년 동안 디자인팀을 지휘하며 슈프림을 최고의 스트릿웨어 브랜드로 만든다. 브렌든은 슈프림 신화를 만든 주인공이다.

사회적 가치와 건전한 자본주의를 추구하는 노아의 도전을 깎아내리는 시선도 있다. 지구 환경 보호와 인권 존중을 외치는 노아를 못마땅하게 여기기도 한다. 노아는 런칭 초기에 재정적 어려움도 겪었다. 타깃 고객인 중장년층은 노아에 호기심을 보이지 않았다. 청년층의 호응을 얻을지도 불확실했다. 윤리적으로 만든 재료를 사용하다 보니 제품 가격이 높은 편이다. 티셔츠 디자인도 관심을 끌 만큼 매력적이지 않다. 럭셔리 브랜드도 아니고 잘 알려지지도 않은 노아는 한계에 부딪힌다. 노아가 다시 망하지 않을까 걱정이 퍼졌다. 하지만 노아는 창세기에 나오는 노아처럼 스스로 외로운 아웃사이더의 길을 걸으며 점점 빛을 발하고 있다.

노아의 진정성은 세월이 지날수록 진가를 발휘하고 있다. 단순히 튀어 보이기 위한 겉치레가 아니다. 패션 브랜드인지 비영리 단체인지 혼동스러울 정도로 환경·인권을 위해 열정적으로 활동 중이다. 환경을 파괴하는 관행을 거부한다. 소비자에게 무엇이 좋은 퀄리티인지 교육하고 있다. 바르게 만든 옷이 좋은 질의 옷임을 강조한다. 스트릿웨어 브랜드가 이윤 추구만 집중하지 말고 바른 가치관을 나누는 데 초점을 둬야 한다고 주장한다.

중장년층을 대상으로 출발한 노아가 청소년·청년층에게도 인지도를 쌓아 가고 있다. 판매처는 영국(런던)·미국(LA)·일본(긴자)의 도버 스트릿 마켓(DSM)을 적극적으로 이용한다. 일본에는 2개의 매장을 오픈했다. 특정 콘셉트로 매장을 꾸몄다. 도쿄의 노아 클럽하우스(Clubhouse)는 클럽하우스를 주제로 디자인했다. 오사카의 노아 누들숍(Noodle Shop)은 실제 우동 가게를 구매해서 리모델링했다. 브랜든의 아이디어가 신선하고 재미있다.

노아는 스트릿웨어 브랜드 예비 창업자에게 새로운 시각과 비전을 제시한다. 스트릿웨어 브랜드의 스펙트럼을 확장시켰다. ❶고객을 청소년·청년층인 아닌 장년층으로 정했다. ❷자극적인 디자인과 프린팅이 아니어도 된다. ❸브랜드 비전과 철학으로 환경·윤리를 추구한다. ❹저항과 반항 이미지를 벗고 착한 브랜드 전략이 통한다. 노아와 브랜든 부부의 도전과 꿈은 멈추지 않는다. 그리고 대한민국 서울에 노아 매장이 오픈했다(2023년 11월). 서울 시티하우스(Cityhouse)다. 카페가 함께 있어서 흥미로운 콘셉트이며, 무신사가 파트너다.

(9) ANTI SOCIAL SOCIAL CLUB [안티 소셜 소셜 클럽]

홈페이지: antisocialsocial.com
창업자: Neek Lurk

2015년 혜성같이 등장한 안티 소셜 소셜 클럽(ASSC)은 런칭하자마자 스트릿 컬처 마니아를 애타게 만든 브랜드다. ASSC는 스케이트보드·서핑·힙합과는 관련이 적다. 기성 권위주의에 대한 반항과도 거리가 멀다. 펑크의 무정부주의 서브컬처와는 더더욱 연결 고리가 없다. 여러 스트릿웨어 브랜드와는 달리 스트릿 컬처 배경이 명확하지 않다. ASSC는 사회·기업·환경·인권과도 무관한 '개인의 감정'을 표현한 브랜드다. 브랜드 이름에 Social이 있다고 해서 사회성과는 관련이 없다. 그렇지만 스트릿 컬처 느낌이 강한 브랜드다. ASSC 출현 당시 스트릿 컬처 커뮤니티를 가장 안달 나게 만든 브랜드다.

스트릿웨어 브랜드는 주류 문화에 대한 저항을 기본으로 한다. 하지만 ASSC는 창업자 개인의 주관적인 기분과 정서를 바탕으로 한다. 대부분의 브랜드가 가지고 있는 철학·비전·미션도 없다. ASSC 창업자도 자신의 브랜드를 스케이트보드 커뮤니티와 관련짓지 않는다. 스트릿 컬처의 음악적 요소인 펑크·힙합적 색깔도 띠지 않는다. FTP는 창업자 개인의 감정이 사회성으로 연결된 브랜드이지만, ASSC는 사회성으로 진행되지 않는다. 그럼에도 불구하고 ASSC는 스트릿웨어 커뮤니티·셀럽·패션 브랜드·대기업 등 영역을 초월하여 뜨거운 관심의 상징이었다. ASSC 인기의 원인은 무엇인지 합리적 이해가 난해한 브랜드다.

평범한 개인 브랜드 수준이였던 ASSC가 갑자기 널리 알려진 계기는 칸예 웨스트의 스트릿 패션 코디 덕분이다. ASSC 물결 로고가 인쇄된 검정색 티셔츠와 후드티를 입은 칸예의 사진이 소셜 미디어에 올라왔다. 동시에 '난 당신이 그리워요(I MISS YOU)' 자수가 새겨진 야구 모자를 쓴 킴 카다시안의 사진도 사람들의 호기심을 자극했다. 칸예 부부의 ASSC 착용은 칸예 효과를 일으키면서 ASSC의 브랜드 인지도는 급상승했다. '안티(Anti)' 단어의 묘한 느낌과 칸예 효과 덕분에 ASSC는 창업자도 눈치 못 챌 정도로 빠르게 유명해졌다. ASSC를 입지 않은 셀럽이 없을 정도였다.

Anti Social Social Club을 해석하면 '반사회적인 사교클럽'이라는 엉뚱한 단어 조합이 된다. 반사회적인 사람은 사교클럽 활동을 하지 않으므로 의미상 이상한 단어 조합이다. ASSC는 궁금증을 불러일으키는 브랜드 이름이다. ASSC 창업자는 닉 럭이다. 본명은 앤드류 부에나플로(Andrew Buenaflor)다. 부모님은 필리핀 이민자이며, 닉은 라스베이거스에서 태어나고 자랐다. 창업자 닉 럭의 개인 배경을 살펴보면 ASSC 브랜드의 성향에 대한 궁금증이 풀리기 시작한다.

라스베이거스에서 닉은 같은 필리핀계 동양인 친구가 없었다. 닉은 동양인이 적은 라스베이거스에서 외모 콤플렉스까지 겪어 친구를 사귀지 못한다. 내성적 성격의 닉은 대학 생활도 수업 이외에는 집에서 혼자서 시간을 보냈다. 학교 친구들과 어울리지 못한 닉은 사이버 공간으로 향했다. 나이키 포럼(niketalk.com)에서 활발한 활동을 하면서 가상 현실 속에서 인기 높은 활동가가 된다. 닉은 슈프림을 풍자한 패러디 티셔츠를 직접 만들어 판매하기도 한다. 닉에게 인터넷은 새로운 활력소가 되어 사람을 다른 방법으로 만나서 소통하는 장소가 된다. 인터넷 포럼에서 닉은 커뮤니티의 존재감을 감지했다.

대학을 졸업한 닉은 라스베이거스 스투시 매장에 아르바이트로 취직한다. 독특한 외모와 내성적 분위기와는 전혀 다르게 닉은 스투시 매장 업무에 재능을 보여 준다. 닉은 매장 매니저로 고속 승진한다. 소셜미디어 부분에서도 탁월한 능력을 인정받아 LA 스투시 본사의 소셜미디어 마케팅 매니저가 된다. 닉은 LA에서 활동하면서 캘리포니아 스트릿웨어 브랜드 창업자들과 폭넓은 인맥을 쌓는다. 예전의 지질했던 대인 기피증도 사라진다. 언디피티드의 에디 크루즈, 더헌드레즈의 바비 킴 등 LA 기반의 스트릿웨어 브랜드 창업자·매니저·스태프와 교류하면서 비즈니스 노하우도 배운다.

ASSC 브랜드의 이미지는 닉의 외로움·분노·우울한 감정·열등감이 투영된 결과물이다. 왕따·버림받은 자의 소외감이 바탕이다. 패션 의류 분야에서는 취급하지 않는 모티프가 브랜드화하면서 팬덤이 형성되었다. 모든 현대인이 닉처럼 외로움을 경험하기 때문에 ASSC 팬덤은 이성이 아닌 감정 차원에서 몰입한다. ASSC 인기 비결은 제품 디자인·재질·서비스가 전혀 아니다. 사람들의 숨어 있는 감정을 건드렸기 때문에 눈길을 끌게 되었다. 소비자들은 ASSC 티셔츠와 후드티를 입음으로써 닉의 억울한 감정·위로·재미를 공유한다. 팬들은 ASSC 브랜드

와 감정으로 연결된다. 닉은 스트릿웨어 분야에서 처음으로 개인의 감
정을 상품화·브랜드화했다.

닉은 한국과 인연이 깊다. ASSC를 공식 런칭 하기 전, 닉은 한국을
주제로 제품을 출시했다. 태극기와 한글을 이용한 모자·티셔츠·후드
티를 만들었다. 한글로 '자살', '예시' 등을 프린트했다. 닉이 한국을 모
티프로 한 이유는 한국인 여자친구와 헤어졌기 때문이다. 여자친구를
그리워하는 심정과 절망적인 괴로움을 동시에 표현했다. 여자친구가
돌아오기를 갈망한 닉은 'I Miss You' 문구를 집어넣은 야구모자도 만
들었다. 이 모자는 단순하고 저렴해 보이지만 많은 연예인들이 착용한
머스트해브 아이템이다.

ASSC는 짧은 역사와 부정적인 반응에도 불구하고 광범위한 컬래버
를 진행했다. 혼다(자동차)·베이프·헬로키티·플레이보이(잡지)·꼼데가
르송·방탄소년단(BTS)·에드하디·언디피티드·DHL(배송회사)·후지와라
히로시(프래그먼트)·메디콤 토이·네이버후드 등 헤아릴 수 없을 만큼 다
양하다. ASSC와 컬래버를 원하는 브랜드가 많은 이유는 뭘까? 이상할
수도 있지만, ASSC가 가지고 있는 냉소적 느낌·가학적 분위기(새디스
트)·자기학대(마조히즘)·우울한 메시지를 얻고 싶기 때문이다. 앞으로도
ASSC가 정상적으로 운영만 된다면 컬래버 문의는 쇄도할 예정이다.

ASSC을 유명하게 만든 중요한 원인은 배송 문제다. 택배 발송·쉬핑
(shipping)이 너무 늦어져서 소비자 소송까지 초래했다. 배송과 고객 응
대 서비스가 취약한 이유는 ASSC가 경영 시스템의 틀을 갖추기도 전

에 주문이 폭주했기 때문이다. 재고가 없음에도 주문을 받았다. 제품이 없기 때문에 배송도 불가능했다. 몇 년째 제품을 못 받은 고객들도 수두룩할 정도다. 닉은 처리 불능 상태에 빠졌다. ASSC는 배송 문제뿐만 아니라 제품의 퀄리티도 비판받는다.

옷의 질이 너무 떨어진다. 세탁 후 옷이 변형·변색·축소되어 입지 못한다는 후기 사진이 많다. 심지어 ASSC 정품보다 중국산 짝퉁의 질이 우수할 정도였다. 부정적 반응이 높아짐에도 불구하고 닉은 네거티브 전략을 그대로 유지하고 있다. 닉은 불편한 서비스로 일관하고 있다. 불친절·늦은 배송·낮은 품질 등의 수많은 약점에도 불구하고, ASSC의 신제품 출시를 기다리는 팬이 많다는 현상은 아이러니하다. 닉의 성향을 고려하면 퉁명스러운 고객 대응이 어쩌면 가장 ASSC다운 방법으로 추측된다. 닉은 부정적인 측면을 자신만의 독특한 브랜딩 전략으로 활용하고 있다.

ASSC는 슈프림 직원보다 더 불친절하고, 슈프림 박스 로고 티보다 더 가성비가 떨어지며, 슈프림 잡화 카테고리보다 더 독특한 액세서리를 출시한다. 차 번호판·전기 소켓 뚜껑·재떨이·화장실 뚫어뻥(플런저)·밥솥 등 재미있는 소품이 많다. 스투시 마케팅 매니저였던 닉의 퉁명스러운 브랜딩은 우연일까? 어떤 면에서 보면 ASSC는 슈프림보다 더 철저하게 계획해서 거칠고 무례한 브랜드 이미지를 만드는 느낌이 든다. 제품 비율을 보면 스트릿웨어 기본 아이템인 티셔츠와 후드티의 중요성을 파악하고 있다. 닉의 성공은 우연인 아닌 전략적인 계산으로 보는 견해가 힘을 얻고 있다.

닉은 스트릿웨어 브랜드가 성공할 수 있는 잠재적 요인을 정확히 파악하고 있다. ASSC의 브랜드 색을 정했다. 분홍색(핑크)을 홍보·상품 구성·디자인·유통에 완벽히 적용하고 있다. 레터링(문구)을 재미있게 만들어서 사람들의 감정을 자극한다. 인기 있었던 문구는 다음과 같다. 'Stay Weird(이상한 기분을 거부하지 말고 즐겨)', 'Mind Games(이건 정신 게임이야)', 'Self Doubts(너 자신을 의심해 봐)', 'Never Again Never You(다시는 너하고 사귀지 않아)' 등이 있다. 팔라스의 레터링처럼 익살이 넘친다.

닉은 ASSC 브랜드를 기업 수준으로 키우려는 계획은 없어 보인다. 다만 스트릿웨어 브랜딩 공식을 충실히 따르고 있다. 티셔츠와 후드티부터 제작 후 기타 액세서리로 상품 구성을 넓혔다. 제품은 한정 수량으로 제한한다. 출시 상품은 항상 품절되지만 재생산하지 않는다. 홍보 수단은 비용이 들지 않는 인스타그램을 이용한다. 매장은 팝업 스토어를 활용한다. 디자인의 예술성은 부족하지만 스트릿웨어의 심미성은 충분히 가지고 있다. 상품 출시일이 정해져 있지 않으며 로고 플레이만 하지만 ASSC는 재판매 시장에서 인기 아이템이다.

창업자 닉 럭의 성격이 100% 반영된 ASSC는 브랜드의 독창성과 진정성으로 부정적 평가를 뛰어넘어 꾸준히 제품을 출시했다. 7년 동안 기대 이상의 매출을 경험한 닉은 2022년 ASSC를 매각한다. ASSC의 새로운 주인은 마키 브랜드(Marquee Brands)가 되었다. 앞으로는 보다 체계적이고 신뢰성을 가진 운영으로 ASSC의 새로운 출발이 기대된다. 또한 오프라인 매장도 생겨서 ASSC 분위기를 직접 느낄 수 있기를 소망한다.

7장에서는 최근 등장한 스트릿웨어 브랜드를 보았다. 세월이 지나면서 다양한 콘셉트를 주제로 하는 브랜드가 계속 태어나고 있다. 필자가 책에서 다루지 못했지만 기회가 되면 추가하고 싶은 스트릿웨어 브랜드 몇 개를 소개하면서 7장을 마친다.

- 코르테즈(Corteiz); 영국 런던
- 브레인 데드(Brain Dead); 미국 LA
- 어 콜드 월(A-Cold-Wall); 영국 런던
- 어웨이크 뉴욕(Awake NY); 미국 뉴욕
- 폴라 스케이트 코(Polar Skate Co); 스웨덴 말뫼
- 팝 트레이딩 컴퍼니(Pop Trading Company); 네덜란드 암스테르담

8장

스트릿 컬처 브랜드 모델링의 핵심 요소

1980년 스투시 런칭 이후, 수많은 미국 스트릿 컬처 브랜드가 무성하게 생겨났다. 스케이트보드·힙합·펑크를 배경으로 캘리포니아(LA)와 뉴욕(맨해튼)은 스트릿 컬처 브랜드의 근원지가 되었다. 숀 스투시처럼 성공을 꿈꾸는 청년들이 스트릿 컬처 브랜드 창업의 꽃을 피웠다. 스케이트보드 문화 중심의 스트릿웨어 브랜드는 언더그라운드 운동의 상징으로 자리 잡았다. 필자는 미국·일본·유럽의 스트릿웨어 브랜드를 다루었다. 시대별로 중요한 역할을 담당한 브랜드를 통해서 스트릿 컬처와 브랜드의 상호 관계를 이해했다.

　스트릿웨어 브랜드는 DIY(Do It Yourself) 정신에서 출발했다. 청년 창업자들은 부족한 자본·서투른 솜씨·패션 비전공자이지만, 서브컬처가 좋아서 직접 제품 제작에 도전했다. 티셔츠를 만들기 위해서 프린트 기계를 구입하고, 손과 옷에 잉크를 묻혀 가면서 직접 인쇄를 했다. 스투시부터 지금까지 수많은 스트릿웨어 브랜드는 DIY 스타일로 스트릿웨어 브랜딩을 시작했다. DIY는 창업자의 일하는 스타일이며, 동시에 정신을 나타낸다. 스트릿웨어 창업자에게 DIY는 자립·독립·개성을 존중하는 마인드셋이며 라이프 스타일 자체다.

개인 혼자서도 스트릿 컬처 브랜드 창업은 쉽다. 하지만 지속적인 성과를 내면서 성장시키기는 만만치 않다. 스트릿 컬처 브랜드로 출발했지만 정체성을 잃고 캐주얼 브랜드로 변하는 경우도 흔하다. 수익을 내기도 전에 폐업하는 불운이 발생하기도 한다. 스트릿 컬처 브랜드 런칭은 쉽지만 스트릿 커뮤니티로부터 인정받기는 쉽지 않다. 그렇다면 충분한 자본·노련한 디자인 인재·뛰어난 마케팅 능력을 가진 기업은 브랜딩 과정이 용이할까? 혹시 스트릿 컬처 브랜딩은 숨은 핵심 요소가 있지 않을까?

대기업이 자금력으로 스트릿 컬처 브랜드를 런칭하거나 인수한다고 해도 성공은 보장되지 않는다. 고급 재료로 상품을 만들고 우수한 인재들로 모인 마케팅팀이 광고를 해도 스트릿 컬처 마니아의 마음을 쉽게 얻을 수는 없다. 왜냐하면 스트릿웨어 브랜드는 다른 패션 브랜드와 구별되는 특징(고집, 깡다구)이 있기 때문이다. 스트릿 컬처 브랜드는 패션 브랜드 속성도 가지고 있지만, 캐주얼과 럭셔리 브랜드와 차이점을 만드는 유전자(遺傳子)가 있다.

스트릿 컬처 브랜드를 제대로 런칭하고 잘 키우기 위해서는 스트릿웨어 브랜드의 속성을 알아야 한다. 이번 장은 스트릿 컬처 브랜드의 DNA를 발견하고, 적합한 모델링 소스(정보원)를 찾아서, 스트릿 컬처에 알맞은 브랜드 모델링 방법을 발견하기 위한 내용을 담았다. 마지막 장이지만 처음 1장과 연결되어 있다. 아래 질문을 염두하면서 읽으면 도움이 된다. 주의할 점은 스트릿 컬처 브랜드는 스케이트보드·힙합을 배경으로 하는 스트릿웨어 브랜드를 의미함을 기억해야 한다.

❶ 스트릿 컬처 브랜드와 정체성의 개념 정의는 무엇일까?

❷ 다른 패션 브랜드와 구별되는 정체성은 어떻게 만들어지나?

❸ 일반 패션 브랜드 고객과 스트릿웨어 브랜드 팬덤은 무엇이 다를까? 스트릿웨어 소비자의 독특한 구매기준이 있을까?

❹ 스트릿 컬처 브랜드의 예술성과 디자인 특성은 무엇인가?

❺ 스트릿 컬처 브랜드 런칭시, 제품 제작 순서는 어떻게 진행되나?

❻ 인터넷 공간은 스트릿 컬처 브랜딩에 어떤 도움을 주나?

❼ 스트릿웨어 브랜드의 도소매 판매 전략은 어떻게 수립해야 할까?

❽ 스트릿 컬처 브랜드의 가장 큰 특징을 꼽는다면?

이번 장은 필자의 한국의 멀티숍 운영 추억·미국의 의류 브랜드 매장 근무·웨어하우스 현장 관리·스트릿 컬처 브랜드 런칭·나염 공장과 샘플실 경험 등 다양한 체험을 배경으로 한다. 스트릿 컬처의 근본(根本)을 기억하고 스트릿웨어 브랜드의 역사(歷史)를 존중하는 마음으로 정리했다. 앞에서 살펴본 여러 브랜드에서 부분적으로 나왔던 내용을 종합적으로 연결했다. 스트릿 컬처 브랜드 런칭을 준비하는 예비 창업자는 자신의 브랜드에 맞게 수정하면서 참조하면 도움된다. 일반 패션 브랜드와 비슷한 듯하지만 다른 점을 발견하는 마음으로 읽으면 된다.

(1) 스트릿 컬처 브랜드의 정체성 지키기: 진정성 & 독창성

브랜드의 정체성은 브랜드의 자기다움(selfness)을 의미한다. 브랜드가 정체성을 확립하고 유지하기 위해서는 브랜드가 어디에 뿌리를 내리고 있는지 파악해야 한다. 스트릿웨어 브랜드의 바탕은 스트릿 컬처에 있다. 스트릿 컬처는 서브컬처와 언더그라운드 문화를 가리킨다. 스케이트보딩·서핑·스노우보딩·힙합·펑크·그라피티가 주로 관련 있지만 이것이 전부는 아니다. 또한 스트릿웨어 브랜드는 모든 서브컬처를 끌어 담아서 포함시키지는 않는다.

스트릿웨어 브랜드를 런칭하기 전에 창업자는 자신의 브랜드가 어떤 서브컬처와 관련이 있는지 파악해야 한다. 2010년 이전의 스트릿웨어 브랜드 창업자들은 보드 문화와 연결 지어 정체성을 만들어 갔다. 1980년대의 초기 스트릿웨어 브랜드는 대부분 스케이트보드와 관련이 깊었기 때문이다. 최고의 스트릿웨어 브랜드인 스투시·슈프림도 스케이트보드와 관계가 있으므로, 대부분의 창업자도 스케이트보드 문화를 브랜드 정체성을 표현하는 도구로 사용했다. 스케이트보딩은 도전·저항을 내포하기 때문이다.

최근 스트릿 컬처가 패션 트렌드로 자리 잡자, 스트릿 컬처 요소인 스케이트보딩·힙합·펑크·그라피티를 디자인으로 이용해서 제품을 출시하는 브랜드가 늘어나고 있다. 그런데 스트릿 컬처스러운 디자인으로 티셔츠를 출시하면 자연스럽게 스트릿웨어 브랜드가 될 수 있을까? 스케이트보드용 신발을 아이템으로 추가하면 스트릿웨어 브랜드라고 부를 수 있을까? 스트릿웨어 브랜드와 컬래버를 하면 자신의 브랜드가 자동적으로 스트릿 컬처 브랜드가 될까?

아니다. 스트릿 컬처 브랜드로 인정받을 수 없다. 스트릿 컬처 디자인을 참조해서 만든 티셔츠·신발 등의 제품을 판매하는 건 가능하지만 스트릿웨어 브랜드의 정체성은 부여받을 수 없다. 스트릿 컬처 브랜드로 자리 잡기 위해서는 고객과 스트릿웨어 커뮤니티로부터 인정을 받아야 한다. 그러면 어떻게 해야 인정받을 수 있을까? 가장 중요한 요소는 스트릿 컬처의 진정성(authenticity)을 품고 있어야 한다.

대기업이 많은 자본금으로 스트릿웨어 제품을 출시해도 반응이 시큰둥한 경우가 종종 있다. 나이키도 스케이트보드 신발을 처음 출시했을 때 실패했다. 겉모습은 분명히 보드화였지만, 스케이터들은 나이키의 보드화를 자신들을 위한 보드화로 인정하지 않았다. 이후에 나이키가 스케이트보드팀을 운영하고 프로 스케이터를 디자인팀에 합류시키고 나서야 나이키 SB는 스트릿 컬처 세계에 존재감을 알리고 환영받을 수 있었다. 즉, 제품 몇 개만으로는 스트릿 컬처 브랜드로 인정받을 수 없다.

이와는 반대로 스트릿 컬처에 관심이 없었던 브랜드이지만, 스트릿 컬처 요소를 가지고 있어서 스트릿웨어 브랜드로 인정받는 경우도 있다. 팀버랜드와 컨버스는 노동자와 운동선수를 위한 신발 브랜드이지만, 힙합 래퍼와 스케이터의 선택으로 스트릿 컬처 커뮤니티의 인정을 받고 있다. 그렇다면 진정성 기준을 갖추기 위한 출발점은 무엇일까?

스트릿 컬처 커뮤니티의 관심만 얻을 수 있으면 될까?

스트릿웨어 브랜드의 순수한 진정성은 우선 스케이트보드로부터 나온다. 창업자가 스케이터이거나 보드 관련 직업을 가지고 있을 경우 인정받기가 수월하다. 스케이트보다는 서브컬처 안에 있으며, 상업적 목적만을 추구하지 않고 스케이터를 위한 브랜드를 만든다고 본다. 스투시·LRG·허프·오베이·브릭스톤·팔라스·슬램 잼·디씨슈즈·쓰래셔·립앤딥·더 헌드레즈 등의 브랜드는 창업자가 프로 스케이터로 활동하거나 스케이트보딩 마니아였다. 스케이터의 마음을 잘 아는 스케이터가 스케이터를 위해 만든 브랜드는 진정성 확보가 유리하다.

스트릿 컬처의 또 하나의 기둥인 힙합도 진정성의 중요한 요소다. 힙합의 저항정신과 스트릿웨어 브랜드의 반기성주의 이미지가 연결되기에, 힙합 래퍼들이 입거나 신고 나온 브랜드는 스트릿웨어 아이템으로 인정받는다. 래퍼의 영향력이 강하기 때문이다. 런 디엠시의 아디다스 오리지널스가 대표적이다. 또한 힙합 래퍼와 클럽 디제이 출신이 직접 디자이너가 되어 스트릿 컬처 브랜드를 창업한다. 니고의 베이프·퍼렐 윌리엄스의 BBC·칸예 웨스트의 이지·타일러의 골프 왕·버질 아블로의 오프-화이트·일본 우라 - 하라주쿠의 다양한 스트릿웨어 브랜드 등 힙합 배경의 아티스트들이 창업한 브랜드도 진정성을 인정받는다.

창업자가 보더(스케이트보더·서퍼·스노우보더)도 아니고 힙합 등 스트릿 컬처 활동을 직접 하지 않으면서도 스트릿웨어 브랜드 정체성을 인정받은 브랜드가 있다. 슈프림이 대표적이다. 슈프림의 창업자 제임스 제비아는 보드·펑크·힙합 관련의 직접적인 경험은 적다. 창업자 개인을 기준으로 봤을 때 슈프림은 스트릿웨어 브랜드의 진정성이 약했다. 그럼에도 불구하고 슈프림은 스케이트보드 브랜드의 표상으로 꼽힌다.

제임스는 약점을 다른 방법으로 해결하여 스케이트보더를 열정적인 팬덤으로 만들었다. 매장 인테리어를 스케이트보더 편의적으로 설계하고, 동네 스케이트보더를 직원으로 채용해서 자신의 부족한 진정성을 채웠다. 스케이트보드 데크 그림을 아티스트 작품으로 디자인했다. 스트릿 컬처의 반항주의를 보여 주기 위해서 불법으로 캘빈 클라인과 루이 비통 제품을 도용했다. 직원들의 불친절한 행동도 스케이트보드의 남성적 마초 문화를 표현하는 데 도움이 되었다. 슈프림은 완벽한 스트릿 컬처 브랜드의 확고한 자리매김을 한다.

펑크 요소의 반기성주의·반항정신·개인주의 표방도 스트릿 컬처 브랜드로 인정받을 수 있는 조건이다. 네이버후드·FUCT·텐디프·더블탭스·언더커버·FTP 등이 대표적이다. 그러나 스케이트보드·힙합·펑크 요소를 포함하고 있다는 이유만으로 스트릿 컬처 브랜드라고 단정적으로 구분할 수는 없다. 심지어 이런 요소가 전혀 없어도 스트릿 컬처 브랜드로 인정받기도 한다. 스트릿 컬처는 복합적인 서브컬처 정신을 공유하기 때문에 확일적이지 않기 때문이다.

스케이트보드·힙합·펑크·팝아트에 직접 종사하지 않은 창업자는 어떻게 정체성을 확보할 수 있을까? 노아·키스·ASSC·슈퍼드라이·꼼데가르송 플레이는 어떻게 스트릿웨어 브랜드로 인정받은 걸까? 정체성을 이루는 또 다른 요소는 독창성(originality)이다. 스트릿 컬처 철학에 창의성을 더해야 브랜드 정체성을 세울 수 있다. 노아는 지구와 환경 보호, ASSC는 개인의 우울한 감정, 슈퍼드라이는 영미일 혼합 콘셉트의 독창성을 통해서 다른 브랜드가 흉내 낼 수 없는 브랜드 정체성을 확보했다. 최근엔 점점 독창성의 비중이 높아지고 있다.

스트릿 컬처에서 태어나고 자란 스트릿웨어 브랜드는 자신의 정체성을 서브컬처에 둔다. 생명력 있는 스트릿웨어 브랜드일수록 브랜드 정체성을 계획적이고 유기적으로 만든다. 로고·디자인·매장 분위기·광고 등 자신만의 브랜드 진정성과 독창성을 보여 주기 위해 노력한다. 브랜드 정체성은 한번 정해져도 시간이 지나면 계속 변하기도 한다. 창업자는 진정성과 독창성이 훼손되지 않도록 지속적으로 브랜드를 관리해야 한다. 이를 게을리하면 스트릿 성격이 사라지면서 스트릿웨어 브랜드 생명도 끝난다.

(2) 스트릿 컬처 브랜드의 고객과 커뮤니티의 독특성

모든 브랜드는 자신만의 고객이 있다. 스트릿 컬처 브랜드 역시 자신만의 고객이 있다. 스트릿 컬처에 호감을 가지고 있는 사람들이 브랜드의 고객을 형성한다. 일반 고객 중에서 본인이 선택한 브랜드를 열성적으로 추종하는 충성 고객(loyal customer)이 출현한다. 충성 고객은 무리를 이루어 팬덤(fandom)을 형성한다. 팬덤은 자신이 선택한 브랜드의 철학과 비전을 적극 지지 한다. 스트릿웨어 브랜드의 팬덤은 자발적으로 공동체를 만들어 브랜드 커뮤니티(community)를 이룬다. 커뮤니티는 회원들끼리, 회원과 브랜드 사이에 밀접한 관계를 맺는다. 브랜드-고객-커뮤니티는 유기적으로 연결되어 있다.

스트릿웨어 브랜드 창업 시 팬덤과 커뮤니티의 특징을 바르게 이해해야 제대로 브랜딩할 수 있다. 경영학에서 취급하는 일반 고객과 스트릿 컬처 브랜드 고객의 소비 성향은 약간 다르다. 스트릿 컬처 브랜드 고객의 중심 연령대는 주로 10대·20대다. 스케이트보드를 즐기는 나이가 중고등학생부터여서 10대가 스트릿웨어 브랜드의 핵심 고객이다. 또한 셀럽(유명인)이 또 하나의 중요한 팬덤을 형성한다. 힙합 래퍼·연예인·스포츠 선수 등은 자신들의 이미지 관리를 위해서 스트릿웨어 브랜드 제품을 착용한다. 셀럽의 패션 스타일은 청소년·청년층에게 직접적인 영향을 준다. 즉, 10대에서 30대가 중심 고객층 범위다.

취미 활동이 발전해서 커뮤니티를 형성하고 스트릿 컬처 브랜드가 되기도 한다. 스케이트보드 동호회에서 브랜드 런칭으로 이어질 경우, 커뮤니티 멤버들의 충성도는 일반 팬덤보다 훨씬 강하다. 팔라스는 스케이트보드 동호회 친구들이 만든 브랜드다. 런칭 몇 년 만에 슈프림과 대등한 위치를 차지한 저력은 커뮤니티의 브랜드 충성도에서 나왔다. 팔라스 팬덤은 런던에서 영국으로 그리고 유럽 전체로 확산되었다. 스케이트보드에서 출발한 스트릿웨어 커뮤니티는 멤버들의 끈끈한 유대감(fellowship)이 특징이다. 창업자 입장에서도 취미 활동 커뮤니티와 연결되므로 브랜드 런칭과 동시에 든든한 팬덤의 후원을 받을 수 있는 장점이 크다.

스트릿웨어 브랜드 팬덤은 창업자와 브랜드를 동일시하는 경향이 있다. 팬들은 창업자와 매장과 인터넷 공간에서 만나 대화하고 싶어 한다. 다른 패션 브랜드는 창업자와 고객의 만남이 대부분 쉽지 않다. 하지만 스트릿웨어 브랜드는 창업자(책임자)와 고객이 커뮤니티 멤버로 엮여 있다. 숀 스투시(스투시), 제이크 펠프스(쓰래셔), 닉(다이아몬드), 허프나겔(허프), 바비 킴(더헌드레즈), 레브 탄주(팔라스), 라이언 오코너(립앤딥), 브렌든 바벤지엔(노아) 등은 매장에 자주 나와 고객과 대화를 많이 나눈다. 특히 바비 킴은 친절하고 매너가 좋아서 커뮤니티와 유대감이 높다. 창업자의 개방적인 자세(open mind)가 중요하다.

스트릿웨어 브랜드 런칭 초기에 커뮤니티는 무척 중요한 자원이다. 스트릿 컬처 브랜드는 청소년 멤버가 다수를 차지한다. 어린 나이라고 가볍게 보면 안 된다. 틴에이저 팬들은 브랜드를 진심으로 아끼고 소중히 여긴다. 이성적 판단에 근거한 평가보다는 감성적이고 자발적인 평가가 주를 이룬다. 직설적이고 솔직한 피드백을 거침없이 한다. 제품을 입소문 내는 브랜드 앰배서더 역할도 한다. 인터넷과 SNS로 인해서 커뮤니티 멤버의 활동은 1980년대보다 또래 집단과 패션 커뮤니티에 지구적으로 영향력을 행사한다.

뉴욕에서 슈프림이 빠르게 성장할 수 있었던 이유도 커뮤니티 덕분이었다. 1994년 슈프림의 런칭 당시 뉴욕에는 이미 스투시와 주욱이 자리 잡고 있었다. 인지도 낮은 슈프림이 성공할 수 있었던 이유는 충성 고객의 활약 덕분이었다. 슈프림 팬들은 슈프림 빨간색 로고 스티커를 맨해튼 전체에 붙이고 다녔다. 아르바이트가 아니었다. 슈프림을 좋아하는 스케이트보더와 마니아의 자발적인 행동이었다. 슈프림 커뮤니티는 슈프림을 맨해튼의 독보적인 상징으로 만든 돌격대 역할을 했다.

스트릿 컬처 고객의 뜨거운 충성(로열티)은 차가운 배타성(排他性)을 동시에 내포한다. 내집단(in-group) 대 외집단(out-gruop) 관계와 비슷하다. 스트릿웨어 브랜드 팬덤은 자신이 좋아하는 브랜드만 최고로 생각하고 다른 브랜드는 무시하는 배타성이 있다. 브랜드 자존심이 커뮤니티 자존심으로 연결되고 있다. 유럽의 팔라스(영국) 마니아들은 슈프림(미국)을 대립 관계로 보면서 배타적 주장을 보이기도 한다. 팬덤들은 자신이 따르는 브랜드를 위해서 적대적인 말다툼까지 가기도 한다. 또한 미국 스트릿 컬처 브랜드를 지지하는 그룹은 일본 스트릿 컬처 브랜드의 가치를 깎아내리기도 한다.

그러나 스트릿 컬처의 배타성은 고정적이지 않다. 슈프림 마니아가 베이프와 팔라스를 함께 좋아하기도 한다. 가끔씩 대립적인 브랜드가 컬래버를 하면 팬덤 커뮤니티의 배타성이 우호적으로 변하기도 한다. 일부 슈프림 열혈 팬덤은 스투시를 무시하는 경향이 컸다. 그런데 스투시 30주년을 기념해서 슈프림과 스투시의 컬래버가 성사되었다. 이후 슈프림 팬덤이 스투시를 업신여기는 경향은 많이 사라졌다. 스트릿 컬처의 배타성은 종교·정치적 배타성과는 다르다. 유동적이고 포용적이다. 배타성이 브랜드 발전에 엔진 역할을 하기도 한다.

스트릿웨어 커뮤니티의 특이한 배타성은 자신이 좋아하는 브랜드에도 적용된다. 좋아하는 브랜드가 초기에 정한 스트릿 컬처 정신에서 벗어나거나 브랜드 색깔을 변경하면 커뮤니티는 순식간에 180도 돌변한다. 추종하던 브랜드를 버리고 다른 브랜드로 빠르게 옮겨간다. 주욕이 대기업에 매각되면서 스트릿 컬처 정신을 잃어버리자 커뮤니티는 주욕을 버렸다. 도프가 개인에게 판매된 후 새로운 경영자의 무관심으로 스트릿 정신이 사라지자 커뮤니티는 실망하고 떠났다.

커뮤니티의 배타성을 이해하지 못하고 초기 성공에 만족하는 스트릿웨어 브랜드는 커뮤니티의 외면을 초래한다. 스트릿 컬처 커뮤니티는 브랜드의 처음 모습이 남아 있기를 갈망하기 때문이다. 커뮤니티는 브랜드의 초심·로고·창업자에 민감하다. 배타성은 정체성과 연결되어 있다. 커뮤니티의 피드백(feedback)을 마케팅보다 중요시해야 한다. 스트릿웨어 브랜드가 일반 패션 브랜드와 다르듯이 고객과 팬덤의 성향도 다르다. 창업자는 차이점을 정확히 인식해야 한다.

자유·독립·반기성주의 바탕의 스트릿 컬처는 권위주의·획일주의·전체주의와 부딪힌다. 창업 초기에 스트릿 정신을 제대로 살려서 성공한 브랜드일지라도 상업성(매출 증가)을 추구하는 길만 걸으면 커뮤니티와 마니아는 발길을 돌린다. 열렬한 충성 고객의 구매력만 믿고 스트릿 정신을 잃어버리면 스트릿웨어 브랜드 운명도 끝난다. 2020년 VF 코퍼레이션이 슈프림을 인수했다. 슈프림 마니아와 커뮤니티는 염려가 크다. 슈프림이 시간이 지나면서 스트릿 컬처의 야성과 희소성이 사라질까 우려한다.

(3) 스트릿 컬처 브랜드 상품의 가치 평가 기준

스트릿웨어 브랜드 고객은 비교적 가격에 덜 민감하다. 일반 제품의 소비자는 제품을 저렴하게 구매하기 위해서 최선을 다한다. 하지만 스트릿웨어 브랜드 고객은 제품(신발·의류)을 비싸게 구입해도 기분이 상하지 않는다. 물론 장사 목적의 전문 리셀러의 경우는 싸게 구입해서 비싸게 팔아야 하기 때문에 가격에 민감하다. 그러나 진정한 팬덤은 가격보다는 제품 자체를 소중히 생각한다. 따라서 원하는 제품을 구입하고 소유하고 싶어서 높은 가격도 받아들인다. 가성비 기준으로 보면 일반 소비자 입장에서는 스트릿웨어 브랜드 마니아의 구매 마인드를 이해하지 못할 수 있다. 오히려 경제관념이 없는 별종으로 보기도 한다.

스트릿 컬처 브랜드 고객(팬덤)이 가격보다 중요하게 생각하는 기준은 희소성(scarcity)이다. 원하는 옷·신발이 귀하고 구하기 힘들수록 가격은 올라간다. 희소한 중고 제품은 물량이 많은 신규 제품보다 높은 가격대를 형성한다. 스니커즈와 의류 리세일 시장에서 오리지널 원본 제품은 새로 발매되는 신제품보다 높은 가격을 받는다. 골동품도 아닌데 희소성이 중요하게 작용한다. 만약 슈프림이 발매 수량을 대폭 증가한다면 무슨 일이 생길까? 매장에 줄을 서지 않고 아무 때나 가면 원하는 제품을 쉽게 구할 수 있다면 마니아가 좋아할까? 슈프림 홈페이지에서 박스 로고 티셔츠를 무제한 구매 가능하다면 슈프림의 브랜드 가치는 어떻게 될까? 슈프림 마니아 입장에서는 끔찍한 악몽이다. 희소성이 사라진 제품은 구매 가치도 떨어진다.

스트릿웨어 커뮤니티가 희소성에 민감하게 반응한 대표적인 예로 베이프 사건이 있다. 베이프 창업자 니고는 소량으로 티셔츠와 후드티를 만들어서 희소성을 높였다. 이 전통은 후지와라 히로시의 가르침이기도 하다. 모델별 소량 발매 원칙을 따른다. 제품을 구하기 힘들어지면서 베이프의 인기는 높아졌고, 가격이 비싸도 바로 품절되었다. 그런데 베이프가 재정 문제를 해결하기 위해서 생산 물량을 대폭 늘린 때가 있었다. 베이프 티셔츠와 후드티를 누구나 구해서 입게 되자 베이프 마니아는 실망했다. 베이프 제품 구매를 꺼렸다. 베이프의 희소성 약화는 팬심(心) 이탈을 초래했다. 베이프 매출은 감소했다. 베이프는 잘못을 깨닫고 다시 소량 발매로 복귀했다. 이후로 다시는 희소성 원칙을 깨지 않고 있다.

기업 입장에서 희소성은 어려운 문제다. 비즈니스는 매출이 받쳐 줘야만 수익성이 생겨서 성장할 수 있다. 문제는 잘 팔린다고 많이 만들면 희소성이 사라져 매출 감소로 이어진다. 스트릿웨어 브랜드는 희소성을 해결해야만 브랜드 생명력을 유지할 수 있다. 몇 가지 해결 방법을 본다. 첫째는 한정판(limited edition)을 꾸준히 출시한다. 디자인을 바꿔 가면서 소량 한정판을 자주 발매한다. 기업 입장에서는 희소성 원칙도 지키고 매출도 늘릴 수 있다. 하지만 디자인 능력이 있어야지만 중복되지 않는 디자인으로 팬덤의 마음을 사로잡을 수 있다. 비슷한 디자인을 반복해서 출시하면 마니아에게 실망을 주는 역효과가 발생하므로 주의해야 한다.

둘째는 컬래버레이션으로 희소한 제품을 발매하는 방법이다. 스트릿웨어 브랜드는 다른 브랜드와 협업을 하면 대부분 소량 발매한다. 컬래버 자체가 희소한 작업이기에 컬래버 제품은 적은 수량을 출시한다. 희소성을 지키기 위한 컬래버는 다양한 모습으로 진화하고 있다. 브랜드 협업에서 개인 아티스트와 래퍼로 협업의 대상이 넓어지고 있다. 패션 브랜드와 전혀 관계없는 분야의 브랜드와 컬래버도 한다. 경계를 허무는 크로스오버 협업은 희소성을 높이면서 고객의 관심을 집중시키는 전략이다. 희소성은 제품 발매 수량에 국한되지 않는다. 판매 장소·발매 시기·제품 색상 등 다양한 아이디어로 확장 가능하다.

(4) 스트릿 컬처 브랜드의 로고 디자인과 심미성

모든 브랜드는 로고를 가지고 있다. 명품 브랜드뿐만 아니라 알려지지 않은 로컬 브랜드도 로고가 있다. 로고는 브랜드를 알리고 소비자와 만나는 이정표다. 로고는 브랜드를 기억나게 만드는 장치다. 로고 없이는 브랜드도 없다. 브랜드 정체성을 나타내는 유일한 외형적 표시를 로고로 여길 정도다. 로고는 현대로 올수록 더욱 중요한 상징이 되었다. 스트릿 컬처 브랜드의 로고는 스트릿웨어 브랜딩에서 핵심적인 기능을 한다. 다른 패션 브랜드 로고보다 훨씬 실용적이고 영향력이 크다.

스트릿웨어 브랜드는 자신의 로고(글씨·도형)를 디자인으로 많이 활용한다. 티셔츠·후드티·가방·액세서리에 로고가 잘 보이게 집어넣는다. 고객·팬·마니아도 브랜드를 생각할 때 무의식적으로 로고를 떠올린다.

스투시의 손글씨 로고, 슈프림의 빨강색 박스 로고, 볼컴의 다이아몬드 로고, 반스의 스케이트보드 로고, 베이프의 원숭이 얼굴 로고, 키스의 박스 로고, 노아의 십자가 로고, 오프-화이트의 사선 로고 등. 소비자는 로고를 통해서 브랜드를 인식한다. 로고는 브랜드의 얼굴이며 표정이다.

스트릿웨어 브랜드가 유난히 로고를 이용해서 디자인을 많이 하는 이유는 편의성과 상징성 때문이다. 대부분의 창업자는 전문적으로 패션과 미술을 공부하지 않았다. 창업자는 단지 스트릿 컬처가 좋아서 자신의 브랜드를 만들고자 창업했다. 따라서 처음 시작하는 디자인은 복잡하면 안 되고 단순할 수밖에 없다. 심플한 로고는 쉽게 만들 수 있고, 경제적이며, 편리하게 프린팅할 수 있다. 로고는 간결할수록 상징적 효과가 크다. 스트릿 컬처 브랜드의 로고는 기사의 문양과 같은 심벌 기능을 한다.

스트릿웨어 브랜드가 로고를 활용한 디자인을 빈번하게 사용하는 성향을 로고 플레이(logo play)라고 한다. 특히 브랜드의 글씨(lettering) 로고와 도형(shape) 로고를 디자인에 많이 활용한다. 예를 들면 스투시는 'Stussy' 글씨를 브랜드 로고로 정하고 티셔츠·후드티·모자 등 모든 아이템에 이용했다. 스트릿웨어 마니아는 스투시 로고에 흥분했다. 스투시 로고만 있으면 무조건 구입할 정도였다. 숀 스투시는 로고의 힘(logo power)를 빠르게 파악하고 잇따라 다양한 로고를 개발하여 제품을 출시했다.

스투시 이후 등장한 스트릿 컬처 브랜드는 로고 플레이를 디자인의 중심으로 삼고 있다. 창업 초기에는 언제나 로고가 핵심이다. 창업자는 로고를 직접 제작하거나 디자인 회사에 의뢰해서 만드는 방법을 이용한다. 슈프림은 박스 로고와 Supreme 로고를, 베이프는 원숭이 로고와 Bape 로고를, 팔라스는 트라이-퍼그 로고와 Palace 로고를 매 시즌 주력 상품의 디자인으로 응용한다. 브랜드 지명도에 관계없이 자신의 로고를 자랑스럽게 디자인으로 내세운다.

팬덤과 커뮤니티는 자신이 좋아하는 브랜드 로고가 들어가 있는 제품을 우선 구매한다. 로고가 있고 없음에 따라서 제품의 가치도 하늘과 땅 차이로 벌어진다. 리세일 시장에서도 로고 유무에 따라 재판매 가격이 천차만별이다. 로고를 사랑하는 고객의 특징을 로고 마니아(logo mania)라고 부른다. 로고가 찍힌 제품과 없는 제품의 판매 속도를 비교하면 구분된다. 스트릿웨어 고객의 로고 사랑은 로고홀릭(logoholic) 수준이다. 로고는 브랜드와 고객을 응집하는 기능을 한다.

스트릿웨어 브랜드의 로고 플레이 디자인과 고객의 로고 사랑은 서로 연결되어 있다. 고객이 로고 제품을 원하므로 브랜드 입장에서도 로고를 넣은 아이템을 우선해서 출시한다. 로고의 중요성이 커질수록 스트릿웨어 브랜드의 인기 히트 상품은 대부분 로고를 부각시킨다. 로고 디자인은 처음에는 작은 크기로 시작해서 점점 커진다. 옷 전체를 로고로 뒤덮는 올 오버 디자인으로 발전한다. 로고가 크면 클수록, 로고가 아이템 전체를 덮으면 덮을수록, 로고가 옷 안감에까지 인쇄될수록 스트릿웨어 브랜드답다고 여겨진다. 로고는 스트릿웨어 브랜드의 정

수(essence)다.

로고를 크게 키워서 패션 마니아의 폭발적인 호응을 받은 브랜드는 챔피언이 대표적이다. 왼쪽 가슴에 작은 천 조각(패치)으로만 부착되었던 로고를 손바닥만한 크기로 키워서 붙였다. C 로고를 옷 크기만큼 빅 사이즈로 디자인하기도 했다. 칼하트 웝도 동전만한 크기의 로고를 크게 만들어 제품에 적용했다. 로고가 크면 클수록 브랜드 인기는 올라가고 제품 판매는 빨라진다는 소문까지 나올 정도다. 스트릿웨어의 빅 로고 추세는 명품 브랜드 디자인과 자동차 로고에도 영향을 끼쳤다.

스트릿 컬처 브랜드의 히트 아이템은 대부분 로고가 강조된 디자인에서 나온다. 스투시는 로고의 크기를 키워 옷 전체에 프린팅하면서 브랜드 인지도가 더욱 높아졌다. 타미 힐피거는 힙합 래퍼들이 큰 로고 제품을 더욱 선호한다는 점을 초기에 파악했다. 타미 국기 로고와 TOMMY 글씨 로고로 제품의 모든 면을 덮는 파격적인 디자인을 계속 출시했다. 덕분에 타미는 폴로를 제치고 힙합 커뮤니티의 주목받는 브랜드가 되었다. 이에 폴로도 말 디자인을 키운 빅 포니(big phony) 로고를 만들었다.

스트릿웨어 브랜드를 시작하는 초보 창업자뿐만 아니라 패션 기업이 스트릿 컬처 브랜드를 준비할 때, 로고에 초점을 두는 전략이 필요하다. 특히 브랜드 창업 초기에는 기본 로고(Primary Logo)에 충실한 접근이 브랜드 정착에 도움이 된다. 그런데 브랜드 역사가 쌓여 가면 로고만 이용한 디자인은 한계에 도달한다. 로고만 프린트해서 반복적으로 제품을 출시하면 브랜드 피로도는 높아지고 브랜드 권태기가 빨리 찾아온다. 브랜드 로고 사용은 균형이 필요하다.

스투시의 경우 로고로 이득과 손실을 함께 경험했다. 스투시의 다양한 로고가 창업 초반에는 스트릿 커뮤니티를 순식간에 흥분시켰다. 그러나 몇 년이 지나도 로고 위주 제품만 발매하자 스투시 센세이션은 가라앉았다. 스투시 매출은 급감했고, 스트릿웨어 커뮤니티의 마음도 멀어졌다. 로고가 중요하지만 지나친 반복은 지루함을 준다. 따라서 로고 플레이가 필요하지만 제품에서 차지하는 비중과 발매 시기를 고려해야 한다.

스트릿웨어 브랜드는 로고가 핵심이지만 장기적으로는 예술성이 가미된 제품을 함께 출시해야 한다. 특히 심미성(審美性)이 중요하다. 심미성은 색상·디자인·외관의 미적 기능을 뜻한다. 그런데 스트릿웨어 브랜드만이 가지고 있는 멋진 심미성은 무엇일까? 스트릿 컬처 팬덤이 느끼는 심미성과 일반 대중이 인정하는 심미성은 차이가 난다. 심미성은 이성적 판단이 아닌 감정적 느낌이기 때문이다.

로고를 표현할 때도 심미성이 고려되어야 한다. 스트릿웨어의 심미성은 때로는 괴짜(nerd·freak)·엉뚱함·무례·도발적이기도 하다. 슈프림이 캘빈 클라인과 루이 비통 저작권을 침해하면서까지 만든 디자인은 멋진 심미성의 상징이 되었다. 기존 유명 디자인에 자신의 로고를 살짝 붙여 사용하면 불법이고 예술성도 없지만, 아이러니하게도 스트릿 컬처에서는 쿨한 심미성을 갖추었다고 인정받는다.

심미성이 스트릿 컬처에서 어떻게 표현되는지 느낄 수 있는 방법이 있다. 브랜드마다 인기를 끌었던 히트 아이템을 살펴보면 심미성 기준의 감각을 익힐 수 있다. 멋지고 쿨한 디자인과 제품은 모두 심미성을 가지고 있기 때문이다. 그러나 같은 스케이트보드 기반의 브랜드라 할지라도 심미성의 모습은 각각 다르다. 슈프림과 팔라스는 다르게 표현한다. 립앤딥과 ASSC는 또 다르게 심미성을 표현한다. 이처럼 심미성에 하나의 정답은 없다. 브랜드 철학과 이미지와 심미성은 연결되므로 보고 느끼면서 깨닫는 시간이 필요하다.

(5) 단계적 DIY 아이템 제작과 레퍼런스 관행

스투시가 태어난 1980년대와 40년이 지난 2020년대의 스트릿웨어 브랜드의 공통점은 아이템을 만드는 순서(단계)다. 신발·모자를 특화해서 런칭한 브랜드가 아닌 한, 대부분 라운드 티셔츠부터 출시한다. 특히 제1호 상품은 흰색 반팔 티가 차지한다. 미국·일본·영국·네덜란드 등 브랜드 국적에 관계없이 스트릿웨어 브랜드는 프린팅 티셔츠로 시작한다. 베이프는 원숭이 로고 반팔티, 슈프림은 박스 로고 반팔티, 립앤딥은 고양이 반팔티 등. 스트릿 컬처 브랜드의 얼굴은 티셔츠다.

개인이 스트릿웨어 브랜드를 창업할 때 적은 자본으로 시작하는 경우가 흔하다. 만들고 싶은 아이템은 많지만 브랜드 홍보와 판매 속도를 고민해야 한다. 아이템 선택 기준으로 경제성·표현성·상업성을 생각한다. 경제적인 면에서 가장 안전하고 낮은 비용으로 시작할 수 있으며,

브랜드 철학을 쉽게 시각화해서 표현할 수 있고, 시장 진입을 신속히 해서 빨리 판매 가능한 아이템을 창업자는 선택해야 한다. 이런 제품이 바로 반팔 티셔츠다.

미국은 티셔츠 제작을 위한 DIY 도구가 잘 발달되어 있다. 열 인쇄 기계(heat press), 스크린 나염 기계(screen print), 디지털 인쇄 기계(DTF·DTG) 등 직접 티셔츠를 제작할 수 있는 여러 방법이 있다. 공장에서 소량으로 제작할 경우에도 다른 아이템보다 티셔츠가 저렴하다. 무지티(blank tee) 시장도 넓어서 중국산·남미산 등 공급이 수월하다. 창업자 자신이 아이디어만 가지고 있으면 바로 시작해서 상품화할 수 있는 제품이 티셔츠다. FTP 창업자인 잭 클락은 고등학교 1학년부터 혼자서 티셔츠 제작을 했을 정도다.

유명 스트릿웨어 브랜드는 티셔츠를 통해 고객과 첫 만남을 시도했다. 슈프림은 박스 로고티, 팔라스는 삼각 로고티, 더헌드레즈는 아담 밤티, 노아는 십자가 로고티 등. 또한 사업자 등록을 하기도 전에 티셔츠부터 만들어서 출시하는 브랜드도 많다. 스투시는 손글씨 로고 티, 오베이는 자이언트 얼굴 로고 티 등. 스트릿웨어 역사에 기록을 남기고 있는 브랜드의 초기 아이템은 대부분 반팔 티셔츠였다. 스트릿웨어 브랜드의 히트상품도 대부분 반팔 티셔츠로 시작했다.

티셔츠는 텅 빈 도화지와 같다. 브랜드의 철학과 이야기를 자유롭게 담을 수 있다. 로고 플레이를 마음껏 펼칠 수 있는 공간이다. 창업자의 상상력에 따라 멋진 심미성을 보여 주는 작품이 나온다. 티셔츠 가격도 천차만별이어서 자신의 브랜드와 어울리는 가격·재질을 선택할 수 있다. 티셔츠의 심미성과 로고 디자인이 일정 궤도에 오르면 다음 단계의 아이템을 준비한다. 티셔츠의 심미성이 인정받아 매출·이익이 발생하면 다음 과정으로 후드티를 제작한다. 티셔츠와 마찬가지로 무지 후드티도 구하기 쉽다.

후드티와 긴팔 티를 함께 시작하기도 한다. 긴팔 티는 반팔 티보다는 판매량이 적다. 대신 긴팔 부분에 브랜드를 상징하는 글씨·이미지를 넣을 수 있다. 오프-화이트는 사선을 팔 부분에 가장 잘 응용한 브랜드다. 후드티는 반팔 티와 함께 스트릿웨어 브랜드의 효자 아이템이다. 무지 후드티를 구매해서 직접 인쇄할 수도 있고, 나염 공장에서 작업해도 된다. 반팔 티와 후드티로 안정적인 판매를 만들면 다음 단계로 아이템을 하나씩 넓혀 갈 수 있다.

후드티와 긴팔 티 다음으로는 바지를 추가한다. 카고 팬츠·트레이닝 팬츠(기모 추리닝)·반바지를 주로 제작한다. 바지는 반팔 티·후드티보다는 디자인이 어렵다. 그래서 바지를 건너뛰고 모자를 만드는 브랜드도 많다. 모자는 종류가 다양한데. 야구 모자·비니·스냅백 등의 순서로 만든다. 모자는 규격 제품이 많이 나와 있다. 처음에는 브랜드 로고를 넣는 무난한 스타일을 선호한다. 모자는 브랜드 홍보 효과도 커서 중요한 아이템이다. 위의 순서는 개인 창업자가 겪는 일반적인 과정이다.

디자인 능력과 자금력이 있다면 여러 아이템을 동시에 출시해도 좋지만, 개인 창업자의 현실적인 한계를 고려하면, 순차적으로 고객 반응을 확인하면서 카테고리를 확장하는 방식이 안전하다. 확장 속도는 커뮤니티의 반응으로 결정하면 된다. 브랜드 커뮤니티가 있다면 입소문으로 브랜드를 홍보할 수 있다. ASSC의 경우 닉 럭의 인터넷 커뮤니티 활약으로 ASSC의 반팔 티·후드티·긴팔 티가 순식간에 완판되었다.

스트릿웨어 브랜드가 디자인으로 사용하는 소스는 다양하다. 창의성이 중요함에도 불구하고 스트릿웨어 컬처는 참조(레퍼런스) 관행이 있다. 영역을 넘어서 다른 분야에서 영감을 얻어서 의외로 좋은 결과를 얻은 디자인이 많다. 베이프의 샤크 후드티는 폭격기 디자인을 참조했으며, 더헌드레즈의 아담 밤은 폭탄 모양을 거의 그대로 사용했고, 립앤딥은 길거리 고양이를 참조했다. 스트릿 컬처에서는 참조를 심각하게 문제 삼지 않고 오히려 심미성이 높은 디자인으로 평가한다.

다른 브랜드의 디자인을 참조해서 영감을 끌어오는 경우도 있다. 물론 참조가 심하면 베끼기·카피·복제라는 비판을 받기도 한다. 이로 인해 저작권(카피라이트)의 문제가 생기지만 스트릿웨어 브랜드에서 종종 활용하는 방법이다. 슈프림은 루이 비통 로고를 무단 사용 했고, Supreme 폰트를 원 창작자의 허락 없이 이용했다. 오프-화이트는 헬린 한센의 사선 무늬를 심하게 참조했다. 최근에는 참조 정도에 따라서 법적 문제가 생기거나 브랜드 자존감을 해칠 수 있으므로 주의를 요한다.

(6) 인터넷 네트워크 세계: 브랜드인(人)을 만드는 통로

인터넷이 활성화되기 전의 스트릿 컬처 브랜드를 만날 수 있는 통로는 오프라인 매장(brick & mortar)과 무대(stage)가 중심이었다. 스트릿웨어 마니아는 제품을 직접 눈으로 보고 손으로 만지고 입어 볼 수 있는 매장을 중요시했다. 매장은 새로 발매되는 제품을 제일 먼저 확인할 수 있는 공간이며, 다양한 방문자들의 스타일을 구경하고, 새로운 유행을 파악할 수 있는 최적의 장소였다. 그런데 인터넷이 보편화되자 스트릿 컬처 커뮤니티의 모임 장소가 변했다. 온라인(on line) 가상 공간이 등장했다.

인터넷의 생활화는 스트릿 컬처 팬덤이 모이는 공간(space)과 의사소통(communicaton) 방식을 변화시켰다. 1990년 후반부터 스트릿 컬처에 관심이 많은 청소년·청년층은 사이버 공간의 만남 장소인 블로그(blog)와 인터넷 포럼(forum)으로 모여들기 시작했다. 가상 공간에서는 다양한 주제들이 다루어진다. 신발·옷·음악·스케이트보드 등 문화 전반에 걸쳐 형식에 얽매이지 않는 대화가 오고 간다. 지역적 장벽도 존재하지 않는다. 인터넷 사용이 가능한 곳이면 누구든지 참여할 수 있다.

오프라인에서 만나지 않아도 포럼을 통해 회원 간 의사소통과 신제품 출시 정보를 폭넓게 공유할 수 있다. 스트릿웨어 브랜드 탄생에 공헌을 한 포럼으로는 나이키토크(NikeTalk)를 꼽을 수 있다. 1999년 시작한 나이키토크는 나이키 신발을 좋아하고 수집하는 컬렉터의 사랑방 구실을 한다. 스니커즈뿐만 아니라 패션 코디도 관심 대상이 되면서 스트릿 패션으로 주제가 확장되었다. 미국의 스트릿 문화와 브랜드 정보는 포럼·블로그를 통해서 세계적으로 확산되었다.

포럼은 단순히 사고파는 벼룩시장의 역할만 하지 않는다. 패션 지식을 배우고 트렌드를 예측하며 브랜드 창업의 꿈을 키워 나가는 공간이다. 신발과 스니커헤드 중심의 나이키토크도 액션 스포츠·농구·게임·영화 전반의 정보를 공유하는 플랫폼이 되었다. 활발한 활동을 한 멤버들은 스트릿웨어 브랜드를 창업하는 브랜드인(brand being)이 되었다. 예비 창업자들은 포럼에 자신이 디자인한 제품을 올리면서 회원들의 피드백을 받으면서 창업 아이디어를 가다듬는다.

포럼·블로그 회원과 커뮤니티의 지지는 스트릿웨어 브랜드 런칭으로 연결되었다. 바비 킴의 더헌드레즈, 에디 크루즈의 언디피티드, 라이언 오코너의 립앤딥, 잭 클락의 FTP, 로니 피그의 KITH, 닉 럭의 ASSC는 브랜드 창업 전에 먼저 인터넷 포럼에서 꾸준히 활동을 했다. 포럼을 통해서 탄생한 브랜드는 숙성 기간을 거치므로 브랜드의 생명력과 고객과의 감정공유가 탁월한 장점을 가지고 있다.

온라인 공간은 일방적인 브랜드 홍보가 아니다. 팬덤과 소통하는 감성의 장소다. 회원들의 섬세하고 솔직한 패션 비평을 들을 수 있다. 또한 온라인상의 사이버 커뮤니티는 오프라인으로 연결되어 사업적으로 도움을 준다. 인터넷에서 쌓은 친분이 브랜드 창업 후 컬래버로 연결되기도 한다. ASSC의 닉 럭처럼 사이버상의 활동이 스투시 취업으로 연결되기도 한다. 더헌드레즈의 바비 킴은 인터넷 공간에서 유익한 정보를 공유하는 역할로 유명하다.

사이버 스페이스는 제품을 미리 확인하는 테스트 베드(test bed) 기능도 한다. 브랜드를 정식으로 런칭하기 전, 인터넷 포럼·블로그에서 사전 판매를 통해 브랜드 성공 가능성을 미리 알아본다. 바비 킴(더헌드레즈), 닉 털쉐이(다이아몬드)는 창업 전에 시제품을 꾸준히 인터넷에 올려 반응을 미리 확인했다. 패션 비전공 창업자들은 회원들로부터 소중한 피드백을 받는다. 이성과 감성이 잘 어우러진 인터넷 공간은 스트릿웨어 개인 창업자에게는 가장 훌륭한 브랜드 학교 역할을 한다. 인터넷 네트워크는 청소년·청년층과 직접 만날 수 있는 현장이므로 미래 예측적인 트렌드를 실시간으로 확인할 수 있다.

(7) 오프라인 마케팅: 트레이드 쇼와 팝업 스토어

스트릿웨어 브랜드가 제품을 만든 후 세상(고객)에 알리는 방법은 다양하다. 요즘엔 인스타그램·트위터·인터넷 포럼 등 사이버 공간을 적극적으로 활용한다. 인터넷은 국경을 넘어 세계 곳곳에 흩어져 있는 스트릿 컬처 마니아를 연결시켜준다. 인터넷이 주는 장점은 분명히 크다. 하지만 스트릿웨어 브랜드가 사업상 성공할 수 있는 원동력은 '오프라인 만남'이다. 사람과 사람이 직접 만나는 오프라인 공간 중에서 트레이드 쇼와 팝업 스토어는 창업자가 반드시 고려해야 하는 요소다.

성공한 스트릿웨어 브랜드 배경에는 트레이드 쇼(trade show)가 있다. 관련 브랜드 업체들이 참여해서 견본(샘플)과 상품을 전시하는 행사다. 트레이드 쇼는 무역 쇼·박람회·전시회 등의 다양한 이름으로 불린다. 트레이트 쇼를 방문하는 사람들은 도매업자(wholesaler), 소매업자(retailor), 구매자(buyer), 기자(press), 소비자 등 다양하다. 트레이드 쇼는 업종별로 모임이 구분되어 있으므로 자신의 브랜드 콘셉트와 맞는 쇼에 참여해야 성과를 본다.

트레이드 쇼의 위상은 시대마다 다르다. 1980년대는 유명했지만 지금은 사라진 트레이드 쇼도 많다. 숀 스투시가 참여했던 엑스포 트레이드 쇼는 지금은 존재하지 않는다. 현재 스트릿웨어 분야에서 최고의 권위를 가진 트레이드 쇼는 '아젠다 쇼'다. 맨해튼·LA·라스베이거스 등을 중심으로 매년 열리고 있다. 트레이드 쇼에는 신생 브랜드뿐만 아니라 기존의 유명 브랜드도 참여한다. 미국 이외 국가의 브랜드 참가도 계속 늘어나고 있다.

아젠다 쇼 참석은 방문객(visitor)으로 들어가는 경우와 전시자(exhibitor)로 제품을 홍보하는 두 가지 방법이 있다. 아젠다 쇼는 누구에게나 개방된 쇼가 아니기 때문에 사전 등록이 필수다. 참가 조건이 까다롭기 때문에 자세한 내용은 홈페이지(agendashows.com)에서 확인하고 준비해야 한다. 구매력을 가진 업체와 바이어들이 모이는 폐쇄형 쇼이므로 일반인 상대의 개방형 쇼보다 효과가 크다. 아젠다 쇼 이외에 새로운 트레이드 쇼도 생기고 있으므로 관심을 가지고 참여하면 배우는 기회가 늘어난다.

트레이드 쇼를 효과적으로 이용하기 위해서는 방문객 자격을 받는 게 좋다. 쇼를 미리 살펴보는 경험을 쌓으면 사전 탐방 효과를 얻는다. 개방형 쇼는 자격 조건이 특별히 없다. 방문객으로 참관하면서 제품 전시 방법·필요한 공간(booth) 규모·제품 트렌드·홍보물 종류 등 세밀한 내용을 확인 가능하다. 자신의 브랜드에 적합한 홍보 전략을 고민하면서 전시 기간 동안 연구하면 많은 노하우를 얻을 수 있다. 준비가 되면 자신의 브랜드 상품으로 직접 참여해서 브랜드를 적극적으로 알리면 된다.

스트릿웨어 브랜드 특성상 불특정 다수를 대상으로 하는 광고보다는 꾸준히 트레이드 쇼에 참여하는 방법이 브랜드 인지도를 높이는 데 도움이 된다. 인터넷과 소셜 네트워크가 발달했더라도 스트릿웨어 브랜드는 오프라인 만남이 필요하다. 스트릿 컬처는 인간적 교류가 강한 문화기 때문이다. 모여서 생각을 나누고 각자 표현한 디자인 아이템을 보면서 영향을 주고받는 체험이 중요하다. 트레이드 쇼는 다양한 고객을 만나기 위한 오프라인 전초 기지(outpost) 역할을 완벽히 수행한다.

트레이드 쇼에서 여러 분야의 사람과 만나 스트릿 인맥을 쌓는 기회를 얻을 수 있다. 방문객 중 브랜드 잠재 고객인 1차 소비자를 만나 팬덤으로 인연을 맺기도 한다. 판매점(stockist)을 만나 제품을 입점해 소매의 길을 열기도 한다. 넓은 유통망을 가지고 있는 배급업자(distributor)와 연결되는 기회를 만든다. 다른 브랜드와 협업까지 가는 경우도 있다. 트레이드 쇼는 판매 이외에 예상치 못한 행운을 만나므로 지속적 참여가 중요하다.

트레이드 쇼에 참여해 사업적 발판을 확보한 브랜드가 많다. 스투시는 티셔츠에 프린트한 스투시 로고가 관심을 끌면서 본격적인 브랜드 계획을 세웠다. 디씨슈즈는 새로 디자인한 보드화를 트레이드 쇼에 출품하면서 스케이트보드 브랜드로 강한 인상을 줬다. 더헌드레즈·DOPE·텐디프·LRG는 트레이드 쇼에서 대량 수주(order) 물량을 확보하는 행운을 잡았다. 트레이드 쇼의 성과로 매장을 오픈할 자금까지 확보한 브랜드도 있다. 트레이드 쇼는 일 년에 몇 회만 열리며, 그마저도 며칠 동안만 짧게 열리는 행사이지만 효과는 장기적이고 크다.

오프라인 마케팅에서 비중 높은 이벤트로 팝업 스토어가 있다. 스트릿웨어 브랜드는 전통적으로 매장을 통한 고객 만남을 중요시한다. 스트릿 컬처 매장은 제품 판매의 상업적 역할을 뛰어넘어, 스트릿 컬처 커뮤니티가 형성되는 공간을 제공한다. 고정적 위치의 매장은 팬덤의 사랑방이며, 놀이방 역할을 한다. 오프라인에 정식 매장이 있으면 브랜드의 신뢰성은 높아진다.

하지만 오프라인 매장 운영은 비용이 많이 든다. 매장 월세·직원 월급·전기 사용료·보안 장치 비용··안전 요원 채용비·부식비 등 꽤 많은 고정 비용이 매출과 관계없이 든다. 이윤이 뒷받침되지 못하면 매장 운영은 위기에 빠진다. 특히 스트릿웨어 브랜드 매장은 도시에 위치하므로 운영 비용이 만만치 않다. 미국의 맨해튼 소호와 LA 페어팩스, 일본의 하라주쿠와 아메리카무라, 한국의 홍대와 압구정의 매장 운영·유지 비용은 상당히 많이 든다.

최근에는 고정 매장의 비용 부담을 해결하기 위한 방법이 시도되고 있다. 장기 계약보다는 1~6개월 정도만 여는 팝업 스토어가 주목받고 있다. 임시 매장은 유동 인구가 많은 패션 지역을 중심으로 오픈한다. 스트릿웨어 브랜드는 스트릿 패션에 관심이 많은 사람이 모이는 대도시 중심으로 팝업 매장을 연다. 맨해튼·LA·샌프란시스코·런던·서울·도쿄·파리·홍콩이 핵심 지역이다. 물론 맨해튼이라고 해도 모든 지역이 아니라 소호와 주변 지역에 집중되어 있다.

입점형 컬래버 스타일도 생겨났다. 다른 브랜드 매장의 일부 공간을 한시적으로 임대하는 팝업 스토어다. 경쟁 브랜드가 입점할 경우 오히려 고객 반응이 뜨겁다. 플래그쉽 매장의 고정·유지 비용을 해결하면서 동시에 고객과 만날 수 있는 임시 매장을 적극적으로 활용하는 스트릿웨어 브랜드가 늘고 있다. 립앤딥·LRG·더헌드레즈·FTP 등이 자주 이용하는 방식이다. 칸예는 콘서트장에서 임시 매장을 열어서 호기심과 재미를 더하고 있다.

팝업 스토어 수요가 늘어남에 따라서 임시 매장 전문 소개 사이트도 등장했다. 일반 부동산 중개업자보다 팝업 스토어에 특화되어 있기 때문에 필요한 정보를 편하게 얻을 수 있다. 어피어히어(appearhere.us), 피어스페이스(peerspace.com), 더스토어프런트(thestorefront.com). 작은 규모부터 큰 공간까지 다양한 임시 매장 정보가 등록되어 있다. 까다로운 입점 절차도 없어서 이용이 편리하다. 등록된 팝업 매장은 와이파이·진열대·카드 단말기·냉난방시설이 포함되어 있다. 계약일부터 바로 입점 가능하다. 판매 직원도 임시 고용할 수 있다.

팝업 스토어를 가볍게 생각하면 안 된다. 임시 매장에 바이어·도매업자가 찾아오므로 좋은 기회를 만들 수 있다. 자신의 브랜드 비전과 미션을 정확히 설명할 줄 알고 친절히 맞이할 준비를 하고 있어야 한다. 트레이드 쇼 참여 비용과 팝업 스토어 소요 비용을 비교해서 재정 여건에 맞게 활용하면 큰 도움이 된다.

(8) 스트릿 컬처 브랜드의 생명력: 컬래버레이션

스트릿 컬처 브랜드의 가장 독특한 특징은 다른 브랜드와 공동 작업으로 상품을 출시하는 컬래버레이션이다. 유명 스트릿웨어 브랜드 중에서 컬래버를 하지 않은 브랜드가 없을 정도로 컬래버는 스트릿웨어 브랜드의 상징이다. 컬래버는 스트릿웨어 브랜드끼리 했지만 현재는 영역에 관계없이 확장 추세다. 자동차 회사·가구 브랜드·명품 브랜드 등 연결 고리가 없는 브랜드끼리도 협업을 한다.

협업을 하는 이유는 다양하다. 예전에는 브랜드 관심 끌기와 순간적인 매출 증진 수단 정도로만 취급했다. 현재는 브랜드 권태기를 극복하는 처방 약이며, 브랜드 정체성을 확인하는 과정으로 본다. 컬래버는 스트릿 컬처 브랜드의 아이디어이며 생존 수단이다. 영국 스트릿웨어 브랜드 코르테즈(Corteiz)는 반(反)대기업주의를 강력히 주장했지만, 결국 나이키와 컬래버 상품을 출시할 정도로 협업은 스트릿웨어 브랜드라면 피할 수 없다.

컬래버의 기틀을 놓은 브랜드는 슈프림이다. 슈프림은 런칭 초기부터 아티스트들이 스케이트보드 데크에 그림을 그리는 협업을 했다. 슈프림은 컬래버를 브랜드와 개인(아티스트) 관계로 출발했다. 아티스트들은 아무런 제한 없이 표현할 수 있는 슈프림의 너그러움에 더욱 적극적으로 컬래버에 헌신했다. 최초의 컬래버는 브랜드 사이의 작업이 아닌 개인과 이루어졌다.

그러던 중 슈프림이 컬래버에 집중하게 된 사건이 발생했다. 슈프림은 캘빈 클라인 모델인 케이트 모스(Kate Moss)의 비키니 사진을 티셔츠 프린트로 이용했다. 1994년 발매된 이 티셔츠는 정식 컬래버가 아니었다. 캘빈 클라인의 허락 없이 무단으로 도용한 불법 카피 제품이었다. 슈프림의 악동 기질이 유감없이 발휘되었다. 캘빈 클라인 모델과 슈프림 박스 로고의 만남은 충격이었지만 팬덤의 반응은 뜨거웠다. 이 사건이 계기가 되어 슈프림은 자체 브랜드 제작과 더불어 컬래버 아이템에도 심혈을 기울이게 된다.

슈프림의 컬래버 장점을 확인한 다른 스트릿웨어 브랜드도 컬래버를 중요한 사업 프로젝트로 추진하고 있다. 사실 컬래버는 비용이 많이 들어 수익이 없는 경우가 흔하다. 그럼에도 불구하고 컬래버는 다양한 여러 효과가 있다. 대표적인 긍정적 결과는 다음과 같다.

❶ 자신의 브랜드가 가지고 있지 않은 컬트적 요소를 컬래버를 통해서 빌려 올 수 있다. 스트릿웨어 브랜드 중에서 거친 편에 속하는 FTP·ASSC·FUCT 브랜드가 협업 파트너로 인기가 높은 이유다.

즉, 자신의 브랜드가 펑크 이미지는 아니지만 도발적이고 저항적인 분위기를 표현하고 싶은 경우 컬래버가 도움이 된다. 컬래버는 타 브랜드 이미지를 빌려 오는 차용 효과가 있다.

❷ 컬래버를 통해서 파트너 브랜드 고객에게 자신의 브랜드를 소개할 수 있는 기회가 생긴다. 사실 자신의 브랜드를 다른 브랜드 팬덤에게 호소하기는 힘들다. 팬덤은 충성 브랜드 이외에 다른 브랜드를 구매하는 데 인색하다. 그런데 팬덤은 충성 브랜드와 컬래버한 브랜드에는 특별한 관심을 보인다. 때로는 컬래버 제품의 인기가 더 높아지기도 한다.

❸ 컬래버는 한정판이기 때문에 희소성 원칙에 적합하다. 희소성은 스트릿웨어 브랜드의 중요한 요소이므로 컬래버가 도움이 된다. 또한 팬덤의 소유 욕구까지 만족시키므로 컬래버의 유용성이 크다.

❹ 컬래버는 홍보 효과를 가져온다. 스트릿웨어 브랜드가 잠재 고객을 찾기 위해서 매스미디어에 광고를 하면 효과가 좋을까? 신문과 버스·전철 광고판에 브랜드 선전을 하면 마니아들이 흥분할까? 스트릿웨어 브랜드 팬덤은 실망할 뿐이다. 대신 컬래버를 하면 자연스럽게 고객에게 어필이 되면서 브랜드 인지도를 높일 수 있다.

대형 스포츠 기업인 나이키·아디다스·퓨마·엄브로·리복·휠라 등은 스포츠 브랜드 이미지를 훼손시키지 않으면서, 스트릿 컬처 시장에 진출하기 위한 목적으로 스트릿웨어 브랜드와 컬래버를 확대하고 있다. 베이프·슈프림·팔라스·스투시·허프·다이아몬드 등의 정통 스트릿웨어 브랜드와 컬래버를 한다. 브랜드 대 브랜드 컬래버 외에도 브랜드 대 개인 컬래버도 한다. 나이키 대 버질 아블로, 아디다스 대 칸예 웨스트, 나이키 대 트래비스 스캇 등 개인이 스포츠 브랜드와 협업을 해서 신발 컬래버를 진행한다.

컬래버를 하는 이유는 브랜드마다 다르다. 처음 시작한 소규모 스트릿웨어 브랜드는 유명한 브랜드와 컬래버를 갈망한다. 작은 브랜드가 원할지라도 유명 브랜드의 관심을 받기에는 현실적으로 실현 가능성은 낮다. 유명 브랜드와 컬래버를 하기 위해서는 먼저 자신만의 고유한 브랜드 이미지와 감성을 발산해야 한다. FTP와 ASSC는 단순한 개인 브랜드 규모이지만, 독특한 메시지와 바이브 덕분에 런칭하자마자 유명 브랜드의 컬래버 요청이 쇄도했다.

명품 브랜드 루이 비통·펜디·디오르·발렌티노 등도 스트릿웨어 브랜드와 협업을 진행한다. 천시받던 스트릿 컬처를 새로운 패션 트렌드로 인정하면서 이루어진 결실이다. 슈프림과 루이 비통, 휠라와 펜디, 숀 스투시와 디오르의 컬래버 등 브랜드 경계를 뛰어넘은 크로스오버 협업이 꾸준히 이루어지고 있다. 나이키와 오프-화이트, 컨버스와 꼼데가르송 플레이의 컬래버는 일반 패션 마니아에게도 영향을 끼치면서 대중의 관심을 스트릿 컬처로 이끌고 있다. 또한 스트릿웨어 패션에 대한 평가를 긍정적으로 변화시키고 있다.

자동차 회사·음료수 브랜드·주방용품 업체·문구점·가구 회사·장난감 업체 등 다양한 컬래버가 스트릿웨어 브랜드와 함께 진행되고 있다. 특히 일본 스트릿웨어 브랜드는 컬래버 파트너로 좋은 대접을 받고 있다. 후지와라 히로시의 프래그먼트(Fragment)는 모든 영역에 걸쳐서 컬래버를 하면서 존재감을 발휘하고 있다. 언더커버·네이버후드·더블탭스 3총사는 독특한 브랜드 바이브로 인해, 미국과 유럽 브랜드의 러브 콜을 끊임없이 받는 컬래버 히어로다. 일본 스트릿웨어 브랜드의 컬래버가 인기가 높은 비결은 변하지 않는 브랜드 이미지·제품의 정직한 퀄리티·스트릿 컬처의 정확한 이해 덕분이다.

컬래버는 스트릿웨어 브랜드가 생존하는 방식이며, 커뮤니티의 기대 심리를 충족시키는 이벤트다. 컬래버가 성공할 경우 장점이 많다. 브랜드 상호 간 상대편 브랜드의 철학과 배경을 공유할 수 있다. 사업적으로도 매출 증가와 함께 이윤이 올라갈 수 있다. 그러나 모든 스트릿 컬처 브랜드가 컬래버를 하지는 못한다. 컬래버는 브랜드 만남 이전에 사람(운영진)의 마음이 서로 통해야 이루어지는 복잡한 과정이다. 오직 선택받은 브랜드만이 효과적인 컬래버에 참여할 수 있다.

신생 스트릿웨어 브랜드가 컬래버를 하고 싶어도 사전 준비 조건을 충족해야 이루어진다. 브랜드 자체의 색깔·이미지·분위기·철학을 확립하는 작업이 먼저 완성되어야 한다. 스트릿 컬처 브랜드는 일반 브랜드와는 다른 정체성을 가지고 있다. 따라서 브랜드의 진정성·독창성을 갖추고 심미성을 보여 주는 히트 상품을 출시해야 컬래버의 기회가 온다. 즉, 브랜드 정체성을 내부적으로 구비해야 컬래버가 성사된다. 성급한 컬래버는 위험하다. 우선 자신의 브랜드 정체성을 튼튼히 다지는 작업이 이루어져야 한다.

컬래버를 할 때는 파트너 브랜드끼리 서로의 브랜드 철학과 이미지를 존중해야 한다. 자신의 브랜드만 돋보이려고 욕심을 부리면 분열이 생겨 컬래버 진행이 깨지기도 하고, 법적 소송 문제까지 생기기도 한다. 내 브랜드의 로고만 크게 부각시키고자 욕심을 부리면 컬래버는 실패하기 마련이다. 로니 피그의 KITH가 컬래버의 왕자를 차지한 이유는 파트너 브랜드의 배경·문화를 제대로 이해하고 디자인에 반영하기 때문이다. 상대편 브랜드의 바이브를 자연스럽게 살리면서 자신의 브랜드와 어색하지 않은 결합을 이루어야 한다.

8장은 스트릿 컬처 브랜드를 런칭하고 운영할 때 짚고 넘어가야 할 기본 사항을 보았다. 스트릿웨어 브랜드도 브랜드이기 때문에 일반 브랜드 내용과 공통점을 가지고 있다. 하지만 스트릿웨어 브랜드이기 때문에 품고 있는 독특한 내용을 찾아야 한다. 8장의 내용이 매뉴얼은 아니다. 스트릿웨어 브랜드는 정해진 사용서를 따라서 만들어지는 브랜드가 아니다. 서브컬처 바탕에 흐르는 자유와 독립심을 가지고 직접 문제와 부딪히면서 키워 가는 브랜드다. 8장은 1장과 짝을 이루므로 연결해서 읽으면 좋다.

스케이트보딩·서핑·브레이크댄싱이 올림픽 정식 종목으로 채택되었다. 도시의 소음 덩어리로 배척당하던 스케이트보딩이 세계인의 스포츠로 인정받았다. 도로의 무법자로 경찰·경비원으로부터 쫓겨 다니던 스케이트보더가 올림픽 선수가 되었다. 나무판자와 바퀴로 만든 스케이트보드는 놀이기구에서 문화의 상징(아이콘)으로 변했다. 뒷골목에서 힙합 음악에 맞추어 춤추던 비보이의 브레이크댄싱도 스포츠로 인정받았다. 스케이터·비보이 패션은 취미에서 문화로 범위가 넓어졌다. 문화가 된 스트릿 컬처 스타일은 브랜드로 태어나면서 패션 시장의 다크호스가 되었다.

스트릿 컬처 브랜드는 초창기의 정형화·획일적인 모습이 사라졌다. 현재는 다양한 모습으로 분화하고 있다. 개인이 런칭한 스트릿웨어 브랜드, 기업이 인수해서 운영하는 브랜드, 상품 디자인은 스트릿 컬처 요소로 꾸몄지만 스트릿 컬처와 관계없는 브랜드, 그라피티 디자인만 사용하면서 스트릿웨어 브랜드라고 주장하는 브랜드 등. 스트릿 컬처 브랜드는 일반화할 수 없을 만큼 다양해졌다. 그러나 근본정신(반기성주의·개인주의·자유·독립·창의성)은 변하지 않는다. 오히려 더욱 견고해지고 있다. 창업자는 자신의 브랜드를 스트릿웨어 브랜드라고 주장할 수 있지만, 객관적인 판단은 고객과 팬덤이 가장 정확히 한다.

스트릿 컬처 브랜드의 자격을 갖추기 위해서는 외형적인 모습보다 내면적·정신적인 요소가 중요하다. 나염 프린트기를 구입해서 티셔츠를 제작·판매한다고 자동적으로 스트릿 컬처 브랜드가 되지는 않는다. 스트릿 컬처는 철저히 언더그라운드 서브컬처에서 태어났다. 반기성주의·개인주의·독립정신·자유주의·배타성·저항성 등이 라이프 스타일이다. 스트릿 컬처 철학은 DIY 정신으로 구체화된다. 창업자와 브랜드의 자립성이 소중한 가치다. 스트릿 컬처의 중심은 사람이다.

스트릿 컬처 브랜드는 21세기 패션 비즈니스의 아이콘이 되었다. 스트릿웨어가 패션 비즈니스 성공의 새로운 플랫폼 모델로 등장했다. 대규모 자본의 회사와 명품 브랜드 기업이 기회를 놓치지 않고 스트릿 컬처에 접근하고 있다. 대형 패션 기업이 스트릿웨어 브랜드를 매입한다. 명품 브랜드는 스트릿웨어 브랜드 창업자와 컬래버 제품을 출시한다. 스트릿 컬처와 전혀 관계없던 대기업·럭셔리 브랜드도 힙합·그라피티·펑크·스케이트보드 디자인을 출시한다.

유치원·양로원·종교 단체·선거 유세전에서도 힙합·브레이크댄스·스케이트보드 공연을 할 정도로 스트릿 컬처는 인기 종목이 되었다. 그런데 과연 스트릿 컬처 브랜드는 시대정신으로 살아남을 수 있을까?

아니면 한순간의 유행으로 그칠까? 스트릿 컬처 브랜드의 생명력은 누가 창업하고 소유하는가의 문제에서 벗어났다. 지금은 스트릿 컬처의 아이덴티티가 중요한 기준이다. 과거에는 창업자가 스케이트보더 출신이면 브랜드의 진정성을 인정받았다. 하지만 매출을 높이기 위해서 스트릿 컬처 요소를 제거하면서 캐주얼 브랜드로 바뀐 경우가 많다. 반대로 대기업 자본이 개입해도 스트릿 문화를 인정하면 독립성과 자율성이 유지되기도 한다.

스트릿웨어 브랜드의 정체성 기준이 창업자와 운영자에서 브랜드 철학·비전·미션으로 이동하고 있다. 스트릿 컬처 브랜드는 청년 창업자에게 매력적인 도전이다. 왜냐하면 청소년 때부터 스트릿웨어 브랜드에 익숙하고 스트릿 컬처를 이미 라이프 스타일로 받아들였기 때문이다. 하지만 브랜드 팬덤의 삶과 스트릿웨어 브랜드 창업은 다른 문제다. 또한 브랜드 창업과 브랜드 모델링도 같지 않다. 스트릿웨어 비즈니스는 결코 만만하지 않다. 소규모 개인 창업자가 스트릿 컬처 비즈니스를 갖추기 위해서는 순간적·감상적 태도를 내려놓고 보다 장기적·전략적 접근이 필요하다.

❶ 스트릿웨어 브랜드의 배경(백그라운드)을 명확히 한다

스트릿 컬처 브랜드는 스스로 존재하지 않는다. 탄생배경이 반드시 있어야 한다. 의류 사업과 스트릿웨어 브랜드 런칭을 구분한다. 백그라운드는 스토리텔링으로 다듬어져야 한다. 백그라운드는 디자인의 방향을 제시하므로 음악·영화·무브먼트 등으로 구체화되어야 한다. 구체적으로 설명할 수 없는 백그라운드는 상상에 불과하고 고객과 공감

대를 형성할 수 없다. 백그라운드는 시각화해서 볼 수 있어야 구체화가
가능하다.

❷ 스트릿 컬처 브랜드의 철학을 정한다

추구하는 목표를 분명히 하면 브랜드 정체성이 흔들리지 않고 진정
성을 지킬 수 있다. 브랜드의 배경과 철학은 구분된다. 같은 스케이트
보드 배경을 가진 브랜드이지만 추구하는 브랜드 철학은 다를 수 있
다. 철학은 브랜드의 비전과 미션을 제시한다. 브랜드 철학(목표)이 정
해져야 브랜드 이미지·바이브가 제대로 만들어진다. 이미지는 고객을
팬덤과 커뮤니티로 만드는 에너지다. 자신의 브랜드가 존재해야 하는
이유를 찾아야 한다.

❸ 핵심 아이템을 선택한다

브랜드 런칭 시 특정 아이템을 정해야 한다. 구색을 갖추기 위해서
이것저것 만들면 자금은 바닥나고 집중력도 떨어진다. 런칭 초기에는
분산보다 선택과 집중이 필요하다. 특별히 정한 아이템이 없다면 반팔
티셔츠부터 시작한다. 스트릿웨어 브랜딩 공식에 따라 반팔 티부터 출
시하면서 순차적으로 카테고리를 넓혀 간다. 스트릿웨어 브랜드의 상
징은 티셔츠이며, 많은 히트 상품도 티셔츠로부터 나왔다. 티셔츠부터
준비하면 위험 부담은 줄어든다.

❹ 고객을 구체적으로 정한다

일반적인 고객을 상상하고 접근하면 애매모호함의 덫을 피할 수 없
다. 자신의 스트릿 컬처 브랜드의 고객이 누구일지 구체적으로 그려야

한다. 스트릿웨어 브랜드 고객은 10대·20대가 중요한 비중을 차지한
다. 고객을 단순히 소비자로만 생각하면 안 된다. 슈프림의 제비아처럼
틴에이저와 청년의 잠재력을 인정해야 한다. 키스의 로니처럼 고객을
이웃과 친구로 받아들여야 한다.

❺ 커뮤니티와 함께한다

스트릿 컬처 브랜드는 상품만을 판매하는 기업이 아니다. 상품보다
사람이 더 중요하다. 브랜드 철학을 공유하는 파트너와 직원이 소중하
다. 커뮤니티는 고객뿐만 아니라 직원도 포함된다. 포스트모더니즘이
되면서 오히려 커뮤니티 소속감이 강조되고 있다. 창업자는 브랜드 운
영을 커뮤니티와 함께한다는 마음가짐이 필요하다.

이외에도 다양한 고려 사항이 있지만 제일 중요한 핵심은 창업자 자
신이 왜 스트릿 컬처 브랜드를 런칭하는지 목적을 분명히 해야 한다.
자신의 브랜드가 고객과 사회에 어떤 영향을 줄지 고민하고 신중하게
접근할 필요가 있다. 스트릿 정신을 정확히 이해하고 스트릿 컬처 브랜
드를 창업해야 한다. 끝까지 책을 읽어 주신 독자 여러분께 진심으로
감사드리며, 필자도 꿈을 이루기 위해서 최선을 다해 노력하겠다.

: 한국 스트릿웨어 브랜드 부흥을 소망하며

한국에도 멀티숍 지역이 있다. 이태원·홍대·동대문의 스트릿웨어 편집숍이 흥망성쇠를 거치고 있다. 또 이대 신촌 뒷골목에 멀티숍 매장이 즐비했다. 일본의 우라-하라주쿠보다 아기자기하고 멋진 거리였다. 미국·유럽·일본에서 상품을 수입해서 판매하는 편집숍이 옹기종기 모여 있었다. 필자도 이대 뒷골목 귀퉁이에서 미국 브랜드 제품을 수입해 판매했다. 직수입도 하고 도매도 받았다. 홍대·압구정으로 멀티숍이 옮겨 가기 전까지 이대 멀티숍 골목은 전국에서 청소년·청년이 모여드는 스트릿 컬처의 성지였다.

한국 멀티숍 역사에서 아쉬운 점이 있다. 해외 스트릿웨어 브랜드 제품을 수입해서 판매하면서 자체 브랜드 런칭도 같이 했으면 한국 스트릿웨어 문화 발전에 도움이 되지 않았을까? 일본의 멀티숍은 미국 상품을 수입·판매하면서 자체 브랜드를 제작했다. 그리고 현재는 세계적인 스트릿웨어 브랜드로 성장한 경우가 많다. 니고와 다카하시는 노웨어 멀티숍을 운영하면서 자체 브랜드인 베이프와 언더커버를 런칭했다. 테트와 신스케도 멀티숍을 하면서 더블탭스와 네이버후드를 런칭했다.

현재 한국은 스트릿 컬처 브랜드를 창업하기 좋은 환경이다. 디지털 프린트기·무지 반팔티·나염 기술 등. 소규모 개인 창업자가 DIY를 하기 편리해졌다. 그러나 한국 스트릿 컬처 브랜드가 생명력을 갖고 세계적인 브랜드가 되기 위해서는 멘토 커뮤니티가 필요하다. 일본의 후지와라 히로시, 미국의 숀 스투시·허프나겔·제이크 펠프스처럼 스트릿 문화와 비즈니스를 이끄는 멘토의 도움이 중요하다. 창업자의 아이디어가 정직한 공장의 양심적인 제작으로 상품화되는 과정도 중요하다.

한국은 스트릿 컬처의 토대가 빈약한 상태에서 스트릿웨어 브랜드 제품이 수입되었다. 스케이트보드 문화는 빈약했지만 스케이트보드 브랜드 의류와 신발은 꾸준한 인기를 누렸다. 스트릿 컬처의 개인주의·독립성·자율성보다는 저항·반기성주의·반질서가 부각되었다. 반항과 반기성주의가 스트릿 컬처의 부분이지만, 너무 강조하면 오히려 새로운 집단주의와 전체주의에 빠지는 문제가 생긴다. 스트릿 컬처의 진정한 중심원리는 개인주의·독립성·자율성이다.

2000년 이후 한국도 스트릿 컬처 커뮤니티가 활발히 형성되기 시작했다. 인터넷 사용의 확산으로 사이버 공간에서 스트릿 컬처 마니아의 의견 교환이 활발해졌다. 스트릿 패션 사진이 블로그와 인터넷 카페에 올라오기 시작했다. 무신사, 나이키 매니아, 디스이즈네버댓, 커버낫, LMC, 라이풀 등은 한국 스트릿웨어 브랜드 발전에 기여하고 있다. 유튜버 '와디의 신발장(고영대)'은 스니커 컬처 공유에 힘쓰고 있다.

스트릿 컬처 패션은 자칫 캐주얼 패션으로 변하기 쉽다. 캐주얼 패션은 스트릿 패션은 될 수 있지만 스트릿 컬처 패션은 아니다. 스케이트보드와 힙합을 배경으로 하지 않는 새로운 스트릿웨어 브랜드가 계속 런칭하고 있다. 군이 스케이트보드·힙합을 배경으로 하지 않고도 자율성·독립성·개인주의를 바탕으로 한국 스타일의 스트릿 컬처 브랜드가 사랑받을 수 있다. 한국의 케이팝이 세계적인 인기를 얻듯이, 한국의 스트릿 컬처 브랜드도 세계인의 사랑받는 브랜드가 되기를 소망한다.

참고 문헌

- The Incomplete: Highsnobiety Guide to Street Fashion and Culture, Gestalten and Highsnobiety, 2018
- This Is Not a T-Shirt: A Brand, a Culture, a Community—a Life in Streetwear, Bobby Hundreds, 2019
- This is Not Fashion: Streetwear Past, Present and Future, King Adz, 2018
- Supreme, Supreme, 2020
- Sneaker Mayhem: The Ultimate Sneaker Book For Sneakerheads, Golden Lion Publications, 2020
- Shoe Dog: A Memoir by the Creator of Nike, Phil Knight, 2018
- The Carhartt WIP Archives, Michael Lebugle, Anna Sinofzik, 2016
- Virgil Abloh. Icons, Virgil Abloh, 2020
- Drop, Byron Hawes, 2018
- Pharrell: A Fish Doesn't Know It's Wet, Pharrell Williams, 2018
- Cult Streetwear, Josh Sims, 2010
- Icons of Style: Cult T-Shirts, The Daily Street, 2015
- Skateboarding Is Not a Fashion: The Illustrated History of Skateboard Apparel, Jurgen Blumlein, Dirk Vogel, 2018
- Slogan T-Shirts: Cult and Culture, Stephanie Talbot, 2013
- Sneaker Freaker, The Ultimate Sneaker Book, Simon Wood, 2018

- Sneaker x Culture: Collab, Elizabeth Semmelhack, Jacques Slade, 2019
- Oyt of the Box: The Rise of Sneaker Culture, Elizabeth Semmelhack, 2015
- 미국에서 태어난 유대인 브랜드: 미국 유대인 이민자의 브랜드 창업 스토리, 남윤수, 렛츠북, 2018
- Sneaker Freaker. World's Greatest Sneaker Collectors, Simon Wood, Taschen America llc, 2023
- Sneaker Freaker: The Ultimate Sneaker Book, Martin Holz, Taschen America llc, 2018